尼尔·盖曼

后浪

The View from the Cheap Seats

Selected Nonfiction

随笔集

NEIL GAIMAN

廉 价 座 位 上 的 观 点

[英] 尼尔·盖曼 著　　张雪杉 译

四川人民出版社

写给新生的阿什，
等他长大就能看到。

这是很久以前
你父亲说过的话，
他的热爱与兴趣，
他心中的信念。

目　录

第六章　前言与矛盾

第七章　音乐与音乐创作者

前　言

　　我从新闻业逃跑了，或者至少笨拙地后退离开，因为我想要编造东西的自由。我不想被钉在事实之上；或者更确切地说，我想要讲述真相，而不需要担心事实。

　　现在，在我打字打到这里的时候，我清楚地知道身边的桌子上有一大堆纸，每张纸上都是我写过的词句，所有都是我退出新闻业之后写的，我非常努力让这些事实尽量准确。

　　有时我会失败。比如，互联网让我弄清楚了，十岁十一岁儿童的文盲率被用来估算未来建造的监狱房间数，这实际上并不是真的，但我听说这事的那一次，当时纽约的教育主任向我们保证就是这么回事，这确实是真的。今天早晨，我听了BBC新闻，听说英国囚犯有一半阅读水平相当于十一岁孩子，或者更低。

　　这本书包括演讲、随笔和前言。有些前言收入这本选集，因为我喜欢那位作家，或者喜欢所讨论的那本书，希望我的喜好可以感染你们。还有些收入这里，因为在那篇前言的某处，我尽我所能解释了我认为是真理的某种东西，也许甚至是很重要的某种东西。

多年以来，我从众位作家身上学到各种技艺，他们往往是福音传道者。彼得·S.比格尔写过一篇文章，题为《托尔金的〈魔戒〉》，我很小的时候就读到这篇，它向我介绍了托尔金和《魔戒》。几年之后是H.P.洛夫克拉夫特，一篇长文，在他之后是斯蒂芬·金，一本小书，这两者告诉我造就恐怖小说类型的作家与故事，没有他们我的生活就会不完整。厄休拉·勒奎恩[1]也写随笔，我会追踪她为了说明自己观点而提到的那些书。哈兰·埃利森[2]是一位高产的作家，在他的随笔和文集中，他为我介绍了那么多作家。作家可以爱书，有时甚至受到它们的影响，把自己喜爱的作品介绍给其他人看，这种想法对我来说绝对意义重大。文学并非存在于真空之中。它不可能是自言自语。它应该是一种对话，这种对话需要加入新人、新读者。

我希望，在这本书中的某个地方，我谈到的创作者或者他们的作品——也许是一本书，或者甚至是一部电影、一段音乐——会引起你的兴趣。

我正在笔记本上写这篇文章，膝上躺着一个婴儿。他在梦中一会儿呼噜一会儿尖叫。他让我开心，但他也让我感觉很脆

---

[1] 厄休拉·勒奎恩（Ursula K. Le Guin, 1929—2018），美国科幻、奇幻作家，代表作《地海传奇》《黑暗的左手》。——未注"原注"者，均为译者注或编者注

[2] 哈兰·埃利森（Harlan Ellison, 1934—2018），美国科幻作家，《星际迷航》的创作者之一。

弱：遗忘已久的旧日恐惧又从阴暗的角落爬了出来。

几年之前有位作家，当时的他并不比现在的我年长多少，他告诉我（并非抱怨，而是实事求是地说），我是个年轻作家，尚未被迫面对他每天面对的黑暗——意识到自己最好的作品已成往事，这是件好事。还有一位，在他八十多岁的时候，告诉我，他知道自己最好的作品还未出现，他总有一天能写出最伟大的作品，这让他每天坚持写作。

我渴望第二位朋友的这种状态。我喜欢这种想法，有一天我会做出一些真正成功的东西，虽然我担心同样的事情我已经说了三十多年。随着年纪渐长，我们做的每件事，写的每篇文章，都让我们想起已经做过的东西。事情会重复。再也没有什么事情会完全是第一次发生。

我为自己的书写过很多前言。它们都很长，描述书中各篇文章写作时的境遇。然而这篇前言却很短，并且这本书中大多数文章可以独立存在，无须解释。

这本书并不是《尼尔·盖曼非虚构全集》。相反，这是一堆形形色色的演讲和文章、前言与随笔。有的严肃，有的肤浅，有的真诚，有的我写下来是为了让人倾听。你没有义务全部阅读，也没有义务按照任何特定顺序读。我把它们排列成这样的顺序，感觉有某种道理——开头主要是演讲之类；结尾则是更私人、发自内心的作品；各种乱七八糟的作品、文章与说明，有关文学、电影、漫画和音乐，城市与生活，放在中间。

这里的作品写的是贴近我内心的人和事。也有一些是关于我的生活：我倾向于从我所在的立场写东西，这意味着在我写的作品里，可能包含了太多的自我。

现在，在我们就此结束，留你自己去阅读文章之前，有一些感谢的话：

感谢所有授权这些文章的编辑。"谢谢你"并不足以表达我对凯·霍华德的感激之情，她翻看了那么多我写的文章与前言，决定哪些可以收入这本书，哪些应该陷入黑暗，她把这些文章十几次排列成某种有意义的顺序，然后我可以说"我又有个主意……"（每次她确定她已经有了需要的所有东西，我都会把事情搞砸，因为我会说"嗯，我在一篇关于……的文章里写过这个了"，然后就在硬盘里搜索，或是爬上布满灰尘的书架，直到最终找到。）凯真是个圣人（很可能是圣女贞德再世）。我要感谢希尔德·博尼克森，他找到了我们在其他地方都没有复本的一篇文章。感谢克里斯蒂娜·迪克罗科和卡特·米霍斯经常帮忙找东西和打字，她们人太好了。

我同样要深深感谢我的出版经纪人梅里利·海费茨；我的美国编辑珍妮弗·布雷尔；我的英国编辑简·莫佩思；还有永远要感谢的，我不同寻常的妻子阿曼达·帕尔默。

尼尔·盖曼

第一章
我相信的东西

我相信，在枪炮与观点的较量之中，
最终胜利的会是观点。

信　条①

　　我相信，消灭一种观点十分困难，因为观点看不见摸不着，却又可以迅速蔓延，而且变化飞快。

　　我相信，你可以树立自己的观点，来反对你不喜欢的观点。你可以自由地支持、解释、说明、辩论、攻击、羞辱、动怒、嘲笑、歌颂、夸张和否认各种观点。

　　我相信，不论焚烧、暗杀、爆炸、用石头砸烂人的脑袋（让坏的观点出来）、水淹，或者甚至一票否决，都无法让人忍受自己不喜欢的观点。观点会在你意想不到之处突然出现，就像野草一样，野火烧不尽，春风吹又生。

　　我相信，镇压观点实际上会把它们传播开来。

　　我相信，人和书报都是观点的容器，但烧死持有某个观点的人，就像用炸弹炸掉存档的报纸一样，只是无用功。已经太

①　本文的部分内容原载于2015年1月15日《卫报》，附有克里斯·里德尔所作的插图。全文原载于2015年5月27日《新政治家》杂志，附有戴夫·麦基恩所作的插图。——原注

迟了。做这样的事总是太迟。观点已经传播出去，藏在人们的脑海里，蛰伏在他们的思想中。观点可以私下谈论；观点可以在漆黑的夜幕下写到墙上；观点也可以画下来。

我相信，观点存世并不需要多么正确。

我相信，你拥有所有权利，深信你所崇拜的神灵、预言或者人类形象无比神圣、不容亵渎，而我也同样有权利确信语言的神圣，嘲笑、评论、争论与表达的权利同样不能侵犯。

我相信，我有权利思考和表达错误的东西。我相信，你的对策应该是与我辩论或者忽略我的言论，如果我觉得你想的是错的，我也应该使用同样的对策。

我相信，你绝对有权利认为我的观点粗鲁无礼、愚蠢透顶、荒谬绝伦或者危言耸听，你也有权利说出、写下或是传播这些观点，而且我并没有权利因为你的观点有些危险、出言无礼或是全然不堪入目就杀了你、废了你、伤害你或者夺走你的自由和财产。因为可能你也觉得我的某些观点卑鄙无耻呢。

我相信，在枪炮与观点的较量之中，最终胜利的会是观点。因为观点看不见摸不着，却又久久不散，有些时候，它们甚至是真实存在的。

Eppur si muove[①]：但是它（地球）确实在转动。

_____

① 意大利文。1633年，伽利略接受宗教裁判所审问时，被迫放弃自己的观点（即"日心说"）之后，又偷偷小声地说了一句"Eppur si muove"。

为什么我们的未来取决于图书馆、阅读和白日梦：2013年在英国阅读社的演讲[①]

　　说明自己的立场以及采取这种立场的原因，以及是否会有偏见，这一点很重要。这勉强可以说是一种成员利益的声明。好了，我要给大家讲的是阅读。我要告诉你们，图书馆非常重要。我要说的是，阅读小说、以阅读为消遣，是一个人可以做的最重要的事情之一。我会热情呼吁大家来理解图书馆是什么，图书管理员是什么样的人，并恳切期望大家能让这二者保存下来。

　　当然，我也有偏见，这偏见巨大而且显而易见：我是一名作家，通常写些小说。我为儿童写作，也写成人阅读的小说。我靠写字维生已经有大约三十年了，通常做的就是编故事，然后写下来。很明显，如果大家都阅读，而且阅读小说，如果有

---

① 本篇是我2013年为阅读社所做的一次演讲，阅读社是一家英国慈善组织，宗旨是帮助人们培养阅读能力。——原注

图书馆和图书管理员，帮助培养人们对于阅读的热爱，并且提供阅读的场所，对我来说是有利的。

所以作为作家，我有偏见。

但是，作为读者我更有偏见，作为英国公民，偏见甚至更多。

应阅读社邀请，今晚我来这里演讲。阅读社是个慈善组织，宗旨是帮助人们培养阅读的能力和热情，为所有人的生活提供平等的机会。这个慈善组织支持阅读项目、支持图书馆和个人，公然甚至肆无忌惮地鼓励阅读行为。他们说，这是因为阅读会带来一切变革。

我今晚想要讲的就是阅读，以及它带来的这些变革。我要讲讲阅读的作用，讲讲它的好处。

我在纽约听过一次演讲，讲的是建造民营监狱，这在美国是一个巨大的产业增长点。监狱行业需要计划未来的发展——十五年之后，他们会需要多少牢房？大概会有多少犯人？他们发现预测很容易，算法非常简单，只要问一问十岁十一岁的孩子之中有多少人不识字就行了。这些孩子当然也不会以阅读为消遣。

这并非一一对应，不能说有文化的社会就没有犯罪。但这种相关性真实存在。

我认为，这种最简单相关性的原因也难以置信地简单：识字的人会读小说，而小说有两种用途。首先，它是阅读的引玉之砖。即使文字艰深，你还是不由自主想知道后面发生了什么，想要不断翻页，想要继续下去，因为书中有人陷入危机，你得知道最后发生了什么……

……这可是真正的欲望。它会让你学习新的词汇，思考新的观点，并且不断继续。直到发现阅读本身充满乐趣。一旦学到了这一点，你就走上了阅读一切的道路。阅读本身就是关键。几年之前，曾经有这样的声音和观点：我们已经进入了后文字时代，理解书面文字的能力已经有些多余了。但近年来，这种声音已经消失了，文字的重要性前所未有。我们通过文字探索世界，随着世界不知不觉转入互联网，我们需要随时关注、交流和理解自己读到的东西。

不能互相理解的人就不能交换意见，无法交流，翻译软件也帮不上多少忙。

想要确定孩子长大以后有文化修养，最简单的方法就是教他们阅读，告诉他们阅读是一件快乐的事情。这意味着，至少要找到他们喜欢的书，让他们能够得到这些书，阅读这些书。

我认为，没有什么书会对儿童有害。有些成年人喜欢时常揪出一些童书，某一种类型，或者也许是某一位作家，然后宣称这些是不好的书，应该禁止孩子们读这样的书。这样的事我见过多次了；伊妮德·布莱顿①就曾被称为有害作家，还有R.L.斯泰恩②，还有别的很多作家。甚至还有人谴责漫画滋生文盲。

真是一派胡言。这是自以为是，这是愚昧无知。

孩子喜欢、想要阅读甚至主动探寻的作家不会对他们有

---

① 伊妮德·布莱顿（Enid Blyton，1897—1968），英国儿童文学作家，她的书也是"哈利·波特"作者J.K.罗琳的启蒙读物。
② R.L.斯泰恩（R. L. Stine，1943—　），美国儿童文学作家，主要创作惊险小说，代表作是《鸡皮疙瘩》系列。

害，因为每个孩子都与众不同。他们可以找到自己需要的故事，还会把自己代入故事之中。陈词滥调、陈腐观念对于第一次接触到这种观点的人来说，并不会是陈词滥调、陈腐观念。你不能因为自己觉得孩子读的东西不对，就不鼓励他们阅读。你不喜欢的小说是引玉之砖，可以引出你想让他们阅读的其他书籍。何况并不是每个人的阅读品位都和你一样。

成年人容易好心办坏事，轻易摧毁孩子对于阅读的喜爱：阻止孩子读他们自己喜欢的书，或者给他们看大人喜欢的有价值然而枯燥无聊的书，诸如相当于维多利亚时代"改善"文学的21世纪图书。最终你会让一代人坚信阅读一点都不酷，或者更糟，让他们觉得阅读难以忍受。

我们需要孩子登上阅读的阶梯：他们喜欢读的任何东西都会帮他们向上爬，一级一级，成为文化素养。

（还有不要重蹈本文作者的覆辙，他女儿十一岁开始对R. L.斯泰恩感兴趣的时候，他跑去拿了一本斯蒂芬·金的《魔女卡丽》，告诉她："如果你喜欢那些，那么一定也会爱上这本的！"除了北美大草原殖民者的大团圆故事之外，女儿霍利在十五岁之前再没有读过其他东西，至今一听到斯蒂芬·金的名字就瞪我一眼。）

小说的第二种功能是建立共情。当你看电视或者看电影的时候，你看的是发生在其他人身上的事情。散文体小说是完全由你自己，用二十六个字母和几个标点符号，通过想象，创造出一个世界，在这个世界里填充人物，透过别人的眼睛观察。你必须要感受各种事物，游访各个地方，进入其他世界，这都是除了小说之外你可能根本不会知道的东西。你会变成其他人，当你回到自己的世界，你会与以前有一点点不同。

共情是一种工具，可以将众人集合成为群体，使得我们能发挥更多的职能，而不是只考虑自己的独行侠。

在阅读过程中，你还会发现对你的人生之路至关重要的东西。这就是：

世界不必如此。一切皆可不同。

小说可以让你看到一个不同的世界。它可以带你进入你从未去过的地方。一旦你见过了其他的世界，就像吃了仙果的人，你就再也不会对你生长其中的世界全然满意。不满意是一件好事：如果不满意，人们就会改造世界，让它们变得更好，让世界从此不同。

既然我们说到这个话题，我想就逃避主义谈几句。这个词语被人随意乱用，好像逃避是一件坏事。好像"逃避主义"小说就只是便宜的鸦片，看这种小说的都是糊里糊涂、傻了吧唧、上当受骗的人；好像唯一值得读的小说——不管对成人还是对儿童来说——只有现实主义的小说，因为它们能反映读者所在的世界中最差的一面。

如果你被困在一种不能解脱的情形之中，待在一个令人不快的地方，周围都是心怀恶意的人，这时有人给你一个暂时逃离的机会，你怎么会拒绝呢？逃避主义小说只不过就是这样：为你打开一扇门，让你看见外面的阳光，为你创造一个可以去的地方，在那里你是主人，你可以和你喜欢的人相处（书籍是真实的场所，请不要怀疑）；更重要的是，在你逃离期间，书籍还能给你知识，让你了解世界和自己的艰难处境，给你武器，给你铠甲：这些都是你可以带回牢狱的真东西。这是技能、知识和工具，你可以利用它们完成真正的逃离。

正如C.S.刘易斯提到的那样，只有监狱看守才会咒骂逃跑。

另一种方式也可以毁掉孩子对于阅读的喜爱，当然，这就是保证孩子身边什么书也没有。就算有书，也让他们没有地方可读。

我很幸运。成长期拥有一所非常好的地方图书馆。暑假的时候，我可以说服父母，在他们上班途中把我带到图书馆去，而且图书管理员也并不介意有个小小的男孩独自一人，每天早上都冲进儿童书库，在卡片目录里翻找，寻找有关鬼怪、魔法或是火箭的图书，寻找吸血鬼、侦探、女巫和传奇故事。在我读完儿童书库的书之后，我就开始读成人的书。

那些图书管理员人都很好。他们喜欢图书，也喜欢有人来读书。他们教我怎样用馆际互借从其他图书馆借书。我读什么书他们也不指手画脚。他们只是真心高兴我这样一个大眼睛的小男孩喜欢阅读。他们会和我讨论我读的书，还会帮我找到同系列的其他书籍，他们热心帮忙。他们对待我就像对待任何一位读者——完全一样，丝毫不差——这意味着他们对我也表示尊重。作为一个八岁大的孩子，我可没能处处受到尊重。

图书馆意味着自由。自由阅读，自由发表观点，自由交流。它们意味着教育（这个过程并不是毕业离校那天就结束了）、娱乐消遣、创造避风港，还意味着获取信息。

我担心在二十一世纪的今天，人们会误解图书馆及其意义。如果你把图书馆看作摆书的书架，认为它们在当今的世界可能已经过时甚至老掉牙了，因为大部分的图书，虽然不是全部，都已经同时有数字出版物了。但这样想的话根本不得要领。

我认为，图书馆与信息的性质有关。

信息有价值，正确的信息价值连城。在整个人类历史之中，我们都生活在信息闭塞的时代，获得所需的信息总是非常重要，总是具有价值：什么时候种下庄稼，去哪里找什么东西，地图、历史和故事——用一顿饭或者交朋友来交换肯定不会错。信息是珍贵之物，拥有信息或者可以获取信息的人，可以为此收费。

近年来，我们的经济体从信息匮乏变成了信息过剩驱动。谷歌的埃里克·施密特说，现在人类每两天创造出来的数据，就和我们从文明的开端直到2003年产生的数据总量一样多。这大概是每天5艾（exabytes）字节，如果各位需要实际数据的话。今日的挑战已经不是找到生长在沙漠之中难得一见的植物，而是在茂密的丛林之中找到一棵特定的植物。我们需要的是有人帮忙导航，在众多信息中找出实际需要的东西。

图书馆是人们寻找信息的地方。书籍只是全部信息的冰山一角：它们就在那里，图书馆免费而合法地为你提供书籍。现在有前所未有众多的儿童从图书馆借书——各种图书：纸质书、电子书，还有有声读物。但图书馆仍然是这样一个场所，比如说，一个人也许没有电脑，没有网络连接，但在这里不必花钱就可以上网——这一点至关重要，特别是你找工作、申请职位或者补贴的方式越来越多地完全转移到了网上。图书管理员可以帮助这样的人探索这个世界。

我认为，图书不会，也不应该全部迁移到屏幕上。在Kindle电子书阅读器出现的二十年之前，道格拉斯·亚当斯[1]曾经对我说，实体书就像鲨鱼。鲨鱼很古老：在恐龙出现之前，海里就已经有了鲨鱼。之所以现在还有鲨鱼，是因为在做鲨鱼这件事情上，鲨鱼做得比其他动物都好。实体书很结实，很难破坏，泡澡时不容易沾湿，在阳光下就能看，拿在手里感觉也很好：作为书籍它们表现很好，总会有它们的位置。它们属于图书馆，虽然图书馆也已经成为获取电子书、有声读物、DVD和网络内容的地方。

图书馆是这样一个场所：它是信息资源库，而且为所有市民平等地提供获取信息的机会。这包括健康信息，还有精神健康信息。它是一个社交场所，是一个安全的地方，是花花世界中的一处避难所。它是有图书管理员的地方。我们现在应该想象的是未来的图书馆会是什么样子。

在这个充满了手机短信和电子邮件的世界里，在这个充斥文本信息的世界里，读写能力比以往任何时候都更为重要。我们需要读写，我们需要全球居民都能轻松阅读，看懂他们读到

---

[1] 道格拉斯·亚当斯（Douglas Adams，1952—2001），英国广播剧作家，代表作品是《银河系搭车客指南》系列作品。

的东西，理解其中的细微差别，并且让自己被别人理解。

图书馆真的就是通往未来的大门。很遗憾的是，我们看到全世界范围的地方当局一抓住机会就关闭图书馆，认为这是一种容易采取的省钱方式，但他们没有意识到，这样做其实是在牺牲未来。他们正在关上那扇本应敞开的大门。

根据经济合作与发展组织近期的一项研究，英国是"唯一一个这样的国家，在考虑了其他因素，例如性别、社会经济背景和职业类型的情况下，年长者比年轻人在读写和计算能力上都有更高的水平"。

或者换一种说法，我们的下一代和再下一代，认字和计算能力比我们都差。他们不能像我们一样探索世界、理解世界或者解决问题。他们更容易上当受骗，更不容易改变他们身处其中的世界，更难找到工作。所有事情都是这样。作为一个国家，英国会远远落在其他发达国家之后，因为缺少能干的劳动力。虽然政治家总是指责对方政党造成了如此后果，事实真相是，我们需要亲自教导孩子阅读以及享受阅读，而不是仰赖政治家。

我们需要图书馆。我们需要书籍。我们需要有文化的公民。

我不在乎——我相信这也不重要——这些书是纸质书还是电子书，人们是在阅读卷轴还是在滑动液晶屏。内容才是重要的东西。

因为一本书就是它的内容，意识到这一点很重要。

图书是我们与逝者交流的方式。我们从已经不在身边的人那里学习经验，这就是人类发展的方式，让知识逐渐积累，而不是一次再一次从头学起。有些故事比大多数国家都要古老，产生它们的文化已经湮灭，最初孕育它们的建筑已经崩塌，而这些故事仍在流传。

我认为，我们对未来负有责任。我们对儿童，对这些即将长大成人的儿童，对他们将要居住的那个世界负有责任和义务。我们所有人——作为读者，作为作家，作为公民，我们都有义务。我认为我应该试着指出一些这样的义务。

我认为我们有义务以阅读为乐，不管是在公共场所还是在私人空间。如果我们以阅读为乐，如果别人看到我们读书，然后学到了东西，锻炼了想象力，那么我们就向别人显示了阅读是一件好事。

我们有义务去支持图书馆。既要使用图书馆，也要鼓励其他人使用图书馆，并且抗议关闭图书馆的行为。如果你不重视图书馆，那么你也就不重视信息、文化和智慧。封闭了过去的声音，也就损害了未来。

我们有义务高声读书给孩子听。给孩子读他们喜欢的故事，即使有些故事我们自己已经觉得厌烦。试着变换嗓音，让读书变得有趣，就算孩子学会了自己阅读，也别停止为他们朗读。我们有义务利用高声读书的时间作为家庭的纽带，在这段时间里不要去看手机，把世界的纷扰放到一旁。

我们有义务使用语言。强迫自己这样做：找到字词的含义，如何运用，清晰地交流，说出我们想要表达的含义。我们决不能让语言僵化，或者假装它是已死的东西而只能尊崇，我们应该把语言作为活生生的东西来使用，它会流动，会借词，也能允许意义和发音随时间而变化。

我们这些作家——尤其是为儿童写作的作家，不过也包括所有作家——对我们的读者也有义务：我们有义务书写真实的东西，在创造不存在的人物在不存在的地点发生的故事的时候，这一点特别重要——要知道所谓的真实并不在于实际发生的事情，而在于所发生的事情使我们意识到自己是什么样的人。归根结底，小说是讲真话的谎言。我们有义务不让读者觉得无聊，而是让他们忍不住一页页翻下去。毕竟，对付不愿意阅读的人，最好的办法就是一个一看就停不下的故事。我们必须对读者讲真话，给他们武器，给他们铠甲，传递我们在这颗绿色星球短暂停留期间所学到的智慧；我们有义务不说教，不唠叨，不要把有偏见的道德观念硬塞到读者的嗓子眼里，就像大鸟把事先嚼碎的虫子喂给小鸟那样；我们也有义务——不管在任何情况下——永远不给孩子们写连我们自己都不想读的东西。

我们有义务理解和承认，作为为儿童写作的作家，我们所做的工作十分重要，因为如果我们搞砸了，写的都是无聊的书，会让孩子远离阅读和图书，我们就减少了自己未来的可能性，也毁了孩子的未来。

我们所有人——不管成人还是儿童，不管作家还是读者，都有义务做白日梦。我们有义务去想象。假装没人能改变任何事情很容易，因为我们所在的社会体量巨大，个人几乎什么都不是：就像是一面墙上的一个原子，一片稻田里的一粒米。但事实是，个人一次又一次改变世界，个人造就未来，而他们成功的方法就是想象事情可以有所不同。

看看你周围：我说的一点不差。请先停下一分钟。看看我们所在的这间屋子。我要指出的事情过于明显，大家通常都视而不见。就是这一点：你能看见的所有东西，包括墙壁，在某个时间点，曾经都是想象出来的。有人觉得坐在椅子上会比坐在地上舒服，于是想象出了椅子。有人想象出了这样一种方式，让我现在可以在伦敦给大家演讲，而大家都不会被雨淋湿。这间屋子和里面的所有东西，还有这座建筑、这个城市里其他所有的东西，之所以能够存在，都是因为有人一次又一次地想象出各种东西。他们白日做梦，他们思考琢磨，他们做出不怎么好用的东西，他们向嘲笑他们的人讲述还不存在的东西。

然后，他们最终获得了成功。政治运动、个人运动，所有运动的开端都是有人想象出了另一种生存方式。

我们有义务让事情变得更加美好，而不是留下一个比我们发现的还丑陋的世界。这义务是不要把海洋掏空，不要把我们的问题留给下一代。我们有义务收拾干净自己的烂摊子，不要给孩子留下一个因为目光短浅而弄得乱七八糟、不讲公平、陷入瘫痪的世界。

我们有义务告诉政客我们想要的东西，不管任何党派的政客，如果他们不理解阅读在创造合格公民方面的价值，如果他们不想保存和保护知识，不想鼓励大家识字读书，我们都要投票反对。这不是政党政治的问题。这是普遍人性的问题。

曾经有人问阿尔伯特·爱因斯坦，怎样让孩子更聪明。他的回答简单而充满智慧。"如果你想让孩子变聪明，"他说，"给他们读点童话故事。如果你想让他们更聪明，就再多读点童话故事。"

他理解阅读和想象的价值。我希望我们可以给孩子这样一个世界：他们可以阅读，也有人为他们阅读；他们可以想象，也可以理解。

感谢各位。

说谎为生……我们为什么这样做：
2009年纽伯瑞奖获奖致辞[①]

一

如果你想知道我在这里干什么——我觉得这样猜测万无一失，现在我的确在这儿，你我都在——我在这里是因为我写了一本书，叫作《坟场之书》，这本书获得了2009年的纽伯瑞奖。

这意味着我给女儿留下了深刻印象——因为获得了纽伯瑞奖，而且我更让儿子对我刮目相看——因为我从科尔伯特报告的斯蒂芬·科尔伯特[②]的滑稽攻击中获得了纽伯瑞奖。所以获得纽伯瑞奖让我在孩子们眼中变得很酷。这是获奖最大的好处。

对自己的孩子来说，你基本上从来都不酷。

---

① 本文是我在2009年纽伯瑞奖颁奖典礼上的获奖致辞，获奖作品是《坟场之书》。——原注

纽伯瑞奖（Newbery Medal），纽伯瑞儿童文学奖，由美国图书馆协会设立，每年颁发一次，奖励上一年度出版的英语儿童文学优秀作品，前提是作者必须是美国人，或居住在美国。

② 斯蒂芬·科尔伯特（Stephen Colbert, 1964—   ），美国知名脱口秀主持人。

二

我小的时候，从八岁到十四岁，只要学校放假，我就跑去地方图书馆游逛。那里离我家有一英里半，所以我可以让父母在上班路上把我捎到那里，等图书馆关门再走回家。我是个害羞的孩子，衣服不合身，性格不自信，但是我真心喜爱地方图书馆。我喜欢卡片目录，特别是儿童区的卡片目录：它上面有主题，而不是只有标题和作者，这让我可以选择我觉得会有我喜欢的书的主题——比如魔术、鬼魂、女巫或者宇宙——然后我就会找到这些书，一找到就读。

但是我读书并不精挑细选，我读得高高兴兴而且如饥似渴。名副其实地如饥似渴，虽然我父亲有时候能想起来给我打包几块三明治，我也会不情不愿地带上（对孩子来说家长永远也不酷，我总是觉得他坚持让我带三明治的实际目的是想让我难堪），等饿得不行的时候，我会到图书馆的停车场三口两口把三明治吞下去，然后赶紧冲回书和书架的世界里去。

在那里，我读到了聪明睿智的作家写的各种好书——其中很多现在已经不再流行甚至被人遗忘，比如J.P.马丁[①]、玛格丽特·斯托[②]，还有尼古拉斯·斯图尔特·格雷[③]。我读过维多利亚时代的作家和爱德华时代的作家。我发现了一些直到现在

[①] J.P.马丁（J. P. Martin，1879—1966），英国作家，代表作《叔叔》系列故事。

[②] 玛格丽特·斯托（Margaret Storey），英国作家。

[③] 尼古拉斯·斯图尔特·格雷（Nicholas Stuart Gray，1922—1981），英国演员和剧作家，同时也是儿童文学作家。

我还会乐意重读的书，也囫囵吞枣了一些如果现在回头看可能觉得不值一读的书——《阿尔弗雷德·希区柯克与三个小神探》什么的。我只想读书，并不分好书坏书，只是挑选我喜欢的书，打动我内心的书，还有只是一般喜欢的书。我也并不关心故事是怎么写的。没有不好的故事：每个故事都新鲜绚烂。我就坐在那里，在学校的假期，读啊读啊，读完了整个儿童区，读完之后，我就走进了巨大而危险的成人区。

图书管理员积极响应我的热情。他们帮我找书。他们教我用馆际互借，从整个南英格兰地区帮我借书。开学之后，我借的书难免过期，他们总会叹口气，然后还是毫不妥协地收罚款。

我应该在这里提一句，图书管理员告诉我一定别讲这个故事，特别是不要把自己描绘成一个被耐心的图书管理员在图书馆里养大的野孩子；他们告诉我，他们担心人们会曲解我的故事，用它当作借口，把图书馆当成免费的日间托儿所。

三

从2005年12月开始，经过2006年和2007年，一直到2008年的2月，就这样，我完成了《坟场之书》。

然后就到了2009年1月，我在圣莫尼卡的一家酒店。我去那里是为了宣传由我的书《鬼妈妈》改编的电影。我花了两天整接受记者采访，采访结束之后我很高兴。午夜时分我爬进浴缸洗了一个泡泡浴，然后开始读《纽约客》杂志。我和一个身处不同时区的朋友聊了一会。然后看完了《纽约客》。这时已经凌晨三点了。我把闹钟定到了十一点，在门外挂了"请勿打扰"的牌子。渐入梦乡之际我告诉自己，此后两天我只会补觉和写作，其他什么都不干。

两个小时之后，我意识到电话在响。实际上，我意识到，它已经响了好一会儿了。确切地说，醒过来的时候我在想，它应该已经响了又停好几回了，这说明有人打电话想要告诉我什么事情。不是旅馆失火了，就是有人去世了。我接起电话。是我的助理洛兰，她在我家过夜，照看生病未愈的狗。

"你的经纪人梅里利打过电话，她认为有人找你。"她告诉我。我告诉她现在几点（也就是该死的凌晨五点半，她简直疯了，这里有人想睡觉你知道吗）。她说她知道洛杉矶现在几点，但是考虑到梅里利是我的出版经纪人，而且是我认识的最聪明的女人，她的语气真的很确定，说明这事很重要。

我爬下床。查了一下语音信箱。空的，没人找我。我打电话回家，告诉洛兰这都是玥说八道。"好了，"她说，"他们打电话到你家来了。现在就在打另一个电话。我把你的手机号给他们吧。"

我还是不知道发生了什么事情，不知道谁想干什么。大清早五点四十五分。不过我很确定，没有什么人死掉。然后我的手机响了。

"你好。我是罗丝·特雷维尼奥。我是美国图书馆协会纽伯瑞奖委员会主席……"哦，我迷迷糊糊地想。纽伯瑞。好吧。酷。我可能得了提名奖什么的吧。这真不错。"我现在和纽伯瑞奖委员会的投票委员在一起，我们想要告诉你，你的作品……"

"《坟场之书》……"十四个声音洪亮地响起，我想，也许我还没完全清醒，但是他们大概不会这样，应该不会这么激动万分地给人打电话，只是因为提名奖……

"刚刚获得了……"

"纽伯瑞金奖。"他们齐声说道。他们的声音特别开心。我检查了一下宾馆的房间，因为很可能我还在做梦。令人欣慰的是，一切看上去都实实在在。

和你通电话的有至少十五位教师、图书管理员什么的，他们可都是大人物、聪明人，而且都是正经人，我这样想。别像之前得了雨果奖那样说出什么脏话。想到这一点很明智，因为否则那巨大有力的四字脏话很快就到嘴边了。我的意思是，它就是这时候用的嘛。我觉得自己好像说了："你是说周一吗？"我还嘀哩咕噜说了一些"谢谢你""谢谢你们""谢谢好的……""被叫醒真值"之类的话。

然后我的整个世界都疯了。在床边的闹钟响起之前很久，我已经上了一辆开往机场的车，还接受了一连串记者采访。"获得纽伯瑞奖感觉怎么样？"他们问我。

很好，我告诉他们。确实感觉很好。

我从小就喜欢《时间的皱折》，虽然海雀图书①版本的第一句话给弄得乱七八糟，这书就获得了纽伯瑞奖。虽然我是英国人，但是这个奖对我来说一直很重要。

---

① 海雀图书（Puffin Books），是企鹅图书（Penguin Books）旗下极其重要的平装童书出版机构。

然后他们还问我，是否知道畅销书和纽伯瑞获奖作品之间的争议，问我怎么想，我属于这一类吗？我承认自己对这些讨论有一定了解。

如果你不知道的话，网上有各种争论，最近有哪些类型的书获过纽伯瑞奖，今后还有什么书会得纽伯瑞奖，像纽伯瑞奖这样的奖是为儿童还是为成人设计的？我向一位记者承认，《坟场之书》获奖对我来说是个惊喜，我一直以为像纽伯瑞奖这样的奖可以用来让人们关注需要帮助的书，而《坟场之书》并不需要帮助。

我不知不觉把自己放在了民粹主义的立场上，后来才意识到我的本意完全不是这样。

就像是有人相信，让你觉得享受的书和对你有好处的书之间泾渭分明，他们觉得我也应该从中站队。好像所有人都应该站队。我当时不这么认为，至今也还是一样。

我过去和现在一直站在喜欢的书这一边。

四

我正在写这篇讲稿，而两个月之后才会演讲。我父亲大约一个月前去世了。这是个突发事件。他身体很好，心情也不错，比我还要健康，然而他的心脏毫无预兆地破裂了。这让我呆若木鸡，伤心欲绝。我飞越大西洋，致悼词，听十年没见过面的各种亲戚说我与父亲多么相像，做了儿子应该做的事。但我从未流眼泪。

并不是说我不想哭。这一连串事件更像是一团乱麻，我身处其中完全没有时间停下来感受悲伤，让内心的感受释放出来。完全没有。

昨天早上有位朋友让我读一篇稿子。那是一个人的生平故事。是个虚构的人物。在稿子全篇大概四分之三的位置，这个虚构人物的虚构妻子去世了。我坐在沙发上按照成年人的方式哭了起来，悲从中来，泣不成声，脸上全是泪水。之前没有为父亲流下的眼泪现在都流出来了，让我精疲力尽，然而又像狂风暴雨之后的世界，得到了净化，准备好重新开始。

我讲这件事是因为这是我忘记了并且需要提醒的事情。这是一个尖锐而有益的提醒。

现在我已经坚持写作四分之一世纪了。

当人们告诉我，我的故事帮助他们度过了爱人去世的困难时光——或者是孩子，或者是父母——或者帮助他们度过了一场疾病，或是一场个人悲剧；或者他们告诉我，我的故事让他们成为了喜欢阅读的人，或者让他们找到了值得奋斗的事业；当他们给我看我书中的图片或者文字纹在他们身上——作为纪念或者标志——以记录那些对他们特别重要的时刻，满足随身携带的需要……当这些事情发生的时候，就像之前一而再再而三发生的那样，我趋向于表现出礼貌和感激，但最终总是认为它们无关紧要。

我写故事并不是为了帮助人们度过困难处境和艰苦岁月。也不是想要让不读书的人变成读书人。我写下这些故事是因为我对它们感兴趣，因为我头脑中有一条小虫，有一个想法爬来爬去，我想要把它钉到纸上，检查一番，看看我对它的想法和感觉如何。我写下它们，因为我想要知道我编出来的这些人物后面会发生什么。我写作是为了养家糊口。

所以我在接受别人感谢的时候几乎无地自容。我已经忘记了对小时候的我来说小说意味着什么，忘记了在图书馆的日子是什么样子；小说是对无法忍受之事的一种解脱，进入不存在的友好世界的一扇门，那里万事都有规律可循；故事是一种不必亲身经历就了解生活的方式，或者就像十八世纪的投毒者对待毒药那样体验生活，小剂量服用，这样投毒者可以吃掉这些东西却安然无恙，而不适应的人则会中毒身亡。有时候小说是一种应对世界这种毒药的方式，这种方式能让我们在其中活下来。

于是我想起来了。没有造就我的那些作家，我不会是现在这样一个人——那些非同寻常的作家、睿智的作家，或者有时候只是第一个出现的作家。

那些彼此相连的瞬间，那些小说拯救了你生活的地方，并不是无关紧要。那是世上最重要的东西。

五

就这样，我写了一本书，讲那些住在坟场里的人。我是那种对坟场又爱又怕的孩子。我小时候在萨塞克斯镇长大，有关那里的坟场最好的事情——可能发生的最好最奇妙的事情——是有个巫婆埋在那座坟场里，她是在商业街被烧死的。十几岁的时候我重读墓碑上的铭文，失望地意识到，与我同在镇上的根本就不是女巫（那座墓中埋着的是三位被处以火刑的新教殉道者，他们是被一位信仰天主教的皇后下令烧死的）。这还有吉卜林①有关镶宝石的赶象棍的故事，就是我故事中《女巫的墓碑》的起步之处。虽然它是《坟场之书》中的第四章，但这是我写作时候写的第一个章节，这本书我二十年前就已经想写了。

我的想法很简单，就是想讲一个在坟场长大的孩子的故事，启发我的是一张照片——我的儿子迈克尔婴儿时候的照片，那时候他两岁，现在已经二十五岁了，这正是当时我的年龄，我儿子现在已经比我高了——照片上他骑着一辆三轮车，在阳光中穿过马路对面的坟场，正好经过我曾经以为埋着女巫的那座墓。

就像刚才提到的那样，那时候我二十五岁，我有了个主意想写一本书，而且我知道这是一个真正的好主意。

我试着动笔去写，然后意识到这个主意太好了，倒是我作为作家的水平还不够。所以我不停地写作，不过我写的是其他东西，为了学习各种技法。我写了二十年之后，终于觉得我可以写《坟场之书》了——或者至少，我应该不会写得比这更好了。

我想让这本书由短故事组成，因为《丛林之书》就是短故事集。我还想让它成为一部小说，因为在我脑子里它就是一部小说。这两者之间有些冲突，对一个作家来说喜忧参半。

我尽我的能力把它写好——这是我知道的写东西的唯一方法。但这并不意味着这本书会写得好，只是说你尽力了。最

---

① 吉卜林（Rudyard Kipling，1865—1936），英国作家、诗人，1907年获诺贝尔文学奖。代表作《丛林之书》，讲述印度原始森林中动物的故事。

重要的是，我写了一个我自己想读的故事。

我花了太长时间开始，又花了太长时间结束。然后，二月的一个夜晚，我写到了最后两页。

在第一章中我写了一首打油诗，还剩了最后两句没写。现在也是添上这两句的时候了。所以我就加上了。我记得这首诗是这样结尾的：

> 面对生活，
> 面对生活的痛苦、生活的乐趣，
> 走遍千山万水。[1]

我的眼睛突然刺疼起来。直到那时，也只有那时，我第一次清晰地看到我写的是什么。虽然我一开始是想写一本关于童年的书——伯蒂的童年，发生在坟场里，不过仍然是童年，和其他人一样——但我现在写下的却是做家长的故事，而且是做家长最根本最可笑的悲剧：如果你正确地完成自己的工作，如果作为家长，你把孩子养得很好，他们就再也不需要你了。如果你正确地完成任务，他们就会离开。他们会有自己的生活、自己的家庭和自己的未来。

我坐在花园尽头，写完了这本书的最后一页，我知道我写的这本书比我刚开始写得更好。也许是一本比我本人还好的书。

---

[1] 译文引自尼尔·盖曼著，胡雅倩译：《坟场之书》，成都：四川科学技术出版社，2010年，第242页。

这种事你不可能预先计划。有时你尽全力做什么事，然而蛋糕就是发不起来；有时候这蛋糕又会好到连做梦都想不到。

然后，不管作品是好是坏，不管它满足你的期望还是完全失败，作为作家你只不过耸耸肩，然后进入下一个作品，不管下一个作品是什么。

这就是我们的工作。

六

演讲时，你应该先讲你要讲些什么，然后讲正题，然后再总结你讲过的东西。

可是我不知道今晚我实际上讲了些什么。不过我知道我原来想讲什么：

阅读很重要。

书籍很重要。

图书管理员很重要。（还有，图书馆并不是帮你照看孩子的地方，只不过有的时候有些野孩子会在一排排书架之间自己长大。）

在你自己孩子的眼中显得很酷，这件事无比光荣但是不太可能。

儿童小说在所有小说中最为重要。

就这些。

我们这些编故事的人都知道，我们以说谎为生。但我们说的都是好的谎言，它们讲述的是真实的事情，我们尽可能把故事编到最好，这要归功于读者。因为在某个地方，有某个人需要这个故事。有人会因此长大成人，具有不同的视野，如果没有这个故事，他会成为一个不同的人。有了这个故事，他可能就会拥有希望、智慧、善良或者慰藉。

这就是我们为什么写作。

四间书店①

一

正是以下这些书店使我成为今日的我。然而它们都消失了，没有一个现在还在。

第一间，也就是最好最美妙最神奇的，是一家流动书店，因为它最不固定。

从九岁到十三岁，我在本地一所寄宿学校当走读生。和所有这种学校一样，它本身就是一个世界，这意味着学校有自己的小吃店，自己的每周理发服务，每学期还会有一次自己的书店。那时候，我买书的运气随着当地 W.H.史密斯书店卖什么书而起起落落——我存钱都是为了海雀图书和阿马达②的平

---

① 本文为2002年格雷格·克特主编《上架期限：歌颂书店的奇幻故事》的前言。——原注

② 一个童书品牌，现已停用。阿马达（Armada），即无敌舰队图书公司，1962年创立，1995年停止营业。专门为儿童提供用零花钱就能购买的平装本图书。

装书，仅限于儿童书架，那时我也没想过要探索其他更多的东西。就算我想，也没有那么多钱。学校的图书馆是我的朋友，地方图书馆也是。但在那个年纪，我的办法有限，书架上有什么书就只能买什么。

然后，我九岁的时候，这间流动书店来了。在这所古老的音乐学校，一间大大的空屋子里，它搭起了一排排书架，搬进了各种存书，而且最好的一点在于，你根本不用花钱。如果你买书，钱会记到学校账单里。这就像魔法一样。我可以一个学期买四五本书，而且心安理得，因为我知道这钱最终会混进五花八门的学校账单里，藏在理发和低音提琴课的费用下面，永远不会有人发现。

我买了雷·布拉德伯里的《银色蝗虫》①（这是一个科幻选集，和《火星纪事》差不多，但又不完全一致）。我非常喜欢这本书，特别是其中《厄舍古屋的续篇》，这是雷向爱伦·坡致敬之作。那时候我还不知道爱伦·坡是谁呢。我还买了《地狱来鸿》②，因为写《纳尼亚传奇》的家伙写的别的东西一定也会很好看。我还买了伊恩·弗莱明③的《金刚钻》，封面上宣称很快就会拍一部大型动作片④。然后我还买了《三尖树时代》

---

① 此英国版书名为 *The Silver Locusts*，美国版书名为《火星纪事》（*The Martian Chronicles*）。

②《地狱来鸿》，又译为《魔鬼家书》，作者为 C.S. 刘易斯，也是《纳尼亚传奇》的作者。

③ 伊恩·弗莱明（Ian Fleming, 1908—1964），英国小说家，代表作为《OO七》系列小说。

④ 小说出版于 1956 年，改编电影上映于 1971 年，作者九岁是 1969 年。

和《我，机器人》。（这家书店有一大堆温德姆[1]、布拉德伯里和阿西莫夫的书。）

那里适合儿童的书少得可怜。不过这是件好事，也很明智。他们来到镇上的时候，卖的书大部分都是相当不错的书——也就是值得一读的书。不会引发争议，也不会被没收。（我第一本被没收的书是《我将这座岛屿留给我的侄子艾尔伯特，这是我从胖哈根手里打牌赢来的》，因为封皮上画了一个精致的女性裸体。我说这是我爸爸的书，这才把书从校长那里拿回来。当然这不是真的。）不过恐怖小说还可以——就像我的同龄人一样，十岁的时候我也痴迷丹尼斯·惠特利[2]，特别喜欢（不过没买几本）潘恩图书的《恐怖故事全书》[3]。我买的布拉德伯里多一些——更多都是封面精美的潘恩图书出的——还有阿西莫夫和阿瑟·C.克拉克。

这间书店存在的时间不长。也就一年左右，不会更长了——大概有太多家长看到了自家孩子的学校账单，提出了抗议吧。不过我并不介意，我已经找到了新目标。

二

1971年，英国转为使用十进制货币体系。我从小熟悉的六便士和先令突然之间变成了新便士。一个旧的先令现在是五

---

① 约翰·温德姆（John Wyndham，1903—1969），英国作家，以写灾难题材科幻小说闻名，代表作《三尖树时代》《重生》等。
② 丹尼斯·惠特利（Dennis Wheatley，1897—1977），英国作家，主要写与魔鬼有关的神秘故事。
③《恐怖故事全书》，全套共30册。

个新便士。虽然有人保证物价不会有什么实质性的差异，但是很快我们就发现了明显的变化，即使我一个刚过十岁，还没到十一岁的小孩子都看出来了。物价上涨了，而且涨得飞快。过去两先令六便士的书（嗯，应该是十二个半新便士），很快就涨到了三十甚至四十新便士。

我想买书。但是用我那点零花钱，基本什么都买不起。不过，还是有一间书店……

威尔明顿书店离我家不远。他们选的书并不是最好的，因为它同时也是一家美术用品商店，甚至有段时间还兼做邮局，不过我很快发现，他们确实有很多平装书卖。而且不是那些年常见的随便就能撕掉封皮容易退换的那种书。基本上我会沿着书架浏览，寻找所有同时以新币和旧币标价的书籍，然后买一大堆二十到二十五便士的有趣的书。首先找到的是汤姆·迪施[①]的《食骨重生》，这引起了年轻店主的注意。他的名字叫作约翰·班克斯，几个月前刚刚去世，享年五十几岁。这间书店属于他的父母。他留着嬉皮士一样的长头发和大胡子，我怀疑，他觉得十二岁的小孩子买汤姆·迪施的书很有意思。于是他会指引我看一些我可能喜欢的东西，我们会讨论各种书籍，还有科幻。

他们说阅读科幻小说的黄金时代就是你十二岁的时候，当黄金时代过去之后，你才发现那时候真他妈的黄金。好像所有

---

① 汤姆·迪施（Tom Disch，1940—2008），美国科幻小说家。

东西都大批出现——穆考克①、泽拉兹尼②、德拉尼③，还有埃利森、勒古恩、拉弗蒂④。（我曾想让去美国的人给我买R.A.拉弗蒂的书，因为觉得他肯定是美国最出名最畅销的作者。现在回想起来实在奇怪，他们会愿意给我买书带回来。）我在书店里还发现了詹姆斯·布兰奇·卡贝尔⑤，是詹姆斯·布利什⑥推荐的版本——实际上，这是我买的第一本卡贝尔（是《朱根》，最后的签名页不见了。我得去藏书室看看它去哪儿了）。

二十岁的时候，我告诉约翰·班克斯我在写一本书，他把我介绍给了企鹅图书的销售代表，后者又告诉我应该把稿子寄给红隼系列的哪位。（那位编辑回了一封满是鼓励的拒稿信，最近我重新读了一下我的那本书，这是二十年以来的第一次，我真感谢她当时拒绝了我。）

喜欢读书和在乎书的人天然情同手足。约翰·班克斯最好的地方是，在我十一二岁的时候，他发现我是这个团体中的一员，他会和我分享他喜欢和不喜欢的东西，甚至征求我的意见。

---

① 迈克·穆考克（Michael Moorcock，1939—　），英国科幻小说家。

② 罗杰·泽拉兹尼（Roger Zelazny，1937—1995），美国科幻、奇幻作家。代表作《安珀志》系列作品。

③ 塞缪尔·R.德拉尼（Samuel R. Delany），美国科幻作家，代表作《爱因斯坦交集》《通天塔—17》。

④ R.A.拉弗蒂（R. A. Lafferty，1914—2002），美国科幻作家。

⑤ 詹姆斯·布兰奇·卡贝尔（James Branch Cabell，1879—1958），美国科幻作家。

⑥ 詹姆斯·布利什（James Blish，1921—1975），美国科幻作家，《星际迷航》创作者之一。

三

然而，拥有桑顿希思路上的普卢斯书店的人，并没有这种情同手足的感觉，或者说就算他也是这个团体中的一员，他并没有表现出来。

这家书店离我在十四到十七岁之间上的学校很远，要坐很长时间的汽车，所以我们不经常去那儿。我们一进店门，开书店的人就对我们怒目而视，怀疑我们也许要偷什么东西（我们可没有），他还担心我们会打扰到他的常客，那都是些穿着雨衣的中年绅士，紧张地浏览那几架软色情读物（回想起来，我们也许确实会打扰到他们）。

如果我们离那些黄色书籍走得太近，他就会像狗一样对我们狂吼。不过我们没有。我们冲向商店的后面，像寻宝一样在书堆中翻找。这里的所有书都盖着一个普卢斯书店的印章，或者在封面上或者在书里面，提醒我们可以把书退回来拿到半价退款。我们从这里买书，但是我们从来没有把书再退回来。

现在回想起来，我真好奇那些书都来自何方——为什么位于几乎算不上南伦敦的一家脏乎乎的小书店里会有成堆的美国平装书？我买下了所有我能买得起的东西：埃德加·赖斯·巴勒斯[1]，加上弗拉泽塔[2]画的封面；一本泽拉兹尼的《为传道者绽放的玫瑰》，它闻起来像是带香味儿的爽身粉，我买下它的时候是这样，现在已经过去四分之一个世纪了，气味依然如

---

① 埃德加·赖斯·巴勒斯（Edgar Rice Burroughs，1875—1950），美国科幻作家，代表作《人猿泰山》。
② 弗兰克·弗拉泽塔（Frank Frazetta，1928—2010），传奇漫画家、商业插画大师。

故。我在这里找到了《达尔格伦》和《新星》[①]，还第一次发现了杰克·万斯[②]。

这并不是一个热情好客的地方。但是在我去过的所有书店中，这是我会在梦中回去的那一家。在那一堆破破烂烂的漫画杂志中我确信会发现《动作漫画》的第一期，也许还有我从卢西恩图书馆书架上就一直想读的书——封皮上有印章告诉你可以把书退回去拿到半价退款，带着啤酒或者蜂蜡的味道——罗杰·泽拉兹尼亲自写的《安珀志》前传，或者是一本在所有通行图书目录里都不知怎么漏下了的卡贝尔的书。如果我能找到这些书，一定是在这间书店。

四

普卢斯书店并不是我放学之后去得最远的一家书店。还有一家在伦敦，每个学期的最后一天都会去。（毕竟那一天老师都不教什么了，还有，我们的季票可以把我们一路带到伦敦，然后第二天就不能使用了。）这间书店的名字来自布拉德伯里《银色蝗虫》的故事："黑皮肤黄眼睛"。

我是从威尔明顿书店的约翰·班克斯那里听说的这家店——我不知道他去没去过，但是不管怎么说，他知道这是我的必去之地。所以戴夫·迪克森和我第一次去的时候，从贝里克街溜达上去，进入伦敦苏豪区，结果发现这家书店已经搬到几条街之外圣安妮巷的一座宽敞的大楼里去了。

---

① 《达尔格伦》和《新星》都是作家德拉尼的作品。
② 杰克·万斯（Jack Vance，1916—2013），美国科幻作家，代表作《濒死的地球》。

为了买书，我攒了一个学期的零花钱。他们那里有成堆丹尼斯·多布森①精装版摇摇欲坠打折出售——我做梦都想不到的R.A.拉弗蒂和杰克·万斯的所有书。他们有卡贝尔新作的美国平装本。他们有泽拉兹尼的新作《路标》。他们有一排一排又一排书架，有一个孩子能梦想到的所有科幻和奇幻书。简直是天造地设。

这家书店经营了很多年。店员都很搞笑，但是帮不上什么忙（我记得他们曾经公然大声放肆地嘲笑我，因为我害羞地问他们《最后的危险幻象》有没有上市），不过我并不在意。这是我只要去伦敦就会去的地方。不管我要干别的什么事，我总是会去这家书店。

有一天，我又去伦敦，圣安妮巷的橱窗空了，商店不见了，它的市场位置被禁忌星球书店取代了，后者生存了超过二十年，成了科幻书店岁月里的大鲨鱼：幸存者之一。

直至今日，每次我走过圣安妮巷，我都会看看曾经是黑皮肤黄眼睛书店的那个地方现在是什么商店，依稀期待某天会是一家书店。那里开过各种商店，有餐馆，甚至干洗店，但不再有过书店。

写着写着，所有关于这些书店的记忆都回来了：那些书架，那些人。最重要的是那些书，它们封面光鲜，书页之间有无穷无尽的可能。我曾经想过我可能会变成什么样——如果没有那些书架，如果没有那些人、那些地方，没有那些书。

我觉得如果是那样的话，我可能会非常孤独，而且会变得

---

① 丹尼斯·多布森（Dennis Dobson），英国出版品牌。

头脑空空，总是需要点什么来慰藉自己，但又不知道该怎么表达自己的需求。

五

还有一家书店我还没提起。它房屋老旧，杂乱无章，屋子很小，又拐来拐去，有门有楼梯有壁橱，所有地方都堆满了书架，书架上都是书，所有的书都是我想看的，都是需要归属的书。书都成堆放着，有的在昏暗的角落里。在想象之中，我有一把非常舒服的椅子，放在壁炉旁边，就在一层的某个地方，离门只有一小段距离，我就坐在椅子上，也不说什么话，看着一本我最喜爱的古老的书，又或者是一本新书，然后如果有人进店来，我就冲他们点点头，也许会笑笑，让他们自己去逛。

在这家书店里每个人都能在什么地方找到适合自己的书，在某个昏暗的角落里，或者在一眼就能看到的地方。只要找到了，这书就归他们所有。要是找不到，他们可以一直找下去，直到天太黑看不见为止。

三位作家：刘易斯、托尔金和切斯特顿：第三十五届神话创作大会嘉宾演讲①

我想讲讲作家们，特别是其中三位作家，还有我和他们相遇的情形。

有的作家和你会有私交，有的则没有。有的作家会改变你的人生，有的作家不会。事情就是这样。

我六岁的时候，在朴茨茅斯我奶奶家的黑白电视上看了一集《狮子、女巫和魔衣柜》。我记得海狸先生，还有狮王阿斯兰的第一次出场，那名演员穿着一身不怎么真实的狮子服装，两腿站着，从这点我推断那大概是第二集或是第三集。我回到萨塞克斯郡家中，把少得可怜的零花钱一点点攒下来，直到能自己买一本《狮子、女巫和魔衣柜》。这本书我读了一遍又一遍，还有《黎明踏浪号》，这是我能找到的另外一本，到七岁

---

① 本文是我在第三十五届神话大会上发表的嘉宾演讲，此次大会是2004年在密歇根大学举办的。神话大会是神话创作协会的年度盛会。我还给大家朗读了我刚刚完成的短故事《苏珊的问题》，没人来掐住我的脖子。——原注

生日那天，我已经给大人留下了各种暗示，表示我想要的生日礼物是一套《纳尼亚传奇》①全集。我还记得七岁生日那天自己做的事——躺在床上，把这些书从头看到尾，从第一本一直看到最后一本。

此后四五年的时间，我一直在读这些书。我当然也会读其他的书，但内心深处我知道，读其他的书只是因为《纳尼亚传奇》本数有限，不能无穷无尽地读下去。

不管这部宗教寓言是好是坏，它一字不落地印入了我的脑海，直到快十二岁的时候，我才意识到一些相似之处。很多人在看到石桌时就意识到了，而我则是因为突然发现，圣保罗去大马士革路上发生的事情与尤斯塔斯变龙的情节如出一辙②。我觉得自己受到了冒犯：我觉得这位我一直深信不疑的作者竟然有不可告人的目的。我并不反对宗教，或者说小说中的宗教——我（在学校弓店）买过《地狱来鸿》，而且非常喜欢它，我还花了很多时间阅读G.K.切斯特顿。我失望是因为，这让《纳尼亚传奇》对我来说变得不再那么好了，纳尼亚整个故事、这个地方都不像之前那么有趣了。尽管如此，《纳尼亚传奇》还是给我留下了深刻的影响。阿斯兰告诉塔什神的崇拜者，他们向塔什神的祈祷实际上都是向阿斯兰本身的祈祷③，我当时相信这点，至今仍然相信。

---

① 《纳尼亚传奇》：C.S.刘易斯奇幻代表作，共有七部，分别为《狮子、女巫和魔衣柜》《凯斯宾王子》《黎明踏浪号》《银椅》《能言马与男孩》《魔法师的外甥》《最后一战》。
② 出自《黎明踏浪号》。
③ 出自《最后一战》。

保利娜·贝恩斯[1]所做的纳尼亚地图海报我年少时一直挂在卧室墙上。

我没有再去读《纳尼亚传奇》，直到我也成了父亲，首先是1988年，然后是1999年，每次都是把所有的书大声读给孩子听。我发现我当年喜欢的东西，至今仍然喜欢——有时更加喜欢——而一些我小时候觉得奇怪的东西（比如《凯斯宾王子》别扭的结构，还有《最后一战》大部分我都不喜欢）显得更加奇怪；还有一些新东西让我实在难受——例如《纳尼亚传奇》之中的女性角色，最极端的是苏珊的性格。但我发现有一点更为有趣，那就是在我身上有多少《纳尼亚传奇》留下的影子：如果我想写作，就会一次又一次意识到，我想要借用《纳尼亚传奇》用过的短语、韵律和词句的组织，例如，我在《魔法之书》里面写了一只刺猬和一只兔子，它们就像独脚怪[2]一样互相交谈和保持一致。

C.S.刘易斯是第一个让我想要成为作家的人。他让我明白了作家的存在：有人站在语言背后，有人在讲故事。我爱上了他使用括号的方式——作者的旁白智慧满满却又像闲话家常——整个童年时期，在自己的随笔和作文里使用这样的括号都能让我欢天喜地。

我想，刘易斯的天才也许在于他创造了一个世界，对我来说这个世界比我身处的世界更加真实；如果写出《纳尼亚传

---

[1] 保利娜·贝恩斯（Pauline Baynes，1922—2008），英国插画家，她为《纳尼亚传奇》系列绘制的插图是C.S.刘易斯最为认可的，《纳尼亚传奇》能够成为英国最畅销的儿童文学作品，贝恩斯的插图也起到了重要作用。
[2] 出自《黎明踏浪号》。

奇》故事的人是作家，那么我也想要当个作家。

好了，如果能有一种错误的方式来发现托尔金，我遇到他的时候就完全是错误的方式。有人在我家落下了一本平装的《托尔金读本》。里面包括一篇文章——彼得·S.比格尔的《托尔金的〈魔戒〉》——几首诗，《尼格尔的叶子》和《哈莫的农夫吉列斯》。回想起来，我怀疑我拿起这本书只是因为插图是保利娜·贝恩斯画的。那时我可能八岁，也可能九岁。

对我来说，读这本书的重要原因是里面有诗歌，还有对一个故事的承诺。

对了，我九岁时转了学，然后在班级图书馆发现了一本破破烂烂、版本极其古老的《霍比特人》。有一次图书馆处理旧书，我花了一个便士就把这本书从学校买回了家，还有一本同样古老的W.S.吉尔伯特①的《原创剧目》，至今我还保留着这本书。

又过了大概一年时间，我在学校图书馆发现了《魔戒》的前两卷。我读了这两本。我读了一遍又一遍：看完《双塔奇兵》，我会马上开始从头看《魔戒再现》。我一直没看到结局，但这并没有听起来那么惨——我已经从《托尔金读本》里彼得·S.比格尔的散文中知道，故事的结局还可以。不过，我还是真心希望能自己读到。

十二岁的时候，我在学校英语比赛中获奖，可以选一本书作为奖品。我选了《王者无敌》。现在我还保留着这本书。然而我只读过一遍——揭开故事的结局令人兴奋不已——因为

① W.S.吉尔伯特（W. S. Gilbert，1836—1911），英国剧作家、诗人。

差不多同时，我还买了平装一卷本。这是我用零花钱买的最贵的东西，这个版本我至今读了又读。

我得出的结论是，《魔戒》很可能是从古至今能写出的最好的书了，这让我进入了左右为难的境地。我还想长大以后当作家呢。（这说的不对：我当时就想立刻成为作家。）我想要写出《魔戒》。问题在于已经有人把它写出来了。

这个问题我思考了很久，最终得出结论，最好的办法是拿一本《魔戒》，然后溜到托尔金教授不存在的某个平行宇宙中去。然后我就找个人把这本书重新用打字机打一遍——我知道如果把一本已经出版的书送给出版社，就算是在平行宇宙中，他们也会产生怀疑，而且我知道以我十二岁的打字水平，打出这么厚一本书是不可能完成的任务。一旦这本书出版了，在这个平行宇宙之中，我就成了《魔戒》的作者，没有比这更好的事情了。我把《魔戒》读了一遍又一遍，直到所有内容了然于胸，没有必要再读了。很多年之后，我给克里斯托弗·托尔金[1]写了一封信，向他解释了他无法注解的一点东西（还是我阅读詹姆斯·布兰奇·卡贝尔的时候学到的），然后发现自己的名字出现在托尔金新书《魔影重临》的致谢中，这点让我深感荣幸。

正是在我发现两卷《魔戒》的学校图书馆中，我发现了切斯特顿。图书馆就在学校舍监的办公室隔壁，我之所以知道这一点，是因为每次遇到吓唬我的老师上的我不喜欢的课，我总

---

[1] 克里斯托弗·托尔金（Christopher Tolkien，1924—2020），《魔戒》作者托尔金的儿子，托尔金逝世后出版的作品由他负责编辑。

是假装头疼然后跑到舍监办公室去。苦味的阿司匹林会溶解在一杯清水里；我会把它喝光，并且试着不做鬼脸，然后就会被送到图书馆坐着，等着药片起作用。下雨天的下午我也会去图书馆，还有其他我有机会的任何时候。

在那里我发现的第一本切斯特顿的书是《布朗神父探案全集》。在那座图书馆里我还结识了数百位其他作家——埃德加·华莱士[①]、奥希兹女男爵[②]、丹尼斯·惠特利，还有所有其他人。但切斯特顿很重要——对我来说和C.S.刘易斯同样重要。

虽然我爱托尔金，而且我希望他的书是我写出来的，但是我一点也没有想要像他那样写作。托尔金的词句好像是天然生成的，就像岩石的构成或者瀑布那样。对我来说，想要像托尔金那样写作，就好像想要像樱桃树一样开花、像松鼠一样爬树或者像暴雨云一样下雨。切斯特顿则完全相反。读切斯特顿的时候，我总是知道，有人写下了这些文字，他因为这些文字而喜悦，他运用纸上的文字，就像艺术家使用调色板上的颜料一样。在切斯特顿的每个句子之后，都好像有人在用词语作画，对我来说，在每个特别好的句子或者每个精心设置的矛盾最后，似乎可以听见作者在幕后的某个地方开心地咯咯笑出声来。

布朗神父是人性与共情的王子，是引人端起烈酒的软饮

---

① 埃德加·华莱士（Edgar Wallace, 1875—1932），英国作家，代表作《十三号房》。
② 奥希兹女男爵（Baroness Orczy, 1865—1947），英国作家，代表作《角落里的老人》。

料，这是一卷三个小说的合集：《诺丁山的拿破仑》（我最喜欢的像《1984》那样具有预言性的小说，也极大影响了我的小说《乌有乡》），《代号星期四》（所有二十世纪间谍小说的原型与噩梦，同样还是神学意义上的喜乐），最后是《飞行的小客栈》（其中有些极好的诗歌，但它们震撼了我，作为一个十一岁的孩子，那时的我见识太少。我怀疑布朗神父也会这样认为）。这卷书里还有诗歌、散文以及插图。

切斯特顿、托尔金和刘易斯，就像我之前说的那样，并不是我在六到十三岁之间读过的全部作家，但他们是我反复阅读的作家；他们每个人都各有功用，共同造就了今天的我。没有他们，我想象不到我能成为一名作家，也更不会成为奇幻小说作家。我不会理解，告诉别人真实事情最好的办法，是从他们想象不到会有真实东西的方向；我也不会知道，信仰与梦想的庄严与魔力对于生活和写作而言都至关重要。

没有这三位作家，今天我就不会站在这里。当然，你们也都不会来这里。谢谢各位。

类型的色情文学，
或者色情文学的类型①

> 本文是我在奥兰多一次演讲的录音记录，听众大多是学者。这不是我最初写下的演讲稿，因为在演讲过程中我偏离讲稿太多了。

谢谢大家。我非常感动。奇怪的是，我认为在某种意义上，我演讲的主题是充满激情的未知事物。我写了一个演讲稿，因为我很紧张；但我也用绿色墨水做了很多小记号，这些地方就是我告诉自己如果需要可以跑一点题，随便讲讲的地方。所以我也不知道这个演讲会有多长。这取决于绿色墨水做记号的那些地方。正式题目是什么来着？

（观众："类型的色情文学，或者色情文学的类型。"）

---

① 本文是我2013年在佛罗里达州奥兰多举办的第三十五届幻想艺术国际会议上的主题演讲。——原注

的确是这个，或者诸如此类的题目。我的演讲实际上和色情文学的类型没有任何关系。把它放在这里只是为了让标题引人注目。我觉得这也没什么错。

创作者的任务是制造爆炸。而学者的任务在于在爆炸地点周围走走，收集炸弹碎片，搞清楚这是什么样的爆炸，多少人死亡，爆炸想要造成多大的破坏，以及实际上达到了多少。

作为作家，我更习惯于制造爆炸，而不是谈论爆炸。我对于学术界非常着迷，但这是一种出于实际原因的着迷。我想知道怎样能让某种东西为我所用。我喜欢研究小说，但这种研究的兴趣在于，这是我可以利用的东西。

我小的时候，家里有个花园。八十五岁的韦勒先生每周三都来，在花园里忙这忙那，于是花园里长出了玫瑰，菜园也产出了蔬菜，好像是魔法一样。在花园的小棚屋里，挂着各种奇奇怪怪的锄头铁锹铲子播种器什么的，只有韦勒先生才知道它们都是干什么用的。那都是他的工具。我也对那些工具着迷。

写文章的奇迹之处在于：它是从字词开始的。我们作为作家，并不是直接给读者一个故事。我们也并没有给他们人物、地点或是情绪。我们为读者提供的是一段原始的代码、一个粗糙的模型、一组模糊的建筑草图，他们可以用来自己建构图书。没有两位读者可以或者将会读到同一本书，因为图书是读者和作者一起创造的。我不知道你们有没有人曾经有这样的经验——再次读一本小时候喜欢的书。一本你印象中情节如此生动的书，读书的时候有东西铭记在你的脑海里，你记得大雨倾盆而下，你记得树在风中摇摆的姿态，你记得马儿穿过森林进入城堡时的轻声嘶鸣和嗒嗒蹄声、马衔铁叮当作响声以及其他所有的声音。当你成年之后回头再读这本书，你会发现那句话是类似这样写的："'这将会是多么糟糕的一夜，'他们骑马穿过森林时他这样说，'希望我们能早点到达。'"你会意识到那些生动的情节都是你自己的想象力创造出来的。你建构了它，你创造了它。

挂在作家花园小棚屋里的某些工具，可以帮助我们作家理解这些故事模型是什么。这教我们如何与合作伙伴一起工作——因为读者就是合作伙伴。

我们会问自己有关小说的一些重大问题，因为这是所有的关键：写作有什么用？小说有什么用？想象力有什么用？我们为什么要这样做？它重要吗？为什么重要？

有的时候答案可以很实际。几年之前，2007年，我去了中国，参加我觉得是有史以来第一次由国家资助的科幻大会，我记得当时和一位参会的官员聊天，我说："我至今在《轨迹》杂志上读到的都是你们这些人不赞成科幻，也不支持科幻大会，这些东西都没有得到足够的鼓励。有什么变化吗？为什么你们会允许科幻大会？我们为什么能来这儿？"他说："哦，你们多年前就知道，我们能制造很好的东西。我们为你们制造iPod和手机。虽然我们比其他人做的都好，但是这些创意都不是我们想出来的，只不过是你们把东西拿来，然后我们制造出来。所以我们去美国参观了一趟，和微软、谷歌、苹果公司的人座谈交流，我们问了他们很多问题——就是那些在这些公司工作的人，发现他们青少年时期都读科幻小说。所以我们认为这可能是件好事。"

过去的三十年，我一直在写故事。我以此为生已经有十五年了，然后忽然有一天，我开始好奇究竟什么是故事，想要用一种对我有用的方式来定义它。我思考了大概一年时间，最终我认定，故事就是我编出来让读者一直翻页读下去，或者让观众持续看下去，看到最后他们也不觉得受骗上当的东西。

这种定义对我来说很有用。有时它能帮我弄明白某个故事为什么不好，以及要怎么做才能让它重回正轨。

另外一件让我操心不止的大事就是类型。我是个类型作家，和这是一次类型研讨会一样，能让这两者不愉快或者出现问题的只会是有人提问什么是类型，继而又引出一大堆其他问题。

首先作为读者，其次作为作家，我最大的问题其实很简单，什么是类型小说？什么东西能让一本小说成为类型小说？

什么是类型？嗯，你可以从一个实用的定义出发：类型是能告诉你在书店或者音像店（如果你现在还能找到的话）往哪找书看的这么一种东西。它告诉你应该往哪走。它告诉你应该往哪看。这很好也很方便。就在最近，特雷莎·尼尔森·海登①告诉我，它实际上不是告诉你应该看什么、应该去哪儿看，而是告诉你书店里有些过道就不用费劲走进去了。我觉得这话太有见地了。

世上的书太多了。所以如果想让给书上架的人和找书的人更方便，可以缩小他们去找书的范围。你告诉他们哪些地方不

---

① 特蕾莎·尼尔森·海登（Teresa Nielsen Hayden, 1956—   ），美国科幻作家。

用看。这就是书店图书排架的最简方案。它能告诉你什么不必读。

问题在于斯特金定律——大概是"任何东西90%都是垃圾"——对于我所知道的领域都适用（科幻、奇幻、恐怖小说、童书、主流小说、非虚构类纪实文学还有传记），我确信，这定律也一样适用于书店里那些我平常不去的地方——从菜谱到超自然爱情小说。斯特金定律的推论是，再怎么说，任何东西也有10%能落在从还好到杰出的区间之内。这对于所有类型小说来说都完全没错。

因为类型小说无情地遵守达尔文主义——图书来了又走，很多书被人遗忘，很少能让人记得，这并不公平——这种流动比例通常可以除去书架上90%的垃圾，再换上90%别的垃圾。但还能给你留下——就像儿童文学中那样——一些核心经典，它们往往都是真正的菁华。

生活本身并不遵循类型的规律。它可以或轻易或困难地从肥皂剧突然变成一场闹剧，从办公室恋情变成医疗剧、警方办案小说或者色情文学，有的时候只需要几分钟时间。在我去参加一位朋友葬礼的路上，我看到飞机上一位乘客站起来，脑袋撞到了头顶的行李舱，把它撞开了，里面的东西全都砸在了一位倒霉的空乘员身上，这真是我见到过的表演最好、时机最准的一出滑稽剧。它的类型就混杂得一塌糊涂。

生活会突然摇摆。类型在某些限制条件下给出一定的预测，但然后，你必须问问自己，类型是什么？它既不是主题，也不是叙事语气。

类型——我一直这样看——是一系列的假设，是创作者和受众之间一种松散的协议。

有位美国电影教授琳达·威廉斯在80年代末曾发表过一项有关硬色情电影的杰出研究，叫作《硬调》，副标题是"权力、愉悦以及'可见的狂热'"。作为一个年轻人，我读这书多少出于偶然（当时我是个书评作者，这本书出现在我桌上是因为我要写书评），它让我重新思考当时自以为知道的一切，究竟什么能造就类型。

我知道有的东西和其他东西不一样，但我不知道为什么它们不一样。

威廉斯教授在书中说，理解色情电影最好的方法就是把它们和音乐剧进行对比。在音乐剧中，你会看到各种不同的歌曲——独唱、对唱、三重唱、全体合唱、男人唱给女人、女人唱给男人、慢歌、快歌、快乐的歌、爱情歌曲——在色情电影里，你也会遇到很多种不同的性爱场景。

在音乐剧中出现的情节，可以让你从一首歌转到另一首，防止所有的歌曲都同时出现。这点在色情电影中也一样。

此外，最为重要的是，音乐剧中的歌曲并不是你去看音乐剧的目的，因为你想看的是全部内容，包括故事本身和其他所有元素。如果没有歌曲，作为观众中的一员，你会觉得受骗上当。如果你去看音乐剧，结果发现里面没有歌曲，你会打算离开，并且觉得看音乐剧没有值回票价。但是看《教父》你就不会抗议"一首歌曲都没有"。

如果你把它们去除——音乐剧中的歌曲、色情片里的性交表演、西部片里的枪战——那么就没有来看电影的人想看到的东西了。来看这种类型作品的人，就是想找这种东西，否则他们会感到上当受骗，觉得花钱不值，认为他们读到或者看到的东西在某种程度上破坏了规则。

当我理解了这一点，我就理解了更多的东西——就像是在我的脑海里点燃了一盏明灯，因为它回答了我从小到大一直在问的这个基本问题。

我知道有间谍小说，还有书中提到间谍情节的小说；有牛仔故事，还有发生在美国西部牛仔之间的故事。但在那之前，我并不明白它们的区别在哪儿，而现在我理解了。如果情节是一种机器，让你从一个套路过渡到另一个套路，这些套路就是读者或者观众看不到就感觉上当的东西，那么，不管它是什么，这套路就是类型。如果情节是这样的：牛仔孤身一人骑马进城，到了第一场枪战，又到牛群冲进画面，那么这就是西部片。如果这些只是沿途发生的事情，情节只是略微提到这些，没有这些也行，有或没有实际上无所谓，那么这是一部背景建立在昔日西部的小说。

如果每个事件都是情节的一部分，如果整个事件很重要，如果你带领读者或者观众进入他或她心目中特意花钱来看的东西的下一个片段时，并没有什么必须存在的场景，那么这是个故事，类型无关紧要。

题材并不是类型。

那么，对于创作者来说，类型的优势在于它给你一种游戏规则，你可以遵守规则也可以与之对抗。它给你球网和场地的形状。有时候它连球也给你。

对我来说，类型的另一个好处是它可以给故事带来特权。

故事有模式，模式会影响随之而来的故事。

八十年代时我还是一名年轻记者，有人交给我一厚摞畅销爱情小说，题目都是一个词，比如《蕾丝》和《禁忌》，告诉我要写三千字的书评。于是我开始读这些书，一开始不免疑惑，后来慢慢变得愉快，因为我意识到它们看起来特别眼熟的原因在于它们确实就是特别眼熟。他们是在重新讲述童话故事，那些我小时候就知道的故事，只不过挪到了此时此地，又把性和金钱拿过来添油加醋。虽然这里说的类型被英国出版界称为消费与性交小说，但这些书写的既不是消费也不是性交，而主要是这些之后会发生什么，结构简直熟悉到老套。

我还记得自己冷静计算，设计出我第一个类似的情节。说的是一位极其聪明的年轻女士，由于邪恶的婶婶的阴谋诡计而陷入了昏迷，所以她整本书基本都昏睡不醒，一位高尚的年轻科学家像英雄一样奋斗，想要把她救醒，为她的家庭节省开支，最终他不得不用"消费与性交"的方式，也就是用吻把她唤醒。我构思了这个情节，但是怎么也下不了笔。我还没见利忘义到去写自己不相信的东西，如果我要重写《睡美人》的故事，我确信自己能找到一种更好的方式。

但故事得到特权对我来说是件好事。我关心故事本身。虽然我一直确信自己并不多么擅长写故事，这真是痛苦，如果一个故事感觉正确或是进展顺利，我就会很开心。我喜欢精美的文笔（虽然我从来不认为，英国人心目中的精美文笔——也就是尽可能写得直截了当明明白白 —— 和美国人心目中的精美文笔是一回事，而且肯定也不等于印度的精美文笔或者爱尔兰的精美文笔，它们都是完全不同的东西）。

但是我喜欢故事带来的推动力，也喜欢故事的各种表现形式。

过去四天，我基本都和我九十五岁高龄的表姐海伦·费金待在一起，她是大屠杀幸存者，曾经在迈阿密大学做过大屠杀历史教授，是一位了不起的非凡女性，她给我讲了1942年在拉多姆斯科犹太人区时候的事情。那时候她在克拉科夫大学读书，然后战争中断了学业，所以她被派去犹太人区教小孩儿读书（那时她也就十九岁，也可能二十岁），为了表示一切正常，这些十岁十一岁的孩子每天早上都会来找她，她就教他们拉丁语、代数，还有一些她也不知道他们会不会用得到的东西，但她一直坚持教学。一天晚上，有人给她一本《飘》的波兰语译本，她向我解释说这件事意义重大，因为书都被禁了。纳粹禁书的效率非常之高，如果他们发现你有书，就一枪把你的脑袋崩了。所有的书都被禁了，她却得到了一本《飘》。每天晚上，她都会拉下窗帘挡住光线，然后用极小的灯光阅读，牺牲珍贵的睡眠时间，看上两到三章，这样第二天早上，等孩子们来的时候，她就能给他们讲讲自己读到的故事，这就是他们想要的一切。每天他们听一小时就走。他们离开了拉多姆斯科犹太人区。那些孩子之后有很多去了集中营。她说她后来一个个寻找他们，发现在她教过的好几十个孩子中间，只有四个活了下来。她告诉我这些，让我重新思考了我在做的事情，也让我重新思考了逃避主义小说，因为我真心觉得它可以给他们一种解脱，逃出那个地方，逃出那个时代。这是值得冒生命危险去做的事。

随着年纪增长，我运用类型越来越自在。更加轻松就能确定，没有放哪些故事要点会让读者觉得上当受骗。但是，我创造故事的主要动力仍然是将自己视为读者和观众，给自己讲一个让我惊奇、高兴、害怕或者伤心的故事，带我去一些从未去过的地方的故事。

不过，就像埃德加·潘伯恩[1]所说的那样：我始终保持着好奇心……

如果我们要超越类型，那么是要写出精彩的类型作品，还是要跳出类型的条条框框？超越类型有什么价值吗？

就此而言，一位作家什么时候会变为类型作家？我读雷·布拉德伯里并不是因为它们满足了我对于类型的期望，我读他的作品是为了那些纯属雷·布拉德伯里的地方——他组织字词的特殊方式。

人们告诉我——最近一次是得克萨斯州奥斯汀的一位人力三轮车车夫告诉我——我的作品有盖曼风格，我一点也不知道这是什么意思，也不知道到底有没有这么一种东西让人们会期待在我的书中读到，如果没看到就会觉得上当受骗。我希望所有故事都彼此不同。我希望作家的声音随故事而不同。我希望我在想象中的花园深处的小棚屋里选择了正确的工具，创

---

[1] 埃德加·潘伯恩（Edgar Pangborn，1909—1976），美国作家，创作类型包括悬疑、历史、科幻等题材。

造出正确的故事。

当我有的时候停滞不前，我就会想想色情电影，想想音乐剧：喜欢我写的东西的人想要看的是什么？有的时候我就会写这样的东西。这些时候我大概就是在写类型小说。而其他时候我则会做相反的尝试。

但我仍然怀疑，当我都不知道自己正在写的是什么东西的时候，我才是最成功、最有雄心壮志、最傻与最聪明的作家。这时我不知道喜欢这些东西的人会期待什么，因为还从来没有人喜欢过这样的东西：不管怎么说，这是我独自上阵的时刻。

只有这个时候，当我只有自己这唯一一位读者，那么类型，或者是缺少类型，都变得不那么重要。引领我走作家之路的唯一规则是要永远前行，并且喋喋不休地给第一位读者，也就是我自己讲述故事，直到结尾也不让自己感到受骗或是失望。

机器里的鬼魂：万圣夜随想①

　　现在我们聚集在这里，在布拉德伯里所说的十月国度②的终结：这是一段时间，同样也是一种精神状态。粮食都已收割入仓，地上开始有霜，清冷的夜晚空气中带着寒露，讲鬼故事的时候到了。

　　我在英国长大的时候，万圣节前夜并不是什么需要庆祝的日子。我们相信，这一夜死人走上街头，属于夜晚的所有东西都得到自由，因为相信这些，所以我们小孩子理所应当要待在家里，关窗锁门，听树枝敲打窗玻璃的噼啪声，瑟瑟发抖，同时又觉得很满足。

　　有些日子可以改变一切：生日、新年还有开学第一天，这些日子告诉我们万物都有秩序，夜晚的生灵和想象力也懂得这一点，和我们一样。万圣节前夜就是他们的聚会，就像在这一

---

① 本文原载于2006年10月31日的《纽约时报》。——原注
② 雷·布拉德伯里的短篇作品集《十月国度》里的情节。

夜他们所有人都一起过生日。他们得到许可，生与死之间的所有界限都被抹平。据我判断也有女巫，因为我从来不怕鬼，但是女巫，我知道她们等在阴影里，会吃小男孩。

平时，我并不相信有女巫，至少白天不信。就算午夜时分也不是完全相信。但是在万圣节前夜，我什么都相信。我甚至相信，在海的那边有一个国家，这天晚上，像我这么大的孩子会乔装打扮挨家逐户要糖，不给糖就捣蛋。

万圣节前夜是个秘密，在那个年代，是件私事，作为一个男孩，在万圣节前夜我会在内心拥抱自己，这种恐惧荣耀万分。

现在我写小说，有时候这些故事会偏离正道深入黑暗，然后我发现自己必须向我爱的人和朋友做出解释。

"为什么你要写鬼故事？二十一世纪了，鬼故事还有容身之地吗？"

就像爱丽丝所说，容身地方多得很呢。技术并没有除去事物边缘的阴影。鬼故事的世界仍然在视线的边缘徘徊，把事情变得更奇怪、更黑暗、更神秘，像千百年以来一样……

曾经有个博客，我觉得没有别人去读。我是在搜索其他东西的时候偶然发现的，它有种东西——也许是说话的语气——如此平淡、阴郁和绝望，引起了我的注意。于是我把它加入了书签栏。

如果写这个博客的姑娘知道有人阅读，有人关心，也许她就不想结束自己的生命。她甚至写了自己要怎么做——用药片，戊巴比妥钠、速可眠等，几个月以来她每次都从继父的浴室里偷几片。塑料袋，孤独，她用一种平淡、务实的语气写下这些，解释说她知道尝试自杀实际是寻求帮助，但是这次绝对不是，她只是再也不想活了。

她对这个重要的日子进行倒数，我一直在读她的博客，不知道能做什么，甚至不知道究竟有没有什么可做的。网页上没有什么个人信息，甚至不足以告诉我她住在哪个大洲。既没有邮箱地址，也没有地方可以评论。最后一条消息只有一个词："今晚"。

我思来想去，这件事我应该告诉谁，如果有人听的话，然而我只能耸耸肩，我能做的最好的事只不过是咽下这种自己让全世界失望了的感觉。

然后她又开始发文。她说她很冷很孤单。

我想，她知道我还在看……

我还记得第一次在纽约过万圣节前夜的情形。游行队伍经过，队伍那么长那么长，全是女巫、食尸鬼、魔鬼还有邪恶皇后，光彩照人，那一瞬间，我好像又回到了七岁，深受震动。"如果你在英国这样游行，"我发现自己在编故事的那部分大脑里这样想，"各种东西都会醒来，所有我们在盖伊·福克斯之夜的篝火上烧掉而祛除的东西都会醒来。但也许在这里他们可以这样做，因为这里的守护神不是英国的。也许在这里，死尸不会在万圣节前夜走上街头。"

然后，过了几年，我搬到了美国，买了一所房子，看上去像是查尔斯·亚当斯①在感觉特别不正常的一天画下来的一样。为了万圣节前夜，我学会了雕南瓜，然后还存下一些糖果，等待第一批"不给糖就捣蛋"的小朋友们上门。十四年之后，我还在等待。也许我家看起来有点太吓人了；又也许只是因为它离城区太远。

然后，曾经有个人在手机语音信箱留下提示语，说话声音听起来像是开玩笑，她说恐怕自己已经被谋杀了，但是如果留言的话她会给我们回电话。

几天之后，我们看到新闻，才知道她真的被谋杀了，这明显是偶然，但实在可怕。

但是后来，她确实给每个留言的人都回了电话。一开始是通过电话留下手机留言，听起来像是有人在风中低语，那低沉潮湿的声音，永远分辨不清说的是什么。

最终，当然，她会亲自回复我们的电话。

然而他们仍然会问，为什么要写鬼故事？为什么要读或者听鬼故事？为什么会有人享受这样没有意义而且基本上是用来吓人的故事？

我不知道。不完全清楚。这事历史悠久。毕竟我们有古埃及的鬼故事，《圣经》里的鬼故事，古罗马的传统鬼故事（除

---

① 查尔斯·亚当斯（Charles Addams，1912—1988），美国漫画家，擅长画黑暗幽默、令人毛骨悚然的人物，代表作为《亚当斯一家》，被改编为电视剧。

此之外还有狼人、魔鬼附身的事例，当然，还有翻来覆去的女巫故事）。很长时间以来，我们互相讲异类的故事，讲阴间的生活；这些故事刺痛皮肉，让影子更加黑暗，更重要的是，它们提醒我们自己还活着，提醒我们活着是一种极为特殊、独一无二、非同寻常的状态。

如果量少，恐惧是一件妙事。你可以乘坐鬼魂列车进入阴曹地府，但你知道最终有扇门会打开，你可以走出来，重回阳间。知道自己还在人世，仍然安全，知道没有什么怪事发生，没有真正的怪事，总是令人安心。重新变成孩子感觉很好，就一小会儿，去害怕——不是害怕政府、害怕规矩，也不是害怕伴侣不忠、会计师或是遥远的战争，而是害怕鬼魂，还有那些并不存在的东西，而且就算它们存在，也无法做出伤害我们的事。

每年这个时节，都最适合鬼魂出没，即使最平淡无奇的东西都会投下最吓人的影子。

在我们心头萦绕不去的东西可能很小很小：一个网页，一条语音信息，报纸上的一篇文章，或者是一个英国作家想起万圣节前夜早已过去的黑暗、只剩枯枝的大树和蜿蜒的小路。一篇含有鬼故事碎片的文章，虽然这个想法荒谬绝伦，除你之外从没有别人想到要读，而下次你去找的时候，这文章压根就不见了。

关于神话的思考
（以及一些题外话：园艺、漫画与童话故事）①

　　作为作家，更确切地说，作为小说作家，我经常涉及神话。过去总会涉及，大概以后也总会涉及。

　　这并不是说我不喜欢，或者不尊重现实主义的小说；我尊重它们。但是我们这些以编故事为生的人，总是跟随着自己的兴趣和痴迷进入小说，而我的兴趣，不管我想不想要，几乎总是把我带入神话的王国，这并不完全等同于想象的世界，虽然它们分享着一条共同的边界。

　　我还记得小的时候，找到一本平装本《北欧人的故事》，就像发现宝藏一样满心欢喜，反复阅读直到装订线断开，书页像落叶一样散落。我还记得那些故事里充满正义。它们感觉很对。在七岁的我心目中，它们感觉很熟悉。

① 本文原载于《哥伦比亚：文学与艺术期刊》1999年冬第31期，虽然实际上写于1998年，是我在芝加哥人文艺术节上演讲的讲稿。——原注

邓萨尼勋爵①说："不用稻草制砖不易，没有记忆想象更难。"

他说的当然很对。我们的想象（如果真是我们自己的）应该基于我们自己的生活和经历，也就是我们的所有记忆。但我们的记忆包括我们小时候听到的传说、神话、童话，所有的故事。

没有那些故事，我们就会不完整。

一

堆肥的过程让我着迷。我是英国人，和很多同胞一样，我的业余爱好也是在花园里摆弄，平心而论，其实是折腾：这并不完全是园艺，而是一种冲动。比如说，去年我终于可以骄傲地微笑，因为收获了五六个长得奇形怪状的南瓜，每个南瓜我得花二十多美元才种了出来，而它们全都明显比本地农场出产的差得远。我喜欢园艺，不擅长却仍然骄傲，不擅长也完全没关系。

就园艺而言，过程最为有趣，结果是次要的（就我而言，能结果纯属偶然）。

你可以从堆肥中学到很多：厨房的残羹剩饭、花园的废物垃圾，经过一段时间的腐烂，可以变成一种黏稠黑色的无公害

---

① 邓萨尼勋爵（Lord Dunsany，1878—1957），原名爱德华·约翰·摩顿·拉克斯·普朗克（Edward John Moreton Drax Plunkett），是爱尔兰贵族，"邓萨尼勋爵"是他的笔名。作家、剧作家，是现代奇幻小说的重要人物之一，深远影响了J.R.R.托尔金、H.P.洛夫克拉夫特等著名科幻、奇幻作家，尼尔·盖曼也深受影响。

营养土，充满生机，用它种东西再好不过。

神话就是这种堆肥。

神话始于宗教，它是最深的信仰，或者是宗教发展时与之共生的故事。

（"如果他要一直杀人，"在伪经《婴孩福音》中提到年幼的耶稣时，约瑟对马利亚说，"我们不得不禁止他走到屋外。"）

然后，由于宗教陷入废弃，或者说那些故事不再被人们认为是真实发生过的，它们就成了神话。神话经过堆肥变成了泥土，成为一片肥沃的田地，其他的故事与传说像野花一样在其中开放。丘比特与普绪克的故事被重新讲述，被人忘掉大半之后，重新想起，就变成了美女与野兽。

非洲的蜘蛛神阿南西变成了猛揍柏油娃娃的兔子兄弟。

从这样的堆肥之中长出了新的花朵：鲜艳开放，活力四射。

二

神话是方便法门。

写《睡魔》的时候（从很多方面来说，正是这个故事让我成名），我就不停地试验使用各种神话，神话是墨水，这个系列就是用这种墨水写就的。

《睡魔》在很多方面都是一种尝试，要创造一种新的神话——或者说，看看我对古代众神有什么感觉，然后试着创造出一种小说体系，写作的时候自己可以相信。一种感觉"正确"的东西，就像神话感觉"正确"一样。

梦、死亡、谵妄，还有无尽家族中其他的神灵（无人崇拜，可是当今时日谁还愿意被人崇拜呢）是一个家族，就像所有好神是一个家族一样；每一位神灵都代表生命的一个不同的方面，每一位都代表着一种独特的人格。

我认为，在所有角色之中，人们感受最深的是死亡，于是我把死亡描写成一个活泼而通情达理的十六岁姑娘 —— 有魅力，而且非常友善。我还记得第一次遇到有人公开宣称相信我创造的人物，不免有些困惑；当我开始收到读者来信，说我笔下的死神形象帮他们度过了自己爱人的死亡，比如妻子、男友、母亲或者孩子，我感觉一半内疚，一半欣慰。

（我仍然迷惑不解，有些人从来没有看过这些漫画，却把书中的人物形象套用到这些神灵身上，特别是死亡和谵妄。）

我的试验一方面是要创造全新的众神体系，而另一方面是探索所有其他的神话。（如果《睡魔》的主题只有一个，那就是讲故事这个行为，或者也许，是故事的救赎天性。但后来故事有两千多页，主题很难只有一个。）

我创造出了古老的非洲口述传说；我创造出了猫的神话，也就是每天晚上猫互相讲的故事。

在《睡魔4：迷雾季节》之中，我决定迎头阻击神话，想看看它们怎样起作用，看看它们有多么坚强：怀疑的心态被搁置到什么地步会轰然倒塌？打个比方，你可以往一个电话亭里塞进多少个神话？或者能让多少个神话在同一个针尖上跳舞？

这个故事受到了米尼耶神父的启发，他说 —— 他相信有地狱，因为教会的信条说地狱是存在的。然而他并不需要相信

70

地狱里有人。空荡荡的地狱景象让我着迷。

这很好啊。地狱可能是空的，连路西法也将它抛弃（我把他的形象塑造成为堕落的天使，这直接来源于弥尔顿），作为灵魂最好的不动产，地狱会被各种派系争夺：我从漫画里挑了几个，又从古老的神话里找了一些——埃及的、北欧的、日本的——包括天使和魔鬼，在试验的最后一步，我还加上了几个小精灵，最终惊奇地发现，整个结构有多么坚固；这原本可能是一锅难以下咽的大杂烩，然而（仍然用做饭来比喻）看起来好像是相当不错的浓汤。怀疑仍然搁置，我仍然相信神话根本上是鲜活可塑的。

写作《睡魔》的乐趣在于这片领域完全是开放的。我像是在一个所有东西都能进入的世界中写作：历史与地理，超级英雄和死去的国王，民间故事，贵族与梦想。

三

就像我说过的那样，神话永远让我着迷。为什么我们会有神话？为什么我们需要神话？它们又需不需要我们？

漫画总是在兜售神话：《四色幻想》包含穿着明亮色彩服装的人类无穷无尽地进行着像肥皂剧一样的战争（这是为青少年男性提供的简化的权力幻想）；更不要说友好的鬼魂、兽人、怪物、青少年和外星人。在某个年龄之前，神话可以完全主宰我们，然后我们长大了，扔掉那些特别的梦，或许是暂时，或许是永远。

然而新的神话在等待我们，就在此时此地，二十世纪的最后时刻。它们层出不穷、数不胜数：各种都市传说，情人巷里的铁钩人、手臂多毛拿着砍刀的搭车客、爬满虫子的蜂窝式发型、连环杀手与酒吧闲聊；电视屏幕让支离破碎的图像不知不觉涌入我们的客厅，播放老电影、毫无意义的新闻、脱口秀表演、广告片；我们把穿衣打扮、日常闲谈都变成了神话；偶像人物——摇滚明星或是政客，形形色色的名人；魔术、科学、数字与名声都成了新的神话。

它们都有各自的功用，都是我们给自己居住的这个世界寻找意义的方式，在这个世界之中，简单的答案就算有，也寥寥无几。每天我们都在试图理解世界。每天晚上我们闭上双眼，沉入睡眠，就这么几个小时，我们平静与安全地，完完全全陷入疯狂。

十卷《睡魔》就是我讲述这件事的方式。它们是我看待二十世纪最后十年的神话的方式；讲述性与死亡，恐惧、信仰与欢乐的方式——这都是让我们做梦的东西。

毕竟，我们的生命有三分之一都在睡眠中度过。

四

恐怖与奇幻（不管是不是漫画形式）通常被简单地看作逃避主义文学。有时它们可以是逃避主义——一种平淡的、自相矛盾地缺乏想象力的文学作品，带来快速宣泄、南柯一梦、轻松解脱。但它们并非一定如此。如果幸运的话，奇幻会给你一张路线图——指引你去往想象的领地，因为想象文学的功能就是介绍我们知道的这个世界，只不过是从一个不同的角度来介绍。

神话未经检验，这点太常见。我们只是把神话讲出来，却不看它们究竟代表什么，意味如何。都市传说还有《世界新闻周报》带来最简单意义上的神话：这个世界中事件的发生根据的是故事的逻辑——并不是按照它们实际发生的方式，而是按照应该发生的方式。

然而重新讲述神话非常重要。检验它们这个行为也很重要。这件事不是要把神话看作一种完全干枯死去的东西（"好了，同学们，我们从巴德尔之死的故事中学到了什么呢？"），也不是要创造新时代的大部头自救书（"神在你心中！释放你内心的神话"）。而是说我们必须理解，即使是已经被人丢弃和遗忘的神话，也是堆肥，从中可以生长出故事。

重要的是再次讲述这些故事，重新讲述古老的故事。它们是我们的故事，应该有人讲述。

我甚至并不在乎神话和童话被人删改：迪士尼重新讲述的古老故事可能会让我心中的纯粹主义受到冒犯，然而就故事而言，我全心信仰达尔文。大家喜欢的故事版本就会存留下来，其他的就会消失，被人遗忘。出于迪士尼戏剧性的目的，也许睡美人刺伤手指，沉睡过去，又被拯救，所有的事情都发生在一天之内比较合适，但是当这个故事被重新讲述，诅咒总是要至少一百年才被打破——虽然佩罗讲述的故事中王子母亲吃人这一点早已经消失了；小红帽的故事现在以全家得救而结束，而不是小女孩被大灰狼吃掉，因为这就是故事流传下来的样子。

从前，俄耳甫斯曾经从冥王哈得斯手中救活了欧里狄克。但这并不是这个故事现在存留下来的版本。

（正如G.K.切斯特顿指出的那样，童话故事并不真实。它们比真实更真实。这不仅是因为它们告诉我们龙是存在的，而且因为它们告诉我们龙可以被击败。）

五

几个月之前，我发现自己在一个遥远的乡村参加一个研讨会，主题是神话和童话故事，这对我来说有点出乎意料。我是专题发言人，他们告诉我要就童话故事这个话题在一群来自全世界的学者面前发言。在此之前，我可以听听这个小组发表的其他论文，在圆桌会议的讨论中发言。

我为要发表的演讲做了些笔记，然后就去了第一场报告会：我听聪明睿智的学者讨论白雪公主、亨塞尔与格莱特，还有小红帽，然后发现自己越来越烦躁不满，是一种深层次强烈的不满。

让我难受的并不在于发言的内容，而是在于伴随发言的态度——这种态度暗示那些故事已经与我们毫无关系。它们都是已经死去的东西，凉透了，可以乖乖地接受解剖，举到灯下从各个角度观察，毫无抵抗地交出其中的秘密。

会议上大多数人都非常乐于口头上赞成这样的理论：童话一开始是大人讲给大人的消遣故事，但过时之后就变成了儿童故事（和托尔金教授的比喻差不多，就像是过时没人要的家具挪到了幼儿园：它们原本并不是要用作儿童家具，只是大人不想要了而已。）"你写作的时候为什么要使用神话与童话故事？"有个人问我。

"因为它们有力量。"我这样解释，然后看到学生和学者迟疑地点头。他们愿意承认这可能是真的，作为一种学术训练。然而他们并不相信。

第二天早上，我原本打算做一个正式演讲，主题是神话和童话故事。然而到了演讲的时候，我把笔记全都扔了，我没有给他们演讲，而是给他们读了一个故事。

我重新讲述了白雪公主的故事，从邪恶皇后的视角出发。故事中会问这样的问题，比如"一个王子会路过玻璃棺材里女孩的死尸，宣布自己陷入爱情，要把尸体带回自己的城堡，什么样的王子能干出这种事？"就这个故事而言，"一个女孩儿肌肤像雪一样白，头发像煤一样黑，嘴唇像鲜血那么红，可以像死去一样躺很久的时间，这是什么样的女孩？"听到这样的故事，我们意识到，邪恶的皇后其实并不邪恶：她只不过没能笑到最后；由于皇后被囚禁在窑里，要被烤死作为冬至宴会的大餐，我们同样意识到，故事都是幸存者讲述的。

这是我写过的最为深刻的小说之一。如果你自己读这个故事，可能会非常不安。而大清早面对的第一件事，一位作者站在讲台上读给你听，又是在一个讨论童话故事的会议上，对于听众来说，就算考虑再三，也一定是一次相当极端的体验，就像以为是咖啡就喝了一大口，然后才发现有人在里面掺了芥末或是鲜血。

讲完这个归根结底只不过是《白雪公主与七个小矮人》的

故事，观众席里有好多人看起来面色苍白，颇为烦恼，就像刚刚从过山车上下来，或者像是刚回到陆地的水手。

"就像我之前说的那样，这些故事有力量。"讲完故事之后，我这样告诉他们。这一次他们看起来更倾向于相信我。

六

通常来说，我是为了发现自己对于一个主题的想法而写作，而不是因为已经知道想法才写。

我的下一部小说，对我来说，将是一种将神话固定下来的方式——现代神话和古代神话一起，都钉在北美大陆这块巨大而令人迷惑的画布之上。

这部小说暂定标题是《美国众神》（这应该不是最终的书名，而是书的主要内容）。

这本书写到了众多神灵，人们带着这些神灵从遥远的国度来到此地；还写到了新兴的神，比如车祸、电话、《人物》杂志之神，互联网和飞机之神，高速公路与停尸房之神；也写到了已被忘却的神灵，那些在人类到来之前就已经存在的，水牛之神、旅鸽之神，那些早已沉睡被人遗忘的神灵。

我现在喜欢的，或者曾经喜欢的所有神话，都会出现在书中，但它们出现的目的是想要解释所有造就美国的神话。

我在美国已经住了六年，但我仍然不了解它：美国是本地出产的神话与信仰的一种奇怪的组合，这正是美国自己解释自己的方式。

也许我会把它写成乱七八糟一团乱麻，但是我得说这并没有让我像想象之中那么烦恼。我期望让自己的思想形成某种秩序。我期望了解自己在想些什么。

七

如果你用枪顶着我的脑袋，问我是否相信自己笔下所有这些神灵和神话，我不得不说，我不相信。并不是真的相信。起码白天不相信，灯很亮人很多的地方也不行。但我相信那些它们可以告诉我们的事情。我相信我们可以用它们讲述的那些故事。

我相信讲述这些故事的时候，给我们带来的思考。

还有，不管你忘记还是后果自负地忽略了，这点仍然是真的：这些故事有力量。

你怎么敢：讨论美国，还写美国的事^①

还没有人问过那个我一直害怕的问题，目前还没有，我一直希望没有人会问这个问题。所以我会问我自己，然后试着自己回答。

这个问题是这样的：你怎么敢？

或者以展开的形式来说：你一个英国人，怎么敢写一本书，要讨论美国，讨论美国神话与美国精神？你怎么敢想要写出，是什么让美国与众不同，作为一个国家、一个民族、一种观念？

作为英国人，我第一个念头就是想要耸耸肩，保证这件事绝对不会再次发生。

但然后，在我的小说《美国众神》中，我确实胆大妄为地写了，写出来需要一种古怪的自高自大。

① 本文原载于 Borders.com 网站，发表于 2001 年 6 月，那是《美国众神》上市的时候。——原注

年轻时，我开始写一本有关梦与传说的漫画书，名字叫《睡魔》。那时候就总是有人问我相似的问题："你住在英国。你怎么能把故事这么多地设置在美国呢？"

　　我会指出，用媒体术语来说，英国实际上是美国第五十一个州。我们看美国电影、美国电视剧。"可能我写的西雅图并不能让当地居民满意，"我过去常常这样说，"但是，我会和一个从来没有去过西雅图的纽约人写得一样好。"

　　当然，我错了。我根本没有做到。回想起来，我做的事其实更加有趣：我创造了一个完全属于想象的美国，《睡魔》的故事就发生在那里。这是一个妄想出来不可能存在的地方，远出于事实的边界之外。

　　这让我很满意，直到大约八年以前，我来到美国定居。

　　我逐渐意识到，我书写的美国完全是虚构的，真实的美国，也就是植根于眼见为实表面之下的那个美国，比小说更加奇怪。

　　我怀疑，移民是一种普遍的体验（即使你是像我这样的移民，几乎迷信地坚守自己的英国身份）。一面是你，另一面是美国。美国比你要大得多。所以你想要理解它。你想搞清楚它是怎么回事。你想弄明白——而它却表示拒绝。美国足够大，包含足够多的矛盾，你弄不明白，它却因此而很开心。作为作家，我能做的事也只不过是描写整体的一小部分。

　　美国太大了，我只能窥豹一斑。

　　那时候我其实并不知道自己想写什么样的书，直到1998年的夏天，我发现自己在冰岛的雷克雅未克。正是在那个时候，情节的碎片，难以处理的各种人物形象，还有一些模糊的东西组成的结构，一起出现在了我的脑海里。总之，这本书的轮廓逐渐清晰起来。它可能是恐怖小说、神秘谋杀案、爱情小说，还有公路旅行故事。它可以写写移民体验，讲讲人们来到美国的时候相信什么。还可以说说他们相信的那些东西又发生了什么。

我想把美国写成一个神话般的地方。

于是我决定，虽然我已经知道了小说里的很多东西，但是应该还可以发现更多，只要出门上路，看看会发现什么。所以我开车出门了，直到找到一个能落笔的地方，然后一处又一处，有时候在家里，有时候在外面，花了将近两年时间，我把一个个词语堆砌起来，最终成了一本书。这是一个名叫影子的人的故事，他出狱的时候有人给了他一份工作。它讲述了一个小小的中西部城镇的故事，那里每年冬天都会发生失踪事件。写的时候，我就发现，为什么路边景点是美国最神圣的地方。我发现了很多其他的小路和瞬间，都非常可怕，同时又令人愉快，有的只不过是有点奇怪。

快要写完的时候，只需要把所有各种想法都汇集到一处，我又离开了这个国家，躲到爱尔兰一座巨大寒冷的古老房子里，坐在炭火旁边，一边发抖，一边把所有剩下要打的东西都打出来。

然后等书写完了，我才停下来。回头看看，其实并不是我敢写，而是我没有别的选择。

图书都有性别[1]

　　图书都有性；或者更精确地说，图书都有性别。至少在我脑中如此。或者至少，我写的那些图书都有。图书的性别和故事中主要人物的性别有一定关系，但关系并不很大。

　　当我写作十卷《睡魔》的时候，我试图在我心目中的男性故事情节和更加女性的故事情节之间切换，男性故事情节比如第一个故事，汇总在《前奏与夜曲》一册中，或者第四册《迷雾季节》；女性故事情节比如《一场游戏一场梦》，或者《短暂的生命》。

　　小说的情况略微不同。《乌有乡》是一部属于男孩自己的冒险（就像有人曾经描述的那样，是伦敦地铁北线的纳尼亚），书中主角是个普通人，女性扮演的基本上都是刻板角色，例如糟糕的未婚妻、处于危险之中的公主、了不起的女战士、性感撩人的妖精。每个角色，我希望，都拿来进行了45%的扭曲，

---

[1] 本文最初于2001年随《美国众神》发布发表在Powells.com网站。——原注

但她们依然是刻板角色。

另一方面，《星尘》则是一本女孩的书，虽然书中主角也是一个普通的英雄，年轻的特里斯坦·桑恩，更不要说一心想要互相暗杀的七位领主。这可能部分是因为一旦伊凡娜登场，她很快就变成了书中最有意思的部分，也可能还因为女性之间的关系——女巫之王、伊凡娜、维多利亚·福雷斯特、乌娜夫人，甚至还有乏味的萨尔——比男孩之间的关系（如果有什么关系的话）更有层次，更复杂。

《那天，我用爸爸换了两条金鱼》是男孩的书，《鬼妈妈》（将于2002年5月面世）是女孩的书。

当我开始写作《美国众神》的时候，我知道的第一件事——甚至在我下笔之前就知道——是我已经和C.S.刘易斯的至理名言分道扬镳了，那就是"写奇怪的事情如何影响奇怪的人"，这本身就是件奇怪的事情。《格列佛游记》能成功是因为格列佛是个正常人，如果爱丽丝是个奇怪的小女孩，《爱丽丝梦游仙境》也不会成功（现在想来，这样说也是件奇怪的事情，因为如果文学史上只有一个奇怪的人物，那就非爱丽丝莫属）。在《睡魔》中，我享受写作那些人物，他们生活在镜子的那一边，从梦之主宰本人到美国皇帝这样扭曲的名人。

但我并不想说，我在"《美国众神》是什么性别"上有什么发言权。它有自己的观点。

小说会自行生长。

在我知道自己要写一本名为《美国众神》的小说之前很久，《美国众神》的故事就已经开始了。它始于1997年5月，源自我脑海中久久不去的一个念头。我发现自己每晚睡觉前躺在床上想的都是它，就好像在脑海里观看一段电影剪辑。每晚都能看到故事的几分钟。

1997年6月，我在破旧的雅达利掌上电脑上写下了这样几句话：

> 一个男人最后成了魔术师的保镖。这位魔术师绝非常人。他在飞机上遇到这个男人——坐在旁边的家伙——就提出可以给他一份工作。
>
> 就这样发生了一连串事件，误机、航班取消、意外升至头等舱，坐在旁边的人自我介绍之后答应给他一份工作。
>
> 反正他的生活也支离破碎了。因此他答应了。

基本上这就是书的开头。那时我只知道这是某种东西的开头，一点也不知道这会是什么样的东西。电影？电视剧？短篇小说？

我认识的小说作家里面，没有一个人在开始写作的时候，会除了一张白纸什么都没有。（可能有这样的人。只是我还没有遇到过。）基本上你总是有一点东西。一个画面或者人物形象。通常来说，你还会有个开头、中间或者结尾。有中间会很好，因为写到中间的时候，你已经开了个好头，可以发展壮大；有结尾也很棒。如果你知道怎么结尾，你就可以随便找个地方，瞄准目标，然后开始写（如果幸运的话，小说的结局会和你希望的一样）。可能也有作家坐下写作之前就已经想好了开头、中间和结尾。但我很难成为他们中的一员。

我就是这样，四年之前，只有一个开头。要是想写一本书，你可不能只有一个开头。如果你只有一个开头，那么一旦写完了开头，就没得可写了。

一年之后，我头脑里有了一个关于这些人物的故事雏形。我试着把它写出来：我想到的人物好像是一个魔术师（虽然我已经决定，他完全不是魔术师），现在似乎是叫星期三。我不确定另一个家伙叫什么名字，就是那个保镖，于是我就叫他赖德，但这感觉不太对。我脑子里有了一个短篇小说，讲这两个人，还有发生在一个名为银边镇的中西部小镇的一些谋杀案。我写了一页，然后就放弃了，主要是因为它们实在好像没法联系在一起。

那段时间有一天，我从梦中醒来，浑身大汗，迷迷糊糊，梦里有个死去的妻子。这好像属于这个故事，于是我就跟着感觉把它保留了下来。

几个月之后，1998年9月，我再次试着写这个故事，用第一人称叙述的方式，把这个我叫作赖德的家伙（这次我想叫他本·科博尔德，不过这发出的信号仍然相当不对）独自一人送到了小镇上（我把它叫作谢尔比镇，因为银边镇听起来太不本土了）。我写了大概十页，然后又停下了。我还是感觉故事让人不太舒服。

在那个时候，我得出这样一个结论，我想要讲的这个故事，在一个特定的湖边小镇……嗯，就在那时我想到，湖畔镇，就叫这个吧，这是个实实在在普普通通的小镇名称……它是小说的很大一部分背景，不可能脱离它而写作。那时候我就有了一部小说的想法。我已经有这个想法好几个月了。

在此之前，1998年7月，在从挪威到芬兰的路上，我去了冰岛。有可能是因为距离美国路途遥远，也有可能是因为去往极昼之地的旅行让我缺少睡眠，但突然之间，在雷克雅未克的某个地方，这部小说在我头脑中逐渐变得清晰。并不是说小说中的故事——除了在飞机上相遇和湖边小镇的情节碎片之外我还是什么都没有——但我第一次知道了这部小说要讲些什么。我有了方向。我给出版社写了一封信，告诉他们我的下一本书最终不是设置在复原伦敦的历史奇幻，而是现代的美国幻景。我试验性地建议暂定名为《美国众神》。

我不停地给故事主角起名字：毕竟名字有魔力。我知道他的名字会是一种描述，我想叫他懒惰，但他好像不喜欢，我又叫他杰克，而他也同样不喜欢。我把自己遇到的所有名字都套在他身上看是否合适，他总是在我脑海中某个地方回头看我，每次都不以为然。这就像给侏儒怪起名一样。

最终他的名字来自埃尔维斯·科斯特洛的一首歌（属于专辑《定制的歌，丢失的狗，弯路与密会》）。这首歌是由我思乐队表演的，讲的是名叫"影子"和"吉米"的两个人之间的故事。我想了想，试了试……影子在监狱的小床上不舒服地伸伸腰，眼睛扫过墙上的北美野生鸟类日历，上面显示他在监狱的日子已经画了叉，他数算着直到出狱还有多少天。

一旦有了名字，我就准备好开始写了。

第一章我是 1998 年 12 月前后写的。当时我仍然试着用第一人称来写，但这样写并不舒服。影子这人太过孤僻，喜怒不形于色，这用第三人称叙述已经非常困难了，用第一人称更是难上加难。1999 年 6 月，我开始写第二章，是在从圣地亚哥漫展回家的火车上开始的。（这次火车旅行长达三天。可以在途中写很多东西。）这本书开始了。那时我还不确定要把它叫作什么，但是后来出版社开始给我看书皮的设计稿，上面有字体巨大的"美国众神"，我意识到，这个暂定题目已经成了真正的标题。

我一直写啊写，简直入了迷。在顺利的日子里，我感觉自己不像作者，而更像是第一个读者，从我创作《睡魔》以来很少有这种感觉。影子和星期三，不管怎么说，都不是普通人。他们本身独一无二，有时简直令人发指。他们是怪人，这和他们将会遇到的那些怪事倒是十分合适。

现在这本书有了性别，非常明显是男性。

现在回想起来，我很好奇，《美国众神》中的短篇小说是不是一种反作用。可能有五六个故事散落在书中，它们（只有一个例外）在我心中都绝对是女性的（即使讲阿曼小装饰品推销员和出租车司机的那个故事也是）。有可能是这样的，我也不知道。我了解的是，关于美国和它的历史，有些事情与其用讲故事的形式，不如直接表演出来更加容易；我们就这样跟着很多人来到美国，从一万六千年以前西伯利亚的萨满，直到二百年前康沃尔的扒手，从他们每个人身上，我们都能学到东西。

短篇小说写完之后，我还在写啊写啊，一直不停地写。这本书最终有我预想的两倍那么长。我认为自己写的情节扭曲变形了，我逐渐意识到它完全不是原来那个情节了。我写书写书，码字码字，直到几乎要接近二十万字了。

有一天我抬起头，发现已经2001年1月了，我坐在爱尔兰一间古老而空空荡荡的房子里，一堆炭火在严寒的屋子里完全没有存在感。于是我在电脑上保存了这个文档，意识到自己已经写完了这本书。

我想知道自己从中学到了什么，发现自己想起了一些吉恩·沃尔夫①六个月前告诉我的事情。"你永远也学不会怎样写小说，"他说，"你只能学会怎样写你正在写的这部小说。"

---

① 吉恩·沃尔夫（Gene Wolfe，1931—2019），美国科幻小说家。

笔会文学奖与《查理周刊》[1]

在纽约笔会文学奖大会上，有六位作者退出了圆桌会议的主持人位置。要主持圆桌会议，你要和八位购买了昂贵门票的人坐在一起，他们来参加此次盛会，隐隐希望和真正的作家攀上交情。你的任务是用作家的样子和他们进行愉快的交谈，另外别把酒倒洒了。还有，要是发现整张圆桌都被什么东西——比如说谷歌，给包场了，坐在你旁边的人根本不认识你——也不要显得很失望。

这六位作家主持人之所以退出大会，是因为那天晚上将要颁发的奖项之中，有一项勇气奖要颁发给《查理周刊》幸存的成员。这个奖项颁给他们，是因为他们在 2011 年的燃烧弹和 2015 年的谋杀案之后，仍然勇敢地坚持发行杂志——而这六位作家不想在《查理周刊》领奖时出席。

---

[1] 本文原载于 2015 年 5 月 27 日《新政治家》特刊《不可言说之言说》，特约编辑是我和阿曼达·帕尔默。——原注

我也被问到能不能主持一个圆桌会议，我说当然可以。阿尔特·斯皮格尔曼[1]也说可以；还有漫画家艾利森·贝克德尔[2]。

　　我告诉了妻子。"你做得对，"她说，然后又说，"你会穿防弹背心吗？"

　　"不穿。我觉得自然历史博物馆的安检应该会非常严格。"

　　"是的，但不管怎样，你还是应该穿个防弹背心。别忘了，我怀孕了，"她指出这一点，以免我忘了，"我们的孩子需要父亲，而不是烈士。"

　　我的助理克里斯蒂娜在大会即将召开的那天下午遗憾地打电话给我。"要是有更多一点的时间，"她说，"我也许就能给你找到一件量身定做的防弹背心了，就是总统穿在衬衣底下的那种。但是，这么临时的通知，我只能找到一件特别大的警用防弹衣。你得把它穿在礼服外面……"

　　我衡量了一下我的选择。一方面是有可能中弹身亡。另一方面，绝对是特别尴尬。"不用了，"我告诉她，"我会没事的。"

　　我戴了个蝴蝶领结。阿尔特·斯皮格尔曼带着《南希》式的漫画领带，以显示他是个漫画家。我们坐地铁进城，然后到了博物馆。街上有警察，博物馆门前台阶上也有，还有电视台工作人员——大部分都是法国电视台的人。没有人穿防弹背

---

① 阿尔特·斯皮格尔曼（Art Spiegelman，1948—　），美国漫画家，代表作图像小说《鼠族》。
② 艾利森·贝克德尔（Alison Bechdel，1960—　），美国漫画家，代表作图像小说《欢乐之家》。

心。不过那里有金属探测器，我们这些作家、官员和其他来宾，都一个接一个地走过探测器。

吃饭时，有一个实物大小、玻璃纤维制作的蓝鲸标本挂在我们头顶上。如果恐怖组织像电影中那样行动，我觉得他们肯定已经在空空的蓝鲸肚子里装满了爆炸物，跟着就是我们的主角和想要引爆炸弹的人在蓝鲸的头顶上进行一场激动人心的第三幕打斗镜头。我意识到，如果蓝鲸爆炸，就算是晚礼服外面穿一件特大号的防弹衣也保护不了我。这一点让我觉得稍稍安心。

首先，汤姆·斯托帕德[①]领了一个奖。然后《查理周刊》领奖。最后他们给被逮捕的阿塞拜疆记者哈季娅·伊斯梅洛娃颁了奖。我在想为什么《查理周刊》领奖的时候出现在这所房子里，会让六位过去的圆桌会议主持人这么心烦，以至于他们不得不退出大会，为什么他们不能在自己喜欢和支持的部分出现，觉得不舒服的部分则溜去厕所。但然后，我并不理解那种只支持自己喜欢的言论的自由。如果言论需要辩护，那么很可能是因为这种言论让某人不高兴了。

我怀疑，这件事情对我和漫画世界的这些人来说如此简单，原因在于我们习惯于为自己的作品辩护，习惯于反抗那些想要我们的作品还有我们这些人全都下架的人。

我第一部赚到钱的漫画作品，是1987年闹剧漫画出版的《旧约暴行故事》。我是作者之一，基本是重新讲述了《士师

---

① 汤姆·斯托帕德（Tom Stoppard，1937— ），英国编剧，代表作《莎翁情史》。

记》中的一些故事。有一个故事很快就让我们陷入了麻烦：讲的是一位男性旅行者到了一个村子，有暴徒想要强奸他，受到了招待旅行者的主人的阻挠，主人把自己还是处女的女儿和旅行者的妾给了强奸犯。然后发生了轮奸，旅行者带着自己的妾的尸身回家，切成十几块，给以色列每个部族都送去一块。（如果你想找来看看的话，这是《士师记》第19章，这段实在臭名昭著。）

那时候我二十六岁，书出版之后不久，我就发现自己不得不在广播电台为这本书辩护，因为一位保守党议员抱怨没人检举这种亵渎神灵的犯罪行为，说这本书还有写这本书的人都应该被关进大牢；我看到《太阳报》试图挑起民众对此书的愤怒；然后，过了几年，我看到这本书的瑞士出版社因为在当地出版此书而不得不在法庭上辩护以求免于入狱。

坦率地说，《旧约暴行故事》是一部令人不快的漫画（1987年我们还不怎么用"图像小说"这个词）。它的目的，至少就我看来，是要使人震惊，指出《圣经》里包含一些非常残暴令人不快的材料，而且要把这一点公之于众，让人们思考、关注、讨论。这本书存在的部分原因，就是为了令人震惊、使人不快，因为它是对《圣经》中我们所发现的令人震惊、使人不快的材料的反应。

回想起来，我很高兴自己没有像十年前的丹尼斯·莱蒙那样，因为亵渎神灵的诽谤文字而被判入狱；我也很高兴，闹剧漫画的瑞士出版社无罪开释；更加高兴的是，那时候的极端分子基本上只是谋杀进行流产手术的医生，据我所知，他们还没杀害过写或画漫画的人。

漫画和动画可能让人深深失望，极其不快。动画和漫画会被查禁，漫画家会被逮捕和杀害。有些漫画很难进行辩护，特别是如果你喜欢的是更漂亮的绘画风格、缺少文化背景的作品，或者希望它们耐人寻味。但这并不意味着不应该为它们辩护。

让我们回到蓝鲸骨架之下，《查理周刊》的总编热拉尔·比亚尔就要结束自己的演讲。"成长为公民，"他提醒我们，"是要知道，有些观点、有些词语、有些图像可能令人震惊。震惊是民主辩论的一部分，而枪击则不是。"

童书（他妈的）到底是什么？
齐娜·萨瑟兰演讲[①]

我希望你们来这儿不是为了寻找答案。人们总是认为，作家非常不善于给出答案。这样说不对。我们并不是不善于给出答案。我们总能有一些答案，但是我们的答案通常不那么可信，或者说只是个人观点，而且沉浸于想象。

就答案而言，这些都可能是缺点，如果你想要把我们的答案用到自己人生之中的话。但是如果这些是问题的话，它们可都是好东西，并不是缺点。作家非常善于提出问题，我们的问题通常非常有价值。

在写作的时候我脑中没有答案。我写作是为了发现自己对某件事情的想法。我写《美国众神》，因为我在美国住了将近十年，觉得应该可以了解一下自己怎样看待它。

---

① 本文是我 2012 年所做的齐娜·萨瑟兰演讲。这一演讲每年在芝加哥举行，以纪念已故的齐娜·萨瑟兰，一位研究少年文学的国际公认的学者。——原注

我写《鬼妈妈》，因为我从孩提时就常常好奇，如果有天回到家，父母已经一声不吭搬走了，会发生些什么。

（这可能发生。我的父母经常忘事，他们都是大忙人。有天晚上他们就忘了去学校接我，直到半夜十点，学校幽怨地打去电话，问他们是不是想要把我留在学校，他们才想起来并把我接走。有一天早上，我的父母把我送去学校，却没有注意到这天期中假期已经开始了。然后我就满心疑惑地在学校里闲逛，到处都上了锁，空空如也，最后被一个花匠给解救了。所以这件事虽然几率不大，但的确有可能发生。）

如果我的父母搬走了，然后还有两个长得像他们一样的人搬进来了，那该怎么办？我怎么能发现这点呢？我能做什么呢？就这件事而言，铺着橡木地板的起居室尽头的神秘门，也就是那扇打开之后只有一面砖墙的门，后面是什么呢？

我写故事就是为了弄明白我对这些事情的想法。

我写这篇演讲也是为了弄明白我对某些事的想法。

我想知道的是这一点：童书是什么？或者更有激情地说：童书（他妈的）究竟是什么？

在我曾居住的小镇上，有一所小小的私立学校，我只在那里上了一年学。那时候我八岁。有一天，一个男孩带着一本画着裸体女性的杂志来上学，这是从他爸爸那儿偷来的，然后我们就看，想要知道裸体女性长什么样。我已经不记得那些特定的裸体女性长什么样子了，不过我记得图片旁边的简短介绍，有位女士是魔术师的助手，我觉得这非常伟大。我们就像所有的孩子一样，非常好奇。

　　同一年的春天，我每天放学回家都会遇到的一些孩子给我讲了一个黄色笑话，里面有句脏话。实际上，我觉得这样说并不过分，它里面有那句著名的脏话。那个笑话并不特别搞笑，但是脏话连篇，第二天早上，我把这个笑话讲给了学校里的一些朋友，认为他们可能觉得这个笑话很搞笑，或者虽然不觉得搞笑，但认为我见多识广。

　　那天晚上有个朋友把笑话讲给了他的妈妈。然后我再也没有见过他。父母让他转学了，就因为我讲了这么一个笑话，他甚至都没有回来说声再见。

　　第二天早上我被校长与校董盘问，后者刚刚买下了学校，想把每一点利润都最大化，然后下一年再把学校卖给地产开发商。

　　我已经忘了那个笑话。他们一直问我知不知道什么"四个字母的词"，那时我从来没有听说过这种说法，但是词汇量还行，这又是老师会问八岁小孩的话，所以我把能想得出来的每个四个字母的单词都说了一遍，直到他们让我闭嘴，问我粗俗笑话的事，问我是从哪儿听来的，还有具体都给谁讲了这个笑话。

　　当天晚上放学以后，我妈妈被叫到学校和校长与校董面谈。她回到家后，告诉我他们告诉她我说了一些特别糟糕的话，简直太坏了，校长与校董都说不出口。她问我是什么话？

　　我吓坏了，不知道怎么回答，所以我在她耳边小声说了出来。

我说的是"操（fuck）"。

"你再也不许说那个词了，永远不许，"妈妈说，"那是你能说的最坏的话。"

她告诉我，他们说我应该当天就被开除出校——这是终极惩罚，但是由于另一个男孩已经被父母从这个藏污纳垢之处弄走了，校董遗憾地宣布不想同时失去两笔学费，所以我得到了赦免。

从这件事中我得到了两个非常重要的教训。

第一，在选择观众的时候，你必须十分谨慎。

第二，词语有力量。

儿童相对而言是没有力量的少数，就像所有被压迫的人一样，他们了解压迫者，而压迫者并不了解他们。信息就像货币，如果可以让你破解占领军的语言、动机和行为，让你了解自己为了食物、温暖与欢乐而唯一依靠的人，这种信息最有价值。

儿童对成人的行为非常感兴趣。他们想了解我们。

他们对于古怪的成人行为细微的运作方式兴趣有限。它们令人反感，或是让人感到沉闷无聊。醉倒在路边的流浪汉，你并不需要去看，这也不是你想加入的那部分世界，所以你就转头看向别处。

儿童非常善于转头看向别处。

我认为我不怎么喜欢做小孩。童年看上去是你必须得忍受而非享受的那么一段时期：长达十五年的徒刑，期间你所在的世界远不如其他人居住的世界那么有趣。

整个童年时期，我都尽可能研究成年人。我极其关心他们怎样看待儿童和童年。我父母的书架上有一部戏剧的台本。这部戏剧名为《生命中最快乐的日子》，讲的是一所女校在一战期间腾空屋子，改为男校，继而发生了很多热闹的事情。

我父亲在一次业余表演时扮演了学校的门房。他告诉我，"生命中最快乐的日子"指的是上学的时候。

这对于当时的我来说完全是胡说八道，我怀疑这要么是成人的宣传，要么更可能是对于我逐渐增长的怀疑的确认——大部分的成年人实际上根本不记得自己小时候的事了。

需要指出的是，我不记得我讨厌什么东西比讨厌学校更严重、时间更久：随心所欲的暴力、无能为力，许多事情都毫无意义。我想要活在自己的世界里，一半入世，一半离群索居，即使这样对我也没有帮助，我永远错过了其他人不知怎么在学校成功获取的信息。

在学期的第一天我会觉得恶心痛苦，而最后一天则兴高采烈。在我心中，"生命中最快乐的日子"只不过又是一个大人说了自己也不信的东西；就像"这一点也不疼"一样，从来根本就不是真的。

我对成人世界的反抗方式是阅读我能找到的所有东西。我阅读出现在眼前的所有东西，不管我能不能理解。

我在逃避。当然我是在逃避——C.S.刘易斯明智地指出，只有监狱看守才会咒骂逃跑。但我学到了东西，我透过其他人的眼睛向外观看，我体验了自己没有的观点。我发展出了共情能力，意识到并且理解了故事中所有不同的"我"的化身，虽然不是我自己，但都真实存在，而且把他们的智慧与经历传递给我，让我从他们的错误之中学到东西。那时我就知道，就像我现在知道一样，事情不必发生就可以真实存在。

我阅读自己能找到的所有东西。如果封皮看起来有趣，如果前几页内容引起了我的兴趣，我就会读下去，不管是什么书，不管这书的目标读者是谁。

这意味着有时候我会读到自己还没有做好准备的书，里面有会让我迷惑的东西，或者我但愿自己没读过的东西。

儿童往往很擅长自我审查。对于某书是不是适合自己，他们感觉相当准确，而且明智地一路向前。但一路向前意味着你偶尔会走到路的另一边。

我仍然记得那些让我烦恼的故事：查尔斯·伯金的一则恐怖故事，讲的是一对夫妇的女儿走失，多年之后他们观看一场狂欢节的怪人秀，看到一个金色眼睛的怪人，可能是他们的女儿，她是被一个邪恶的医生偷走弄成畸形的；题为《杀戮步调》的短篇小说，讲的是邪恶的交通管理员，我从这个故事中得知，女性会被要求小便在瓶子里，以便检查体内酒精含量；还有一则短篇小说，题为《美国制造》，作者J.T.麦金托什，讲的是一位机器女孩被持刀威胁，被迫在一群男孩面前脱掉衣服，给他们看自己没有肚脐眼儿。

我还读过一份报纸，九岁或是十岁的年龄，等待父母的时候，因为没有别的可看，结果看到了一份十六页带照片的纪实描述，讲的是纳粹集中营的暴行与恐怖。我读了那份报纸，真希望自己没读过，因为我对世界的看法，在此之后变得更加绝望。毕竟此前我就已经知道有数以百万计的人被杀——我也因此失去了几乎所有住在欧洲的亲戚。但我并不知道医学折磨，一些人强加于另一些无助的人身上的冷血而高效的暴行。

无能为力让我感到烦恼。我觉得自己可能会被人从家里偷走，被变成怪物，家人认不出我。人们会被强迫违背自身意愿在瓶子里小便，或者在持刀威胁下被迫脱去衣服——这两件事对我来说，是无能为力、窘迫难堪，是作为英国人所能想到的后果最严重的状态。那些故事让我难过，我没有办法应对。

我不记得曾经由于遇到涉及性的内容而烦恼，在这方面我那时实际上大部分都不理解。成人作家倾向于用一些类似暗号的东西写作，只有你已经明白他们说的是什么，才能看懂。

（多年之后，在写一本题为《星尘》的长篇童话故事的时候，我也想用同样暗号的方式来描写一个性爱场景，可能我写得太成功了，因为很少有小孩注意到它，但大人经常抱怨我写得太明显、令人尴尬。）

我小时候读过的东西有些让我烦恼，但没有什么让我想要停止阅读。我知道，只有超越极限，才能发现自己的极限在哪儿，然后再次紧张地退回自己的舒适地带，成长、改变，成为另一个人。最终，成为一个成年人。

我什么都读，但是不读青少年小说。这并不是因为我不喜欢，而只是因为我记得小时候，或者甚至是青少年的时候，从来没有看到过这类小说。成人小说总是比童书多得多，从大概十一岁起，我们在学校午饭后的肃静时间阅读的、互相传阅的、一个男孩读完又传到另一个男孩手中的书，是詹姆斯·邦德和莫代斯蒂·布莱兹的故事、潘恩图书的《恐怖故事全书》、丹尼斯·惠特利的超自然惊悚小说，还有埃德加·华莱士、切斯特顿和柯南·道尔，J.R.R.托尔金和迈克尔·穆考克，厄休拉·勒奎恩和雷·布拉德伯里这类作家写的书。

有些童书作家的作品我至今还读，而且非常喜欢，但他们大部分人写的书我从没在书店见过，除了我们地方图书馆之外，任何书店的书架上都没见过。例如玛格丽特·斯托里，她写的魔幻小说滋养了我内心的风景，只有C.S.刘易斯和艾伦·加纳的魔法可以与之相比，或者J.P.马丁和他非常特别的书，讲了一头名为"叔叔"的超级富有的大象，还有叔叔与海狸恨恨和坏堡一伙人的战斗。这些都是图书馆的书，要在那里读，或者是借出来，然后不情愿地还回去。

我买书的习惯是被节俭推动的。在英国，改十进制货币之后的那几年，正是物价螺旋上升的几年。我发现，用先令标价的书，价钱通常只有后来印刷版次的一半，所以我会在书店的书架里来回翻找，检查书的价钱，寻找用先令标价的书，用我有限的零花钱买最多的小说。我读了很多坏书，只是因为便宜，然后我发现了托马斯·迪施，他弥补了所有的损失。

小的时候，还有青少年时期，我都用同一双眼睛、同一个头脑读成人小说和儿童小说，在偶然进入的地方我什么都读，完全不加选择，我确定，这正是最好的读书方式。

当有人问我，如何阻止孩子阅读坏小说的时候，我总会十分担心。孩子从一本书中吸收的东西，从来都和大人获取的不同。对于成年人来说陈腐无聊的观点，对于孩子来说可能很新鲜，撼天动地。还有，你可以把自己代入一本书，孩子也可以用魔法影响那些词语，甚至作者都不知道有这样的魔法。

十二岁的时候，我曾经有本书被没收，是戴维·福里斯特的一部冷战政治闹剧，名为《我将这座岛屿留给我的侄子艾尔伯特，这是我从胖哈根手里打牌赢来的》。它被没收，如果我没记错，是因为封面上有两个裸露的女性乳房，上面画着美国和苏联的国旗。我试着从老师那里把书要回来，解释说封面纯属误导，除了一位晒日光浴的年轻女士，书中完全没有性和裸体。这样解释没有用。最终，期末的时候我谎称那是我爸爸的书，我趁他不知道拿了过来，因此才从老师手里把书要了回来，这本书也不情愿地还掉了。

我已经懂得，不要在学校里读封面上有胸部的书，或者至少，就算要读，也得用什么别的东西把封面盖住。我很高兴，十二岁时我最爱的迈克尔·穆考克作品杰里·科尼利厄斯系列，虽然有超现实主义的激烈性爱场景，但是封面却天真无邪几乎没有胸部。

当然，我也从这里学到了一些错误的经验。因为我小时候喜欢成人小说，当我的女儿霍利十一二岁开始喜欢R.L.斯泰恩的《鸡皮疙瘩》系列的时候，我飞奔到自己的藏书室，拿了一本斯蒂芬·金的《魔女卡丽》平装本回来。"如果你喜欢那些，你也会爱上这本书的。"我告诉她。

霍利少女时期只读那些讲述年轻快乐女主角乘坐大篷车在平原上旅行的书，任何人物都不会发生任何能想到的不愉快的事。直到十五年之后，有时候当谈话中提到斯蒂芬·金，她还朝我瞪眼。

《美国众神》包含一些我不想让儿童读到的场景，这主要是因为我不想解释，有些场景孩子读到之后会要求解释。

不过如果一个十岁的孩子拿起它来读，我并不担心。我觉得任何还没有足够准备的年轻读者，都会觉得它很无聊。孩子们会审查自己的阅读，枯燥无聊是终极防御措施。

我做职业作家到现在已经三十年了，完全靠写字维生。我为成人写书，也为儿童写书。

我已经有好几本写给成人的书，获得了青少年图书馆服务协会（YALSA）亚历克斯奖，因为成了年轻读者喜欢的成人读物。

我也有一些写给儿童的书，后来出了像样的重印版，这样成人也可以购买和公开阅读，不会害怕别人觉得自己幼稚。

我曾经获得过为成人写作的奖，也获得过为儿童写作的奖。我第一本为儿童写作的书是《那天，我用爸爸换了两条金鱼》，出版时间大概是十五年以前了。

所以，承认这点其实有点难堪，在我写下这些文字的时候，念稿子的时候，还有过去五个月中大部分的时间，我一直在试着搞明白童书是什么，成人读物是什么，我写的是哪一种，以及为什么。

我认为，一般而言，要回答什么是童书这个关键问题，应该和什么是色情文学一样，原则就是"一见便知"。这是真的，至少在一定程度上是真的。

但是，《鬼妈妈》作为童书出版，只是因为摩根·德菲奥里撒谎了。

她的妈妈梅里利·海费茨在过去的二十五年间都是我的出版经纪人，在所有图书和出版事务上，我最相信她的意见。我把《鬼妈妈》寄给她，她认为这不是童书，对孩子来说太可怕了。

"我告诉你说啊，"我对她说，"要不然你读给你家女儿听听？如果她们害怕，我们就把书给成人编辑。"她的女儿就是八岁的埃米莉和六岁的摩根。

她把书读给她们听，孩子们非常喜欢，还想知道后面发生了什么。读完之后，她打电话给我说："她们不害怕。我会把书送到哈珀儿童出版社。"

几年之后，在《鬼妈妈》音乐剧的外百老汇首演之夜，我和摩根·德菲奥里坐在一起，那时她大概十五岁了。我把整个故事讲给我现在的妻子阿曼达听，解释说，因为摩根不害怕，《鬼妈妈》才成了一本童书。摩根说："我怕极了。但我不准备承认自己害怕，因为那样就没法知道故事怎样结束的了。"

去年我写了三本书。

我写了一个绘本，题目是《球球的一天》，讲的是一只打喷嚏的熊猫宝宝。这是我唯一一次想象自己写一本书，想要给还不识字的小孩读。

这本书之所以存在，是因为我写过的儿童绘本还没有在中国大陆出版过。它们在香港和台湾地区出版过，但尼尔·盖曼写的绘本从来没有在中国大陆出版，因为——他们这样告诉我——我书中的孩子们不够尊敬父母，他们做了坏事，又没有得到应有的惩罚，书中还有无政府主义和各种破坏。所以，创作一个绘本，包含以上所有内容，同时在中国大陆出版，这成了我的一个目标。

我写了这本书，还画了示意图，告诉画家发生了什么，然后我就把它给了出版社，出版社把书交给了亚当·雷克斯，他为这本书画了更好的插图，现在我还在等待，看看能不能在中国大陆出版。

尽管如此，这还是一只会打喷嚏的熊猫宝宝。

这是一本童书，但我写的时候，特别考虑了成人读者。我写这本书是因为我想要自己的绘本能在中国大陆被读到。我写这本书，是想让孩子们想象、做梦与高兴，假装自己是熊猫，假装打喷嚏，所以我写了一本这样的书，希望成人会喜欢把它读给孩子听，更重要的是，他们愿意一周读十次，或者一晚读三次。

这本书的世界很简单：应该倾听小孩讲话，但如果没人听，就会对除了这孩子之外的所有人产生灾难性的后果。插图很美丽，细节很丰富。

在我创作这本书的时候，我用两双眼睛查看：我写的这本书自己小时候会喜欢吗？我写的这本书作为家长会喜欢阅读吗？也许不久之后作为祖父呢？人生流逝太快了。

这是第一本书。

我还写了一本书，几乎肯定是为儿童写的。它叫作《幸好有牛奶》。开始写的时候，我打算让这本书的篇幅和《那天，我用爸爸换了两条金鱼》一样短，作为它的同主题续篇。那本书写了一位父亲，他虽然实际存在，但没有存在感，孩子们可以用他交换别的东西，比如大猩猩面具、电吉他、白兔或者金鱼，而他只是看报纸。我认为我应该纠正这个平衡。我会写一位父亲，他会在去给孩子的早餐麦片买牛奶的路上，进行极其刺激的冒险，或者至少，宣称自己曾经冒险。

这本书越写越长，最后作为儿童绘本来说完全太长了，但是还没有长到可以成为小说，就没词可写了。

编辑问我的第一个问题完全合情合理：既然这是一本童书，为什么主角是父亲呢？难道不应该是他的儿子——也就是这本书的叙述者——进行这些奇异的冒险呢？这意味着，我必须考虑考虑，成年主人公对这种童书合适不合适。

我没有合理的回应方式，主要是因为这本书的写作、编排甚至构思都不合理。这本书讲了一个父亲，出去买牛奶回来晚了，给他拒绝相信也不为所动的孩子们讲述他极其刺激的冒险。这本书叫作《幸好有牛奶》。创作此书并不合理，但也绝非感情用事：我只不过是把事情描述出来，就好像我偶然遇到了这件事，必须把它记录下来给世人看。我不可能改变这个故事，因为它原本就是这样的。

所以主角仍然是父亲，是拿着牛奶回来的那个人。

我写的第三本书就是启发了此次演讲标题的那一本，也就是我困惑与好奇的原因。

它的暂定标题是《莱蒂·亨普斯托克的海洋》。它几乎完全是从一位七岁男孩的视角来写的。书中有魔法——三个奇怪的科幻的女巫住在主角家车道尽头一座古老的农舍里。书中有些非同寻常的、非黑即白的角色，包括我自"考罗琳的另一个妈妈"以来创造的绝对最邪恶的人物。书中有惊异感，也有陌生感。这本书只有五万四千字，作为成人读物有点短，但多少年来，大家都认为它对于青少年来说长度刚刚好。书中所有的东西，我小的时候都会爱不释手……

我不认为这本书是给儿童看的。但我并不确定。

它讲的是儿童的无助感。讲的是成人世界难以理解。书中会发生坏的事情——毕竟故事是从一场自杀开始的。写这本书，我是为了自己：我写这本书，是想让自己的童年浮现在妻子眼前，唤醒一个已经死去四十多年的世界。我把故事设置在我从小长大的房子里，主角基本上就是我自己，书中的父母和我的父母相近，姐姐也类似我自己的姐姐，我甚至向我的妹妹道歉，因为她不能出现在这个虚构的事件版本中。

写这本书的时候，我会自己做笔记，就写在小纸片或者书页边上，想要弄明白，我是在写一本给儿童的书，还是给大人的书——这不会改变书的性质，但是可以改变我写完之后如何处理书稿，谁会首先出版这本书，以及怎么出版。笔记就是记下一些这样的东西："你可以把这些无聊的片段留在成人小说里", 还有 "我觉得不应该有父亲差点把他淹死在浴缸里这种场景, 如果是童书的话, 对不对?"

我写到了这本书的结尾, 然后意识到, 我像开始写书的时候一样, 完全没有头绪。这是一本童书吗? 还是成人读物? 青少年读物? 一本跨界的书? 一本……书?

我曾经为一部美好而著名的外国动画片写过英语剧本, 在开始之前, 电影公司就要求我试着在片中什么地方加一些脏话, 因为他们必须得确定, 这部电影至少要达到PG-13 (家长辅导) 级。但我并不认为脏话会让小说变成成人读物。

让一本书成为成人读物的, 有时候是他描述的世界只有你自己是成人的时候才能理解。

一本成人读物常常对你不合适, 至少暂时不合适, 或者说只有你准备妥当了才会对你合适。但有的时候, 你会无论如何先把它读了。你会从中吸收你能吸收的东西。然后也许, 你长大之后, 会再回来读它, 然后你会发现这本书改变了, 因为你也改变了, 这本书变得更加明智, 或者更加愚蠢, 因为你比小的时候更加明智或者更加愚蠢。

我给你们讲了所有这些, 希望把它们都写下来, 以及和你们一起讨论的话, 可以让我把事情弄得更清楚, 在那个最令人烦恼的问题上有可能会点亮一盏完美而明亮的灯: "童书他妈的到底是什么?"

今晚我说了很多, 但我怀疑, 我还是没有回答这个问题。或者说没有真正回答到点子上。

但是, 你们并不会找作家要答案。你们找我们是为了要问题。我们真正擅长的是提问题。

我希望，在接下来的几天、几周或是几年里，成人小说和儿童小说的分界线究竟在哪里这个问题，还有为什么它们如此模糊，我们是不是真的需要它们，还有书根本上是为谁而写作的，这些问题会在你们最意想不到的时候出现在你们的脑海里，让你们困惑伤神，因为你们同样不能用一种完全令人满意的方式来回答。

如果这样的话，那么我们共度的这段时间就是值得的。谢谢大家。

第二章
我认识的人

变了的东西不多，
只不过是万事万物。

这不是我们的面庞[1]

这不是我们的面庞。

这不是我们的长相。

你以为吉恩·沃尔夫长得就像这本书中的照片吗？还有简·约伦，彼得·斯特劳布，或者戴安娜·韦恩·琼斯？才不呢。他们都在扮鬼脸捉弄你。但当写作开始，鬼脸就都结束了。

现在定格在黑白画面之中的这些只是面具。我们这些以说谎维生的人都带着骗子的面具，这是故意欺骗粗心人的假面。我们必定如此——因为，如果你相信这些照片，那么我们和正常人一模一样。

但这只不过是保护色。

去读书吧：有时在书中你可以瞥见作者的身影。我们好像神灵、愚者、诗人与皇后，以歌声创造世界，施魔法无中生

---

[1] 这是我写来搭配帕蒂·佩雷特1996年一本作家肖像书《奇幻面庞》中我的照片的文字。——原注

有，摆弄文字就好像排布夜空中所有的星星。

去读书吧。那时你才能见到我们的本来面目：我们是被人遗忘的宗教祭司，裸露的皮肤上闪着香油的光亮，指尖滴下鲜红的血液，张口飞出色彩鲜艳的鸟儿。在金色的火光中，我们完美无瑕……

小时候我听过这样一个故事：一天晚上，一个小女孩朝一位作家的窗户里偷看，看到他正在写作。他把假面摘下来挂在门后，因为他写作时用的是本来面目。她看到了他，他也看到了她。从那天开始直至今日，再也没有人见过那个小女孩。

从那时起，作家即使在写作之时看起来也和其他人一样（虽然他们有的时候嘴唇轻呓，有时候久久凝望空中，像猫一样心无旁骛），但他们的语言描绘出他们真实的面庞：假面之下的那一张。人们遇到奇幻作家的时候，很少能相信是这样一个极其糟糕的人，这就是原因所在。

"我以为你会更高、更老、更年轻，更漂亮或者更聪明。"他们这样告诉我们，或者直言不讳，或者尽在不言中。

"这不是我的长相，"我会告诉他们，"这不是我的面庞。"

反思：谈谈戴安娜·韦恩·琼斯①

　　如果你认识戴安娜·韦恩·琼斯，很容易忘记她拥有多么惊人的智慧，或者她多么深刻而完全地理解自己的技艺。

　　她当然会打动你，你见到的她友善又有趣，随和而有主见。她是一位感觉敏锐的读者（我曾和她共同参加米尔福德作家工作坊，听她讲述对一篇又一篇小说的意见，一周时间过得极其愉快），但她很少从技术角度谈论小说。她会告诉你她喜欢什么，告诉你有多么喜欢。她也会告诉你她不喜欢什么，但很少，几乎从来不在这上面浪费片刻时间或者一丝情绪。在谈论小说的时候，她就像一位酿酒师，她会品尝葡萄酒，讨论酒的味道和她的感觉如何，但酿酒的过程几乎从不提及。然而这并不意味着她不理解这个过程，不理解过程中的所有细微差别。

---

① 本文是《反思》的前言，该书是戴安娜·韦恩·琼斯的随笔和非虚构作品集。——原注

117

对我来说，阅读这些随笔和思考，这些对投入写作的一生的反思，乐趣既在于看她谈谈自己的一生，又在于看她讨论（比喻意义上）酿酒的过程。

她在书中没有描述自己，所以我来为你描述一下：她有一头浓密的深色卷发，大部分时间脸上都带着笑容，可能是随和而满意的微笑，也有可能是高兴地咧嘴和酒窝，都是非常自得其乐的笑。她也经常大笑，就像一个认为世界很滑稽、满是有趣之事的人，笑点很低，她还会对自己的轶事开怀大笑，好像觉得自己要告诉你的事情很滑稽，讲一次就笑一次。她抽烟太多，但一直抽到烟屁股仍然热情而享受。她的轻笑中也带着香烟的气息。她不能忍受自以为是的笨蛋，但她喜欢人，喜欢和人交往，不管是傻瓜还是聪明人。

她非常有礼貌，除非受到极其粗鲁的对待，我猜她也算是比较正常，如果你能忽略她身边波涛汹涌的不确定性旋涡。相信我，它们真的波涛汹涌：戴安娜会说自己"不宜出行"，我一直认为她是夸大其辞，直到我们必须搭乘同一架飞机飞往美国。我们要乘坐的这架飞机舱门掉下来于是停飞了，换乘另一架飞机花了好几个小时时间。戴安娜认为这是旅行这件事之中正常的一部分：舱门从飞机上掉下来。如果坐船，沉没的岛屿会在你下方重新升起。汽车完全莫名其妙地停止运转。戴安娜乘坐的火车会走到从来没有去过——而且技术上说——本来永远也不该去到的地方。

她就像是个女巫一样，真的，掌管一口坩埚，各种想法和故事在其中沸腾，但她总是给人这样的印象，那就是她写的那些小说，写得如此美好和机智的小说，实际上真的发生过，她所做的事情只不过就是拿笔记录下来。这本书中我最喜欢的文章描述了她写作的过程，显示出她投入每本书的无限技艺与关心。

她组建了一个家庭，没有家庭，她不会开始写作。她被人深爱，也完全值得被爱。

这本书向我们展示了一位杰出的工匠，反思自己的生活与职业，以及构建作家楼阁的一砖一瓦。在这些反思中，我们会遇到一个从各处汲取元素的人，包括最奇特的童年（有不奇特的童年吗？也许并没有。所有的童年都独一无二，毫无道理，但戴安娜的童年比大多数人更加难以置信），令人惊叹的智慧，对于语言和小说的理解，对政治的掌握（如此多的层次——个人政治、家族政治、组织政治与国际政治），部分自学的教育背景（但其中，你会在本书中读到，C.S.刘易斯和J.R.R.托尔金都曾为她讲课，虽然她从不确定托尔金实际上说了什么），然后，以所有这些东西为武装，她轻而易举地成了同时代最好的儿童作家。

戴安娜从没有得过她应得的奖项或者奖牌，这让我有些困惑：首先，没有卡内基大奖（虽然有两次得到亚军）。有十年时间，她出版了英国出品的几本最重要的儿童小说：《弓箭手的呆子》《杂工》《火与毒芹》《克里斯托曼奇历代记》系列……这些书的出版都像是改变了游戏规则，因此应该得到承认，然而就是没得到。读者都知道这一点。但他们大部分都是年轻人。

我怀疑，挡在戴安娜和奖牌中间的有三件事。

首先，她让写作看起来很容易。简直太容易。就像最好的杂技演员或者说走钢丝的人，看起来如此自然，读者看不到她的努力，认为写作过程真的那么简单、那么自然，戴安娜的作品写的时候不假思索，无需努力，或者只是唾手可得，就像是美丽的岩石，并非人力所为。

其次，她并不时髦。你从本书一些文章中可以了解，她有多么不时髦，看她如何描述一些流行的说教书，这些书在二十世纪七十年代到九十年代间流行，特别是在教师和那些为年轻读者出版和购买图书的人之间：这些书中主人公的处境都尽可能多的与读者相似，也就是那种被认为是"为你好"的小说。也就是维多利亚时期的人们会认为是"改善小说"的那种书。

戴安娜的小说从来不劝人改善，或者说如果要劝，方式既不是维多利亚时期的，也不是二十世纪八十年代的编辑所认可的那种。她的书会从不常见的角度看待事物。与她书中的英雄作战的龙和恶魔，可能和与读者作战的恶魔并不等同——但她的书又无比现实，它们考查的问题是：成为家庭的一员，或者没能成为家庭的一员是什么样子的，就像我们在现实生活中没能融入或者没能适应心不在焉的亲属家人。

第三件对戴安娜不利的事情是这样的：她的书有点难。这并不是说那些书不令人愉快，而是说她会让你这个读者费点功夫。作为成年读者，我在读戴安娜·韦恩·琼斯的书的时候，会预料到自己读完之后需要重读这本书的很多部分，冥思苦想，皱起眉头，"这事她怎么做的？"还有"现在等等，我还以为……"我会把它们综合在一起，然后才看懂她写了什么。这一点我曾经向她表示质疑，然后她告诉我，孩子比大人读书更加仔细，很少遇到这种麻烦——的确如此，当我把戴安娜的书大声读给我的女儿玛迪听的时候，我发现它们完全没有问题，甚至并不难读。所有的片段都在你面前。你只要注意她写的每件事，要知道，只要纸上有这样一个词语，它就是有意放在那里的。

我认为她并不在乎自己没得到奖。她知道自己有多么好，她有一代又一代的读者，他们都读着她的作品长大，非常喜爱她的书。她有人阅读，受人喜爱。随着岁月流逝，年轻时发现她的那些读者长大了，也继续书写她、讨论她，写出受她影响的小说。随着儿童魔幻小说越来越常见，随着她的书每过一年都销售更多，戴安娜知道，她写的东西成功了，找到了读者，归根结底，这点才重要。

我虚长了几岁，小时候没有读过戴安娜的书。我希望自己读过——她原本会是那些影响我的人中的一员，让我形成自己看待世界、思考世界与感知世界的方式。然而，阅读她的作品，感觉很熟悉，在我二十多岁的时候，我读了所有我能找到的戴安娜的作品，感觉就像回到了家。

如果你像我一样，喜欢戴安娜的小说，想要对她本人了解更多，她是谁，她如何思考，那么这本书会对你有所启发。但这本书可以给你的东西比这更多。她的作品汇集于一处，告诉我们她如何思考文学以及文学的目的，全世界儿童小说的地位，她是谁，她干了什么，她自己对此的理解与看法，形成这些理解与看法的环境。这本书非常有智慧，又异常精彩好看，就像戴安娜·韦恩·琼斯所做的那么多事情一样，她让自己写出的每件事、这个世界为什么是这个样子的每一个解释，都看起来如此容易。

特里·普拉切特：一些了解①

对了。

时间是 1985 年 2 月，地点是伦敦一家中餐馆，对这位作家来说这是第一次接受采访。他的宣传人员又惊又喜，竟然有人想要和他谈谈（这位作家刚刚写了一本滑稽的奇幻书，叫作《魔法的颜色》），但反正她还是安排作家与年轻记者共进午餐。这位作家过去也是记者，他戴着一顶帽子，但只是一顶小小黑色皮帽，并不是合适的作家帽——当时还不是。记者也戴了一顶帽子。灰色的，有点儿像汉弗莱·博加特在电影里戴的那种，只不过这位记者戴着的时候，一点儿也不像汉弗莱·博加特：倒像是小孩戴着大人的帽子。这位记者慢慢发现，不管再怎么努力，他也成不了帽子达人：戴帽子不仅发痒，或者在不方便的时候被风吹到地上，他还会忘记这事，把它落在餐馆里，他现在越来越习惯中午 11 点敲开餐馆大门，问他们

---

① 写作本文是为了庆祝特里·普拉切特在 2004 年世界科幻大会上担任特邀嘉宾。——原注

我们认识几年之后，1988年，特里和我合作写了一本书。一开始是对里奇马尔·克朗普顿《威廉丛书》的搞笑模仿，我们把它叫作《反基督的威廉》，但是很快就不再那么自负，而是变成写了一些其他的东西，最终我们叫它《好兆头》。这是一本好玩的小说，写的是世界末日，以及我们所有人会怎样死去。和特里一起工作的感觉，就好像是中世纪行会里一个刚刚出徒的工匠在一位手工艺大师身边。他构思小说，就像一位行会会长建造大教堂的拱门。这其中当然有技艺，但那是出色建造的结果。更多的是构思过程中的乐趣，得到想要的东西——让人们读这个故事，然后大笑，甚至还有可能引起一些思考。

（我们就是这样一起写了一本小说。我会在深夜写作。而特里是在大早上。下午我们会打电话，讨论很长时间，我们会给对方读自己写得最好的部分，然后讨论后面会发生什么事情。主要目的是引得对方大笑。我们把软磁盘寄过来寄过去。有天晚上我们试着用调制解调器把一段文本从英国一边传输到另一边，速度是下载300千位上传75千位每秒，直接从一台电脑传到另一台电脑，因为即使那个时候已经有了电子邮件，也还没有人告诉我们。虽然我们成功地把文本传了过去，但是寄出的软磁盘到得更快。）

（不，我们不会写续集了。）

特里全职写作已经有很长时间了，磨砺自己的技艺，不声不响地越来越好。他面对的最大问题是太优秀：他让整件事看起来很容易。人们不知道他的技艺体现在何处。让事情看起来比实际困难才更明智，这是所有玩杂耍的人都知道的教训。

在早些年间，评论家会把他和已故的道格拉斯·亚当斯对比，但后来，特里继续满腔热情地书写——而这正是道格拉斯所避免的。现在，从普拉切特小说的形式规律，到这个人的绝对多产，如果还要和任何人相比，那可能只有P.G.沃德豪斯了。但绝大多数报纸、杂志和评论家都不再把他和任何人相比。他好像存在于盲点之上，只有两件事对他不利：他写的是好玩的书，在这个世界上，好玩的同义词就是微不足道；还有就是它们是奇幻小说——或者更加精确地说，它们都建立在碟形世界上，这是一个扁平的世界，这个世界放在四头大象的背上，大象站在一只海龟的背上，在太空中遨游。这是一个特里·普拉切特可以写任何事情的地方，从冷血犯罪片，到吸血鬼政治滑稽戏，还有童书。而这些童书让事情发生了改变。要知道，特里凭借他花衣魔笛手的故事《猫和少年魔笛手》赢得了著名的卡耐基大奖，由英国图书管理员颁发。卡耐基大奖可是一个连报纸也表示尊重的奖项。（虽然如此，报纸也是有仇必报，欢乐地误解了特里的获奖感言，说他攻击了J.K.罗琳、J.R.R.托尔金和奇幻小说，可是他的演讲主题就是关于奇幻小说中真正的魔法。）

最近的几本书显示特里有了一种新的风格——比如《守夜人》和《荒谬统治》——更加黑暗、深刻，对人们互相伤害的事情更加义愤填膺，而对互相帮助的事情更加骄傲自豪。是的，这些书仍然很好玩，但它们不再追求笑料：现在这些书追求的是故事和人物。"讽刺"这个词通常意思是说小说里没有人物，因此我并不喜欢把特里称为"讽刺作家"。事实上，他是位大写的作家，这样的人可真是不多。让我提醒你，有很多人自称为作家，但这根本不是一回事。

从外表看来，特里很和蔼，干劲十足而且搞笑。看上去也很讲求实际。他喜欢写作，喜欢写小说。变成畅销书作者是一件好事：这让他可以爱写多少就写多少。他是世界科幻大会的特邀嘉宾——从很多方面说，对于为幻想文学界付出这么多的人，这是我们可以授予的最高荣誉——而他仍然在写作，在讨论会的间隙，在早餐之前，这儿写一点那儿写一点。他在世界科幻大会期间每天写的东西，可能和其他作家在清静的一天里写的一样多，还得是没有待看完的DVD、天气不好不能在花园浪费时间、电话也没有发生故障的一天——特里在各场讨论会履行特邀嘉宾应有的职责：阅读、社交，晚上还往往喝点特别的小酒。与此同时，仍然能坚持写作。

他说的香蕉代基里酒并不是开玩笑，虽然上次我见到他，我们在他宾馆房间里高谈阔论时一起喝的是冰葡萄酒。

很高兴他成为世界科幻大会的特邀嘉宾。这是他应得的荣誉。

谈谈戴夫·麦基恩[1]

　　第一次见到戴夫·麦基恩的时候我二十六岁。那时我的工作是记者，但是我想写漫画。他那时二十三岁，在艺术学院上到了最后一年，他想画漫画。我们是在一家电话营销公司的办公室见面的，我们听说，这家公司有些人想要投资一部有趣且新颖的系列漫画。这是那种特别酷的漫画，所以他们只会雇佣刚出道的新人，我们当然都是新人。

　　我喜欢戴夫，他很安静，留着大胡子，显然是我见过的最有艺术才能的人。

　　埃迪·坎贝尔把一位名叫保罗·格拉维特的神秘人士称为"站在十字路口的人"，他被骗来在自己的《逃避》杂志上为这部激动人心的新漫画做广告。他自己也来看了看，表示喜欢戴夫画的画，也喜欢我写的东西，问我们愿不愿意一起工作。

---

[1] 本文为2002年世界奇幻大会会议日程手册而写。戴夫是荣誉艺术嘉宾。——原注

当然了。我们非常希望一起工作。

就在那时，我们发现这部激动人心的新漫画之所以只雇佣新人，原因在于没有别人愿意和这个编辑合作，而且他根本没钱出版。这就是故事的一部分……

不过，我们还是为保罗·格拉维特完成了我们的图像小说，名叫《暴力案件》。

于是我们成了朋友，分享彼此的兴趣，乐于给对方看新东西。（我给他介绍斯蒂芬·桑德海姆，他给我推荐扬·什万克马耶尔。他给我介绍康伦·南卡罗，我给他推荐约翰·凯尔。就这样一直持续下去。）我见过他的女朋友克拉拉，她会演奏小提琴，由于她就要大学毕业了，她开始考虑自己可能不想做手足病医生。

DC漫画公司的人来到英国想要物色人才。戴夫和我去了他们的宾馆房间，他们决定包装我们。"他们并不是真心想让我们给他们做事，"走出宾馆房间的时候戴夫说，"他们可能只是表示礼貌。"

但是我们仍然做出了《黑色兰花》的大纲，还有几幅画也给了他们，他们带着这些回了纽约，显得非常礼貌。

那是十五年以前的事了。在那前后，戴夫和我合作写了《黑色兰花》《信噪比》《潘趣先生》还有《那天，我用爸爸换了两条金鱼》。另外，戴夫为乔纳森·卡罗尔、伊恩·辛克莱和约翰·凯尔制作书籍封面和书内插画，还为一百支乐队做CD封面。

我们打电话的方式是这样的：聊啊聊，聊啊聊，直到所有事情都聊完，准备放下电话。然后打电话的那个人才想起他原本是为什么打电话，于是我们再谈谈那件事。

戴夫·麦基恩仍然留着胡子。他每周一晚上打羽毛球。他有两个孩子，约兰达和利亚姆，他与克拉拉（她教小提琴，管理戴夫的生活，根本没去做手足病医生）和孩子们一起住在肯特郡乡下一所美丽的改建窑洞里。

我在英国的时候会去他们家住几天，我睡在一间完全圆形的屋子里。

戴夫友好又有礼貌。他知道自己喜欢什么，不喜欢什么，而且会把这些告诉你。他有一种文雅的幽默感。他喜欢墨西哥菜。他不吃寿司，但有几次他迁就我，也坐到了日式餐馆里喝点茶，吃几口鸡肉。

要去他的工作室，你得通过临时搭建的木桥穿过一个满是观赏鲤鱼的池塘。有次我在《奇异时代》又或者可能是《世界新闻周报》上读到一篇关于鲤鱼爆增的文章，好几次警告他这种危险，但是他也不听。实际上他嗤之以鼻。

我写《睡魔》的时候，戴夫是最好与最尖锐的批评家。他画插图，打造或构思每期《睡魔》的封面，他的画作就是《睡魔》呈现于世人之前的面孔。

我从不介意戴夫是一位惊人的艺术家与平面设计师。这点从未让我烦恼。但他同时又是一位世界级的电子琴乐手和作曲家，这让我有一点点烦恼。他会驾驶豪车飞速冲下肯特郡的乡村小道，这种情况只有在我是乘客而且刚吃了一顿大餐的时候才让我烦恼，大多数时间我都干脆闭着眼睛。他现在成了一位世界级的影视编导，他创作的漫画和我一样好，甚至更好，他用报酬丰厚的广告作品补贴自己的艺术作品（这么多年过去仍然毫不妥协），然而虽然是广告作品，仍然成功地显得机智、真诚与美好……好吧，坦率地说，这些东西让我烦恼。如此多的天赋汇集于一处好像有什么不对，我相当确定现在还没有人站出来做什么的唯一原因是因为他谦虚、友好并且通情达理。如果换作是我，现在肯定已经被干掉了。

他喜欢精制利口酒，也喜欢巧克力。有年圣诞节，我和妻子给了戴夫和克拉拉一篮子巧克力。不仅有巧克力，还有巧克力做的各种东西，巧克力利口酒，甚至喝利口酒用的巧克力杯子。篮子里有巧克力松露，还有比利时巧克力，这可不是个小篮子。我跟你说，那个篮子里的巧克力足够吃半年。

然而还没到新年，篮子就空了。

他生活在英国，我生活在美国，这样已经十年了，而我仍然想念他，比想念其他人都多。不管什么时候有个机会能和戴夫一起工作，我都直接说好。

我觉得很好笑的是，当最近《鬼妈妈》发行之后，发现那些只知道戴夫的多媒体作品的人惊叹于他笔绘的简单与优雅。他们不知道，或者他们忘记了戴夫非常擅长笔绘。

戴夫创造了很多艺术风格。他有些作品辨识度很高，有时美术指导会把戴夫·麦基恩的样例交给年轻画家，让他们照着画——通常是戴夫创造出来用以解决特定问题的特定艺术风格的作品，或者是作为画家的他曾经达到的某种境界，他在那里停留了一小会儿，觉得这不是他想要的东西，然后就离开了。

（例如，我曾经建议他，参考阿钦博尔多和乔希·柯比所做的老版阿尔弗雷德·希区柯克平装书封面画面，《睡魔7：短暂的生命》的封面可以是一张用很多脸组成的面孔。那时候戴夫还没有电脑，他不辞辛苦拍照并且画出了一个用无数张小脸组成的脑袋。从那以后，各种美术指导要求他做了很多类似的封面。其他艺术家也有同样的经历。我很好奇他们知不知道这个点子从何而来。）

人们会问我最喜欢和哪位画家一起工作。毕竟，我曾经与世界级的画家共事，而且有很多这样的画家，都是世界级的人物。当他们问我最喜欢谁，我会说戴夫·麦基恩。然后他们会问为什么。我便回答，因为他会让我大吃一惊。

他总能做到这点。从我们合作的第一件作品他就做到了，几周之前，我看了他为我们老幼皆宜的新图像小说《墙壁里的狼》所做的插画。他把人物的彩画，神奇搞笑又可怕的狼的线描还有物品（果酱、低音铜管等）的照片结合在一起，又一次创造出了意料之外的、在我脑中完全不存在的东西，但这比我能想象出来的任何东西都要更好、更精美、更强大。

我觉得戴夫·麦基恩作为画家，没有什么做不到的。（有些东西他不想做，但那是另一回事。）

十六年过去了，有些画家躺在自己的荣誉上心满意足而不思进取（而戴夫有好几个书架装满了荣誉，包括世界奇幻最佳绘画奖）。他是位少有的画家，现在仍像十来岁的时候一样毫不满足、充满热情，仍然追求创作艺术的正确方式。

如何阅读吉恩·沃尔夫[1]

看看吉恩（Gene）：和气的笑容（这笑就是以他命名的[2]），眼中闪着狡黠的光，令人安心的小胡子。听听那种轻笑。但别被他骗了。他满把好牌：手上有五张王牌，袖子里还藏着好几张。

有一次我给他读一件令人困惑的谋杀案的记录，是九十年前发生的。"哦，"他说，"哎，很明显啊。"然后不假思索给出了一个简单而很有可能性的解释，既找出了凶手，也解释了让警察全无头绪的各种线索。他的思维像工程师一样，可以把东西拆开看看它们如何运转，然后还能装回去。

我认识吉恩几乎有二十五年了。（我刚刚意识到，不免有一点惊慌，我第一次在英格兰伯明翰遇到吉恩和罗斯玛丽时只有二十二岁；现在我已经四十六岁了。）认识吉恩·沃尔夫让

① 本文为2002年世界恐怖小说年会会议手册而写，此次会议吉恩和我都是荣誉嘉宾。——原注
② 指Gene与genial词根形态相似。

过去这二十五年变得更好、更丰富、更有趣。

在认识他之前，我以为吉恩·沃尔夫是位惊人的智者，高大冷静严肃，能创造出既有类型元素又不被其限制的书和故事。就像一位探险家，出发前往未知的地域，又带着地图归来，如果他说"这里有龙'，上帝可以做证，你会知道那就是龙所在的地方。

这当然都是真的。可乹比我二十五年前见到，并且从那时起一直怀着极大的乐趣日益了解的沃尔夫更加真实：一个礼貌善良而充满智慧的人；他喜欢细致的谈话，博学多闻，还拥有淘气的幽默感和传染性的笑声。

我不能告诉你怎样能见到吉恩·沃尔夫本人。然而，我可以提出一些建议，告诉你几种阅读他作品的方式。这些都是有用的提示，就像你计划在寒冷的日子里长途驾车，有人建议你带上毛毯、手电筒和几块糖，你不应该不以为然。我希望它们对你有点帮助。共有九条建议。九是个不错的数字。

如何阅读吉恩·沃尔夫：

1. 毫无保留地相信文本。答案都在其中。

2. 不要过于相信文本，至少你要能把它扔掉。文本是诡计多端、令人绝望的东西，随时可能在你手中"爆炸"。

3. 重读。第二次总是更好。第三次甚至更佳。不管怎么说，在你远离图书的时候，它们会巧妙地改变自己。我第一次读《和平》的时候，它看上去真的就是一部平静的美国中西部回忆录。只有第二次或者第三次读的时候才变成了恐怖小说。

4. 书中有狼，在字里行间徘徊。有时它们会跃然纸上。有时它们会等你合上书的时候再出来行动。有时狼的麝香味会被迷迭香的香气掩盖。要知道，这并不是今天成群潜行于旷野的灰狼。它们是过去那种恐怖而巨大的独狼，可以保卫领地、对抗灰熊。

5. 阅读吉恩·沃尔夫是一件危险的工作。像是飞刀表演，就像所有精彩的飞刀表演一样，过程中你可能丢掉手指、脚趾、耳垂或者眼球。吉恩并不在意。他是扔刀的那个人。

6. 选个舒服的姿势。泡一壶茶。门外挂上"请勿打扰"的牌子。从第一页开始看。

7. 聪明的作家有两种。一种会指出自己有多么聪明，另一种则认为没有必要指出自己有多么聪明。吉恩·沃尔夫是第二种，智慧并没有故事重要。他的聪明并不是要让你觉得你傻。他的聪明是要让你也变聪明。

8. 他就在那里。他看着事情发生。他知道他们在那天晚上的镜子里看到的是谁的映象。

9. 要乐于学习。

纪念道格拉斯·亚当斯[①]

　　我第一次见到道格拉斯·亚当斯是在1983年底。《阁楼》杂志让我采访他。我以为会见到一个聪明敏锐、有BBC风格的人，声音也许像是《银河系搭车客指南》[②]那样。在伊斯灵顿他的公寓门口，出来见我的是个大个子，笑容满面，鼻子很大，还稍微有点弯，整体看上去笨手笨脚，就好像虽然个子很高，但还是个没长大的年轻人。他刚回到英国，此前在好莱坞度过了一段悲惨时光，回家来感到非常满意。他很和气，人又有趣，而且健谈。他给我展示他的东西：他所痴迷的电脑，那时候世上还没有几台；还有吉他，还有巨大的充气蜡笔，这是他在美国发现的，花了一大笔钱运回英国，然后才发现在伊斯灵顿也能买到，而且非常便宜。他笨手笨脚：他会倒退撞上东西，或者被绊倒，或者忽然坐到什么东西上面把它们弄坏。

---

① 本文是我为 M.J. 辛普森 2005 年的著作《搭车客：道格拉斯·亚当斯传》写的前言。——原注
② 最早是 BBC4 套的广播喜剧。

2001 年 5 月，他去世的第二天早上，我在互联网上听说了这个消息（这东西 1983 年还不存在）。一位记者（人在香港）正在电话采访我，这时道格拉斯·亚当斯的死讯在电脑屏幕上一闪而过。我哼了一声，对这种胡言乱语不屑一顾（就在几天之前，卢·里德还上了《周六夜现场》节目，以平息自己已经去世的一波网络谣言）。然后我点开了那个链接。我发现自己盯着的屏幕上是 BBC 的新闻，看到道格拉斯真的去世了。

"你还好吗？"身在香港的记者说。

"道格拉斯·亚当斯去世了。"我目瞪口呆地说。

"哦，是的，"他说，"今天的新闻都在说这事。你认识他吗？"

"认识。"我说。然后我们继续采访，但是我完全不知道自己还说了什么。几周之后，这位记者再次与我联系，说在我知道道格拉斯去世之后，录音带上的东西完全不合逻辑，甚至没有什么能用的，他问我能不能重新再做一次采访。

道格拉斯是个极其和气的人，表达能力超强，而且非常乐于助人。1986 年，写《别慌》的时候，我发现自己经常在他的生活周围逛荡。我会坐在他的办公室一角，翻检古老的文件柜，抽出《银河系搭车客指南》各种化身版本：一份又一份草稿、遗忘已久的喜剧小品、《神秘博士》脚本、各种剪报。他总是愿意回答问题，解释原因。他帮我介绍了几十位需要找来采访的人，像是杰弗里·珀金斯和约翰·劳埃德这样的人。他喜欢我完成的书，或者他说他喜欢，那也很有帮助。

（那段时间的一则记忆：坐在道格拉斯的办公室，喝茶，等他打完电话，这样我就可以再采访他一会儿。他喜欢在电话上交谈，讨论当时他为喜剧救济组织出书的项目。放下电话之后，他会向我道歉，然后解释说他必须接这个电话，因为是约翰·克里斯打来的，说话的样子很明显表示出提到这个名字让他兴高采烈：约翰·克里斯刚才给他打了电话，他们像成年人一样进行了专业的谈话。那时候道格拉斯认识克里斯得有九年了，但他仍然觉得这是完美的一天，而且他想让我知道这点。道格拉斯一直有他自己的偶像。）

道格拉斯是独一无二的。当然，这对我们每个人来说都对，但人们也的确各有类型和模式，世上只有一个道格拉斯·亚当斯。我从没有遇到过其他人能把"不立文字"提升到艺术的高度。没有人的痛苦可以看上去如此欢乐而深沉。没有人有那样平易近人的微笑与弯弯的鼻子，也没有那像是保护力场的一圈淡淡的囵囵的光环。

他去世之后，我接受了很多采访，让我讲讲道格拉斯。我说我认为他不是小说家，并不真是，虽然他写了几本小说，而且在全球畅销，四分之一世纪之后被人视为经典。写小说是一种他倒退撞上、或者被绊倒、或者忽然坐到上面弄坏了的职业。

我认为，道格拉斯可能是一种我们还不能用语言描述的人物。他是个未来学家，或者解释者，或者其他什么的。总有一天，人们会意识到，对这样一个人来说这是最重要的工作，他能为自己解释这个世界，并且让世人难以忘记；他可以非常容易地（至少是超级好地，因为他做的任何事都不能完全说是容易的）将濒危物种的困境戏剧化，就像给一个模拟的种族解释发现自己变成了数字是什么意思。他的梦想与信念，无论是实际的或是不切实际的，总是有整个星球那么大，他还将继续前行，也带着我们这些人一起。

　　这是一本充满事实的书，写的是一个以梦想为生的人。

哈兰·埃利森:《在世界中心呼唤爱的野兽》[①]

　　我还是个小男孩的时候就开始读哈兰·埃利森了。我认识他的时间和他妻子苏珊认识他的时间一样长，虽然对他的了解绝对没有她那么好——我们1985年在格拉斯哥一次会议上碰面，就在这次会议上他遇见并且追到了他的另一半。

　　那次我为《太空旅行者》杂志采访他，此前两年我都为这家杂志写稿，到那时为止，这本杂志看上去完全健康向上。有我采访哈兰内容的这一期杂志到了印刷厂……然后出版社把它叫停了，杂志印了一半，编辑被炒掉了。我拿着这篇采访稿找了另一家杂志另一位编辑。他掏钱买下了它……然后第二天也被解雇了。

　　那一刻我确信，采访哈兰是件不好的事，于是把那篇采访稿扔到了文件柜里，准备让它在那里面待到地老天荒。我可不能再让更多编辑被开除，更多杂志停刊了。

[①] 本文是我为哈兰·埃利森《在世界中心呼唤爱的野兽》1994年交界出版社版所作的前言。——原注

世上没有任何人有哪怕一点像哈兰。这一点以前就有人观察到了，是比我更聪明更有能力的人。这是真的，但这离题有点远。

我不时发现，哈兰·埃利森忙于一项格曾·博格勒姆尺度的表演艺术——这工作巨大而持久。它就叫作哈兰·埃利森：一部文献大全，包含了奇闻、传说、对手、表演、朋友、文章、观点、谣言、爆炸、宝藏、启示以及纯粹的谎言。人们谈论哈兰·埃利森，写文章讨论哈兰，有些人甚至想要把他绑到火刑柱上烧死（如果干这事不会带来太多麻烦的话）；还有人可能会拜倒在他脚下（如果他不会说出点让他们感觉自己渺小与愚蠢的话）。人们跟在哈兰屁股后面讲故事，有些故事是真的，有些则不是；有些对他赞不绝口，有些则不然——

这同样有些离题。

十岁的时候，我有点口齿不清，家人送我去见一位演讲老师，名叫韦伯斯特小姐，此后六年，她教了我很多有关戏剧和公开演讲的东西，口齿不清在第一年顺便就好了。她一定有个姓，但我现在想不起来了。她很厉害——一位矮壮而做作的白头发老同性恋（或者学生们这样认为），她抽黑色的小雪茄，身边永远有一群亲近人却傻乎乎的苏格兰小狗。她屁股巨大，总会倚在桌子上，看着我背诵布置给我的绕口令和戏剧片段。韦伯斯特小姐大约十五年前去世，至少几年之前一次聚会上我遇到的另一位她从前的学生是这样说的。

很多人说过为我好的各种话，但我留意听过的没有几个，她就是其中一人。（不用说，还有非常多的人——现在想来，

144

也包括哈兰 —— 说过一些为我好的合情合理的东西，而我出于这样那样的原因，完全忽略了。）

不管怎么说，那时我一定有十四岁了。有一天，在一次详细的想象中的凯列班台词表演之后，韦伯斯特小姐靠在椅背上，挥手点起一根小雪茄，说："尼尔，亲爱的。我觉得有些事你应该知道。听着，要想不同寻常，你必须首先知道自己的圈子在哪里。"

仅此一次，我听到了，听进去了，而且理解了。你可以随心所欲破坏规则，但此前你得知道规则是什么。你可以成为毕加索，但之前要知道怎样绘画。按你的方式做事，但首先要知道别人怎样做。

我与哈兰的私交比我认识他的时间要长得多。这正是作为作家最可怕的事，因为你编故事写东西，你就是干这个的。但人们会阅读，书籍会影响他们，或者在乘火车时用来消磨时间，诸如此类，最终他们被作者感动、改变或者安慰，不管过程多么奇怪，这是来自他们读到的东西的一种单向的交流。这并不是写小说的原因。但这真实存在。

我十一岁的时候，父亲给了我卡尔和沃尔海姆的《最佳科幻》选集中的两本，我读到了《无声狂啸》，发现了哈兰。后面几年，我买了所有我能找到的他的作品。至今这些书大部分我都还保留着。

二十一岁的时候，我度过了生命中最坏的一天。（至少到那时为止。后来又有两个相当不好的日子。但这一天比它们都更糟糕。）机场没什么可读的，只有《破碎星期六》，于是我买下了它。我上了飞机，飞越大西洋的时候一直在读。（这天有多么糟糕呢？糟糕到飞机在希思罗机场平稳着陆，没有化为灰烬，竟然让我略微有些失望。就这么糟糕。）

在飞机上我读了《破碎星期六》，这是一部选集，里面都是很牛的小说——还有对它们的介绍——写的是作者与小说的关系。哈兰告诉我什么是浪费时间（《数着报时的钟》），我想，去他妈的，我也可以当个作家。他还告诉我，任何超过十二分钟的个人痛苦都是自我放纵，这把我从行尸走肉的状态之中拖了出来，比其他任何事情帮助都大。回到家的时候，我已经接受了所有的痛苦、恐惧和忧伤，包括那些所有"我也许是个作家"的信念，该死的，然后我开始写作了。至今还未停笔。

《破碎星期六》，或多或少，让我成为今天的我。都是你的错，埃利森。我又跑题了。

好了：《在世界中心呼唤爱的野兽》，欢迎你来阅读。

我手里的这本是1979年潘恩图书英国版：平装本封面上，布拉德是一只长得像家猫的紫色的东西；维克，站在它身后，显然是个四十多岁的男孩，而且，我想，他正用一条腿蹦来蹦去。尽管如此，大多数哈兰的英国版封面上都是宇宙飞船，所以我不应该发牢骚。封底把哈兰称为"科幻新浪潮的主要提倡者"，并认为这一观点出自《纽约客》。

定义的时间到了，主要是为了出生于1970年之后的你们各位。新浪潮：这是一个和十五年之后的赛博朋克一样毫无价值的术语，用于描述六十年代后半段一群杂七杂八的作家，他们松散地围绕在穆考克时期的《新世界》杂志和本小说集作者所编辑的最初的《危险幻象》选集周围，但并不仅限于此。（如果你还想知道更多，去找一本克卢特和尼科尔斯合编的《科幻小说百科全书》，查一下"新浪潮"词条吧。）

哈兰也许可以算是"新浪潮的提倡者"，但他最初的预言，好像也包括在本书前言中指出的，根本没有"新浪潮"这种东西，只不过是一群作家，其中有些人打破常规、挑战极限。

在"新浪潮"发生的时候，我从没把它视为特别独立或者不同的东西。它是可以阅读的东西。是些可以读的好东西，即使有的时候已经走到了难以理解的边缘。我阅读"新浪潮"，就像阅读所有成人小说一样，作为一扇进入我还没能完全理解的世界的窗户：我发现斯宾拉德的《杰克·巴伦窃听器》很有意思，穆考克的《癌症疗法》令人着迷与不解。巴拉德遥远而陌生，让我想起遥远的飞机场里天朗扩音器里讲述的那些故事。德拉尼告诉我词语可以很美丽，泽拉兹尼创造神话。如果他们就是"新浪潮"，那么我喜欢它。但我喜欢那个年代的很多东西。（"对，这是你的问题，盖曼。"哈兰这样说，我最近责怪他，因为他建议我喜欢的某个作家应该被撒上神圣的食物然后当祭品牺牲掉。"你谁都喜欢。"这话没错，基本上是这样。）

我又跑了一点题。

小说是时代的产物，随着时间变化，我们对于小说的看法也会变化。比如说《圣诞老人大战蜘蛛组织》中里根那一段；里根最后的微笑"像一个重获儿童的天真或是早已丢失天性的人"。吓人吧，哈兰从未想到会这样写一位加利福尼亚州的大背头州长。然而又过几年，里根和他的微笑开始失去含义。他会失去意义，在读者眼中变成一个过去的名字，一个奇怪的历史人物（我年纪刚好足够大，知道为什么斯皮罗·阿格纽封口令是个笑话），就像科幻新浪潮是谁、是什么以及为什么都逐渐消失在黑暗中。詹姆斯·布兰奇·卡贝尔在自己的一些书中脚注里写到了自己时代的名人，被看成（也许只有一部分）是讽刺意味的评论——毕竟，今天谁还会为解释约翰·格里沙姆、约翰·梅杰或者霍华德·斯特恩的脚注操心呢？但卡贝尔的讽刺脚注现在成了有用的信息。时光飞逝。我们会遗忘。1925年的畅销小说（史蒂夫·布鲁斯特告诉我的）是A.汉密尔顿·吉布斯的《水深测量》。什么东西？谁写的？然而，《圣诞老人……》还有用，只要还有二流影片间谍情节可以探讨，就会一直起作用；只要还有不公正，就会起作用。

这点对这里的其他故事同样正确。它们仍然有意义；选集之中唯一感觉与时俱进的东西是前言，因为哈兰赞赏了吉米·亨德里克斯，还指出皮尔斯·安东尼是位枪手作家。但见鬼去吧，反正也没人看前言。（承认了吧。你也不会读这篇的，是不是？）

和斯皮罗·阿格红、A.汉密尔顿·吉布斯还有霍华德·斯特恩一样，关于哈兰的奇闻轶事、传说故事，还有"时代传奇"之类的东西（其中绝大多数，或多或少，都有些真实成分），还有所有格曾·博格勒姆的东西（我应该给格曾单独写一条脚注，他是在拉什莫尔山上刻下总统头像的人），都会被遗忘。

但故事会留下。故事会流传下去。

"要想不同寻常，"已经去世十五年的韦伯斯特小姐在我的脑后这样说，她的嗓音暗哑，朗诵完美，"你必须首先知道你的圈子在哪里。"在打破规则之前要理解它们。学会绘画，然后打破绘画的规则；学会编故事，然后用人们从未见过的方式展现他们曾经见过的东西。

这就是这些故事讲述的内容。其中有些极富才藻，它们闪闪发光，尖锐呼啸，有些则不然；但在所有故事中，你都能看到哈兰在实验，试用新的东西、新的技法、新的声音；这些技艺和声音他后来进一步精炼，成为《死鸟传说》中冷静的断言，对我们生活中遵守的神话的分析；变成《破碎星期六》中的故事，其中他艰难地分开作家与小说之间自相残杀的关系；或者《愤怒的糖果》中苦涩的挽歌。

他知道自己的圈子，而且他敢于跨出去。

为哈兰作序是一项奇怪且吓人的任务。我从书架上拿下翻了又翻早已破旧却又视为珍宝的那些平装本，看着它们，哈兰出现在封底，还有个烟斗或者打字机，我很惊奇他看起来多么年轻（说起这一点可能会很傻，哈兰是我见过的最年轻的离六十岁只有一步之遥的人——这有点居高临下，暗示他仍然完全掌控各种功能、能分清各个花色的麻将牌是个奇迹；但他就是有奇迹的感觉，很多人刚到二十岁身上的这种感觉就消失殆尽了，他还有一种飓风一样的能量，让我想起我八岁的女儿霍利，或者一种特殊的带有惊人幽默感的凶残的爆炸装置；还有很多很多事情，他仍然有信仰与勇气）：然后我意识到自己有同伴呀，我重新阅读了斯蒂芬·金为《跟踪噩梦》写的序，看他证明了我断断续续试着证明的同样的论点，我写的并不是哈兰的个性或传说，或者甚至也不是哈兰这个人本身。我也不是要写把世界奇幻终身成就奖交到哈兰手上让我多么高兴，也不是写赴宴的客人听到他谦逊有礼的获奖感言时，脸上目瞪口呆的表情。（我满嘴跑火车。他可不谦逊。一点也没礼貌。然而非常搞笑。他们确实目瞪口呆。）

　　真的，所有这些都是想要说一堆图书，还有一堆故事，在写作之时尽他可能写到最好，这并不是跑题；实际上，这是全部的重点。

　　哈兰继续写作，才气纵横、激情澎湃。我推荐你们注意他在1993年美国最佳短篇小说选集里的小说《把克里斯托弗·哥伦布划上岸的人》——每一点都像"新浪潮"最狂野的余波之中产生的所有东西一样是试验性的，而整体非常成功。他知道自己的圈子。他也愿意跨出来探索。

　　那么，后面还有十二个故事。

　　这些都是不应该被忘记的故事；你们中有些人应该是第一次读到它们。

　　准备离开圈子吧，有位能力超群的导游带路。

　　我真羡慕你们。

为哈兰·埃利森敲锣打鼓①

你说哈兰·埃利森，先生？愿上帝保佑你。我当然记得哈兰·埃利森。为什么？如果不是因为哈兰·埃利森，我怀疑我甚至不会入这一行。

我第一次见到哈兰·埃利森是 1927 年在巴黎。格特鲁德·斯泰因在一次聚会上给我们互相引荐。"你们男孩子肯定合得来，"她说，"哈兰是位作家。倒不是像我这样的大作家。但我听说他也编故事。"

哈兰盯着她的眼睛，原原本本讲述了自己对她作品的意见。他花了十五分钟，一句重复的话都没有。说完的时候，整个屋里的人都鼓起掌来。格蒂让艾丽斯·B.托克拉斯②把我们扔到了大雨中，我们在巴黎街头蹒跚而行，在商店随便抓了几根潮了的法棍和半瓶不知名的波尔多葡萄酒。

---

① 本文为 1999 年第十一届读者大会会议手册而写。其中事实都靠不住。——原注

② 特鲁德·斯泰因的伴侣。

"去年的积雪都去哪儿了？"我问哈兰。

他从衣服内袋抽出一幅地图，指给我看。

"我怎么也猜不到它们最终会跑到那里去。"我告诉他。

"谁也猜不到。"他说。

哈兰知道各种事情，就像这种。他比雄狮更为英勇，比猫头鹰还要聪明，他教我用三张扑克牌变戏法，他说，要是我落了难，这会成为我赚钱的手段，绝对管用。

我第二次遇到哈兰·埃利森是1932年在伦敦。我在音乐厅工作，现在它们大不如前了，但还是相当吃香。我在一场算命先生的戏里努力表演，从点滴小事做起。我并不完全是账单最下面那个人——那是月亮先生和他惊艳演出的虎皮鹦鹉——但我也差不多快到那儿了。那是哈兰出现之前的事了。他在哈克尼帝国剧院找到我的时候，我正在毫无希望地试图感应出一位禁酒运动参与者手中十先令纸币上面的序列号。"别搭理这些读心术之类的鬼话啦，跟我走吧，孩子，"他说，"你有一双善于敲鼓的手，我是个需要鼓手的人。我们一定能飞黄腾达的。"

我们去了古尔、斯托克波吉斯、阿克宁顿和伯恩茅斯。我们去了伊斯特本、南海城、彭赞斯和托基。我们做的是文学：在海滨讲述戏剧性的故事，打动与娱乐舔着冰淇淋的众人，把他们从穿大肥裤子的小丑，跳康康舞的姑娘，流浪歌手表演和领着猴子的摄影师那里争取过来。

我们所到之处，都成了当季热点。我会敲鼓把人群引过来，然后哈兰会跳起来，给他们讲一个故事——有个故事讲的是遗失时间的守卫①，还有一个讲把克里斯托弗·哥伦布划船送到岸上的人②。然后我会把帽子传来传去，或者直接从目瞪口呆的度假者手中接过钱来，哈兰故事讲完，他们常常还站在那里，合不拢嘴，直到潘趣和朱迪木偶戏里的人物出现，让他们稀里糊涂地逃到小店去。

有天晚上，在布莱克浦一家炸鱼薯条店，哈兰向我吐露了他的计划。"我要去美国，"他这样告诉我，"在那里人们一定会欣赏我。"

"但是，哈兰，"我说，"我们在这儿前程不错啊，就在海滩上表演。你那个新的戏剧独白，讲一个没有嘴却仍然可以尖叫的家伙③——讲完之后帽子里足有三十先令呢！"

"美国，"哈兰说，"那才是宇宙中心，尼尔。"

"那么，你得找个别人在美国的海滨合作了，"我告诉他，"我要留在这儿。不管怎么说，有什么东西是你能在美国得到，但是斯凯格内斯、马尔盖特或者布莱顿却没有呢？美国人都忙忙活活的。他们根本站不了那么长时间来让你讲完一个故事。比如那个在监狱里读心的家伙，你几乎得花两个小时才能讲完。"

"这，"哈兰说，"就是我计划的简单之处。我可以把故事写下来让人们去读，就不用一个城镇一个城镇地走来走去啦。全美国的人都会读我的小说。首先是美国，然后是整个世界。"

---

① 《时间守护者》。
② 《把克里斯托弗·哥伦布划上岸的人》。
③ 《无声狂啸》。

我看起来一定有点心存疑虑，因为他从我盘子里挑了一根挂面糊的熏肠，用它在桌上画了一张美国地图，还引出好多向外的箭头，就用酸酸的番茄酱做颜料。

"再说，"哈兰问，"我还能去哪里找到真爱呢？"

"格拉斯哥？"我鼓起勇气建议道（因为在格拉斯哥帝国剧院演算命先生的时候，我曾经"死"过一次），但他显然已经不再听我说话。

他吃了我那根挂了面糊的熏肠，然后我们又回到了布莱克浦的街道上。一到海边我就敲起自己的小鼓，直到聚起一小群人，哈兰开始给他们讲故事：有个人偶然拨了自己家的电话，他自己又接起了这个电话，然后讲了这个人接下来一周的生活。

故事结束的时候，帽子里几乎有了五十先令。我们把收入分了分，哈兰赶上了去利物浦的下一班火车，说自己觉得可以在轮船上再写一段，给船上的人讲故事。关于一个男孩和他的狗的故事[1]，他感觉应该会表现特别不错。

我听说他在新世界干得不错。好吧，敬他一杯。我自己也偶尔涉猎文学领域，经常有理由愉快地回想当时从哈兰·埃利森那里学到的所有东西。

我现在还经常用上它们呢。

不管怎么说，先生。三张扑克牌。它们绕来绕去又绕过来，停在哪里？没人知道。你感觉今天运气怎么样？你觉得自己能找到哪张是Q吗？

---

[1]《一个男孩和他的狗》。

谈谈斯蒂芬·金，
《星期日泰晤士报》专访①

我迈出校门第一份工作是记者，专门采访作家。现在我已经不做这个了。但我从没采访过斯蒂芬·金。卡西·高尔文那时在《星期日泰晤士报》就职，打电话问我能不能为他们采访斯蒂芬·金。巧合的是，我正在佛罗里达写书，距离金住的地方不远。我给写书的自己放了一天假，一路开车向西。

"前言"

《星期日泰晤士报》让我写一点自己和金的小私事，作为作者的按语，于是我写了这个：

> 我认为，自己从斯蒂芬·金身上学到的最重要的东西，是十来岁的时候学到的；那时候我读了金有关恐怖小

---

① 本采访的编辑稿原载于2012年4月8日英国《星期日泰晤士报》。——原注

说和写作的散文集《死亡之舞》。他在那本书中指出，如果你每天写一页，就算只有三百字，一年下来你也能写出一本小说。这让人无限安心——突然之间，一件大到不可能完成的东西变得出奇地简单。成年之后，我写出了一直没时间写完的小说，比如儿童小说《鬼妈妈》就是这么写的。

这次与斯蒂芬·金会面，让我吃惊的是他对自己所做的事情感觉多么舒服。所有关于放弃写作、从此隐退的传言，以及在重复自我之前可能应该及早停手的建议，好像都不攻自破。他喜欢写作，比他可能做的任何事情都喜欢，完全没有想要停下的意思。除非可能得拿枪指着他。

我第一次见到斯蒂芬·金是1992年在波士顿。我坐在他的酒店套房里，见到了他的妻子塔比莎，也就是后文所说的塔比，还有他的两个儿子乔和欧文，当时都十来岁，我们谈论写作与作家、粉丝和名望。

"如果再活一次，"金说，"所有的事情我都不会改变。就连那些不快的记忆也是一样。不过我可能不会再为美国运通做那个'你认识我吗？'的电视广告了。从那之后，每个美国人都知道我长什么样。"

他个子很高，深色头发，乔和欧文看上去就是父亲的年轻版，好像刚从克隆工厂下生产线一样。

第二次见到斯蒂芬·金是2002年，他把我拉上台和"摇滚滞销货"乐队一起演奏卡祖笛，这是一支由会演奏乐器和唱歌的作家拼凑而成的乐队，比如说作家谭恩美，在演唱南茜·辛纳特拉的《这靴子就用来走人》的时候，她扮演施虐狂。

演出之后，我们在剧场后台窄小的卫生间里谈了几句，只有在那里金才能偷偷抽上一支香烟。他那时看起来有点虚弱，脸色苍白，不久之前一个开厢货车的傻瓜把他撞了，后来又在医院感染，住院很久才刚出来。他抱怨说下楼的时候腿很痛。那时我有点担心。

现在，又是十年过去了，金从他佛罗里达家中的停车场走出来迎接我，他看起来很不错。他不再虚弱。虽然他六十四岁了，看起来比十年前还要年轻。

斯蒂芬·金在缅因州班戈市的房子是哥特式风格，富丽堂皇。虽然我从没去过，也知道这一点。在网上早就看过照片了，看上去就是像斯蒂芬·金这样的人应该居住和工作的那种地方。门上有锻铁做的蝙蝠和怪兽装饰。

斯蒂芬·金家在佛罗里达靠近萨拉索塔市的一座小岛上，那是海边的一片地，一排都是豪宅。（"那一座是约翰·高蒂的，"路过一所巨大的白色高墙建筑的时候他们告诉我，"我们叫它谋杀大厦。"）他的房子相当难看。甚至可以说是一点都不讨人喜欢的那种难看。那就是很长一大块水泥加玻璃，就像一个巨大的鞋盒子。塔比解释说，这所房子是一个建购物中心的人盖的，用的就是购物中心的材料。就像是一座苹果商店风格的巨无霸建筑，然而并不漂亮。但是一旦你进到屋里，玻璃幕墙正对沙滩与大海，视野堪称完美，巨大的蓝色金属门廊融入夜空，花园一角可见繁星，建筑内部有绘画和雕塑，最重要的是，这里有斯蒂芬·金的办公室。里面有两张办公桌，一张很好看的桌子，视野开阔；还有一张平淡无奇的桌子，上面放着台电脑，前面还有一把经常坐的破破烂烂的椅子背对着窗户。

金每天就是坐在这张桌子旁边，这就是他写作的地方。现在他正在写一本书，叫作《乐园》，讲的是游乐场里的连环杀手。窗户下面是围着篱笆的一小片地，里面有一只巨大的非洲盾臂龟慢悠悠地闲逛，像一块奇形怪状又能走动的石头。

我与斯蒂芬·金的最初邂逅，是在我见到他本人之前很久，大概1975年在克罗伊登火车东站。那时候我十四岁。我偶然拿了一本全黑封面的书。那就是《撒冷镇》。这是金的第二部小说；我错过了第一部，一本薄书，名叫《魔女卡丽》，讲一位具有精神力量的少女。我熬夜读完了《撒冷镇》，爱上了那种狄更斯式的描写：一个吸血鬼到来，毁掉了一个小小的美国城镇。这可不是好吸血鬼，或者说正经吸血鬼。好像是德古拉到了佩顿小镇。在那之后，金写的所有东西我都一出版就买。有些书很好，有些不怎么好。不要紧。我相信他。

《魔女卡丽》这本书金开始了又放弃，塔比·金从废纸篓里拾出来读了，然后鼓励他完成。他们那时很穷，然后金的《魔女卡丽》大卖，一切都改变了，于是他继续写作。

开车南下佛罗里达，三十多个小时的时间里，我一直在听金的时间旅行小说《11/22/63》的有声书。讲的是一位高中英语老师（就像金在写《魔女卡丽》时一样）通过位于一间古老餐厅储藏室的时间虫洞，从2011年回到了1958年，任务是从李·哈维·奥斯瓦尔德手中拯救约翰·F.肯尼迪。

像金以往的作品一样，这部小说也能迫使你关心发生了什么，一页又一页地读下去。其中有恐怖小说的元素，但它们就像是某种调料，主菜则一半是经过精心调查的历史小说，一半是爱情小说，而且始终带有对时间本质与往昔的沉思。

考虑到金职业生涯的广阔，他做过的任何事都很难说不同寻常。他靠近于畅销小说（偶尔也包括非虚构作品）。他的职业（我们大多数作家并没有职业。我们只不过是在写下一本书）是特氟龙[①]，这有些古怪。他是畅销小说家，这在以前（可能现在也是）往往用于描述某种特定类型的图书作家：他们会用愉悦与情节来回报你的阅读时间，就像约翰·D.麦克唐纳（金在《11/22/63》之中向他致敬）。但他又并不仅仅是畅销小说家：不管他写什么，好像他总是位恐怖小说家。不知道这点会不会让他感到沮丧。

"没有啊。并没有。我有自己的家人，他们都觉得还行。我们有足够的钱买吃的，买东西。昨天我们金基金会（这是金提供资金的私募基金，用于很多慈善事业）开了个会。我妻子的妹妹斯特凡妮组织会议，然后我们都坐下来捐钱。这事情让人沮丧。每年我们都把同样多的钱捐给不同的人……就好像把钱扔进无底洞。这才令人沮丧。

"我从不认为自己是恐怖小说家。这是其他人的想法。我可一句话都没说。塔比曾经一无所有，我曾经一无所有。我们非常害怕有人会把现在这一切从我们手中夺走。所以如果有人

---

① 特氟龙，Teflon，一种不沾性涂料。

愿意说‘你是这个’，只要书能卖出去就没关系。我觉得，我会把嘴闭上写自己想写的东西。你说的这种事情第一次发生的时候，我写了《肖申克的救赎》①，写这些故事就像我写所有小说一样，我有了这个想法，并且我想把它写下来。有一个监狱故事《丽塔·海华丝与肖申克的救赎》，还有一个基于我的童年，题为《尸体》，还有一篇小说《纳粹高徒》，讲了一个孩子发现了个纳粹。我把它们发给了维京出版社，这是我的出版商。我的编辑是艾伦·D.威廉斯——他很多年前就去世了，是位极好的编辑——总能把工作出色地完成。他永远不想夸夸其谈。我把《肖申克的救赎》寄给他们，他说：“嗯，首先你把这本书称为《不同的季节》，但你只写了三个。”于是我又写了一个《呼—吸—呼—吸》，这本书就这样完成了。这本书我得到了职业生涯最高的评价。这是人们第一次想到，哇，这可确实不是恐怖小说。

"有一次我在这里的超市，有一位老妇人转弯走过来，这位老妇人——明显是那种心里想什么就说什么的人。她说：‘我知道你是谁，你是那个恐怖小说家。你写的所有东西我都不会读，但我尊重你写东西的权利。我只是喜欢更加真实的东西，比如《肖申克的救赎》。’

"于是我说：‘那就是我写的。’她说：‘才不是呢。’然后她就走开了。"

这种事情一次又一次发生。他出版《头号书迷》的时候是这样，那书是脑残粉的编年史；《尸骨袋》也是一样，那是有

---

① 《肖申克的救赎》原名为《不同的季节》。

关小说家的哥特风格鬼故事，向杜穆里埃的《蝴蝶梦》致敬；他获得美国国家图书基金会美国文学杰出贡献奖的时候仍然是这样。

我们的谈话并没有在那所巨大的混凝土鞋盒房子里进行。我们坐在金在同一条街上买下的一所湖边小屋里，他们把它用作客房。乔·金也住在那里，他写作用的笔名是乔·希尔。他看上去仍然很像他父亲，然而已经不再是克隆出来的少年版了，现在他自己也事业有成：写书和图像小说。他走到哪里都拿着iPad。乔和我是朋友。

在《尸骨袋》中，斯蒂芬·金写到一位作家停止写作，但仍然可以继续出版库存的作品。我问他出版商能把他的死讯保密多久？

他狡黠一笑："我这个想法，《尸骨袋》里的作家有很多书，是因为很多年前有人告诉我，丹尼尔·斯蒂尔每年写三本书，然后出版两本，我知道阿加莎·克里斯蒂也存了一两部，以便给职业生涯来个漂亮的结尾。就像现在，如果我死了，所有人都保密，可以瞒天过海一直到2013年。《黑暗塔》有一部新的，《穿过锁孔的风》。那很快就要出版了，《长眠医生》也写完了。所以，如果我让出租车撞了，就像玛格丽特·米切尔一样，有些完不成，有些能完成。《乐园》完不成，但乔可以写完，小菜一碟。他的风格和我几乎难以区分。他的想法比我还好。在乔身边就像靠近转轮烟花，火花四溅，点子满天飞。我的确想要慢一点。我的出版代理正在和出版商讨论《长眠医生》——那是《闪灵》的续集——但我推迟了把原稿给他们的时间，我想喘口气。"

为什么他会给《闪灵》写续集？我没告诉他，我十六岁的时候，那本书让我多么害怕，也没告诉他库布里克的电影让我多么喜欢，同时又多么失望。

"我写续集是因为这件事非常讨厌。就是说你翻出一本特别畅销的书然后写续集。人们会想起他们小时候读过的那本书。小孩读过之后会说，那本书真是吓人，但然后他们长大了，读到续集可能会想，这可没有之前那么好。挑战在于，也许可以一样好——或者也许可以有所不同。这给你一种想要对抗的东西。这是一种挑战。

"我想写《长眠医生》，因为我想看看丹尼·托伦斯长大之后会发生什么。我知道他会成为酒鬼，因为他父亲就是酒鬼。我觉得《闪灵》里有一个漏洞，就是杰克·托伦斯这个酒鬼，虽然暂时不喝但仍然令人紧张，他从来没有试着去参加'匿名戒酒会'这样的自助团体。我就想，好吧，我会从丹尼·托伦斯四十岁的时候写起。他会是那种人，说着'我永远不会像我父亲一样，我永远不会像我父亲那样虐待妻儿'。然后你某天醒来，三十七或者三十八岁了，你还是个酒鬼。于是我想，这样的人会过着什么样的生活呢？他会做一连串低端的工作，会进监狱，现在他在一个收容所看大门。我真的想让他成为收容所的工作人员，因为他有'闪灵'，可以帮人跨越生死之门。他们叫他'长眠医生'，也知道有猫进屋坐在床上的时候要去叫他。这写的是一个乘公交车出门的家伙，他平常吃麦当劳，或者在某个特别的夜晚可能去红龙虾餐厅吃饭。我们说的这家伙可不会去萨迪斯餐厅。"

斯蒂芬和塔比莎1967年在缅因大学图书馆的书库之中相遇，然后1971年结婚。他毕业之后没能拿到教职，所以他在一家工业洗化公司工作，给人加油、看大门，偶尔写小说贴补微薄的收入，大部分是恐怖小说，卖给像《骑士》这样的男性杂志。这对夫妇一贫如洗。他们住在旅行拖车里，金就在洗衣机和烘干机之间暂时搭出来的桌子上写作。1974年一切都变了，《魔女卡丽》的平装本版税达到二十万美元。不知道金从什么时候开始不再担心钱的问题。

他想了一会儿。"1985年。塔比早就已经明白了，我们再不用为这种事担心。但我没有。我深信有人会把这些从我手中全部夺走，我又会和三个孩子一起租房子住，太美好的事情一定不是真的。大约1985年，我开始放松下来，觉得这样挺好，这样没问题。

"即使是现在，这些 ——"他挥挥手，指着游泳池、客房、佛罗里达小岛和这许多巨无霸别墅 ——"这些对我来说都很奇怪，即使每年只待三个月。我们在缅因时住的是最穷的社区。我们看到的和相处的人都是以砍树、清运垃圾之类的事情为生。我不想说自己平易近人，但我就是一个平常人，唯一的才能就是我手中这支笔。

"在纽约的豪华大餐厅吃晚饭，没有比这更让我觉得无聊的事了，你必须一坐他妈的三个小时，你知道吧，先喝饮料，然后葡萄酒，然后三道菜，然后还要咖啡，有人就得去要一个该死的法压壶还有所有的垃圾玩意儿。对我来说，什么是好啊，就是开车来这儿，去华夫屋点两个鸡蛋一块华夫饼。看到第一间华夫屋的时候，我就知道南方到了。这就很好。

"他们付给我的钱多得可笑，"他说道，"但这事不给钱我也会去做。"

斯蒂芬·金的父亲在他四岁的时候出门抽烟，然后再也没回来，留下金的母亲独自把他养大。史蒂夫和塔比有三个孩子：内奥米是持上帝一位论的线上教会神父；乔和欧文都是作家。乔正要完成自己的第三部小说。欧文的处女作将于2013年出版。

我很好奇距离与变化。写出2012年做蓝领工作的角色会很容易吗？

"肯定更难。写《魔女卡丽》和《撒冷镇》的时候，我距离体力劳动只有一步之遥。但这好像也是真的——乔也会发现这是真的，当你的小孩长到某个年龄，写他们会更容易，因为他们一直在你的生活中，你会一直观察他们。

"但你的孩子会长大。对我来说，写《长眠医生》中那个十二岁的小女孩更加困难，当时谈论五岁大的丹尼·托伦斯就没有那么难，因为我有乔作为丹尼的模特。我不是说乔有像丹尼那样的'闪灵'，但我了解他是谁，他会怎样玩耍，他想做什么还有之类的事情。但你看，这点最重要：如果你能想象出《美国众神》之中发生的所有奇妙的东西，如果我能想象出魔法门还有所有东西，那么肯定我也还是可以让我的想象领路前行：看，这就是我想象出来蓝领工作每天上班十小时的样子。"

我们现在都做作家所做的事：谈论技巧，讨论我们如何做自己所做的事情，编故事为生、为业。他的下一本书，《穿过锁孔的风》属于《黑暗塔》系列，这一系列金自己二十出头的时候就策划与开始创作了。他花了很多年完成这个系列，也只是靠他的助理玛莎和朱莉的推动才能完成，粉丝总是来信问这个故事什么时候完成，他给她们回信实在回烦了。

现在他已经写完了这个故事，又在考虑如果把这个系列看作一部非常长的长篇小说，他得重写多少。他能再写第二稿吗？希望如此。目前，斯蒂芬·金是《黑暗塔》系列第五本或第六本中的一个人物，而现实中的小说作家斯蒂芬·金正在思考是不是要在下一稿中把他去掉。

我告诉他我为正在写的故事调研时的古怪之处：我需要的所有材料，去找的时候都好像已经在那里等着了，感觉非常不真实。他点头赞同。

"太对了——你一伸手，它就在那儿。这事发生最明显的一次是当时的出版代理拉尔夫对我说：'这有点疯狂，但你有没有某种系列小说的点子，就像狄更斯当年写的那种？'而我刚好有一个故事，写得有点挣扎。那就是《绿里奇迹》。我知道如果要写这个，必须把自己关在里面。于是我开始写，结果相当惬意地一直领先于出版时限。因为……"他犹豫了下，试着用一种听起来不那么蠢的方式来解释，"……每当我需要什么，那东西就正好出现在手边。当约翰·柯菲入狱的时候——他因为谋杀两个女孩要被处决。我知道他并没做，但我不知道真做了这事的那个家伙也会在监狱里，完全不知道这是怎么一回事，但当我写的时候，所有事情都在那里等我。你只是把它记录下来。所有事情都组合在一起，就像早已存在一样。

"我从不认为小说是人造之物；我认为它们是寻得之物。就好像你把它们从地里拔出来，然后就只是捡起来而已。有人曾经告诉我，这是我低估了自己的创造力。可能是这么回事，也可能不是。不过，我现在写的这个小说中，确实有解决不了的问题。这并没有让我晚上睡不着觉。我觉得等到了该写的时候，它就会出现……"

金每天都写作。如果不写他就会感到不开心。如果写作，对他来说世界就是个美好的地方。于是他就不停地写。就是这么简单。"我也许早上八点一刻坐下，然后一直工作到十二点差一刻，在那段时间里，所有事情都是真的。然后咔哒一声就停下了。我觉得大概能写一万两千到一万五千字。也就是六页。我想达到实体书的六页。"

我开始给金讲述我的理论：在遥远的未来，当人们想要了解1973年到现在是什么感觉，他们就会看金的书。他是描摹他眼中世界的大师，都记录在纸上。录像机的兴起与衰落、谷歌和智能电话的降临……所有这些都在他的书中，在怪兽与黑夜背后，让他们更加真实。

金颇为自信。"你知道吗，你说不清什么会流传下去，什么不会。库尔特·冯内古特曾经评论约翰·D.麦克唐纳说：'从现在起两百年之后，如果人们想知道二十世纪是什么样子，他们会去看约翰·D.麦克唐纳。'但我并不确定这是不是真的——好像他已经基本被人遗忘了。但我每次来这儿的时候，都试着重读一本约翰·D.麦克唐纳的小说。"

在与斯蒂芬·金的谈话中，字里行间藏着各种作家。我意识到，他们所有人都是，或者曾经是畅销书作家，他们的作品被成千上万人阅读，而且读得津津有味。

"你知道这件怪事吗？我上周去了萨凡纳书展……这种事我参加的越来越多了。我走出来的时候，所有人都起立欢迎，可真是恐怖……或者是因为你成了文化偶像，或者他们鼓掌是因为你竟然还没死。"

我告诉他我在美国第一次见到起立欢迎的情况。那是朱莉·安德鲁斯在明尼阿波利斯参加《雌雄莫辨》巡回预演的时候。电影并不是很好，但她还是得到了起立欢迎，因为她是朱莉·安德鲁斯。

"但是，这事对我们来说太危险了。我想让人们喜欢我的作品，而不是喜欢我本人。"

那么那些终身成就奖呢？

"把奖给我让他们很高兴。发给我的奖都被我放在小破屋里了，但大家不知道这一点。"

然后塔比·金过来了，告诉我们该吃晚饭了，她还补充说，有人刚刚发现，在大房子那边，那只巨大的非洲盾臂龟正在试图和一块石头交配。

杰夫·诺特金：陨石猎人 [1]

　　有些人会变。上学时认识的小孩变成了投资银行家或者破产专家（失败了）。他们胖了还秃了，有时候你会有这样的感觉，他们一定是把原来那个小孩给吃了，一块一块，一口一口，小时候你认识的那个聪明爱做梦的乐天派完全不见了。

　　心情不好的时候，我会担心这事也正发生在我身上。

　　然后我见到了杰夫·诺特金，一切正常。真的，有的时候，当他出现在正确的角度，我会看到他的父亲萨姆·诺特金，非常酷的一个人，我们曾经一起谈论二十世纪四十年代的美国不知名科幻作家。但通常我会看到杰夫，他一点没变。

　　1976年的杰夫·诺特金冲动、才华横溢，有些痴迷，非常滑稽，容易被人激怒，但又会同样迅速忘记自己曾经生气。我们都是学校的边缘人，杰夫是因为他有一半美国血统，我则是因为生活在书堆里，我们关系好是因为音乐和漫画。我带杰夫

① 这是我为杰夫的回忆录《摇滚巨星：陨石猎人的冒险》所作的前言。——原注

去新维多利亚剧院听卢·里德的音乐会，我们组了一个朋克车库乐队，一点也不夸张，就在他家车库里。他是位完美的鼓手，很有激情。

我们一起画漫画，在觉得无聊的课的教室后排。我俩觉得几乎所有课都很无聊。我们是聪明的小孩，翘掉大部分课（我们都喜欢美术教室，我喜欢学校图书馆）然后自学，因为这样好像更有趣。我们喜欢被老师讨厌，实际上最后我们两个人都没毕业。

我们是朋友。和同样的女孩约会（虽然从未同时进行）。我们读同样的漫画，听同样的音乐（通常是同时），甚至都把头发染成了金黄色，或者想要这么做。杰夫的父母并不介意他把头发染成金黄。我的父亲却反对我把头发染成稻草那种橘黄色，让我重新染黑了，结果更加奇怪。作为朋克青年，我们签约录了一盘磁带，但我们的音乐没有一首还能找到，也许只有几盘磁带在杰夫家的储物柜里，我喜欢这样想，只要我能在截止日期之前把这篇前言写出来给他，磁带就都会留在那里。那时有个暴脾气的顾客不喜欢我们的乐队，他表达的方式是朝我们扔了一听（没有打开的）啤酒，我脸上需要缝针，是杰夫把我送上了救护车……

我觉得就是在那件啤酒事件之后，我不再梦想成为摇滚明星。

我每隔几年都会和杰夫见见面，我们的生活像是频闪照片：上次我见到了他的父母，向他们介绍了我的女儿霍利，她那时还是个婴儿，发现他们已经原谅了我在杰夫派对当晚引发的不幸事件；我强烈嫉妒杰夫，因为他在视觉艺术学院和威尔·艾斯纳签了合同，他认识威尔·艾斯纳、阿尔特·斯皮格尔曼，还有哈维·库兹曼，对于一个梦想有一天能做漫画的二十四岁伦敦记者来说，这都是大神或者半人半神的人物；杰夫·诺特金已经变得像摇滚明星一样红火，而我在纽约跌跌撞撞，刚开始以写漫画为生；然后是杰夫的电子邮件，说他要去西伯利亚寻找陨石……

说真的，我从没想到真的有人会去寻找陨石。我以为，你会注意到它们，一定是因为它们撞上了你的房子或者车子，或者降落在你的草坪上，绿光明灭，把你变成某种怪物。我真没想到有人会出门寻找，带着稀土磁体和满脑子疯狂。

我看了《陨石猎人》，因为杰夫参加了节目，我很高兴地发现，杰夫仍然冲动、才华横溢，有些痴迷，真的很滑稽，只要一泄气就很有娱乐性地火冒三丈，然后又几乎立刻忘记并且原谅，这如此鲜明，好像要从电视屏幕里走出来。但我一直看下去，是因为节目吸引了我：杰夫是个永远自学的人，他热爱知识。他永远不会停止对这个世界的好奇，对于杰弗里·诺特金来说，接触宇宙其他地方最快捷的方式，就是找点从另一个地方飞过来降落在地球上的东西，比如陨石。

他给过我一块陨石，作为我五十岁的生日礼物。上面有个洞。

在我心中，现在仍是1977年的某天下午，杰夫·诺特金和我从学校溜出来跑去二手书店，还有录像店，那里有杰夫喜欢的真正的美国朋克音乐，还有我做梦都想要的地下丝绒乐队演唱会现场录音，杰夫就站在路边大喊："我们说到做到，伙计！"汽车在身边飞驰而过，我们是穿校服的小孩子，现在也是一样，三十五年过去了，一切都没变。

　　他仍然说到做到，每句话都是。

谈谈金·纽曼，
和平与爱公司的创建与最终解散记录[①]

　　我想那是 1983 年 10 月，我当时二十二岁，在霍尔本皇家康诺特酒吧二楼的房间，英国奇幻协会正在举行一次宴会。那是我第一次参加这种宴会。英国奇幻协会的社交活动是偶然事件，作家、粉丝、评论家，还有出版和影视界这种灰色地带的人聚在一起，狂饮狠聊。没有议程，没有演讲，比一场临时抽奖销售秩序好不了多少。

　　有个人 —— 好像是编辑和记者乔·弗莱彻 —— 介绍我认识了一个戴白色帽子穿一身皱皱巴巴黑色西装的人。他留着八字胡，怀表通过一条真真正正的表链拴在背心上。他喝着一杯白葡萄汽酒，浑身上下全都是自信。他二十三岁，但给人的印象不知怎么要老的多。他看上去好像应该随身带一根藏剑的手杖，虽然，出于我暂时没能发现的原因，他并没带。

---

① 金·纽曼作品集《初代阴影博士及其他小说》1994 年版的前言。——原注

金和我都很年轻，狂妄自大——事后想来，那时我们大概让人难以忍受。我们交换了投名状：他有篇小说刚被《界中界》接受（如果我没记错的话，是《帕特里夏的职业》），我有篇小说刚被《界中界》退稿，不过被《幻想》杂志接受了。（他的小说就在这部选集里，真他妈的很好，我刚刚重读了我的那篇，决定不把它放在我的短篇小说选集里，因为它非常糟糕。）我们都很年轻，虽然这点在我身上看得出来，在金身上看不出来，我们也一样充满渴望。

然后话题突然转到了我们想要写的书。金开始告诉我他计划写的名为《日落》的书。讲的是巨大的獾在英国出没，四处吃人。我告诉金我认为自己比较想做一本科幻引语集。

"听起来主意不错，"金说，"你可以负责图书部分。我来写电影部分。"金写电影观感，也写专业影评，为《城市极限》和《英国电影协会杂志》供稿。他已经写了一本书，名叫《噩梦电影》，准备在一家相当不靠谱快要倒闭的出版社出版（最终经过修订和更新，成了汉默电影公司之后恐怖电影的权威工具书。）

总之我记忆中就是这样。金就是这样进入了我的生活。于是我们为计划中的引语集写了大纲，你知道金，也知道我，他那部分大纲写完的时候，我的那一半还没开始写。我们把《难以置信的恐怖》大纲发给了几家出版社，箭书买下了它，我与金·纽曼的合作正式开始了。

这持续了大概五年。

在这种合作关系中，金的级别一直更高。他有张信用卡，还有些处事手段。他有电动打字机。他也是发动机——我们的工作习惯非常不同：我总是倾向于等待截止日期，而金从来都是在截止日期之前很久就做完，然后在剩下的时间里做些其他的。

他的那一半书稿在截止日期前几个月就完成了。我的一半则是截止日期之后的一个月才交稿。这基本就是后来的合作模式。

在《难以置信的恐怖》开头的作者简介中，我们的编辑，可爱而有才的费丝·布鲁克，把我们两人都描述为"有抱负的小说家"。我并不认为如此。我们只是年轻作家，自信心不可动摇（而且还未曾动摇），认为我们最终写出来的东西可能是小说。但我们都期望能什么都写。

金在马斯韦尔山一所公寓里租的房间很小。屋里的书、录像带和杂志多到爆炸；奇怪电影的剧照用粘土胶贴在墙上。有一张床，一张小小的桌子上放着电动打字机（他的打字机有名字，但那是金的故事，我就不讲了），一把椅子，一台电视机，一台录像机。

金可以看最烂的电影，不只是看，还很享受。他那时的记忆力过目不忘，毫无疑问现在仍然如此：情节、演员、冷知识，阳春白雪、下里巴人。他全都知道。

金写的电影观感极佳，写专业影评也很好。（电影观感告诉你一部电影是不是你会喜欢的那种东西，如果你喜欢那种东西的话。专业影评呢，起码好的那种会告诉你看过的到底是什么东西。）他好像花了生活中大部分时间（在他不写作也不看旧录像带的时候）参加电影放映会。

我也开始去电影放映会。我如饥似渴，非常年轻，如果我写点关于电影的东西，或者甚至打算有一天能写点有关的东西，就可以不付钱看电影，这让我惊奇万分——他们还给你炸鸡腿、香肠还有一杯接一杯的白葡萄酒。因为我和金一起去放映会，最终我也攒下了几个电影专栏。

整个八十年代我们都一起写作，通常是幽默故事。其中有一些甚至非常搞笑。有一次——而且只有那么一次——我们想一起直接写本小说，每人轮流写三百字。这个故事讲的是一个吸血鬼女孩在夜总会勾搭别人。结果很糟糕，我们再也没有试过第二回。

至少没有那样合作了。

后来，我们一起作为某种意义上来说毫无组织的单位"和平与爱"公司的成员，为几十家刊物写了好几百篇文章。我们告诉全世界开膛手杰克究竟是谁。我们揭露了电脑红娘。我们写了如何成为疯狂科学家（以及统治世界），也许可以称为权威指南。

回想我们没做过的事情更加有趣：我记得我们策划了一个电脑游戏，目标是在你的头脑爆炸之前搞清楚自己是谁。我们做这个是碰碰运气，客户是一个宣称自己发明了脏话盒子的人（那是一个可以放在桌上的盒子，按一个按钮就能说"操"或者"狗屁"）。

我们为一位想要廉价电影情节的廉价电影导演策划了四部廉价电影。后来金把某些情节改写成了小说。这些小说一定比曾经的低成本电影要强多了。

当然，到那时为止，我们还是上文提到的和平与爱公司的一部分。

和平与爱公司，虽说有个银行账户，但根本不是一家公司，实际上不管跟和平还是爱都一点关系也没有，尽管我认为总体上来说，我们非常支持它们，总之，和平与爱公司或多或少是在一次派对上建立的。我们都没去参加那次派对——那是金的房东在他公寓里举行的。但我们——金、斯特凡·贾沃钦、尤金·伯恩还有我自己——我们躺在金房间的睡袋里，听着楼下大厅传来的派对声音。金躺在床上。

派对时间很长声音很吵，参加派对的人（全都是老嬉皮士）在演奏过时的嬉皮士音乐。

我们躺在黑暗中，开始讨论嬉皮士。然后我们开始夸夸其谈，说起公社生活，去旧金山，往头上撒面粉。那是一种即兴自由创作的喜剧表演，只不过我们躺在地上。

第二天，我们把还能回忆起来的胡说八道写了下来，加上各种各样的情节，命名为"和平与爱以及所有东西"寄给了一家杂志，这就成了和平与爱公司。

克莱夫·巴克被和平与爱公司给迷住了。他一度宣称，要写一篇小说，名叫《界限》，金、斯特凡和我会成为遥远未来世界的生物，超越快乐与痛苦的边界，来到此时此地追捕逃犯。最终写完的时候，书名叫作《地狱羁绊之心》，后来改编成电影《猛鬼追魂》。这可能意味着，金·纽曼是钉子头最初的灵感来源。毕竟他们两人都衣着时尚。

慢慢地，金和我越来越成功。这是个缓慢而意外的过程。我们付出了代价，我想，那就是我们的时间。金用本名写作小说，为了与他钦佩的美国低俗杂志写手竞争，他会高高兴兴地用杰克·约维尔的假名写颠覆性的长篇和短篇小说，最多花一周时间。

　　我们不再合作。我们为之写作的那个市场已经枯竭了，或者说死掉了，我们两个人又都很忙——金写了更多长篇和短篇小说，在早餐时段的电视上评论电影，成了大明星，我则主要跑去写漫画书。八十年代过去了，和平与爱公司的银行账户正式停用了。

　　那是一段我至今觉得难以理解的时间：透过粉红色的眼镜你并不能看清遗失于八十年代中期的那些宁静的日子。很少有人怀念那个年代，除了一些最概括的描述，回忆那时的忙碌与欢乐，那个时代我们除了自信与狂妄之外一无所有，却又令人恐惧地确定我们注定会创造出有趣的东西，这让我们一直前行。

　　十多年之后，金仍然倡导文化融合与不自觉的后现代主义。在本书的小说中，以及在金的其他作品里，阳春白雪与下里巴人之间的关联、交互与致敬，并不是要引人注意；他们之所以存在，是因为这就是金，这就是他的组成部分。可以说，他知道自己几斤几两。他的故事是一次狂野的旅行，会带你去到从未去过的地方。坐稳了享受吧。可以想像，你会错过几段笑话，几句引语，几个在电影剧照、录像带和旧书的剪辑拼贴之中一闪而过的形象，被人忘掉大半的演员，还有几乎完全被人遗忘的电视连续剧。不用担心。

你当然会错过些东西。你又不是金·纽曼。

他那么温文尔雅、才华横溢、独一无二，曾经一度还带着藏剑的手杖。

尼尔·盖曼。美国某地。截稿日期三个月之后。

《侦探》：一则书评①

    我实际上从未在旧体制下工作。不过我也看不到他们那种态度；我的意思是，我听过和蔼的科伦先生的《园丁提问时间》，或者不知道是什么节目，（"啊，这是卢顿一位女士的故事，她的短裤上系着丝带。""不，恐怕不对。""那么是杰弗里·豪先生？""吼吼，就是这个。"）他听起来总是很和善。至少不像是个会采取卑鄙的恐吓手段的人。

    不像最近这帮人。

    有个人打电话给我，说他想要篇书评。这周就要。好吧，我说，这周几啊？周二，他说。那可就是明天啊，我指出这一点。他说对，就是明天，周二。

    要是我不能按时完成怎么办？我问他，完全没有恶意。

    电话那头停顿了一下；你似乎可以听到他抬头看看《笨

---

① 这是我被要求给乔赛亚·汤普森的《侦探》写书评的时候所发生事件的真实记录，原载于1989年《笨拙》画报。——原注

拙》画报办公室穿黑西装的男人，随后点点头的样子。

那样的话，他镇定地说，我们就开天窗了。那么我们就把你的照片印上去。可能还有你的地址。我们会告诉《笨拙》画报的读者，他们这周有一页白版究竟是谁的过错。

那我就再也不用进牙医候诊室了。

行吧，我说。明天。我放下电话，大声问候了他全家。就一个词。和蒸蛋（custard）押韵，只差一个字。

好了。写个书评。

唯一的问题在于，我上周收拾了办公室。我知道这本书就在某个地方，过去一个月经常绊到它，书名叫《侦探》，作者是某位美国哲学教授，放弃了一切去做私家侦探。金色封皮。独一无二。放在了一个保险的地方。收拾干净了。很小心地放在了什么地方。又整齐又保险的地方。可能在书架上。不管怎么说，一定在某个书架上。

此外唯一的问题是，这里书多得吓人。没问题，只要找金色封皮就行了。在最上层书架的上面，我爬上桌子，使劲去够，几乎失去平衡，抽出来一看：《完美性爱》。

真令人讨厌。

我简单设想了一下，如果明天早上收到《完美性爱》的书评，《笨拙》画报的人会不会发现。那些《笨拙》画报办公室穿黑西装的男人夹克口袋里令人生疑的凸起。而且他们没有幽默感……

忘掉《完美性爱》吧。

要给《侦探》写书评。无论如何也得记住书名。如果记得书名，你就不会错得太离谱。

当然我还是没有找到书。只有《完美性爱》，竟然有两本书有金色封皮，真是搞笑，我把它翻开，希望读到正文的时候会变成《侦探》。然而并没有。"她的身体完美无瑕，屁股蛋又圆又滑，就像盛夏的果实，她的胸部高挺傲人。"

真好奇是哪种盛夏的果实。树莓？醋栗？

去查查百科全书好了。

我发现醋栗可能是白色、黄色、绿色或者红色，表皮可能光滑、带刺或者长满茸毛。完全没说它到底是不是盛夏的果实。我觉得艾伦·科伦应该知道这种事，因为《园丁提问时间》……

别说那么多屁股的事。

我放弃了。

我决定根据记忆写个书评。假装令人信服的样子。对吧。没问题。这位哲学教授，想成为私家侦探，名叫，名叫，管他呢，他写了所有这些关于克尔凯郭尔的书，或者也许是维特根斯坦，就那群混蛋中的一个吧，真真正正的哲学教授，薪水丰厚，结婚生子，却放弃一切，成为旧金山的一名私家侦探。

我曾经模糊地期望有点伤风败俗的东西，比如我曾经读过的一本书，书名忘了，《我的私人侦探生活，以及欺骗伴侣又不被逮到必定成功的十五种方法》，差不多就这样的名字吧，或者其他还不如钱德勒的东西，"女人走进我的办公室，那线条可以让笛卡儿提出新的命题，让我的脉搏瞬间超速，屁股像翘起的醋栗"，我惊奇而愉快地发现这书两者都不是。

《侦探》里没有低级趣味。

哲学教授找到了真正的幸福，就像身无分文的萨姆·斯佩德。他在案件之间经常读《马耳他之鹰》。好作家。在阁楼地板下面找到三万块毒资。把被绑架的孩子救出印度。想要救走绑在电椅上的美籍华人。或者关在毒气室里。都行吧。我都忘得一干二净了。他决定做侦探就是真正的生活。是最幸福的事。书封面上的照片：眼角有皱纹，陷于困境的好人，腿上有一本翻开的《马耳他之鹰》。

我真希望能记得他的名字。好像是 L 开头的，或者 S。或者也许是 P 吧。

最好的部分都是又长又无聊的片段，坐在汽车里等人，那人却永远不出现，往泡沫塑料杯子里撒尿。这让我深信自己可不想做私家侦探。不过我很高兴有别人去干。

好的私家侦探可以找到所有东西。甚至是金色封皮的《侦探》。可能应该看看最明显的地方。也许就坐在书桌前，向左随便一瞥，眼睛扫过一堆书，都是答应作者什么时候有空写书评的……

妈的。

金色封皮。

作者名字是乔赛亚·汤普森，书名叫作《侦探》，我只记得这些了。封皮上写着"把私家侦探生活写得最好的书"。

就这样吧。

模拟城市 ①

　　城市不是人。但，像人一样，城市有自己的性格：某些情况下，一个城市有很多不同的性格 —— 有十多个伦敦，一大群不同的纽约。

　　城市是生命与建筑的集合，它有身份与性格。城市存在于某个地点，某个时间。

　　有的城市很好 —— 它们欢迎你，关心你，好像因为你在这里而高兴。也有的城市漠不关心 —— 它们根本不在乎你在还是不在；有的城市有自己的日程，却忽略了人。有些城市变坏了，原本健康的城市里，有的地方腐烂生虫，就像被风吹落的苹果。甚至还有的城市好像逝去了 —— 有的没有市中心，好像在其他地方更加开心，其他更小更容易理解的地方。

　　有的城市会扩张，像是癌症或者劣质电影里黏糊糊的怪

---

① 这是1995年《模拟城市2000》中的"复活节彩蛋"文字，如果你去图书馆玩《模拟城市》，点击"沉思"，这段文字就会跳出来。——原注

兽，随走随吃，吸收城镇乡村，吞没城区和村庄，消化成无边无际的大都市。其他城市会缩小 —— 曾经繁华的地区空荡衰落：楼宇空旷，门窗紧闭，人去楼空，有时甚至没法告诉你为什么。

有的时候，我会幻想如果城市是人，它们会是什么样子，用来打发时间。在我眼中，曼哈顿说话语速飞快，满心猜忌，衣冠楚楚然而胡子拉碴。伦敦身形巨大，糊里糊涂。巴黎优雅迷人，显得比实际年轻。旧金山疯疯癫癫，但并无恶意，非常友好。

这是个愚蠢的游戏：城市并不是人。

城市存在于某个地点，某个时间。随着时间流逝，城市积累下自己的性格。曼哈顿还记得自己曾是土了吧唧的农田。雅典回忆着旧时光，那时还有人认为自己是雅典人。很多城市记得自己曾是乡村。其他的城市 —— 当前平平淡淡，没有什么性格 —— 还在等待属于自己的历史。很少有城市会骄傲：它们知道自己往往是个幸福的意外，存在本身只是由于地理上侥幸成功 —— 宽阔的海港，山间隘口，两条河流交汇之处。

现在，城市都停留在它们所在的地方。

目前城市都在沉睡。

但风声已起。事情会变。如果明天城市醒来走掉会怎么样呢？比如东京吞没你的城镇？或者维也纳翻过高山大步向你走来？如果今天你住的城市起身离开，明天你醒来发现自己裹着薄毯子躺在空空的平原上 那个原本坐落着底特律、悉尼或者莫斯科的地方，会怎么样呢？

千万别认为城市理所当然。

毕竟，城市比你大；它年纪更大；它知道如何等待……

晚六点到早六点 [1]

最近我离开了新闻业，但《Time Out》杂志的玛丽亚·莱克斯顿问我愿不愿意在伦敦街头待上一整夜，写写发生的不管什么事情。听上去好像很刺激……

"哦，不要写夜店，"我的编辑这样说，"有人已经写过了。你能去什么别的地方吗？"

然而我已经仔细计划了一个夜晚，要包含伦敦我去过的所有夜店，再加上几家还没去过的，但现在只能揉成一团扔掉啦。好吧。那我就顺其自然呗。也许在西区的街上逛逛。我这样告诉她。

她好像依稀有点担心。"要小心啊。"她警告我说。我感到温暖与鼓励，思考着想象之中的讣告，还有即将到来的冒险，我跌跌撞撞来到了傍晚时分。

晚六点到早六点。

---

① 原载于1988年《Time Out》杂志。——原注

晚上六点　我见到了我的银行经理。我们站在大厅里，讨论当代杂志文章中"操（Fucking）"这个词的用法。我告诉他，只要愿意，我随时可以在《Time Out》上使用"操"，这时候有个穿西装的人从一间办公室溜出来瞪着我们。我落荒而逃时，他唯一的秘书玛吉银铃般的笑声一直飘在我身后。

我想在贝克街打个出租车，但是实践证明，那黄色的"出租"车灯，紧急时刻的伦敦圣杯，通常神出鬼没。我坐地铁到了托特纳姆宫路，那里埋伏着一长串出租车，黄色的灯亮闪闪。

我冲到出版商的地下室，打了几个电话，磕磕绊绊过了马路，到藏在中间点大楼阴影里的慕尼黑咖啡馆去，在那里和临时的《危机》杂志编辑詹姆斯·鲁滨逊一起喝了一杯，等我的出版商过来。

出版商迟到了，但我偶然碰见了摇滚大明星大鱼（之前在海狮合唱团）；我们好几年没见面了，聊了聊近来的情况，只有一个形迹可疑的家伙打断了我们，说他正在组建"英国最大的慈善组织"，想要大鱼给予支持，还有一个傻小子让大鱼把《凯利》的歌词写在餐巾上，这样他打赌能赢50英镑。大鱼说自己不记得歌词，签了个名把那家伙打发走了。不过，还是有人因此赢了50英镑。

然后我的出版商出现了，我们离开去找点吃的（旧康普顿街的延伸餐馆，古斯米好极了），我答应晚些时候去搬了新址的华盖俱乐部和大鱼见面。他会把我们的名字写在门上。

晚上十一点十五分　我们出现在华盖俱乐部，迎接我们的是"对不起啊，哥们——我们十一点关门。"我十来岁的时候，华盖俱乐部（可能是大都会之中最便宜的桑拿房）十一点之前几乎都不开门。不同寻常的摇滚之夜的梦想破灭了。我仍然不知道今天晚上要干点什么。

我的出版商要去温布尔登，去修他卖给老朋友的一台古董激光影碟机。我和他一起过去。

凌晨一点　激光影碟机还是没有反应，这意味着我的出版商看不成《香艳迈阿密》了（"那些迈阿密的香艳女孩当然都善于处理激情的烦恼……有个色情泳池派对……我们热情的女警官也准备好了大闹一通……"嗯嗯少儿不宜）。

凌晨一点三十分　我们开车穿过空空荡荡的温布尔登，回到市中心，被一辆警车拦了下来——他们注意到了后备箱里的古董激光影碟机，然后就跳跃地推断我的出版商实际上是个小偷，这结论倒也不无道理。他紧张兮兮地把《香艳迈阿密》的碟片藏在座位底下，下车把手机递给警察，让他打电话给别人验证自己的身份；警察渴盼地盯着手机。"他们连这东西也不给我们。"他叹了口气。他问了问我出版商的（巴罗因弗内斯）口音，然后宣称自己来自布里德灵顿，就挥手让我们离开了。于是我讨伐警察暴力的刺激一夜——或者更有新闻价值一些，看守所之夜的计划又摔得粉碎。

凌晨一点四十五分　维多利亚车站。在维多利亚这里一定会发生点什么吧……没有。这里又荒凉又空旷，满是荧光灯广告，说的都是你在半夜这个时间买不着的东西。（鲜虾华尔道夫三明治？）我的出版商解释说，由于数十年的杂交与污染，伦敦的鸽子脚上已经没有爪子了。我告诉他这听起来太假了。

凌晨两点十分　路过硬石餐厅。一个排队的人都没有。

凌晨两点四十五分　苏豪区。我们走过一条街道，两边是空空荡荡的酒吧与书店，我的出版商告诉我这里很久以前都是妓院；然后，《香艳迈阿密》和运转正常的激光影碟机在前面召唤，他匆匆跑进了夜幕中。

我决定就漫无目的地随便乱走，坚决不要消失在什么低级的饮酒俱乐部里，就算我能找到的话（它们就像小小魔术店，喜欢在你下次去找的时候消失，变成一堵砖墙或者紧锁的大门）。

在布鲁尔街俗气而刺眼的霓虹灯下，有位年轻女子拿着一个戴红色假发的泡沫塑料脑袋。怀旧杂志铺橱窗里摆着《OZ杂志》"学生"那一期。

凌晨三点三十一分　在一个通宵营业的饭店 —— 黑面包先生 —— 皮卡迪利大街拐角，我遇到了埃拉。她一头金发，粉红唇膏已然模糊，红色高跟鞋，荧光迷幻宫风格手表带。她看上去也就十五岁，却向我保证实际上自己快十九岁了，还告诉我不要吃爆米花，因为"尝起来像耳屎"。

结果发现她是夜店舞女。我想当然地认为这是今晚首次遇到伦敦夜生活堕落的一面。她摇摇头。她解释说，她的工作是卖掉尽可能多的香槟拿提成，在顾客"去嘘嘘"的时候把自己杯子里的酒尽可能都泼到地上。都是骗人的，她叹口气：三文鱼三明治12英镑，一包香烟四十支12英镑，每人每晚花费绝不会少于100英镑，上周还有五个瑞典人出价5000英镑要和她上床。

她拒绝了。她觉得自己还没穷到要做这种生意的地步。每天晚上，埃拉来到黑面包先生喝点糟糕的咖啡清醒清醒。她一个月左右以前从巴思来到这个大都市；她的人生理想是偷一辆保时捷911 Turbo，也许甚至去考个驾照。

凌晨四点三十分　我又走到了布鲁尔街。面前的路上有六只鸽子；有一只没有爪子，出版商是对的。

在沃德街有几个黑衣人挤在一起，警惕地走着。我不知道这是为什么：周围没人威胁到他们，不过可能他们也不知道。

事情有点无聊，周围根本没人。我开始幻想有人抢劫，打破冷冷清清街道上的乏味状态；我可以花钱把东西买回来。

再一次走过皮卡迪利大街的时候，埃拉已经走了。

沙夫茨伯里大街后面的一条小街上，我走过了几扇写着东西的折门。我朝它们走过去，上面写着"止车（OPRIG）"。和门并排的时候看，写的是"禁止停车（NO PARKING）"。我回头再看，写的是"禁停（N AKN）"。我很快想了一下是不是有人要告诉我什么，得出的结论是，我累了，或者感到无聊透顶。

在查令十字街，有位身材矮小的中国老妇在人行道上嘀嗒嘀嗒地走，招呼出租车却没人理她。她看上去好像迷路了。莱斯特广场空无一人。接近凌晨五点了。我叫住了两位警官，整个晚上在路上闲晃时都看到他俩。我向他们打听伦敦西区——夜里有没有发生什么事情啊？他们说没有，说之所以在这个地区巡逻，是因为这里声名狼藉，然而已经十多年名不副实了。他们恋恋不舍地叹口气："也许你能遇到一个半个男妓在皮卡迪利大街周围晃荡，但他们也就只干这事：晃荡。"

在他们上一次地毯式巡逻，每一条危险的死胡同，还有神秘的苏豪大街，路上只遇到了三个人。他们基本和我一样无聊；我可能是他们整晚遇到的最有意思的事情了。如果我有手机的话，肯定会让他们玩一会儿的。他们告诉我，五点半会热闹一点，因为清洁工就来了。

早上五点二十分　我路过了一家麦当劳。在那里工作的麦员工已经在店里了，用麦刷洗着麦柜台，从麦卡车上搬下麦无数个麦面包。

早上五点四十分　回想起我告诉编辑我要在街上逛逛时，她的声音里透露出令人感动的关心，她明显担心会有可怕的事情发生在我身上。看来我一定是太幸运了。

早上六点零二分 我上了出租车准备回家。我把这失败的一夜讲给司机听。"问题在于,"他解释说,"每个人都以为沃德街、布鲁尔街还有希腊街是刺激的地方。他们以为人们还聚在迪利这里呢,吸毒的等着拿处方。操,你得倒回去二十年。诺丁山,现在都到那儿去啦。刺激的事都还在。只是换了地方。西区清理得太干净,已经废了。"

结论(统计分类):

见证谋杀	0
卷入飞车追逐	0
进行冒险	0
遇到外国间谍	0
遇到妓女	1/2(埃拉)
遇到摇滚明星(在慕尼黑咖啡馆)	1
遇到警察	2

第三章
前言与沉思：科幻小说

有三个句子让写作可以书写尚未到来
的世界……它们非常简单。

"如果……会怎样？"

"要是……就好了。"

"如果这样下去……"

弗里茨·莱伯：短篇小说①

　　我遇到弗里茨·莱伯（读作莱伯，而不是利伯，见到他之前我这辈子都读错了）是在他去世之前不久。这是二十年以前的事了。世界科幻大会一次宴会上，我们挨着坐。他看起来那么老：一位高大严肃的白发老人，卓尔不群，让我想起鲍里斯·卡洛夫，不过莱伯更瘦更好看。宴会期间他什么也没说，至少我没记得他说过。我们共同的朋友哈兰·埃利森送给他一本《睡魔18：千猫之梦》，这是我对莱伯笔下猫的故事的小小致敬，我告诉他，他激励了我，他回答了一些几乎听不清楚的话，我很高兴。我们很少能有机会感谢塑造我们的人。

　　我第一次看莱伯的短篇小说是在我九岁的时候。那篇小说是《冬天的苍蝇》，在朱迪思·梅里尔的巨大选集《SF12》里。这是我九岁时读过的最重要的书，可能只有迈克尔·穆考克的《兴风剑》除外，因为在《SF12》里，我发现了一群对我很

---

① 本文是我2010年为弗里茨·莱伯《短篇小说选》写的前言。——原注

重要的作家，还有数十篇太经常读以至于都能背下来的小说：奇普·德拉尼的《星球修理厂》，R.A.拉弗蒂的《卡米洛的基础教育》和《狭谷》，威廉·巴勒斯的《他们并不一直记得》，J.G.巴拉德的《珊瑚D号的云雕师》，更不用说图利·库普费尔贝格的诗歌，卡罗尔·埃姆施维勒、索尼娅·多尔曼、基特·里德等了。我读这些故事的时候年纪太小，但这没有什么关系：我知道它们超出了我的理解范围，但这一点也没有让我烦恼。这些故事对我来说都很有意义，而且远远超出了它们的字面含义。正是在《SF12》中，我结识了许多概念和人物，他们在我熟悉的童书里并不存在，这让我满心欢喜。

我那时怎样理解《冬天的苍蝇》呢？最近一次阅读的时候，我认为这是一篇半自传体的小说，讲的是一个男人在旅行中调情喝酒，他的婚姻四分五裂，他中断了一次自慰的幻想，和惊恐发作的小孩谈话把他拉回现实中来，这件事让因为酒精和缺少交流而破碎的家庭暂时重新回到一起。我九岁读到它的时候，觉得讲的是一个人被魔鬼围困，和儿子谈话，迷失在星星之中，然后又回到了家。

我知道，从这个故事开始，我就喜欢上了弗里茨·莱伯。他是我会去阅读的人。我十一岁的时候买了《恳求妻子》，发现所有女人都是女巫，而且明白了荣誉之手是什么（是的，书中的观念里有性别歧视和厌恨女性，但如果你是个十二岁的男孩，想要理解下和外星种族也许差不多的某种东西，就会产生"如果这是真的该怎么办？"这种偏执的想法，这让读书对于任何年龄都成了危险活动）。我读了塞缪尔·德拉尼1972年的一期《神奇女侠》，主要人物是范赫德和"灰鼠夹"，感觉一点儿也不像奇普·德拉尼的小说，非常失望，但现在已经认识了我们这两位冒险家，并且由于漫画的魔力，知道了他们长什么样。我读了《巫术之剑》，这是DC漫画1973年推出的范赫德与灰鼠夹的漫画，最后在十三岁的时候，在赖特先生英语教室后面的柜子里发现了一本《兰克马之剑》，它的封面（我后来发现）是美国版封面上杰夫·琼斯画作的拙劣英国山寨版；读了它，我很满意。

后来我再也不喜欢柯南[1]了。并不是说不喜欢，而是说我不再真心享受。我想念那种机智。

此后不久，我发现了一本《大时代》，这是莱伯的改变历史之战小说，这场战争在两群不可思议的敌手之间进行，人类只是他们的棋子。读这本书的时候，我深信这是一部巧妙地伪装成中短篇小说的舞台剧。二十年之后，当我重读这部小说，我几乎和当年一样享受（莱伯处理叙述者的方式让我有点糊涂），我仍然确信这是个舞台剧。

莱伯写了一些伟大的著作，也写过一些低劣的：特别是他的科幻小说，大部分都过时了，感觉看完就可以扔。他写了一些很好的短篇小说，科幻、奇幻、恐怖小说都有，这里面就很少有劣质的。

他是类型文学的一位巨人，很难想象如果没有他，今天的世界还会是同一个样子。他的伟大一部分是因为他跃出了类型的限制，从容应对，游刃有余。他创造了——意思是他写出

---

① 罗伯特·E.霍华德的系列奇幻小说主角野蛮人柯南。

来之前还几乎不存在 —— 诙谐与机智的剑与巫术小说；正是他为后来的都市恐怖小说奠定了基础。

莱伯最好的一点就是主题重现，就像一位艺术家返回他最喜欢的主题 —— 莎士比亚、手表和猫，婚姻、女人和鬼魂，城市的力量、美酒和舞台，与魔鬼交易，德国，死亡 —— 从不是真正的重复，通常比畅销所需要的更加巧妙、更加深刻，文笔优雅，带有诗意与智慧。

好的麦芽威士忌有一种味道；绝佳的麦芽威士忌有多种味道。它的风味在你口中表演出一套半音音阶，给你一系列与众不同的回味，液体从你的舌尖滑下之后，你会发现自己首先想到蜂蜜，然后是木头燃烧的烟味，黑巧克力还有海边荒凉的盐场。弗里茨·莱伯的短篇小说就像一杯精制威士忌。它们在你的记忆中留下无尽的回味，给你留下残存的情感与共鸣，在你合上最后一页之后依然存在很久。就像《哈姆雷特中的四个幽灵》里的舞台监督，我们觉得莱伯用一生的时间观察，他擅长把记忆的稻草转变成想象与小说的砖块。他对读者的要求非常高 —— 你需要集中精力，你需要投入关心 —— 如果这样做了，他会给我们丰厚的回报。

二十世纪的类型科幻产生了一些公认的巨人 —— 最明显的例子是雷·布拉德伯里 —— 但同样也产生了少数从未得到应有的关注的人。他们曲高和寡（但这样的话，布拉德伯里也是一样，他很快离开了科幻领域，被人看作国宝）。他们原本也可以成为巨人，但没有人注意到他们；他们太不同寻常，太奇形怪状，太聪明尖锐。阿夫拉姆·戴维森是其中之一。

R.A.拉弗蒂也是。弗里茨·莱伯从不能完全算作被人忽略，并不和他们一样：他获了很多奖；他被广泛而正确地认为是我们时代的一位伟大作家。但他从未转型进入大众视野：大概他太过精雕细琢了吧；太有智慧。在我们画出的路线图上，一个方向从斯蒂芬·金和拉姆齐·坎贝尔回到H.P.洛夫克拉夫特，另一个方向从每一局有盗贼的龙与地下城桌游回到罗伯特·E.霍华德，弗里茨·莱伯并不在其中。

然而他本应在此。

我希望这本书能让他的崇拜者回忆起，自己为什么喜爱他的作品；但并不仅限于此，我相信这本书会给他带来新的读者，这些新的读者反过来将会发现一位他们可以相信（达到你能相信一位作家的最大程度）、可以喜爱的作家。

《丛林温室》[①]

把一切创造出来的，都化为虚妄，
变成绿荫中的一个绿色思想。

《花园》，安德鲁·马韦尔[②]

布赖恩·奥尔迪斯在他那一代英国科幻小说家之中出类拔萃。他已经写作超过五十年，旺盛的精力与超凡的智慧，将他从类型科幻小说的中心带入主流小说，然后返回，途中还顺道探索了传记、寓言与荒诞小说。作为编辑和选集编者，他对六七十年代人们阅读的科幻小说类型有很大影响，还一手塑造了英国科幻小说读者的品味。他是个批评家，他对科幻领域的研究《千万年大狂欢》以及增补修订的《亿万年大狂欢》是对

[①] 本文是我为布赖恩·奥尔迪斯《丛林温室》2008年企鹅现代经典文库版写的前言。——原注

[②] 译文引自安德鲁·马韦尔著，杨周翰译：《花园》，见胡家峦编注：《月光多么恬静地睡在这山坡上：英国名诗详注：英、汉》，北京：外语教学与研究出版社，2015年，第139页。

这一类型的非凡描述，奥尔迪斯认为科幻始于玛丽·雪莱的《弗兰肯斯坦》，而定义则是"被复仇者击垮的傲慢自大"[①]。他的事业范围广阔：他以惊人的智慧概括了英国科幻文学，带着诗意与古怪，总是热情似火；作为主流小说家，他在科幻领域之外的作品也获得了更广阔世界的尊敬与关注。

在我写下这篇文章的时候，布赖恩·奥尔迪斯仍是一位活跃的作家，他依然工作，依然写作，毫不停歇地从这一类型跨越到那一类型，只要方便就打破类型的界限；就这一点而言，他很难融入环境，归类也是个问题。

作为一名年轻士兵，布赖恩·奥尔迪斯在越南和苏门答腊服役，发现自己邂逅了在灰色的英格兰无法想象的丛林世界，所以这样假设并不太冒昧，《丛林温室》世界的灵感，就始于他与外国的接触，这部小说就是在赞美陌生与野蛮的植物生长带来的喜悦。

1948年他退役回到英国，在一家书店工作，同时也写短篇科幻小说。他的第一本书是《清泉日记》，这是一系列关于卖书的随笔，此后不久，他卖出了第一本短篇科幻小说集——《太空、时间与纳撒尼尔》——然后开始做编辑，变成了评论家和讲述科幻的媒介。

奥尔迪斯属于第二代英国科幻小说家；他是读着美国科幻杂志长大的，他懂得并且能够使用科幻"黄金时代"的语言，并把它和非常英国的文学视角结合在一起。他要感激早期的罗

---

① 译文转引自舒伟：《〈西方科幻小说史〉中的多丽丝·莱辛》，http://www.chinawriter.com.cn/bk/2008-04-14/3□605.html。

伯特·海因莱因，同样也要感激 H.G.韦尔斯。但他仍然是个作家，而不是说工程师。对奥尔迪斯来说，故事总是比科学更重要。（美国作家与批评家詹姆斯·布利什曾经公开批评《丛林温室》科学上不太严谨；但《丛林温室》因为这些不严谨而惹人喜爱，其中不可能的事情——最好的例子是梦中用网连起来的月球形象——是长处，而不是缺点。）

《丛林温室》是奥尔迪斯第二主要的作品，像同时代的很多小说一样，是以杂志的形式在美国连载写作与出版的。这写成了连续的一系列五篇中篇小说，它们的合集 1962 年荣获了雨果奖（科幻小说领域的奥斯卡奖）最佳短篇小说奖。（罗伯特·A.海因莱因的《异乡异客》得到了雨果奖最佳长篇小说奖。）

在奥尔迪斯之前，也有杰出的英国科幻小说家为美国市场写作——比如阿瑟·C.克拉克，或者埃里克·弗兰克·拉塞尔——但奥尔迪斯出场的时候，所谓的黄金时代已经结束，他开始写作的时候，科幻开始反思自身。奥尔迪斯以及与他同时代的作家，比如 J.G.巴拉德和约翰·布伦纳，是一场剧变的一部分，在六十年代后期，产生了凝聚在迈克尔·穆考克编辑的《新世界》杂志周围的所谓"新浪潮"：基于软科学、文风与实验的科幻小说。虽然《丛林温室》在时间上早于新浪潮，它仍然可以被看作是造就了新浪潮的一部重要作品，或者说它显示出变革已经来临。

奥尔迪斯继续进行形式与内容的实验，使用散文体的喜剧风、迷幻色彩与文学语言。他的《霍拉蒂奥·斯塔布斯传奇》

系列三本书出版于1971至 978年间，讲述一个年轻人在缅甸的青年时代、教育与战争经历，经历与奥尔迪斯相仿，这套书成了畅销书，这是奥尔迪斯的第一次。二十世纪八十年代初期，他以经典之作《赫星纪元》系列重回传统科幻小说领域，书中想象了一颗行星，围绕两颗恒星运行，季节无限漫长，详细描述了行星上的生命形式和生物循环，还有观察这颗行星的人类的影响，这是一次惊人的世界建构实验。

布赖恩·奥尔迪斯不停地创作，创造力永无止境，作品持续高产，就像他《丛林温室》中的地球带来了各种形式与种类的生命，难以预测、令人欣喜又充满危险，奥尔迪斯也是一样。他创作的人物和世界，不管是在他的主流小说、科幻小说，还是难以分类的其他书中，比如实验性的超现实主义作品《概率A的报告》，用图像小说家埃迪·坎贝尔的话来说，始终在活生生的死亡中舞蹈。

《丛林温室》是奥尔迪斯第二部独立科幻小说。这是一本桀骜不逊的书，同时出现于几个不同的科幻传统之中（因为它是科幻，虽然故事的中心形象——一个并不旋转，而是被巨大的蜘蛛网系在一起的地月系统——是幻想的意象）。

这部小说讲的是遥远未来的地球，场景建立在这个星球寿命将尽之时，我们现在关心的问题全都被人遗忘，城市早已毁坏废弃。（在我认为是加尔各答废墟中的那些瞬间，美人唱起出现在遥远未来又被人遗忘已久的政治口号，都是对已经废弃无用千万年的世界的一种奇异的纪念。）

这是一场奥德赛一样的冒险，我们的男主角格伦踏上环游世界之旅，穿过超出想象的危险和难以应付的危机（而女主角莉莉·约则向上方行进）。

这故事之中充满不可思议的奇观，像《奥德赛》一样，这种文学类型早于科幻小说，它植根于约翰·曼德维尔爵士及前人的游记，那些关于遥远地域的荒诞故事，满是不可能存在的生物，脸长在胸前的无头人，长得像狗的人，样子奇怪像是羊羔的，实际上却是植物。

但在所有这些之外，《丛林温室》是一部在概念上有所突破的小说——正如约翰·克卢特和彼德·尼科尔斯在《科幻小说百科全书》中解释的那样，概念突破的瞬间发生在主角把头伸出世界的边缘，看见齿轮、轮盘与发动机在天空之外运转，这时主角和读者开始理解此前深藏的现实本质。在奥尔迪斯第一部科幻小说《直航》中，我们会了解到，丛林出现在星际飞船内部，这艘飞船在太空中航行了很多代人的时间——时间太长，飞船上的人都已经忘记自己生活在飞船上。《丛林温室》的概念突破是类型与此不同，因为各个主角都更关心生存而不是发现，那些"啊哈！"的瞬间都留给读者去寻找：飞人的生命周期、菌类在人类进化过程中扮演的角色，世界的本质——所有这些我们都会记住，它们彻底改变了我们看待事物的方式。

《丛林温室》的情节划分根据地点、事件，以及一次又一次的奇迹。它不是以人物为中心的小说：人物与我们保持距离，奥尔迪斯故意一再让我们与他们远离——甚至格伦，与我们可以共情的主角最接近的人物，也是从蘑菇那里获得知识，变得与我们疏远，迫使我们从他的视角看到他的（不知道怎么说更好）伴侣雅特摩尔的视角。我们同情丛林之中最后的人类，但他们和我们不同。

有些人指责科幻小说偏爱概念超过人物；奥尔迪斯一次又一次证明自己是一位理解并可以创造出美好可爱人物的作家，在他的类型小说和主流作品中都是如此，然而我认为这种指责对于《丛林温室》来说并不是偏见。当然，做出这种指责是不得要领，就像指责披头士的歌三分钟都是自我重复的合唱一样不得要领：《丛林温室》是一系列的奇迹，以及对于生命周期的冥想，这其中个体的生命并不重要，动物与植物的完美区分也不重要，太阳系本身仍然不重要，最终，真正重要的东西只有生命，细小的微粒从太空中降落到此地，现在又再次传递回去，进入虚空。

这是我能想到的唯一一部赞美堆肥过程的科幻小说。万物生长，死亡，腐烂，然后新的东西生长出来。死亡习以为常又变幻莫测，通常无人哀悼。死去与重生恒久不变。生命——以及奇迹——依然存在。

惊异感是使得科幻得以运行的重要组成部分，《丛林温室》表达的正是这种惊异感，这种表达非常有力，水平极高，奥尔迪斯自己也难以超越，直到近三十年之后的《赫星纪元》小说三部曲《赫星纪元：春的骑士》《赫星纪元：夏》和《赫星纪元：冬》才更进一步。

《丛林温室》的世界就是我们自己的星球，然而时间与现在相隔难以想象的鸿沟。地球不再自转。月球固定在轨道上，网一样的绳索把它系在地球上。地球的白天一半被唯一一棵榕树的无数树干覆盖，树干之间居住着很多植物兽，一些昆虫，还有人类。人们身材萎缩到了猴子那么大。他们数量也很少，就像动物界剩下的其他物种一样（我们会遇到一些物种，还会和一位哺乳动物交谈，它的名字叫沙丹·耶）。但动物并不重要：地球漫长的下午，黄昏来临之时，是植物生命的时间，它们占据了今日动物和鸟类的生态位，并且也填补了新的生态位——其中最引人注目的，大概是几英里长横跨太空的穿梭者蜘蛛树。

这些丰富的生命形式——名字就像刘易斯·卡罗尔一样是混成词，感觉像是聪明的小孩为它们命的名——充满世界的阳面。格伦（Gren），奥尔迪斯给我们提供的与主角最接近的人物，与无处不在的绿色（green）只差一个字母，开篇只是个孩子，更像动物而不像人。对的，他是一只聪明的动物，但仍然是动物——他迅速成熟，和动物一样容易衰老。

他的冒险就是变成人类的过程。他学到，世上有他不知道的东西。他的猜想绝大多数都错了，然而在他的世界里错误很可能会致命。他无拘无束、聪明而幸运地存活下来，学到东西的过程中遇到千奇百怪的生物，包括吃荷花的肚皮人，一个喜剧性调剂的转折，随着书的进行越来越黑暗。

本书的中心是格伦与蕈菇的相遇，这位有智慧的真菌既是伊甸园中的蛇，又是知善恶树上的果子，它是纯粹智慧造就的生物，同样，格伦和人类则是依靠本能的生物。

沙丹·耶是海豚的后代，格林在接近结尾时遇到他，他和蕈菇都具有智慧，对于世界的理解比人类更多，也同样需要其他生物的帮助才能四处移动、接触世界，就像寄生或者共生生物。

现在回头再看，你可以明白为什么《丛林温室》独一无二，也可以明白为什么，它在接近五十年以前获得雨果奖，从而奠定了奥尔迪斯的声望。可以将《丛林温室》与他最传统的英国对手，约翰·温德姆的灾难小说《三尖树时代》对比，（用批评家奥尔迪斯的话来说）后者是一场"舒适的灾难"，盲目的人类受到巨大、移动、能致人死地的植物的迫害，团结起来，学到如何保证安全，然后，我们可以猜想，重新建立了人类对地球的统治。在《丛林温室》的世界里，没有什么东西可以保证我们比植物更高级——三尖树如果出现在这里也会无比寻常，它的怪异程度被丛林温室的地球上打油诗一样的怪物轻易击败，鳄皮藻、肚子树、杀人柳、绿皮囊，等等等等。

尽管如此，《丛林温室》仍然是一部英国科幻小说——它的规则与同时代的美国科幻小说非常不同。从六十年代初开始，在美国科幻小说中，格伦会出发探索宇宙，将智慧带回给人类，在地球上重建动物世界，所有这些结局奥尔迪斯都可以在我们眼前炫耀，然而他拒绝了，因为《丛林温室》并不是一部关于人类胜利的书，而是讲述生命的本质，不管是尺度巨大的生命，还是细胞层次的生命。生命的形式并不重要：很快太阳会将地球吞噬，然而这些生命来到地球，停留了一段时间，还会继续在宇宙中移动，用想象不到的形式找到新的据点。

总之，《丛林温室》是一本奇异的书，既疏离又深刻，不同寻常，令人烦恼。万物生长，死亡，腐烂，然后新的东西又生长出来，生存就决定于此。其他的一切都是虚空。布赖恩·奥尔迪斯用《传道书》告诉我们，智慧甚至也可能成为某种负担、某种寄人篱下的东西，然而从根本上说是无足轻重的。

雷·布拉德伯里,《华氏451》,科幻是什么以及会干什么[1]

有的时候作家会写一个尚未存在的世界。我们这样做有一百种理由。(因为向前看而不是向后看会比较好;因为我们需要照亮一条我们希望或者担心人类将会走上的道路;因为未来的世界好像比今天的世界更加迷人或者更加有趣;因为我们要警告你。为了鼓励。为了检查。为了想象。)写明天的明天,以及后面所有的明天,原因就像写作的人一样那么多那么各种各样。

这是一本警告之书。它是一个提醒:我们所拥有的东西十分珍贵,有时我们却把应该珍视的东西视为理所应当。有三个句子让写作可以书写尚未到来的世界(你可以把它称为科幻小说或者幻想小说;甚至你可以想叫什么就叫什么),它们非常简单:

"如果……会怎样?"

---

[1] 我很荣幸能为雷·布拉德伯里《华氏451》2013年六十年纪念版写前言。——原注

215

"要是……就好了。"

"如果这样下去……"

"如果……会怎样？"给我们一种转变的可能来背离我们的生活。（例如，如果明天有外星人降落，能给我们所有想要的东西，但是要付出很高的代价会怎样？）

"要是……就好了。"让我们探索明日的光荣与危险。（例如，要是狗能说话就好了。要是我能隐身就好了。）

"如果这样下去……"在三者之中最具预言性，虽然它完全杂乱无章，根本不想预言实际的未来。与此相反，要是"如果这样下去……"的小说采用今日生活的元素，一些清楚明白的东西，通常是一些令人烦恼的事情，根据这些提出问题，如果这个东西（就这一种东西）变得更大更严重，甚至无孔不入，改变了我们思考和行为的方式，那么将会发生什么。（例如，如果这样下去，所有地方的所有交流都会通过短信或者计算机进行，两个人之间不通过机器直接对话，将被宣布违法。）

这是一个提出警告的问题，它让我们探索提出警告的世界。

人们会错误地认为，幻想小说要讲的是预测未来，但其实不是——或者说如果是的话，这活一般都干得相当糟糕。未来是件大事，有很多元素，千百万种变量，而人类有一种习惯，他们听了未来将会带来什么的预言之后，就会做一些完全相反的事情。

幻想小说真正在行的并不是未来，而是现在。它拿出现在令人担忧或者有危险的某一个方面，把这个方面延伸与外推，变成这样一种东西，让那个时代的人可以从不同的角度和不同的地点看到自己正在做什么。它是一种警示。《华氏451》就是一部幻想小说。是一个"如果这样下去……"的故事。雷·布拉德伯里书写的是他的现在，对我们来说是过去。他警告我们一些事情，其中有些事情很明显，而有些事情，半个世纪过去了，更难看明白。

听着。

如果有人告诉你小说是什么，他们很可能是对的。

如果他们告诉你这就是小说要讲的所有东西，他们确定一定以及肯定错了。

任何小说都会写一大堆事情。会涉及作者；会提到作者看见、打交道以及身处其中的那个世界；会包括选择的词汇以及这些词汇运用的方式；会有关这个故事本身以及故事里发生的事情；还会涉及故事中的人物；它是一场辩论，是一种观点。

作家有关一部小说讲什么的观点总是有理有据，绝对正确。毕竟，写书的时候作家就在那里。他想出了每个词语，也知道为什么自己选择这个词而不是其他。但是作家是他自己时代的产物，即使他自己也看不清书中的所有内容。

1953年已经过去半个多世纪了。1953年的美国，广播这一相对新近的媒体已经严重衰落——它的统治持续了大约三十年，但现在激动人心的新媒体电视开始占据优势，广播里的戏剧和喜剧或者永久结束，或者加上视频轨道在"白痴盒子"里重生。

美国的新闻频道警告说会有少年犯 —— 坐在汽车里危险驾驶追求刺激的年轻人。冷战仍在继续 —— 这是一场在苏联及其同盟与美国及其同盟之间的战争，没有人互相扔炸弹或者发射红色子弹，因为一颗炸弹扔下去就可能让整个世界陷入第三次世界大战，一场有去无回的核战争。参议院举行听证会，找出隐藏的共产党人，采取措施消灭漫画书。晚上全家人都围在电视机前面。

二十世纪五十年代的笑话是这样的：过去你看到开着灯就知道别人在家；现在你看到黑着灯就知道别人在家。因为电视很小，画面是黑白的，必须关灯才能看清楚。

"如果这样下去……"雷·布拉德伯里这样想，"就再也没人读书了。"然后这本书就开始了。他曾经写过一篇短篇小说，题为《暗夜独行客》，写的是一个人只是因为散步就被警察拦住，之后又被抓进监狱。这个故事成了他创建的世界的一部分，十七岁的克拉莉丝·麦克莱伦变成了没有人散步的世界里的暗夜独行客。

"如果……消防员烧掉房子，而不是救火，会怎样？"布拉德伯里想着，现在他找到了小说的方向。他写了一位消防员，名叫盖·蒙塔格，他从火中救出了一本书，而没有烧掉它。

"要是……书能被救下来就好了。"他这样想。如果你把所有实体书都销毁了，还能救下它们吗？

布拉德伯里写过一篇小说，名叫《消防员》。这篇小说要求他写得更长。他创造的世界要求更多。他去了加州大学洛杉矶分校的鲍威尔图书馆。图书馆的地下室有可以按小时租用的打字机，只要往打字机旁边的盒子里投硬币就可以。雷·布拉德伯里把钱投进盒子里，打出了他的故事。当思路枯竭，需要激励，或是想要伸伸腿的时候，他会在图书馆里走走，看看书。

然后小说就这样写完了。

他打电话给洛杉矶消防队，询问他们纸在什么温度燃烧。有人告诉他，是华氏451度。于是他有了标题。这是真的假的并不重要。

这本书出版了，而且广受赞誉。人们喜爱这本书，而且议论它。他们说，这是一部关于审查制度的小说，关于思想控制，关于人性，关于政府对我们生活的控制，关于书籍。

弗朗索瓦·特吕弗把它拍成了电影，虽然结局好像比布拉德伯里更加黑暗，记住图书的内容仿佛并不是布拉德伯里想象中的安全网，但它本质是另一条死胡同。

读《华氏451》的时候我还是个小男孩：我不理解盖·蒙塔格，不明白他为什么那样做，但我知道推动他的是对书籍的热爱。书籍是我生命中最重要的东西。屏幕巨大的电视科幻到令人难以置信，同样难以置信的还有电视上的人可以和我说话，如果我有台词就可以参加表演。这并不是我最喜欢的书：它太深沉，太阴暗。但当我在《银色蝗虫》（《火星纪事》的英国书名）里读到一个题为《厄舍古屋的续篇》的故事，我认出了被放逐的作家和想象的世界，这种熟悉让我狂喜。

当我十来岁读《华氏451》的时候，觉得它是一本讲述自主、关于独立思考的书。它讲的是珍爱书籍以及书皮之下的意见分歧。它讲的是我们作为人类，怎样从烧书开始，最终烧死别人。

成年后再次读它，我发现自己再次为此书而惊叹。它仍然是上面说的那些东西，没错，但它也是一件历史文物。书中描述的四壁电视是二十世纪五十年代的电视机：有交响乐团的综艺节目，低俗的喜剧演员还有肥皂剧。这个世界中疯狂少年开快车找刺激，冷战永不停止有时还会变热战，妻子没有工作，除了是丈夫的妻子之外也没有其他的身份，追踪坏人需要猎犬（甚至是机械狗），这个世界感觉深深植根于二十世纪五十年代。一位年轻读者，今天，或者明天的明天，发现这本书，必须要首先想象过去，然后再想象属于那个过去的未来。

但尽管如此，这本书的中心仍然未曾改变，布拉德伯里提出的问题仍然有效，而且同样重要。

为什么我们需要书中的东西呢？诗歌、随笔、小说有什么用？作家意见不同。作家也是人，可能犯错可能愚蠢。小说终究都是谎言，讲的是从未存在的人的故事，说的是实际上从未发生在他们身上的事情。我们为什么要读书？为什么要关心？

讲故事的人和故事本身非常不同。我们不能忘掉这一点。

思想，写下来的思想，都很特别。它们是我们把自己的故事和思想代代相传的途径。如果丢掉它们，我们就失去了共有的历史。我们会失去很多让我们成为人类的东西。小说给我们带来同理心：它将我们放入其他人的心中，让我们从他们的眼中看世界，这是它送给我们的礼物。小说是谎言，然而它们一次又一次为我们讲述真实的事情。

雷·布拉德伯里生命的最后三十年，我和他一直有交情，我如此幸运。他很幽默，也很文雅，总是（即使最后，他年纪太大，双目失明，必须坐轮椅，即使那时也是）满腔热情。他关心各种事情，从上到下从里到外。他关心玩具、童年和电影。他关心书籍。他关心小说。

这本书也是对万事万物的关心。这是一封写给书籍的情书，但我想，同样也是一封写给人类的情书，一封写给二十世纪二十年代伊利诺伊州沃基根那个世界的情书，雷·布拉德伯里在这个世界中长大，在他写童年的书《蒲公英酒》中以绿镇的身份永远保留下来。

就像我开始时说的那样：如果有人告诉你小说写了什么，他们很可能是对的。如果他们告诉你这就是小说要讲的所有东西，他们肯定错了。所以，有关《华氏451》，雷·布拉德伯里警告世人的非凡著作，我告诉你的这些东西也是不完全的。它的确写了这些事情，但它还写了更多更多。它讲的是你在字里行间能发现什么。（最后一点说明，近来我们担忧和争论，电子书是不是真正的书，我喜欢雷·布拉德伯里对书籍的广泛定义，这在书的结尾处，他指出我们不应该通过封皮判断书，有些书在封面与封底之间甚至是完美的人形。）

时间和格列·佛雷：
阿尔弗雷德·贝斯特和《群星，我的归宿》[①]

　　只要看看女主角的眼妆，你就能分辨好莱坞的历史片是什么时候拍摄的，从老科幻小说中的每个词，你也能断定它的时代。未来比任何东西都过时得更严重、更快以及更不可思议。

　　虽然这并不总是真的，但在过去三十年的某个时间（在史普尼克[②]让宇宙来到地球的1957年，也就是约翰·克卢特和彼德·尼科尔斯在《科幻小说百科全书》之中所说的"最初的科幻"死亡的开端，和乔治·奥威尔结束与威廉·吉布森开启的1984年之间），我们陷入了我们现在试图在其中居住的未来，所有老科幻发现自己不是必需品而是多余的东西，独自站在人行道旁，强制退休被人抛弃。或者，它们真是这样吗？

　　在最有利的情况下，科幻仍是一种困难与暂时的文学，终

---

① 本文是阿尔弗雷德·贝斯特《群星，我的归宿》1999年科幻名作版的前言。
　　——原注
② 苏联发射的人类第一颗人造卫星。

究会有疑问。它声称要探讨未来，用所有那些"如果……会怎样？"和"如果这样下去……"；但这些"如果……会怎样？"和"如果这样下去……"总是深深植根于此处和今天。不管今天是什么。

换一种说法，没有什么比历史小说和科幻小说过时得更严重。阿瑟·柯南·道尔爵士的历史小说和他的科幻小说一样——它们都已经过时了，而夏洛克·福尔摩斯虽然一直处在那个街道点着煤气灯的维多利亚时代的伦敦，却并没有过时。

是过时吗？不如说，它们属于自己的时代。

因为总是会有例外。例如，在阿尔弗雷德·贝斯特的《虎！虎！》（1956年英国版；1956年在美国以《银河》杂志的原题再版，1957年版改为《群星，我的归宿》）中，有关未来太阳系的可能形状，没有什么能从根本上超越当时的科幻作家思考的观念。但格列·佛雷，这位令人着迷的主人公统治着每一页故事，一瞬间也没有过时。这种方式难免让我们想起其他文学传统中的怪诞人物，想起爱伦·坡、果戈理或者狄更斯笔下的阴森形象，格列·佛雷控制着他周围的世界，所以1956年的未来的别扭之处并没有完全消失在背景之中，而是在他的强迫之下舞蹈。如果他没有这么固执、这么刚愎自用、这么属于未来，格列·佛雷可能会变成像夏洛克·福尔摩斯一样的代表形象。但他就是如此；虽然贝斯特把他建立在一句引语之上——他是重新写就的拜伦一般的魔术师埃德蒙·唐戴斯，后者向压迫者的复仇在大仲马的《基督山伯爵》（1844）书中用了一千页才写完——他自己可没法被引用。

我读这本书——或者说是一本非常类似的书；你不能两次读同一本书，就像你不能两次跨入同一条河流——的时候是二十世纪七十年代初，当时我十来岁，我读到的题目还是《虎！虎！》。我更喜欢那个标题，而不是更加活泼的《群星，我的归宿》。那是个带有警告与惊叹的标题。布莱克的诗歌让我们想起，上帝同样创造了老虎。创造绵羊的上帝也创造了捕食绵羊的食肉动物。格列·佛雷，我们的主人公，就是捕食者。我们看到他，知道他是个平常人，无足轻重；然后贝斯特点燃引线，我们后退一步，观看佛雷燃烧与发光：他几乎不识字，愚蠢执拗，是非不分（并不是时髦意义上因为太酷而没有道德观念，只不过就是完全不加思考地自私自利），他是杀人犯——也许杀了不止一人——强奸犯，怪兽。他是只老虎。

（因为贝斯特开始写这本书是在英国，他的人物命名来自英国电话号码簿，佛雷与伦敦最大最烦人的书店同名——也与莱缪尔·格列佛[1]同名，后者在各种奇异的民族中间旅行。此外，达根汉姆、佑威和夏菲尔德都是英国的城市[2]。）

我们正在进入科幻入门世界的第二阶段。它并不长，因为每个人都互相认识。然而我从未见过阿尔弗雷德·贝斯特。年轻的时候我没能去美国旅行，等到他应该来英国参加1987年布莱顿世界科幻大会的时候，他的健康状况使他未能出行，大会之后不久他就去世了。

对贝斯特这个人，我说不出什么私人的赞辞——在职业

----

① 即《格列佛游记》的主人公。
② 作为城市名分别译为达格纳姆、约维尔和谢菲尔德。

生涯的初期，他创作了很多很好的短篇小说，两部卓越的长篇科幻小说（《被毁灭的人》和你手中拿着的这一本）；后期又创作了三部多少没那么著名的科幻小说。（还有一部令人着迷的心理惊悚小说，题为《夺命乐器》，讲的是二十世纪五十年代的纽约电视界。）

他的职业生涯始于为低级科幻杂志写作，从那里转到漫画，写了超人、绿灯侠（也创造了"绿灯侠的誓言"），还有很多其他角色；然后他又转向广播，为《陈查理》和《影子》写过稿。他在回忆录中这样说："漫画书的日子结束了，但我接受的那些绝妙训练，形象化、抨击、对话还有节约，将会永远留在我身边。"

他是这样一位科幻作家——也许是唯一一位——受到所有人尊重的前辈（"最初的科幻"）、二十世纪六十年代与七十年代初激进的"新浪潮"，以及二十世纪八十年代的"赛博朋克"。1987年他去世时，赛博朋克刚刚繁荣三年，很明显，二十世纪八十年代的类型深深得益于贝斯特——特别是得益于这本书。

毕竟，《群星，我的归宿》是一部完美的赛博朋克小说：它包含令人愉快的原始网络的元素，比如跨国公司的阴谋；一种危险、神秘、超级科学的麦高芬（派尔[①]）；没有道德观念的主角；超酷的女贼……

然而，让《群星，我的归宿》比大多数赛博朋克小说更加有趣的——并且十年之后，更不过时的——是看格列·佛雷

[①] 派尔（PyrE），一种燃料堆。

在一系列的变形过程中，变成一个有道德的生物（让所有的主角活足够长的时间，他们都能变成神）。刺在脸上的老虎面具迫使他学习控制。他的情绪状态不再写在脸上——这迫使他超越残忍，超越愤怒，好像回到子宫之中。（这本书给我们多么长的一串子宫的意象哇：棺材、诺玛德号宇宙飞船、高弗瑞·马特尔深渊、圣帕克教堂，最后又回到诺玛德号宇宙飞船。）它给我们的东西比这更多。它给我们：

出生。

对称。

憎恨。

一句警告：这本书如同佳酿，需要读者付出更多工作，比他或她习惯付出的还要多。如果它是现在写成的，作者可能会直接描述强奸，而不是委婉暗示，同样我们也可以有机会观看一场性爱，草地之上夜空之下，从高弗瑞·马特尔出来之后，在太阳升起之前，她看着他的脸……

所以假装现在还是1956年吧。你将会认识格列·佛雷，学到如何策马奔腾。你正走在通往未来的道路上。

这曾是，或者正是，或者即将是，就像如果没有屈打成招，贝斯特可能会说的那样，最好的时代。这将会是最坏的时代……

塞缪尔·R. 德拉尼与《爱因斯坦交叉点》[①]

有关科幻这种文学分支，有两种常见的误解。

第一种误解是，科幻（在德拉尼写《爱因斯坦交叉点》的时候，很多编辑和作家主张，这个缩写"SF"用于表示幻想小说更好，但很久以前他们就输掉了这场辩论）写的是未来，也就是说，科幻本质上是一种预测的文学。因此《1984》被解读为奥威尔预测1984年的世界的尝试，同样，海因莱因的《2100年起义》被看作是企图预测2100年的生活。但是，不管任何形式的老大哥的兴起，反性联盟当前的许多化身，还是基督教基要主义者雨后春笋般增长的势力，如果有人把这些看作海因莱因或者奥威尔曾经忙于预测未来之事，那他们完全不得要领。

第二种误解是一种第二阶段的误解，如果你已经摆脱了

---

① 本文是我为塞缪尔·R.德拉尼的《爱因斯坦交叉点》1998年卫斯理出版社版本所作的前言。——原注

"科幻就是预测未来"的幻想，那么就容易有这种误解：科幻写的是已经消失的现在。更具体地说，科幻写的仅仅是它写作的那个时代。因此，阿尔弗雷德·贝斯特的《被毁灭的人》和《虎！虎！》（又名《群星，我的归宿》）写的是二十世纪五十年代，同样，威廉·吉布森的《神经漫游者》是我们实际度过的那个1984年。现在这话倒是不错，但就目前情况而言，这对于科幻小说并不比任何其他写作实践更加正确：因为我们的故事永远都是我们时代的果实。科幻小说，就像其他所有艺术形式一样，是时代的产物，反映、回应或者阐明它写作的那个时期的偏见、恐惧与假设。但科幻没有这么简单：你不能只是读读贝斯特就能破译和重建二十世纪五十年代。

好的科幻作品最重要的东西，那种让科幻延续下来的东西，是它为我们讲述现在的方式。它现在告诉我们什么？更重要的，它会一直告诉我们的是什么？因为科幻变为一个卓越的文学分支的地方，也正是它比时代思潮更大更重要的地方，不管作者是不是有意为之。

《爱因斯坦交叉点》（这是外人加在这本书上的一个低俗的题目；德拉尼的最初标题是《一场传奇而无形的黑暗》）这部小说，背景设置在像我们这样的人已经离开地球，其他生物搬进了我们的世界；就像非法闯入者进到一所配有家具的房子里，并不舒服却又一丝不苟地穿戴着我们的生活、神话与梦。随着小说的发展，德拉尼故意而又自然地而编织出神话：洛贝，我们的叙述者，是俄耳甫斯，或者说扮演俄耳甫斯，同样，其他演员发现自己扮演耶稣和犹大，珍·哈露（来自坎迪·达琳）和比利小子。他们局促不安地住在我们的传说里：他们并不合适。

已故的凯西·阿克在她为《海卫一之乱》卫斯理出版社版本的前言中曾经详细讨论俄耳甫斯，以及塞缪尔·R.德拉尼像俄耳甫斯一样神秘的先知角色。她在那里说的都对，我向读者推荐那篇文章。德拉尼是一位神秘的吟游诗人，《爱因斯坦交叉点》是一本神秘的小说，这很快就会显而易见。

在最古老的版本中，俄耳甫斯的故事好像仅仅是季节的神话：俄耳甫斯进入阴间寻找欧里狄克，他安全地把她重新带到阳光之下。很久以前我们就丢掉了这个团圆的结局。然而，德拉尼的洛贝不仅仅是俄耳甫斯。

《爱因斯坦交叉点》是一本才华横溢的书，然而又自觉地怀疑自己的才华，设计章节时引用了从萨德到叶芝的一系列作家（这些是不是非法闯入者搬入的房子的原主人？），还有作者本人在写这本书和在希腊群岛漫步时笔记本上的摘录。它是年轻作家的作品，出身于他在两部自传作品《光影浮动》和《天堂早餐》之中描写的环境，在这本书中，他以年轻人独有的方式书写了音乐，爱情，成长，还有小说的价值。

你可以把这本书看作一幅肖像画，画中的这一代人梦想新鲜毒品与自由性爱可以带来清新的黎明，可以导致更优秀人类的出现，在这一代人面前的世界里徘徊，就像魔法少年走过废弃的城市——穿过罗马、雅典或是纽约的废墟：这本书是在占据与重新解释那些被称为嬉皮士的人的神话。但如果这本书仅仅如此，它的故事会相当乏味，现在也不会有什么共鸣。然而，它的回响持续至今。

好了，我们已经说明了《爱因斯坦交叉点》不是什么，那么它是什么呢？

我把它看作一次对神话的检验，我们为什么需要它们，为什么讲述它们，它们对我们做了什么，我们是否理解它们。每一代人都会取代此前的一代。每一代人都会重新发现前一代人的传说与真理，研究它们，去芜存菁，他们从不知道或者关心，甚至也不明白，下一代人将会发现，他们这些新鲜而永恒的真理之中，有些只不过是流行一时的奇思妙想。

《爱因斯坦交叉点》是一本年轻人的书，不管从哪个角度看：作者是位年轻人，故事讲的是一个年轻人来到大城市，学到一些有关爱情的逆耳忠言，长大成人，然后决定回家（有点像弗里茨·莱伯《扔把骰子去》的主人公那样，走了很长的路回家，绕了世界一圈）。

我小的时候第一次读这本书时，学到的东西是这样的：我学到，写作本身可以很美丽。我学到，有时候你不理解的东西，一本书中在你掌握之外的东西，可以像那些你可以从中吸收的东西一样有魔力。我学到，我们有权利或者有义务，用我们自己的方式讲述古老的故事，因为它们是我们的故事，应该被讲述。

我十八九岁再次读这本书时，学到的东西是这样的：我学到，我最喜欢的科幻作家阴郁感伤，现在理解了众多人物都是以谁为原型。从作者笔记本上的摘抄之中，我学到，小说变化无常：一个黑发的角色在第二稿里会变成红头发加苍白皮肤，这主意又危险又刺激（我还学到可以有第二稿）。我发现，一本书的想法和这书本身是两种不同的东西。我同样享受与赞叹作者有多少事情没有告诉你：读者把自己带进书中的世界，只有在那里魔法才会出现。

那时，我开始把《爱因斯坦交叉点》看作德拉尼作品主体的一部分。它的后继者是《新星》和《达尔格伦》，每本书都超越前一部作品，在风格与追求上有巨大的量子级别的跃迁，每本都是对于神话结构与写作本质的检验。在《爱因斯坦交叉点》之中，我们遇到的概念可以从科幻这个藏身之处跳出来，而在现实世界中它们也只是刚刚破土而出，特别是本书带来的对性别与性取向特质的刻画：他给我们第三种性别，一种变化的性别，同样也给我们一种矛盾地痴迷于生育的文化。

最近重读这本书，作为成年人，我发现它仍然同样美好、同样奇妙；我发现曾经模糊的段落现在相当清晰，特别是在靠近曲曲折折结尾的地方。说实话，我现在发现洛贝是个异性恋这点难以令人信服：虽然这本书肯定是个爱情故事，但我自己读的时候把它看作基德·迪阿思向洛贝求爱的故事，还想知道洛贝和其他各种角色的亲密关系。他是一位诚实的叙述者，每一点都可信，但他终究去了那座城市，这在故事中留下了痕迹。我发现自己再一次感谢德拉尼的才华，以及促使他写作的叙述冲动。这是好的科幻作品，即使像某些人（特别是还包括塞缪尔·R.德拉尼）主张的那样，文学价值和科幻价值并不一定是一回事，我们用来评判它们的判断标准——整个评论性注释——也不相同，这仍然是精美的文学，因为它是关于梦想、故事和神话的文学。这的确是好的科幻作品，不管科幻是什么，这一点都毫无疑问。这是一本美好的书，写得超乎寻常，预想了此后小说的很多东西，被人忽视了太久太久，这些都将显示在刚读到这个新版本的读者面前。

我记得十来岁的时候，看到布赖恩·奥尔迪斯在他的原版批判科幻史《千万年大狂欢》中谈论塞缪尔·R.德拉尼的小说：引用C.S.刘易斯的话，奥尔迪斯评论说，德拉尼讲述奇怪的事情如何影响奇怪的人，这是过分的怪癖。这种说法让我迷惑，从那时直到现在，因为我发现我至今仍然这样认为，德拉尼笔下的人物没有什么奇怪或是让人不舒服的地方。他们从根本上说都是人；或者更确切点，从根本上说，他们就是我们自己。

而这正是小说的目的。

星云奖四十周年纪念：2005年演讲[①]

欢迎大家，在SFWA[②]建立四十周年纪念之际，来到星云奖颁奖典礼。如果有人在想要送什么礼物，四十周年应该用红宝石纪念了。

在一种文学类型的生命周期里，四十年时间很短。

我怀疑，如果我年轻的时候——比如说二十三四岁左右，当我还是个自以为是，自信满满以及绝顶聪明的家伙——如果那时有机会在最杰出的科幻和奇幻作家的集会上致辞，我可能会准备一篇那种真正令人难忘的演讲。我会充满激情，真心实意。抨击科幻的堡垒，呼吁拆毁若干比喻意义上的壁垒，再建起更多。我会在各个方面为质量辩护——优中选优的作品，加上重塑科幻与奇幻类型。我说的所有话都会是那种自作聪明的事情。

现在我处于尴尬境地，发现自己走到了获得第一个终身成

---

① 这篇演讲于2005年4月30日在芝加哥发表，以庆祝星云奖四十周年。——原注

② SFWA：Science Fiction and Fantasy Writers of America。

就奖和死亡中间，我意识到，自己要讲的东西比年轻时少了很多。

五年之前，在《美国众神》第一稿结束的时候，当我骄傲地告诉吉恩·沃尔夫，我觉得自己明白了怎样写小说，他向我指出，你永远也不会知道怎样写小说。你只是知道怎样写你正在写的这部小说。他当然是对的。矛盾在于，等你弄明白怎样写，你就写完了。到了下一部，如果要满足创造新东西的欲望，它就会完全不同，你最好还是从头开始，从ABCD开始。

至少对我来说，开始写下一部小说的时候感觉总是比上一次知道的还少。

好了。红宝石纪念。四十年前，也就是1965年，颁发了第一届星云奖。我觉得让大家回忆一下获得1965年最佳长篇小说提名的所有书可能会很有趣……

《凡有血气的尽都如草》克利福德·D.西马克

《克隆》西奥多·托马斯和凯特·威廉

《血钱博士》菲利普·K.迪克

《沙丘》弗兰克·赫伯特

《逃逸轨道》詹姆斯·怀特

《种族灭绝》托马斯·M.迪施

《新星快车》威廉·巴勒斯

《恶魔瘟疫》基思·劳梅尔

《凶恶的龙》阿夫拉姆·戴维森

《航行于时间流的船》G.C.埃德蒙森

《星狐》波尔·安德森

《帕尔玛·艾德利治的三道印记》菲利普·K.迪克

我爱这个名单。有这么多东西正在发生 —— 各种形式和篇幅的科幻和奇幻摩肩接踵。传统的小说和打破传统的，所有的都写在这个有机玻璃方块上。

如果你想知道的话，1965年星云奖的获奖作品是：

长篇：《沙丘》弗兰克·赫伯特

长中篇：《他所形成的》罗杰·泽拉兹尼和《沙里瓦树》布赖恩·奥尔迪斯（并列）

短中篇：《他脸上的门，他口中的灯》罗杰·泽拉兹尼

短篇：《梯克托克曼说："忏悔吧，哈勒昆！"》哈兰·埃利森

……真是丰收的一年。

四十年过去了，我们现在生活的世界里科幻已经变成缺省模式。在这里科幻的比喻已经扩散到整个世界。奇幻的众多形式已经成为媒体常见的主题。我们这些最先来到的人，在纸浆、白日梦与四色漫画上建立起这个城市的人，与这个世界妥协，我们发现这里有很多东西1965年的时候并不必担心。

首先，今天的当代小说就是昨天的近未来科幻。只是有那么一点怪异，没有什么责任做到在任何情况下都令人信服或者始终如一。

认出主流作家的科幻作品曾经很容易。这些作家好像总是确定，这是第一部处理超光速旅行、可下载的智慧、时间悖论或者什么东西的小说。他们的书都风格粗糙，自己还很得意，就好像重新发明了轮子而且还做得很差劲，对于他们之前的大量科幻小说一无所知。

这已经不再是真理了。过去科幻中最为荒诞的话题现今也成了故事的组成部分，而且并不一定是我们的故事。我们的世界从想象中的山水变成了壁纸的一部分。

有一场为世界的思想而进行的战争，我们好像已经取得了胜利，现在我们得搞清楚以后要干什么。

我一直喜欢"SF"这个缩写代表"幻想小说"这种说法，主要是因为它好像能涵盖所有东西，包括我们对于有关幻想的事情的态度。"SF"就是要思考，刨根问底，编造故事。

现在的挑战在于前进和继续前进：讲出有分量有意义的故事。只有把事情说出来才有意义，只有使用想象的文学去做才行。

这是我们每个人，还有今后的作家，将要奋斗的事情，重新发明，让"SF"说出我们必须说出的东西。

好吧。

我一生都是阅读者，又在这个领域度过了半生岁月，我觉得有件事值得一提，值得提醒大家，那就是我们是一个共同体。

大家愿意互相帮助，帮助刚刚入行的人，这一点科幻界比我涉及的任何领域都做得更好。

半辈子以前，我二十二岁的时候，我去伦敦禁忌星球书店参加布赖恩·奥尔迪斯的签售。签售之后，在隔壁酒吧，我坐在一位肤色黝黑，有点像小精灵的绅士身旁，他叫科林·格林兰，好像对这个领域了解很多，当我提到我写过几篇小说，他说想要看一下。我发给了他，他推荐了他合作过的一本杂志，也许能发表一篇。我写信给那家杂志，把小说字数删减到他们的字数要求之内，他们就发表了它。

　　那篇短篇小说能发表，在那个时候，对我来说比此前任何事情都重要，而且比之后发生的大多数事情更加辉煌。（科林和我一直是朋友。大约十年之前，他给我发了一篇短篇小说，作者是他在一个研讨会上遇到的，她并不知道这件事，名叫苏珊娜·克拉克……但那是另一个故事了。）

　　六个月之后，我在为我第一本类型著作收集材料。这是一本科幻和奇幻引语集，多半是吓人的那种，题为《难以置信的恐怖》。（演讲到这一段的时候，我跑题即兴引用了我和金·纽曼编写的《难以置信的恐怖》的一点东西，主要是讲巨型蜘蛛蟹的。还有太空螃蟹。抱歉我不想在这里重复了。）

　　……然后我发现业界的反响让我又惊又喜。粉丝和作家建议我选择他们喜欢或者不喜欢的作家的作品。我还记得收到艾萨克·阿西莫夫明信片时的快乐，他告诉我他分不清楚自己作品的好坏，毫无限制地允许我引用我想引用的任何东西。

　　我感觉当时我就学到了实实在在的一课，而且这一点持续至今。

　　我看到的是，组成科幻界的这些人，虽然宿怨纷纷——

很多宿怨的根源，就像所有的世仇一样，完全莫名其妙——仍然是一家人，从根本上说互相支持，特别是支持懵懂的年轻人。

我们聚集在此，因为我们热爱这个领域。

星云奖是一种为我们自己鼓掌的方式。它们很重要，是因为我们说它们重要，它们重要，是因为我们在乎它们。

它们是我们可以追求的东西，是我们——文学类型、作家共同体——感谢的方式，感谢那些创作优秀作品的人，为科幻、奇幻、幻想文学添砖加瓦的人。

星云奖是一种传统，但这并不能解释它们为什么重要。

星云奖之所以重要，是因为它们让那些做梦、沉思与想象的人，为科幻家庭的成就而骄傲。它们之所以重要，是因为这些有机玻璃方块在赞美我们这些以创造未来为生的人，赞美我们创造自己未来的方式。

第四章
电影与我

它是一连串硝酸银的影子，

如梦如幻，美丽而无形，

结束的时候，我惊讶于发生了什么。

《科学怪人的新娘》①

电影给人带来快乐的方式不同。很多电影在你第一次看时就给你它能给出的所有东西，没给你留下什么可以再看一次。有的电影在第一次观影时不愿传达出它所有的东西，只有在随后的机会才展现魔法，让事情变得越来越令人满意。只有很少的电影如同梦幻，在梦醒时分在你的脑中一次又一次重组与定型。这些电影，我认为，是你后来在脑后阴影中的某处，自己拍给自己的电影。《科学怪人的新娘》就是这样一部梦幻电影。它是文化之中一种独一无二的东西，神奇而古怪：故事的发展东倒西歪，又难看又美丽，就像怪人本身，在电影开场几分钟后达到高潮，将自己深深烙印在对世界的戏谑中。

这是很多人最喜欢的恐怖电影。该死，这也是我最喜欢的恐怖电影。然而……

我的女儿玛迪喜欢《科学怪人的新娘》的形象：她才十

① 这篇随笔原载于2005年马克·莫里斯编写的《恐怖电影》文集。——原注

岁。去年，她被埃尔莎·兰彻斯特的一座小雕像迷住了，那雕像假发直竖，面对一座格劳乔·马克斯的雕像，放在楼梯中间的窗台上，她决定万圣节就化装成怪人的新娘。我不得不给她找来卡洛夫和他待嫁新娘的画像，把照片发邮件给她。几周之前，我发现自己独自照管玛迪和她的朋友加拉·埃弗里，我给她们准备了热可可，然后我们来看《科学怪人的新娘》。

她们很享受这部电影，在所有正确的地方扭动和尖叫。但一旦看完，两个小姑娘的反应完全一样。一个问："演完了吗？"另一个直截了当地说："好奇怪啊。"她们并不像观众应有的那样满意。

我感觉有点内疚——我知道她们一定会更加喜欢《科学怪人之家》——或者是《科学怪人的鬼魂》？——就是卡洛夫演疯狂科学家的那部，还有约翰·卡拉丹扮演的德古拉，更不用说狼人是小朗·钱尼扮演的。毕竟它会轻松取胜。它可能不吓人，但感觉像是恐怖片，而且一定能表达出让两个十岁大的孩子满意的所有东西。

《科学怪人的新娘》并不能轻松取胜。它是一连串硝酸银的影子，如梦如幻，美丽而无形，结束的时候，我惊讶于发生了什么，然后开始在脑海中重建。我从小的时候就看它，不知道看了多少遍，我可以算是高兴地说，我仍然不能完全给你讲清楚其中的情节。或者说，在放映的时候我可以告诉你情节。然后一旦演完了，电影在我的脑海里就开始被泡沫覆盖，就像醒来之后重新组合的梦，所有东西都变得更加难以解释。

这部电影开始于玛丽·雪莱，埃尔莎·兰彻斯特饰，羞涩的微笑，旧时代的乳沟，与无聊透顶的拜伦和雪莱谈话，向我们介绍原版弗兰肯斯坦故事的后续。然后是第一部电影《科学怪人》之后的片段，故事重新开始。怪人活了下来。事情恢复了原始状态。

亨利·弗兰肯斯坦（科林·克莱夫饰）与懦弱的伊丽莎白（瓦莱丽·霍布森饰）结婚。（懦弱的伊丽莎白是弗兰肯斯坦真正的新娘，考虑到电影的片名，我怀疑她是造成大众心目中混淆科学家和怪人的主要因素之一。）

欧内斯特·塞西杰扮演的比勒陀利乌斯博士是一位比我们的亨利疯狂许多的科学家，他大步踏入亨利·弗兰肯斯坦的生活，就像给改过自新的酒鬼带了一大瓶苦艾酒。比勒陀利乌斯博士尖刻易怒，扭捏作态，令人难忘，从一个比亨利危险得多的多的世界漫步而来。他机智有趣，四处抢戏，有一系列镜头出色至极，是和装在瓶子里的胎儿一起——瓶中有情侣，国王，祭司。这与他自己创造生命的炼金术研究有一些关系，我发现每次看的时候自己都会想，这完全和手头的电影没有任何关系。它在我的头脑之中就像一个梦，莫名其妙，是电影魔力展现的瞬间。我发现自己幻想导演詹姆斯·惠尔饰演这里的比勒陀利乌斯，胎儿是他的演员，准备放纵堕落、演说或死去，如他所愿。

亨利·弗兰肯斯坦本人狂躁不安，很奇怪地在以他命名的这部电影中缺席，不管感情上还是实际中。酒精中毒（可能还有肺结核）很快就将击倒科林·克莱夫，现在已经减弱了他的生命力。所有怪物都比现在的亨利·弗兰肯斯坦更有活力，看电影的时候我觉得，一旦电影结束，它们会活的更长一些。

卡洛夫扮演怪人。他的脸孔是电影古怪体验的一部分：从卡洛夫开始，我们见过很多人扮演弗兰肯斯坦的怪人，但没有一个真像那么回事：它们看起来太粗野，或者太滑稽——像是在听候吩咐的赫尔曼·明斯特。卡洛夫则与众不同：敏感，痛苦，曾经的野兽现在学会了语言、渴望与爱。这个怪人身上没有什么可怕的地方。

相反，我们怜悯他，同情他，关心他。

（盲隐士的镜头在我的脑子里可以移动，和它在《新科学怪人》的拙劣模仿一起。当我在《科学怪人的新娘》里看到这个盲隐士，我担心他会把热汤浇在怪人身上，或者点火烧到怪人，一顿饭吃完安然无恙我总是长出一口气。由于看不到怪人，隐士反而是唯一一个对他没有偏见的人。）

詹姆斯·惠尔优雅而神气地导演了这部电影，构建了可爱的地下墓穴。在每个精心设计的镜头里，都有惊心动魄的美感，就像威廉·赫尔伯特的剧本一样具有才智与诗意。

当然，对不管是亨利还是伊丽莎白，都很难让人产生兴趣，我怀疑惠尔也知道这一点：第一部电影中亨利·弗兰肯斯坦是悲剧中心，而现在变成了本片的泽伯，在蹒跚而行的一众丑角之中他是一位乏味的爱人。这是这部电影让人感觉如此颠覆，如此深刻地超现实的原因之一。在《科学怪人的新娘》中，一切都是序幕，只为揭开埃尔莎·兰彻斯特的面纱，展示真正的新娘，这部电影名字真正指代的对象。她被揭露出来；她发出嘘声，她尖声叫喊，她惊恐万状，她完美动人，一旦我们看到了她，就再没有什么可看的了。当卡洛夫饰演的怪人意识到，她同样害怕他，他的欢喜与期望一瞬之间滑向绝望，一步步走去拉下炸毁实验室的开关（现在已成电影传统）。

但埃尔莎和卡洛夫是天生一对，太生动太活泼，不应该在最后的爆炸中死去。即使亨利和伊丽莎白在想象之中褪色，怪人和他的伴侣的形象却违背常理，永远活在我们的梦中。

《镜子面具》：前言[1]

就在我敲下这句话的时候，戴夫·麦基恩正在北伦敦的某个地方，为《镜子面具》奋力工作。他叹口气皱皱眉头，工作极长的时间，就像他在过去的十八个月里一直做的那样，编写分镜头脚本，解决各种问题。戴夫设计、导演和编写了《镜子面具》的所有镜头。电影在这个月底必须完成并发布。如果他有什么事情没时间做，那就是写前言了。

所以接下来就是由我讲述的《镜子面具》的故事。

那是2001年的夏天。电话响了。是莉萨·亨森，她想知道我觉得戴夫·麦基恩会不会感兴趣为他们拍一部奇幻电影——一部与《魔幻迷宫》类似的电影。不过，她说，二十年前《魔幻迷宫》花了吉姆·亨森公司大约四千万，虽然新电影还是有些资金，但并不很多：只有四百万美元，如果你是在某个树洞里偶然发现别人丢了一大箱子现金，这数目确实很多，但在奇

---

① 这是《镜子面具：插图版电影剧本》的前言，写于2004年。——原注

幻电影摄制的世界里，用这些钱你可走不了多远。她看过戴夫的微电影，也很喜欢。我认为戴夫会感兴趣吗？我说我不知道。

当然了，莉萨说，她也没有那么多钱雇我来写剧本。也许我能帮一位别的作家想出个故事……？

我告诉她，如果戴夫同意导演，我就写剧本，没有别的了。

戴夫同意了。

我有一个还没想好的主意，我把它写下来发给了戴夫。一个流动剧团的女孩，发现自己被一位精灵王后绑架到了某种仙境。遇到一位不可靠的向导，就像顽皮的小精灵。这个女孩被迫成为或者假装成为精灵公主，而真正的精灵公主被迫试着假装成人类。

同时，戴夫做了一个梦，醒来之后觉得它可以成为一部好电影的基础：在真实世界中一位母亲病入膏肓，在一个由面具组成的世界中，一个女孩必须唤醒沉睡的白王后，白王后与黑王后之间的平衡正在移动与破坏。他给我发了一封电子邮件，描述了这个梦，包括他关于电影的想法，还有关于他想要传达的感觉的其他几个主意。

不知道我们能不能把这两个主意结合在一起。

2002年2月，吉姆·亨森公司派我去英国两个星期。为了省钱，还因为我们两个都觉得这个主意绝妙，戴夫和我住在亨森家在汉普斯蒂德的房子里。吉姆·亨森去世之后，房子还没有整修，我们随处被他的世界包围。起居室的一个小橱子里，我们找到了一盘《魔幻迷宫》早期版本的录像带，长度有三个多小时，为其中人物配音的是木偶艺人，而不是演员，我们一连几天晚上都看它，帮我们进入状态。戴夫带了一堆美术书，关于超现实主义还有雕塑，包含各种他觉得可以在故事中发挥作用的形象。

那个时候戴夫·麦基恩和我已经开心地合作了十六年。事情总是很容易。但这次不是。

大部分不容易，因为戴夫和我发现，我们写作的方式完全不同。他总是把所有事情都计划好，所有想法都写在小卡片上，需要所有都准备好，才写下台词的第一个字；而我会随便聊聊，聊到我准备开始写的时候，然后我就开始写，过程中再发现剩下的东西。这两种工作方法并不完全兼容。这是问题的一半。还有一半在于，为了用我们所有的钱拍出一部电影，戴夫知道他能做什么不能做什么，而我不知道。

"我想在海伦娜的学校拍一个场景。"我会这样说。

"不行，"戴夫会解释说，"太贵了。我们需要教室，还有一位老师和一群孩子当群众演员，"然后，他看见我拉下脸来，补充说，"不过如果你愿意的话，我们可以把世界像纸一样揉成一团。这一分钱都不用花。"

尽管如此，戴夫确定的事都让人放心。知道界限是什么，创作艺术的时候通常会更容易。就《镜子面具》而言，我在地下室的厨房写作，那里暖和（现在我在一所借来的房子的厨房写作，我觉得这可以证明我一贯如此），而戴夫多半在几层楼之上工作，那里光线充足，还有一架大钢琴。

我们的试金石是特瑞·吉列姆某次说到他的精彩电影《时光大盗》时说过的东西。他说他想要把电影为了孩子拍得足够有智慧，但又为了大人有足够多的情节。我们也是一样。

我开始写了。

戴夫会建议一些东西，他希望这些在电脑动画的世界里容易做而且相对便宜——卷曲的阴影触须或者形状不固定的黑色鸟形生物。

那一周有好几次，戴夫会离开，自己去做个场景初稿，给我看他是什么意思，然后我会把那加进去——比如巨人转圈镜头的初稿，猴子鸟，还有在梦境之中寻找圆屋顶的场景都是戴夫的主意，还有图书管理员有关世界起源的演讲，这是戴夫在我们开始写电影之前很久就写好的。我会把它们整理起来，再琢磨下对话。他会从他的角度在我的身后看着屏幕上我正在写的对话，只要我说话开始像是写《魔幻迷宫》的特瑞·琼斯就指出来，然后我会试着让它稍微更像是我在写《镜子面具》。

亨森公司提过，他们觉得某个地方应该有地精，主要是因为他们已经把我们正在编剧的电影卖给了索尼公司，暂定名是《地精王国的诅咒》，所以我时不时会在角色的名字前面加上地精这个词——比如说"地精图书管理员"，这个角色在目前的剧本中基本没有名字，除了"小长毛"在初稿中叫作"黑地精"之外。戴夫对这种做法表示不满。"他们想要看到地精，"他警告我说，"然后发现这里没有地精。会有麻烦的。"我却觉得我们可能不会有什么事。

我们两个都不确定，我们是不是真的在拍一部电影，直到有一天特瑞·吉列姆出现在我们房子里来喝杯茶。他看了我们乱写乱画说明电影什么样的那张纸。他说："这好像是个电影啊。"

啊，我们心想。也许确实是呢，就在那时候。

那个不可靠的杂耍艺人角色在初稿中叫作"顽皮精"，我们知道得给他取个更好的名字。到了二月的第二周，我们周围都是广告还有牌子，告诉我们快到情人节了，所以我们把他叫作瓦伦丁。这是个稍微更有派头一些的名字，对我们两个人来说，他好像忽然变成了一个稍微更有派头一些的人。

我们把剧本发给了亨森公司，然后我们就等待着，提心吊胆。

他们当然有批评意见，而且是非常有道理的意见——他们想要更多的结局和更多的开头。

戴夫给我们发来人物、基调和场景的画面，想要说明他想表达的那种东西：白城应该是什么感觉，瓦伦丁会是什么样子，诸如此类。

现在看着这些画面，对我来说最奇怪的事情是它们完全言之有理。我可以准确理解戴夫是什么意思，为什么他把这些发来。但一开始收到的时候，我看着它们，想不明白这和我们写的剧本怎么可能联系在一起。

不过戴夫知道。戴夫总是知道。

现在，我关于电影的理论是，假装这事不成可能更安全。这样的话，如果和你想象的一样不成，你就不会发现自己有六个月的空闲时间不知道干什么。所以当我们又写了一稿剧本，当戴夫坐下来仔仔细细给整部电影画分镜头脚本（也就是你将在本书中看到的完全一样的分镜头脚本），当亨森公司好像很确定这真的能成，好像还是更容易设想，在某个时间点，有人会醒来发现什么理由，然后就不成了。现在还没有人发现理由而已。

在电影摄制的世界里，你等待的是一盏"绿灯"。就像交通信号灯——绿灯意味着可以通行。一切都能成。你就要拍自己的电影。

"《镜子面具》我们拿到绿灯了吗？"我想问。好像没有人特别确定。

然后就到了2003年5月，我在巴黎，一场欧洲巡回签售将近尾声。戴夫打电话说："我们要给《镜子面具》通读剧本了。"我跳上火车到了伦敦，发现自己坐在亨森公司伦敦办公室的一间小屋里，一群演员坐在一张桌子旁边读剧本。有人介绍我认识了吉娜·麦基和斯特凡妮·利奥尼达斯。布赖恩·亨森读了很多小怪物的台词（他读的小鸡让我印象尤其深刻）。我又在剧本上乱写了一道，减少几点，加上几条线，如果我希望是笑话的东西真的得到了桌旁大家的笑声，总是感觉很满意。

通读之后，戴夫和我问莉萨·亨森我们这部电影是不是确实、最终、真正、的确拿到了绿灯。她试图解释这部电影没有什么绿灯不绿灯的，不我们没有绿灯，但电影会拍的，所以不用担心。但我们还是担心。然后，或多或少出乎意料，戴夫开始拍电影了。

大部分时间我都不在。当时我认为这件事不会成，等我意识到实际上事情成了的时候，我只能在那里待一个星期。

很快电影剧组就经历了灾难和疯狂，形成了一种介于家庭和炮火之下散兵坑里的一队士兵之间的组织。永远没有足够的时间太阳就下山了，永远没有足够的时间重拍最后一个镜头，永远没有足够的钱可以砸向各种问题让它们滚蛋，马戏团乐队吹小号的人还是没到，明天在医院的镜头不会按戴夫的计划进行，因为他打算透过鱼缸拍摄而鱼缸会漏水，然后虎皮鱼就会开始吃掉霓虹灯鱼……

因为我不在现场，我永远不明白为什么戴夫为全体演职人员制作的T恤衫上写着"闻闻我的小酸橙"。戴夫给我解释来着，但我还是觉得你真得在那儿才行。

他们拍这部电影花了六周时间——外景只有两周，其他时间是在一块蓝色屏幕前面。他们2003年7月完成摄制。然后戴夫开始制作电影。开始的时候，有十五位动画师，还有马克斯。现在，十五个月之后，只剩下戴夫和马克斯。

2004年10月我在写这篇文章，戴夫说他快要完成了，我相信他。我已经看到电影大部分都剪辑好了，不断地为它距离我想象的目标还有多远而高兴，就像在蓝色屏幕之前表演的演员忽然明白了他们实际上一直在干什么的时候一样高兴。

现在戴夫已经让我惊讶了十八年，你会认为到现在我应该已经习惯了，但我还没有。我觉得自己永远也不会习惯的。

《镜子面具》：圣丹斯电影节日志[①]

　　我以前从来没有来过圣丹斯电影节，当然也没有想过带着《镜子面具》来圣丹斯电影节，但不管怎么说我还是来了。这并不是说《镜子面具》不是一部好电影，甚至它不是独立电影——它是艺术家和导演戴夫·麦基恩亲手制作的，只花了很少一笔钱，只有几位艺术学校研究生帮忙——但它是一部适合所有年龄孩子的电影（我会把它称为家庭电影，如果那不是某种代码告诉你它实际上不是给家庭看的，就像成人电影意思并不是给成人看的电影）。但我们通过索尼公司发行了电影，虽然他们好像并不清楚这是什么，或者有谁想要看这个。尽管如此，吉姆·亨森公司把这部电影提交给了圣丹斯电影节，而且圣丹斯接受了它。于是我们来了。

　　我周五晚上来到的。我的朋友制片人和导演马修·沃恩在中央大街为他的电影《夹心蛋糕》举行派对，于是我朝中

① 本文原载于2005年《展望杂志》。——原注

央大街走去。街上挤得要命，全是寻访名人的人，这让我觉得有点无能，主要是因为即使有人给我发一本名人手册和一副望远镜，我对名人还是两眼一抹黑。好像每扇门后面都有派对——我一连进了三个之后才终于找到《夹心蛋糕》派对。我发现自己进入了一个小小的跟班团体，很快在派对酒吧的VIP区域就只剩下了马修、我和几个经理还有助理。"这个派对是干啥的？"马修问一个宣传人员，但好像没人知道。那天下午他的电影举行了首映仪式。这是个派对。有人把我介绍给了电影公司的VIP。

我决定，如果这就是圣丹斯电影节，那我可不喜欢。

第二天我在中央大街见我的导演。我有点担心。离开之前几天，戴夫把完成的电影放给演员和剧组人员看，现在他确信这是有史以来最糟糕的电影。如果他有那么多钱，他会把电影都买回来，埋到地下，然后再拍一部新电影，一部他更满意的。不过，见到我他好像挺高兴。我们正要聊聊，这时有个摄制组叫我的名字，转瞬之间我发现自己在大街上接受采访，内容就是《镜子面具》。

星期天从与奥多比的早午饭开始（我也不知道为什么），然后有个选择：我可以去音乐咖啡厅看德累斯顿玩偶乐队表演，或者去参加动画座谈会，为戴夫·麦基恩以及《镜子面具》的制片人莉萨·亨森提供精神支持。所有人都让我去看德累斯顿玩偶，但责任（以及在大屏幕上看见我们的预告片的渴望）最终胜出。座谈会上除了我们之外所有人都来自电影大片——《指环王》《雷蒙·斯尼奇的不幸历险》《怪物史瑞克2》

《极地特快》等，我不太明白这些怎么会和圣丹斯电影节扯上关系，直到索尼的亚伊尔·兰多指出，用于制作上亿美元电影的软件，在几年之后，将会用于制作小成本电影，我才想起这就我们而言的确如此。

在中央大街上穿着红衣拿着写字板的人每走几步就把我拦住，问我喜欢看过的什么电影。他们正在调查人们都在议论什么。

那天晚上，我们去看《灵幻夹克》的首映。有个人坐在我们正后方，对着手机解说当天各种事件，帮忙一样开始告诉朋友他能看到什么："有阿德里安·布罗迪……西装不错……我能看到凯拉·奈特莉……"这真是有用，让我希望我们也带了某位明星一起来。一切都很迷人，《灵幻夹克》是一部技术精湛的电影，有合适的明星，还有《迷离时空》的情节。

我真的不喜欢圣丹斯电影节。然后到了午夜，戴夫、莉萨·亨森还有我站在冷飕飕的小巷子里，等着进去看大卫·斯雷德的《水果硬糖》，我注意到队伍里连一个有一丝魅力的人都没有。有魅力的人都去开派对了。在这儿的都是节日的老鼠，半夜里哆哆嗦嗦地来看新电影。这部电影尖锐而不起眼，本子上说是一部残酷与折磨人的两角戏，这很有帮助。我开始意识到，圣丹斯电影节有比我此前注意到的更多的东西。

我们的电影直到电影节结束才首映，但我们第一次放映是在盐湖城，观众都是高中生。我们到场时只剩最后二十分钟了。戴夫·麦基恩太担心，不想进去，不过我进去了。我在一个大屏幕上看到了《镜子面具》的魔法形象。直到现在我只在自己小小的笔记本电脑屏幕上看过几个完成的阶段。这感觉完全不同。

观众鼓起掌来。电灯重新打开。我旁边一位十五岁的女孩转头看向她的朋友，说："这太太太棒了。"我长出一口气。就好像我屏住呼吸已经十八个月了。这是我们的第一条影评。戴夫和我回答了问题，然后我们为这些年轻人签名。一个女孩让我们签在她的胳膊上：她根本不知道我们是谁，但我们拍了电影，电影让她很开心。

戴夫好像高兴起来了。

我们去看了一部电影。在圣丹斯电影节节目单上看起来不错，结果在电影能达到的绝大多数方面都实在普通——表演差劲，拍摄糟糕，情节又是从老版《迷离时空》某集抄来的。奇怪的是，这也让我们高兴起来。我们的电影可能并不完美，但比这可好多了。这里可没有年轻小姑娘让导演在胳膊上签名。

采访开始了。有些现场采访，有些通过电话。还没有人看过电影。我们告诉他们什么都行。我看了——令我惊讶的是，也很喜欢——《功夫》。好像是圣丹斯电影节的一件礼物。非常好玩，而且没有任何地方会让罗德·瑟林①觉得有一点眼熟。

星期三早上，我们去看我的朋友佩恩·吉列特的电影《贵族》，导演是保罗·普罗文扎。我准备表现得礼貌一点，就像是当你知道这是朋友拍的电影，讲一百位滑稽演员评论一个并不是很好笑的黄色笑话时应该表现的那样。然而，戴夫和我发

----

① 《迷离时空》的编剧、导演以及主演。

现自己目瞪口呆，非常愉快。这是一部滑稽下流到难以置信，特别能宣泄情绪的电影，讲的是艺术以及我们为什么要搞艺术。我们告诉电影制作人我们有多么喜欢他们的电影，于是他们说他们也想来看看《镜子面具》。我告诉他们他们可能不会想看，还说里面一句脏话都没有，但他们还是坚持要来。佩恩有高原反应（保罗·普罗文扎说，"对一个两米高的家伙来说这真他妈的讽刺"），要早点回家。

周三下午，我们接受《好莱坞报道》对《镜子面具》的采访。开头是"如果《绿野仙踪》在二十一世纪重生，它看起来可能会非常像《镜子面具》"，在将电影描述为"创意无穷无尽，创造力熊熊燃烧"之后，又用同样的风格满腔热情地继续写了好几栏。那天下午，有位记者问戴夫，十八个月的辛勤与汗水是不是值得，他眨眨眼说："嗨，直到现在我都还没觉得值得。不过是的，非常值得。"

我们把《镜子面具》放给另一群热情洋溢的高中生观众；还有盐湖城付费客户的一群观众。我发现自己走进每一场放映会，关心的只有观众的反应：为什么观众会在这句台词发笑而不是那一句？每次都是同一部电影，不是吗？

我去看了一个电影短片选集。有一些残次品，但最好的是布雷特·西蒙的《水手的姑娘》，比我记忆中所有东西都好。每个人都乘坐摆渡车离开。我正在变成放映会的常客。

回到中央大街，电影节仍在继续但人群已经散去。所有疯狂的购买已经结束，名人周边早已洗劫一空。我们的电影正式首映是在星期五。我停下来问了问几个穿着红衣拿着写字板叽叽喳喳的人，他们告诉我他们周四就要走了。这样看来我们的电影，不会有人讨论了。我并不介意。毕竟我们有《好莱坞报道》了。《镜子面具》首映仪式座无虚席，我不知道大家喜不喜欢。观众几乎太礼貌了。我希望我们能让几位演员来参加，特别是我们的明星斯特凡妮·利奥尼达斯。我希望音效混合成普通立体声，没有让杜比5.1压倒，吞掉了好几行对话。我希望观众中有更多孩子。问题都有气无力（"你们拍电影时吃迷幻药了吗"），我发现自己想念那些高中生观众。

之后，我拉着儿子去了一场满座的午夜场《贵族》，因为这是你应该带儿子去看的那种电影，然后戴夫·麦基恩和我让出了座位，这样史蒂夫·右西密能进来。我们并不介意。我们去了隔壁的酒吧，开始讨论我们下一部电影会是什么样。

在圣丹斯电影节的末尾，只剩下了放映会常客、真正的人和电影制作人。

周六下午是《镜子面具》最后一场放映。有人在候补名单里排队等了五个小时。有些人前一天晚上参加过首映礼。有些还参加过盐湖城的放映。这些观众好像很喜欢它，有笑话的地方大笑，鼓掌喝彩。他们最后问的问题又聪明又有水平。

如果这就是圣丹斯电影节，我想，在它结束的时候，我可能会开始喜欢它。

传染的本质：关于《神秘博士》的一些思考[①]

才华横溢的拉塞尔·T.戴维斯及其同事把博士带回荧屏以及我们的生活中，我这篇文章写于剧集上映几年之前。

岁月流逝，人们翻来覆去地争论，看小说对读者或者观众是不是真的有影响？暴力小说会让读者变得暴力吗？恐怖小说会创造出害怕的观众呢，还是对恐惧不敏感的观众呢？

答案不是"是"，也不是"否"。答案是"是的，但是"。

我小的时候，成年人对于《神秘博士》的抱怨总是说它太吓人。我认为，这种看法错过了《神秘博士》危险得多的后果：它是一种病毒。

它当然吓人。多少有点。我从沙发后面看那些好的片段，

---

① 节选自保罗·麦考利 2003 年的神秘博士短中篇小说《猛虎之眼》的前言，那时候散文基本是让你牢记《神秘博士》的唯一方法。——原注

最后时刻的悬念总是让我非常生气，感觉受骗和毛骨悚然。但就我而言，等我长大，那恐惧对我没有任何影响。真正的问题，成年人原本应该害怕而且抱怨的东西，是它在我脑海里所做的事情。它怎样描绘了我心中的风景。我三岁时用学校小小的牛奶瓶子，和佩珀夫人幼儿园的其他孩子一起做成戴立克（Daleks），那时我已经有麻烦了，但我还不知道。病毒已经起作用了。是的，我害怕戴立克、扎尔比（Zarbi）还有其他东西。但我从周六晚餐时段的连续剧里学到了其他更奇怪更重要的东西。

首先，我被传染了这种想法，那就是有无数的世界，而且只有一步之遥。这种文化基因的另一部分是这样的：有些东西里面比外面更大。而且，也许有些人里面也比外面更大。

这只是个开始。那些书也协助了这种传染——第一期《戴立克世界》，还有各种硬皮的《神秘博士》年刊。它们包含了我见过的第一篇成文的科幻小说。它们让我好奇，外面是不是还有别的东西和这一样……

但最大的代价还未到来。

最大的是这个：现实的形状——我看待世界的方式——只是因为《神秘博士》才存在。更确切地说，是来自1969年的《战争游戏》，也就是那个将成为帕特里克·特劳顿告别演出的系列节目。

看过原始剧集之后三十年，回头看看，这就是《战争游戏》留给我的东西：博士和他的助手发现自己到了一个军队混战的地方，就像没完没了的第一次世界大战战场，所有时间的军队都被人从他们自己的时空位置偷偷移动至此，让他们互相战斗。神秘的雾气分开各个军队和时区。在时区之间旅行是可能的，使用一个像箱子一样的结构，大小和形状像是一个稍小的电梯，或者，更切合实际地说，像个公共厕所：你进去的时候是1970年，出来就到了特洛伊、蒙斯或者滑铁卢。只不过你不会出现在滑铁卢，因为你实际在一架永恒的飞机上，在它之后或者之外的一切，都是一个恶魔操纵的，它抓来了军队，把他们放在这里，使用盒子把警卫与特工从一处转移到另一处，穿越时间的迷雾。

这些盒子叫作斯迪塔①。虽然我才八岁，但是也明白是怎么回事。

最终，没有其他选择，也没有其他方法能解释这个故事，博士——现在我们才知道他是个逃亡者——召唤了时间领主，他的族人，来解决整件事情。他自己则遭到逮捕和惩罚。

对一个八岁大的孩子来说，这是个很好的结局。有我喜欢的讽刺。我毫不怀疑，现在回去看《战争游戏》对我来说一定会是件坏事。不管怎么说已经太晚了；破坏已经造成了。它重新定义了现实。病毒现在已经根深蒂固了。

直到现在，作为一个受人尊敬的中年作家，我进入电梯时仍然感觉有一种模模糊糊但又无穷无尽的可能性，特别是四壁空空的小电梯。迄今为止电梯门打开的时候，总是进入同一个时空，同一个世界，甚至和我出发之前一样在同一栋建筑之中，这好像仍然是幸运的偶然——这只是对宇宙的其他地方

---

① 塔迪斯倒着写。

缺少想象力的证据。

我并没有混淆尚未发生和不可能发生的事情，在我心里，时间和空间的可变、可渗透与脆弱是无穷无尽的。

让我再坦白一些。

在我的脑海里，威廉·哈特内尔是博士，帕特里克·特劳顿也是。而所有其他的博士都是演员，虽然乔恩·帕特维和汤姆·贝克是扮演真博士的演员，但是其他的人，甚至彼得·库欣，都是冒充的。

在我的脑海里，时间领主真实存在，只不过我们不知道而已——它是无法命名、只能描述的原力：大师、博士等都是。所有对时间领主家的叙述，在我脑海里，都完全不合正统。他们存在之处无法描述，因为它超出想象：一个只存在于白纸黑字上的寒冷地域。

我实际上从来没有染指有关博士的事情，这也许是件好事。否则我不会让那么多事情发生。

《神秘博士》的最后一点联系——又是从穿萝卜裤的特劳顿扮演博士的时期起，那时有些事情对我来说比真实还要真实——回想起来，在我的BBC电视剧《乌有乡》中显露出来。

并没有表现在明显之处——BBC决定《乌有乡》应该拍成视频，比如每集半个小时。甚至也不在我写的卡拉巴斯侯爵身上——佩特逊·约瑟夫饰演——就好像我从头创造了一位博士，想要让他和威廉·哈特内尔的转世一样神秘，一样不可靠，一样离奇。但这个世界之下还有更多世界，伦敦本身有魔力和危险，地下隧道里每一步都像遥远的喜马拉雅山一样遥远神秘，可能还有雪人。在《乌有乡》上映的时候，作家与批评家金·纽曼向我指出，这些想法很可能是我从特劳顿时期的故事《恐惧之网》里采用了一些东西。他说这话的时候，我想起拿着火把的人探索地下世界，火光照亮黑暗，我知道，他说得完全正确，以及地下还有其他世界的知识……是的，我就是从那里学来的，没错。感染了病毒之后，我惊恐地意识到，现在我也在传染其他人。

也许，这正是《神秘博士》的成就之一。不管怎么说，它并没有死去。它仍然严肃，仍然危险。病毒就在外面，只是藏了起来，埋在地下，就像瘟疫坑。

你不必相信我。现在不必。但我要告诉你，下次你走进电梯，在一座破破烂烂的办公楼里，猛然上升几层，然后，在开门之前的那个瞬间，即使只有一瞬间，你会怀疑它们会不会通向侏罗纪的丛林，或者冥王星的卫星，或者银河系中心一应俱全的游乐场……那时你会发现你也被传染了。

然后门会打开，发出刺耳的噪音，就像宇宙痛苦万分，你会眯着眼睛看到遥远恒星的强光，你就会明白……

谈谈漫画和电影：2006年[①]

　　我还能记起十七年前，《蝙蝠侠》电影出现的时候，每个人都有多么激动。弗兰克·米勒有关年老蝙蝠侠复出的故事《黑暗骑士归来》，还有艾伦·摩尔和戴夫·吉布森的《守望者》，阿尔特·斯皮格尔曼的《鼠族》，它们是图像小说爆炸的先锋，却不幸夭折。我相信只需要一部优质认真的《蝙蝠侠》电影就能把它提上台面，为漫画正名，从而改变世界。二十年之后，我们生活的世界里，漫画已经孵化出一个时代的暑期大片。这个夏天漫威与DC正面对决，X战警对超人，还有蜘蛛侠对2007年翘首以待。

　　漫画和电影一直互利互惠。威尔·艾斯纳开创性的《闪灵侠》，早在二十世纪四十年代，就从奥逊·威尔斯和黑色电影中取材，同样也借鉴了广播或百老汇，而根据漫画改编的电影几乎和这两种媒体出现的时间一样长。上周一位记者问我是不

---

① 本文原载于2006年3月3日《卫报》。——原注

是认为最近超级英雄电影的成功，意味着我们也许会看到这样一个世界，没有一队人马穿着披风和紧身衣的漫画也可以有机会登上银幕。"你是说《毁灭之路》《幽灵世界》《黑衣人》《暴力史》《罪恶之城》《来自地狱》《美国荣耀》……这些吗？"

我开始怀疑几年之前可能发生了一场文化巨变，就在《天降奇兵》发布的时候。一部好漫画改编出了一部烂电影，这并不是第一次，完全不是，但整个世界好像都知道了这一点，这是第一次。一篇又一篇评论指出，漫画里面的机智与才华，或者甚至连贯性，改编后的电影里一点也没有。

和我在漫画世界的同事一样，近来我也牵扯进了电影制作。我在和熟人还有记者聊天时意识到，这被看作是上了一个台阶，标志着我终于离开了贫民窟。（然而，电影的合法性只能走到这么远。歌剧好像是文化的领跑者，而书籍，不管有没有图，都远远落在后面。）我喜欢电影。我还不是很擅长为电影写作，这让我一直对它感兴趣。我最喜欢的是这个惊心动魄的过程——走近一个电影场景的时候，很难不想起奥逊·威尔斯对电影制片厂的描述，"任何男孩能有的最大的电动玩具火车套装"。我第一次去好莱坞的时候，看漫画的只有最年轻的助理，那种没有资格说话，只能去拿矿泉水的那种人。但这已经过去一阵子了。现在这些人都在经营制片厂了。

有一段时间，我们这些画漫画的人会试图解释漫画相对电影有什么优势。"漫画有无穷无尽的特效预算。"我们会这样说。但我们没抓住重点，实际上，现在电影也有无穷无尽的特效预算。（我去年为《贝奥武夫》写剧本，担心高潮是一场飞龙大战可能会有点过分，我打电话给导演罗伯特·泽米吉斯，给他提个醒。"不用担心，"他说，"你能写出来的所有东西，我拍电影花的钱都不会超过每分钟一百万美元。"）

尽管如此，"无穷无尽的特效"这种鬼话里隐藏了一两个真理。墨水比胶片便宜。电影，特别是拥有大笔预算的电影，往往需要妥协，以便得到全世界尽可能多的人喜爱。漫画则倾向于成为一种足够小、足够私人的媒介，创作者可以只是做艺术、讲故事，看看有没有人想要阅读。不必有人喜欢是一种极大的解脱。令人开心的是，漫画是一种杂交的媒介，它从文学、科幻、诗歌、美术、日记、电影和插画中借用词汇与想法。漫画，还有我们这些来自漫画背景的人，为电影带来了一些特别的东西，这样想想就很好。也许是因为无忧无虑，或者心甘情愿，我们愿意公开我们的学习与实践过程。

制作《镜子面具》时当然就是这样，这部电影是最近我为吉姆·亨森公司编剧，艺术家与导演戴夫·麦基恩策划与导演的。只要我们给索尼一点"《魔幻迷宫》传统"的东西，戴夫就可以拍这个电影（是我写的剧本，但这是为戴夫的故事和想象服务的）。它并没有无穷无尽的特效预算，或者根本就没有无穷无尽的预算，但戴夫仍然成功地将从未有人见过的东西展现在银幕之上——巨大的岩石巨人在空中飘浮，一位由书本组成的图书管理员（配音是斯蒂芬·弗莱），一大群猴鸟，全都名叫鲍勃（只有一只除外，它叫马尔科姆）。我们拍《镜子面具》的外景地是在布莱顿，内景在伦敦一间蓝屏摄影棚，然后戴夫带了十五位动画师去了北伦敦一间办公室，工作了十八个月，讲述海伦娜和她奇特梦境的故事。

不管画漫画还是拍电影，你做的很多事都是为了挣钱，还为了总部设在美国的跨国公司，它们会把你做出来的东西再卖回英国，卖到全世界。《镜子面具》是一部非常英国的电影，虽然用的钱来自索尼。艾伦·摩尔已经厌倦了根据他写的好漫画改编的烂电影，也厌倦了随之而来与好莱坞相关的各种刺激（包括一场围绕《天降奇兵》的官司），最近还把自己的名字从即将上映的由他的图像小说《V字仇杀队》改编而来的电影中删除，撇清了自己和之前拍过的电影的关系，而且以一种表示自己确实当真的决定性的高调姿态，同样拒绝了随之而来的属于他的那份钱。

虽然知道艾伦退出了，我还是想看《V字仇杀队》。它和我的关系可以追溯几乎二十五年，第一次我是拿起了一本《勇士》杂志，看到大卫·劳埃德画的那些奇妙的黑白人物无助地盯着我。（我发现很难适应一个《V字仇杀队》图像小说是彩色的世界；彩色的《V字仇杀队》就好像给《公民凯恩》上颜色一样毫无意义。）摩尔讲述了一位孤独的无政府主义者对抗法西斯主义的英国政府——这个世界在托尼·布莱尔①的梦想与埃里克·布莱尔②的警告之间保持平衡——这个故事在首次发表时对我意义重大，对一些其他漫画读者也是，电影的预告片，主要由来自《勇士》封面的形象组成，刚好涉及了这一点。

艾伦·摩尔本人对把漫画转变成电影的过程听天由命，觉

---

① 托尼·布莱尔（Tony Blair, 1953—　），1997—2007年任英国首相。
② 埃里克·布莱尔（Eric Blair, 1903—1950），即英国作家乔治·奥威尔的本名。

得有趣又有点讽刺的痛苦。"在好莱坞自己吃掉自己的消化过程中，漫画只是其中一步，"他告诉我，"有哪一部从漫画改编的电影能比原来的漫画更好吗？好莱坞需要拍电影的材料，这是经济过程的一部分。可以是百老汇的戏剧、一本书、法国电影，或者二十世纪六十年代一部好看的电视连续剧，人们希望能在大屏幕上看到，又或者是二十世纪六十年代一部难看的电视连续剧，没人关心不过还有一点名气，或者是电脑游戏，或者是主题公园的骑马游行。我猜电影下一个主题会是早餐麦片吉祥物——一部纪录噼啪、咔嚓还有嘭嘭怎样认识、研究它们之间关系的电影。或者托尼虎的电影。"①

"电影可不是漫画的朋友，"他总结道，"我觉得它们实际上让漫画的风景变得贫乏。把它变成了一种南瓜地，电影制片厂只会进来采摘。"

在我最愤世嫉俗的时候，我也会怀疑，漫画界是否有可能仅仅变成了好莱坞一间便宜的研发实验室。圣地亚哥漫展曾经是几千漫画读者与作者的集会，近年来也变成了圣丹斯电影节风格的事件，有十万人出席，还会有当年主要的科幻、奇幻与恐怖等类型电影的发布与试映。我承认，每当又过一年，当我发现没有什么人根据《睡魔》拍出什么烂电影的时候，我总是如释重负，毕竟我在漫画界的名誉几乎全依赖这部漫画。

但我仍然很乐观。虽然弗兰克·米勒的电影《罪恶之城》并没有他的漫画那样有力，他与罗伯特·罗德里格斯合作的电影屏

---

① 噼啪（Snap）、咔嚓（Crackle）、嘭嘭（Pop）以及托尼虎（Tony the Tiger）都是家乐氏麦片吉祥物。

幕上仍然是他的想象作品，并没有因为从一种媒介变成了另一种而打折扣。《镜子面具》从头到尾都是戴夫·麦基恩的电影，不管画面还是音乐。第一部蝙蝠侠电影之后已经接近二十年了，我意识到电影并不会给漫画带来认可。但它仍然有相当多的乐趣。

第五章
漫画与漫画创作者

这就是所有好的小说依赖的魔力：
盒子里有一个以特定角度摆放的镜子，
鸽子藏在那后面，还有桌子下面的暗盒。

演讲：好漫画与郁金香①

　　　　我发表这篇演讲是在钻石漫画第十届年度销售研讨会上。那是 1993 年 4 月，漫画界正处于一次前所未有的商业繁荣的顶峰。

　　我想谈谈漫画。我想讲的是好的漫画，还有为什么你应该尽可能卖更多这样的漫画。但首先我想谈谈郁金香。

　　经常有人让我——通过给编辑寄信，还有在签售会的时候——向世人推荐有趣的书，或者汇集整理一个阅读清单。

　　好吧，我最喜欢的一本旧书是一本非凡巨著，题为《非同寻常的大众幻想与群众性癫狂》，是将近一百五十年之前一位

---

① 这是我 1993 年 4 月在钻石漫画经销商第十次年会销售商讨论会上的演讲。听众是一屋子位于泡沫般的统计高峰的漫画销售商。这一屋子人原本高高兴兴，这演讲却几乎无人鼓掌，我后来听说，很多销售商认为我的话不礼貌。很遗憾，因为一年之后漫画界进入衰退期，花了几乎十年才走出来，后来几年那些销售商里的很多人经历了生计被毁、书店倒闭。虽然我当时说对了，但我并不开心。——原注

名叫查尔斯·麦基的绅士写的。

在这本书中，他详细叙述了很多人为之付出生命的追求，有的明智有的不然：他用众多章节讨论了各式各样的主题，比如炼金术士、鬼屋、下慢性毒药的人，路易斯安那州土地大诈骗，还有维多利亚时代伦敦街头常见的叫卖声。

这本书的记载中人物众多，包括比如马修·霍普金斯，他自称"搜巫大将军"，在十七世纪四十年代的英格兰四处奔波，寻找女巫。如果想请他来村里一趟，震慑女巫，他会收费二十先令，每发现和除掉一个女巫再收二十先令，这样寻找女巫然后打发她们去见造物主，发财发得轻松又愉快。直到有一天，他去萨福克郡的一个小村子寻找女巫，村中的长者是个谁也骗不了的人，向他指出，没有人能像他一样找到这么多女巫，除非他恶魔一样精确的消息直接来自魔王别西卜，在霍普金斯能想出合适的回答之前，他就被丢到水里接受神明的裁判，成了已故搜巫大将军。

这个故事的寓意，我猜，是说开始搜捕女巫可能不太明智，还有……

但我到这儿并不是要给你们讲女巫，毕竟她们和摆在我们面前的非常重要的事情没有什么足够的关系，这事情就是漫画还有漫画销售。

不。我刚才说了，我想跟你们讲点与我们所有人共享的漫画世界关系更为密切的东西。

郁金香。

想象一下这样的景象：十七世纪的荷兰。想象屏幕一直到这里都波浪起伏，木鞋、风车、插着手指的堤坝、包着红色蜡封尝起来像黄色橡胶的奶酪，这些元素被匆匆忙忙剪辑在一起。

不过，还少了一种东西：郁金香。

十六世纪末第一批郁金香从东方到达西欧，在荷兰变得十分流行。

> 1634年，荷兰人把过多的精力都放在对这种花的占有上，甚至因此连国家普遍存在的人口问题和工业问题都置之不理。在那个时候，就连生活在社会最底层的人也来做郁金香生意。郁金香贸易越来越火，价格也随之水涨船高。到了1635年……郁金香交易也顺理成章地演变为销售。这个时候的计量单位是波里兹（perits），一个比喱还小的计量单位。[1]

有一颗郁金香球茎的售价是位于哈勒姆的十二英亩最好的建筑用地。还有一颗卖了4600弗罗林——换算到现在大概有一万美元——再加一辆新马车、两匹灰马还有全套马具。

有一次，一位富商接待了一位传消息来的水手，用一条烟熏鲱鱼做早饭来答谢他。

这位水手对于郁金香一无所知，于是又拿走了一个他以为是洋葱的东西，回到船上就切开吃了。

他吃的是一颗价值3000弗罗林的郁金香球茎，结果到监

---

[1] 译文引自查尔斯·麦基著，程浩译：《大癫狂：非同寻常的大众幻想与群众性癫狂》，北京：电子工业出版社，2013年。

狱里待了段时间。

到了1636年，荷兰所有主要城镇都有了郁金香交易市场。功能就像股票交易所。

你们应该……但我要从麦基书中引用一段：

      郁金香经营者在郁金香股票价格大起大落中做着投机的生意，价低时买进，价高时卖出，从中赚取高额的差价。很多人一夜暴富。这也让更多的人无法抗拒诱惑，争先恐后地涌进郁金香市场。最终，郁金香市场上的赌徒们有如爬满蜜罐的苍蝇，密密麻麻。每一位投机者都期望大家对郁金香的疯狂追逐能够永远持续。世界各地的富翁也纷至沓来，毫不犹豫地一掷千金买下天价郁金香。欧洲的富翁涌向荷兰北部海岸，将贫穷给消灭了。贵族、市民、农民、机械工、水手、男佣、女佣，甚至烟囱清洁工和洗衣的老妇人也都进入了郁金香交易市场。不同阶层的人都把他们的财产变成了现金，进入交易市场。房产被人以非常低的价格卖出……[1]

这里有一整个国家沉迷于致富，深信郁金香就是终极完美的投资项目，这永远也不会变。

毕竟，等世界其他地方追上荷兰的脚步的时候，他们已经拥有了所有的郁金香，一定会变得比现在更加富裕。

---

[1] 译文引自查尔斯·麦基著，程浩译：《大癫狂：非同寻常的大众幻想与群众性癫狂》，北京：电子工业出版社，2013年。

然而，世界其他地方面无表情地看着荷兰人傻乎乎地一阵瞎忙，这东西毕竟只不过就是颗郁金香。

然后荷兰整个国家的经济崩溃了。我真希望我是夸张，但真的不是夸张。这其中的疯狂与愚蠢在旁观者看来好像相当明显。

这让我想起了南海公司将投资狂欢传遍整个英国的那个时期。

在那场狂热中，也就是所谓南海泡沫的顶点，股票经过伦敦一条小巷就能几度易手，价格随之水涨船高，直到有一天……好了，人们血本无归。财富不复存在，很多人都被弄得很惨。

荷兰人至少还能把郁金香球茎吃了呢。

你可能认为这和你什么关系也没有，事实却是关系非常大。太多漫画书店卖书就像在泡沫时期卖郁金香。我来这里不是要假装预言者卡桑德拉。我甚至都没有她那么好的身材或者美腿。我只是指出这件事。

在我看来，任何漫画书店，如果要把同样的漫画书卖很多本给任何一个孩子，比如说十六岁以下的孩子（因为这孩子不知怎么给人一种他或者她刚刚拿到印钞票执照的感觉），如果这样，就算不用其他方法，也应该让这孩子读一个表格，解释清楚漫画的价格可以上涨也可以下跌，然后要求家长或者监护人在表格上签字。

我认为，任何组织或者商店如果把漫画推销成"投资项目"，往好里说，是目光短浅和愚蠢，往坏里说，是不道德和装聋作哑。

你的确能把很多漫画卖给同一个人，特别是如果你告诉他们，他们是在投资而且保证收益很高。

但你卖的是泡沫和郁金香，有一天泡沫会破，郁金香会烂在仓库里。

这正是为什么我想谈谈好的漫画。

此处我有既得利益：我创作，或者试图创作好的漫画。我创作的不是收藏品，也不是投资项目。我创作的是故事，尽我所能：我创作故事是想让人阅读。

但在创作漫画之前，我是个记者。就像创作漫画一样，新闻报道也是一种不需要早起的职业。我曾经写有关漫画的东西，只要有人让我写我就写。

这里我稍微跑题一句：早在1986年，还在英国的时候，《星期日泰晤士杂志》派我写一篇有关漫画的专题文章。为此我采访了很多人——艾伦·摩尔、弗兰克·米勒、戴夫·西姆、布赖恩·博兰，还有很多很多。我为这篇文章下了极大的功夫——认为这肯定会是英国第一篇在主流报纸上推广漫画的文章。

我把文章发给了派我写文章的那位绅士，然后等到了……没消息。一句话都没有。

所以，几周之后，我给他打电话。他听起来很奇怪，有些克制。"文章怎么样？"我问。他告诉我他觉得有一两个问题。我提议他告诉我是什么问题。我可以重写，写得好一点。

"好吧，"他说，"它不太平衡。"

"哪方面？"

"这些漫画，"他停了一下，然后痛快地说了出来，"你好像认为它们都是好东西。"

他想要的是弗雷德里克·沃瑟姆[①]为之骄傲的那种东西，结果并未如愿。

好吧，我们最后达成一致，我并不计划重写文章以达到他觉得缺少的那种平衡，他给了我一笔毙稿费，有我在别的地方发表文章所得稿费的两倍那么多。但我还是宁愿那篇文章能发表。因为我真的相信漫画是好东西。

如果不是这样，我会仍然是个记者，或者我会在好莱坞写潜力剧本挣难以想象数目的钱，或者种种郁金香。

我们正处在中国人或许会诅咒嘲讽的所谓"有趣的时代"，而我很喜欢。

局面正在变化，喷发，爆炸。新的路线、新的书目和新的宇宙出现又消失，有些漫画的销量在1986年做梦都想不到，书店像雨后春笋一样四处涌现。

很难说五年之后事情会怎么样。但我要告诉你：那些销售推广好漫画的书店都会继续存在。因为看漫画的人会和我们一起，他们仍然会想要漫画。

又突然想到一件事：1990年在费城，我去参加一个美国的小型会议。那个会议之后是国际漫画书商的会议，他们让我留下参加一场专题讨论。

这场专题讨论包括当时所有主要出版社的销售代表，有钻

---

① 美国心理学家，认为儿童犯罪是受漫画影响造成的。

石漫画的，有首都漫画的，坐在最后面的是茫然得不止一星半点的我。

首先每个人都在说漫画上的条形码，于是我知道了所有有关条形码漫画的事情，任何人都不会想要知道这么多。然后他们又说了其他事情——摆架、标价——然后又说回条形码。我开始怀疑我究竟在那儿二什么。

史蒂夫·古尔斯基是整件事情的主持，他想的大概也是同样的事情。"要知道，我们这里有位作家，"他告诉聚在一起的销售商，"有人想问这位作家什么事吗？"

没有众人举手似海，没有胳膊挥舞如林。只有几张困惑的脸。最后有人实在同情我，问了一个问题。

"作为作家，"他问道，"创作高价商品和低价商品的区别是什么？"

我猜他想打消疑虑，想确认我在高价商品上多放了三四块钱的动词和形容词。我不太确定。

"没有区别，"我说，"我只不过是试图要写好的漫画。"一片沉默，我壮起胆子说，"我希望你们这些人能更多地推广好的漫画。"

三百双零售商的眼睛里露出的真的都是迷惑。其中很多零售商从那时起会来见我，骄傲地告诉我他们从那以来在这个方向上所做的努力，以及所取得的成就。

有人机灵地问我说的好东西是什么意思，我告诉了他们。然后又有人问我说的推广是什么意思，我也告诉了他们，现在我也要告诉你们。

我说的好漫画就是你喜欢的漫画。

如果你自己不再看漫画，很遗憾地说，很多零售商都不看了——市面上的东西太多，或者有一天他们发现自己不再喜欢《西海岸复仇者》而放弃了整个领域，再也不抱幻想——那么就四处看看。问问朋友，问问员工，问问顾客。

但你们大多数人有喜欢的漫画。你们应该推广它们。

怎么推广呢？

并不用干很多事——比如，你可以在门口放一个书架，摆上你乐意卖的东西。

你觉得实在很好的东西，可以多订几本，试着卖掉。

你有信心的东西，可以给顾客保证可以退款。这并不困难。

挑选本周漫画，然后推广它。

对于买了东西不读的顾客，建议他们也许可以读读这些东西，而不只是装进袋子里。

让你自己熟悉市面上的东西，用你的品味影响顾客。

如果你的顾客主要是青少年，厌烦了幼稚的东西想要离开，那么好吧，要让他们知道，蜘蛛侠之后还有别的生活。努力一点点，你就会多一位终身顾客。

这是件好事。

我们生活在一个对于漫画非同寻常的时代：现在能搞到的令人激动的材料比以往任何时候都多。我说真的：现在出版和能买到的优秀材料，一直可以追溯到《小尼莫》，比以往任何时候都多。

这也是件好事。

我想让你们其中任何人少挣钱吗？当然不是。

我想让你们所有人开凯迪拉克，车里还有按摩浴缸，开的书店多到两只手都数不清——或者甚至两只手上的书店多到不想数了，如果你们觉得那样好玩的话。

说到这里，我希望你们开心、健康，再也不被电话销售打扰。愿你们的行李在飞机场总是第一个从传送带出来，你们的宠物永远不会自燃。这些事情我都为你祝愿。

但要记得你要卖给别人的是什么东西。

旅行的时候，我喜欢问别人他们是怎么开始读我写的东西。

大多数都是口口相传。朋友告诉朋友。朋友强迫朋友坐下来阅读。还有很多情况，书店导购告诉顾客他们一定会喜欢。有时还通过性传播。

在销售人员喜欢《睡魔》并且使劲推广它的书店，不管什么"热销"，我们都能打平或者超过。读《睡魔》的人买一本然后借给周围的人。我们获得读者，读者又带来新的读者。

新的读者回到漫画书店，买下所有普及平装本，以追上故事目前的进度，然后他们会再买一本给朋友看……

我并不想把自己的品味强加给你们任何人。如果我开一家漫画书店，我会推广《鬼骨家族》《塞里布斯》《爱与火箭》《睡魔神秘剧院》《动物侠》《狂人》《贯笼》《美味毛皮》《西洋镜》《格雷戈里》《格鲁》——从我刚好喜欢的东西里随便挑几个例子。

我并不是让你们推广这些书，虽然如果你们推广的话我也没意见。

我希望你们推广你们认为好的漫画。推广好的儿童漫画给孩子，好的超级英雄漫画给喜欢他们的人，好的成人漫画给成年人。

我其实只想让你们把漫画看作一种阅读材料。把漫画看作一种娱乐。把漫画看作小说。

你们卖的不是投资项目。你们销售的是梦想。

千万别忘了这一点。

漫画是用来看用来享受的，就像郁金香是用来种下、开花和欣赏的。

下次如果有人告诉你，漫画是九十年代热门投资项目，帮帮我的忙，给他们讲讲郁金香的故事。

对考虑改行的专业人士的演讲：
1997年4月漫画行业大会①

首先我要坦白一件事。我讨厌写演讲稿。当他们让我做这次演讲时，我马上想到也许我可以讲一个之前写好的稿子，没有人会发现。不幸的是我之前只写过一个演讲稿，是1993年春天演讲的，在那里我对比了当时的"投资暴涨"和十七世纪的荷兰郁金香狂热，警告一群零售商听众，如果这种情况持续下去会有麻烦。不幸的是事实证明我对了，我实在觉得今天重复那个演讲不可能侥幸成功。

本来他们让我来这里做主题发言的时候，我拒绝了。我说我会觉得很尴尬，觉得并不合适。现在——实际上，在过去的十五个月里，也就是我完成《睡魔》之后——除了一两个短篇小说，我已经不再创作漫画了。

① 这篇演讲于1997年4月在ProCon发表，这是一次漫画专业人士会议，地点在加州奥克兰。——原注

我告诉打电话给我的那个人，我觉得自己会像是一个从高中退学情况可疑的姑娘，现在开了一辆粉色凯迪拉克，一头金色长发，浓妆艳抹，回来做毕业演讲，主题是坚持与努力的重要性。

电话那头的人——那是拉里·马德——说："好吧，时机有点怪。很多漫画专业人士正在观察漫画之外的世界，他们想知道那是不是一两年之后他们要维持生计的地方。你至少可以告诉他们外面等待他们的是什么。"

于是我想，好吧，他说的有道理。

放下电话之后，我又想，好了，这是年老退休人员的特权：分享知识，在后座指挥司机，没人请求就主动提供建议。"还有，"正如一位诗人所说，"不擅长什么别的，就聪明一点。"我在漫画界工作的那十年，的确学到了一些东西。

所以接下来就是我们要讨论的东西。有关其他媒体，还有漫画。

你们之中很多人制作漫画的时间比我还长，你们的经验或者知识和我不同。你们之中很多人会进入漫画之外的地方辛勤工作，体验可能和我完全相反。

所以我给出的这些想法只是一系列仅供参考的观点。

我开始做漫画，继续做漫画以及停止做漫画，都是出于错误的理由。是个愚蠢的理由，而且很奇怪。

我做漫画并不是作为职业理想，或是为了挣钱，也不是为了养家糊口。当然我做漫画也不是为了获奖或者出名。

我开始做漫画是因为它满足了某种童年梦想，还因为它真的是我想象之中一个人能做的最激动人心最令人愉快的事情。我继续做漫画是因为很有意思，因为我发现自己喜欢这种媒介，还因为我感觉自己可以做一些完全新鲜的事情，不管是好是坏，之前从没有人做过。我停止做漫画是因为我希望它一直有意思，我想继续热爱和关心漫画，还因为我想在还爱着它的时候离开。

当我开始写《睡魔》的时候，写一个剧本要花我两三周时间，每个月只留下两周时间做别的事情。随着时间流逝，我写得越来越慢，后来一个剧本我要花十周的时间来写。这可没留下什么时间干其他事情。

所以有很多我想做的项目，但我就是没有机会去做。这意味着一旦《睡魔》完结，我就可以全身心投入去做它们了。

自从完成《睡魔》以来，我对于漫画之外世界的经验——我写了一部畅销小说，还有一本童书，写作与共同创作了一部不完全满意的六集BBC电视连续剧，还和好莱坞的无数人吃了午饭。我为BBC3套改编了《信噪比》，现在被提名了索尼最佳广播剧奖。我现在干一大堆事情，包括两三部电影。

要记住，这些观点并不是感觉任何媒体比其他更正统，也不认为电影或出版可以使得某种原本肮脏或者不真实的东西变得神圣，或者让它们得到尊重。

漫画的乐趣之一是不管你画什么，墨水和纸张的价格基本保持恒定。电影和电视都是昂贵的媒体，廉价作品也得花难以想象的金额。

与之相反，漫画很便宜。如果你有一个漫画的想法，有人会出版的几率很大。如果没人出版，你又对自己的作品深信不疑，怎么办呢，那自己出版就行。你可能不会变富，但你会收获读者。

我有一个朋友就有过一个漫画的想法，然后就自己出版了一阵子，当然没有赔钱，最后还有了十几期自己的漫画，这让他十分自豪。然后他决定按同样方法试试拍电影，找了一群热情的外行演员，借了钱，还心甘情愿刷爆信用卡。到了制作完全泡汤的时候，他只拍好了十一分钟的电影，还不得不卖掉房子以避免彻底完蛋。

漫画不太可能让你变成这样。

电影很贵。因此它是一种如此疯狂的媒体。

我记得几年之前在伦敦的一个下午。我住在一位朋友的公寓里，俯瞰一条运河。那天下午我在写两个不同的东西。一个情节是无尽家族[①]用土造人，用树枝和泥巴把他搭起来，吹一口气给他生命，然后把他派去巨大地下墓地中的一间密室。这是给《睡魔》写的。还有一个情节是一场冲突，在雾中一座桥下的泥滩上，三位旅行者和一些僧侣的冲突，过程中有一位旅行者被推到了泥巴里。

几天之后，我拿到了迈克尔·祖利给这些漫画画的铅笔稿，按顺序钉在墙上，完全就是我想象中的样子，和我期望以及在剧本中要求的一模一样。

一年之后，我发现自己坐在冰冷的地下室，看着十几个冻僵了的演员，呼吸着浓烟，还有大约五十位剧组人员，包括化

---

① 无尽家族（Endless）是《睡魔》中的七大家族之一。

妆师、灯光师、电工等，发着抖站在旁边看演员一遍又一遍拍摄被打倒在泥巴里。

没有我想象中的桥。场景和我脑海里不完全一样，基本上我只是感觉内疚，一年之前在温暖房间里想出来的时候好像是个好主意，结果给一大批真人带来了这么多麻烦。

在漫画里，你不太可能半道上因为某个角色摔断了腿而失去一个人。你不会在预计拍摄的前一天失去外景地。你不会交上二十四页剧本，然后听说画家以为是三十七页，所以随机删掉了其中十三页。

最重要的是，在漫画中只有你一个人运用想象力，或者最多两三个人。作为作家，我觉得自己可能被"因为我说了算"这件事给惯坏了。在电视节目里面并不是这么回事，我意识到这一点是看到服装草图的时候，我发现它们和我在剧本里的要求一点关系都没有。

我认为一个人成为作家的原因之一可能就是想要对想象有一定控制，除非你和一位想象力和你相似的导演一起工作，否则形势很可能对你不利。

还有，要知道，电视连续剧是一种至少每个人都意见一致的表演。《睡魔》电影，我很高兴没有参与，至今已经经历了八个剧本草稿，三位编剧，还有一位导演。我那天还听说他们准备再雇一位新的编剧，命令他改成爱情故事。

《乌有乡》完成之后，我让经纪人帮我退出另外一个准备在英国制作的电视连续剧，因为我不想再做这种事了，除非我能有比当作家更多的控制：想象、语音语调、形象和感觉、事情拍摄和剪辑的方式，这些很重要，这些东西我想要能自己说了算。

我答应参加《死亡》电影的工作，因为有我可以做导演这根胡萝卜挂在面前。到时候，我们就能看到这能不能成，还有我是不是个好导演。

所以这就是我关于电影的知识。

书更加直接一点。

几年之前，我还混论坛的时候，上了CompuServe的漫画论坛，读到一个帖子，一个漫画作家傲慢地宣布他要去写真正的散文书，因为他想要"读者"。

我告诉他，他创作漫画的读者，除了某些特殊情况之外，肯定要比他第一部散文体小说可能的读者多得多。他认为这是对他尚未证实的散文作家能力的攻击，而这并不是我的本意。这只是一句平淡的叙述，在当时——甚至在现在这样黑暗的日子——销量能达到任何一本还算健康的漫画销量都能让大多数散文作家高兴半天。

然而对我来说，至少作为创作者而言，漫画比散文要有趣很多。信息如何被人接收，你在漫画里比散文中能有更多控制——控制读者的视线不让他们跳过去往后看，或者只是确定他们在头脑中看到的人物和你在你脑海里看到的一样。

漫画还拥有你在散文中永远看不到的欢乐：能够享受你自己东西的欢乐。我享受不了自己写的散文小说，但我可以享受戴夫·麦基恩、查尔斯·维斯、乔恩·穆特或者P.克雷格·拉塞尔为我的故事画出来的东西。

散文有优点。你可以把它给亲戚看，不用担心听到"哦……我不……看漫画……亲爱的。"你可以在机场书店里买到它。图书公司比漫画出版商更喜欢在漫画世界之外做广告。但对于因为想要合作所以做这件事的人来说，漫画更有意思。

广播——我喜欢广播剧。对于作家来说，它和漫画近到莫名其妙：一种媒介是你用图画讲故事，另一种是你可以用除了画面的任何东西来写作。它与你的想象接近，便宜而简单，美国没有什么广播剧，而在英国，我要是想以此为生，恐怕得打发我的孩子们上街跳舞去讨要几分钱了。我肯定也不会把这种媒介推荐给不写作的画家。

以上就是我有关漫画之外的媒体的几句忠告。现在来说几句我在漫画世界之内几十年的智慧箴言。下面就是我学到的东西，没有什么特定的顺序。

1. **大不一定不好。小不一定好。**

漫画创作者是我行我素、独一无二以及政治激进的一群人。我曾经写过一句漫画俏皮话"试试让一千只猫同时对什么事情达成一致"，猫和漫画创作者相比可容易多了。他们不成立组织，也不相信组织。你们这么多人在这儿简直是奇迹，你们在这儿本身就是奇迹。观点、政治与信仰的每个角度肯定都有人代表。

所有组织天生都不可靠，这曾经是——也许现在仍是——漫画的一种信仰。就公司而言呢，越小肯定越好。自主权，不管如何定义，总是至关重要。

如果你是戴夫·西姆，或者杰夫·史密斯，你自己就是出版商、画家和作家，可以完全掌握对自己的命运，那么你有自主权，或者有市场允许的那么多自主权。

公司是一种庞大、缓慢、愚蠢、笨拙的东西，脑袋长在尾巴上。这有可能是真的，但它们好像也能够学习和改变。

大公司欺骗你的可能性并不比小公司更多。我不是说你不会被欺骗。我说的是小公司并没有道德责任不欺骗你。

这真的是我花了很多年才学到的东西。我一直为更独立的小公司做项目或者写书，因为这好像是一件正确的事情，还因为我确信，就我而言，DC漫画是个大一统的邪恶透顶的组织，只是等我放下戒心，他们就会骗我，就像之前骗了西格尔和舒斯特。

事实上并没有。DC无疑是我合作过最通情达理、平易近人的出版商，财务上也最为可靠。这并不是说在和DC的一些部门打交道的时候，不曾非常泄气，现在有时还是会泄气。不过这是说它们的版税报表按时送达，明白易懂，如果注意到什么奇怪的地方，他们鼓励你打电话给会计部门，他们或者会向你解释他们做的是什么，或者抱歉把事情搞砸了然后改正过来。

就为这一点，很多事情都可以原谅。

回想起来，我对日食公司唯一的遗憾，就是在他们破产之前几年，我没有审计它们的账目。他们的数字毫无意义，而且只有威胁才付给你版税。在某种程度上，我知道一定有某种欺诈在发生，但日食公司只被逮到一回，特伦·史密斯把他的漫画从日食换到了黑马漫画公司，结果版税直线上升，虽然协议是一样的，销售额也没有变化。

老实说，我不相信大公司或者一个在自己领域外工作的人道德会更好一点。重要的是负责与诚实，还有，最重要的是能力。

2. 学会说不。

这对我来说仍然是最困难的一点。我认为这是自由职业者心态的一部分：我们也习惯于拼命挣钱，出去不顾一切推销自己的技能，希望有人会因此留下印象，或者被我们的困难引起的同情所打动，然后给我们工作，于是我们学会答应任何事情。

我还记得，在八十年代初，作为一个穷得响叮当的自由作家，我会冒失地宣称能做任何东西，只要这东西后面连着一张支票。这意味着我经常发现自己完全力所不及，采访美国国家航空航天局局长，或者，有非常古怪的一周时间，编辑《健康》杂志——我记不清了，但我想那个电话的对话可能是像这样的：

"尼尔，你能编辑杂志吗？"

"我能编辑杂志吗？"

"那是个愚蠢的问题。好了，你听说过《健康》杂志吗？"

"我听说过《健康》杂志吗？"（略微暗示关于健身房、紧身衣之类的，我不知道的事情大概不值一提。注意我并没有说：

"嗯，我上学的时候去过几次健身房。我还看过《女子健美之路》。"这是因为我是个如饥似渴的自由作家，我经常说是的。）

作为漫画专业人士，说"是的"太容易了。

回头想想，我做过的大多数事情都是愚蠢到家的主意（就像很多次我的朋友马上就准备指出来）。我做它们是因为有人让我做什么事情，那个时候看起来好像是个好主意。等你反应过来，会发现已经有了你从未写过却印着你名字的不值一读、甚至令人作呕的漫画了。或者诸如此类的事。

我很早就知道，达到职业顶峰的大多数人——这里我说的不只是漫画，我说的是所有事情——都是最友善的人，容易打交道，没有什么架子。我还知道，最坚持享有VIP待遇的人，或者什么事都闹出点动静的人——就是那种真的会说出"你知道我是谁吗？"这种话的人——只是第二层次的人才，是尚未成功，也永远不会成功的人。

我花了更长的时间才知道可以说不。其实说出这话是件容易的事。它可以帮助你明确自己的界限。

3. 把东西写下来。或者说好记性不如烂笔头。

这很重要。有几次我没把东西写下来，后来都后悔了。现在我和一个出版商卡在了一个相当激烈至今仍未解决的状态中，有关我为这家出版商编出来的一系列人物的人设、玩具、番外漫画以及其他用途。我们的争论有一部分基于四年前电话里的口头协定。如果我们那时把它写了下来——我说的甚至都不是合同，我说的是如果我写下说的是什么，然后给他们传真一份，"就是确定一下我们是这么说的"——现在的日子都会好过很多。

4. 一切都可以谈判。

如果有人给你发了一份合同，不管你是自己处理还是让别人——律师、代理或者什么人——审查你的合同，要记住一切绝对都可以谈判。一开始我曾经认为合同是一种要么接受要么滚蛋的提议。但它们并不是。

出于同样的原因，合同可以重新谈判，这是我在出版《睡魔》第一年结束后才第一次发现的事情。我想要这个人物创作者的身份和创作者的分红，但根据DC最初"要么接受要么滚蛋"的合同，这完全都是他们的。于是我给保罗·列维茨写了一封长信，合情合理又完全友好，解释了为什么这是个好主意，说明了我创造的睡魔这个人物既不是西蒙和柯比的睡魔，也不是李和迪特科的睡魔。在几番来来回回之后，他们签署了一份新的合同，把这个人物给我分了一份。

我这样做，一个原因在于在之前的几年中，我观察到如果人们给DC漫画下最后通牒，不管DC是对是错，他们都会变得强硬。也许是因为他们公司的历史：西格尔和舒斯特想要回超人的版权，遭到了拒绝，只给他们留下了超级小子的版权。他们又回去打了一回合官司，这次甚至连超级小子也没了。同时鲍勃·凯恩得到了"关照"。

不要害怕谈判。如果你有人帮忙，他们的工作就是代表你进行谈判，不要害怕让他们出面。也不要害怕接受意见。你并不是对礼物吹毛求疵，合同也不会因为你找人检查就跑掉。

这可是肺腑之言，来自一个不时被原本相当好的合同里面忽视了的条款欺骗的人，一个不时被合同的另一方漫不经心省略了什么而震惊的人。

5. 相信你痴迷的东西。

我记得二十世纪八十年代末艾伦·摩尔告诉我，他在电视上看了一个有关开膛手杰克的纪录片。然后，在随后几个月的过程中，一直跟我讲他读过的有关开膛手杰克的书籍。等到了他让我去大英博物馆，找些可能的开膛手嫌疑犯稀有且被人遗忘的传记的时候，我以为开膛手杰克的漫画很可能近在眼前了。《来自地狱》并不是艾伦说"我想知道今天我会写点什么"而开始的。最开始它是一种痴迷。

相信你痴迷的东西，我学到这一点多少有些偶然。

人们有时会问，一个故事对我来说是先调研还是先有想法。我告诉他们，通常来说最先出现的是一种痴迷：比如说，突然之间，我注意到我读的全都是十七世纪的英国玄学诗派的东西。我知道它会在什么地方显现出来 —— 或者我会用其中一位诗人的名字给一个人物命名，或者使用那个时间背景，或者用一句诗，我也不知道。但我知道，有一天它会在那里等我。

你并不总要用到你痴迷的东西。有的时候你可以把它们放到脑后的肥料堆里，它们会在那里腐烂，和其他东西结合在一起，几乎遗忘，然后有一天，会变成某种完全能用的东西。

跟着你痴迷的东西走。写你必须写的东西。画你必须画的东西。

你痴迷的东西也许并不总能把你带到商业化的地方去，或者明显商业化的地方。但要相信它们。

对这一点的一条注释，讲给各位作家：

我和《睡魔》的新画家一起工作的时候，我问的第一个问题会是"你想要画什么样的东西？"第二个往往是"你不喜欢画什么？"我发现，这两则信息有用的吓人，而且通常非常出人意料。

利用画家的优势；这会让你看起来很好。如果你是画家，就利用你自己的优势——但不要因为放松而落入窠臼，或者说落入你常做的那些东西里。

6. **不要停止学习**。

在你的领域获得某种层次的能力，不管是什么，然后就停在那里，这太容易了。

能力是一方面，但作家和画家就像鲨鱼：如果停止游动我们就死了。（这则知识我是小时候读《大白鲨》而学到的。我完全不知道鲨鱼是不是真的停下来就死掉，或者与此相反，但我现在还深信不疑，就像我知道低音提琴的音乐预示着鲨鱼攻击。）

我倾向于认为技术是那种你会放在花园尽头的盆栽棚（这是一种英国式表达方法，我还不知道有什么词和它对应）里的园艺工具，抓起一把园艺叉、锄头，或者你发现前任房主留下挂在钩子上、没有人知道应该怎么处理的那种金属物件。

在几个月之前，佛罗里达，威尔·艾斯纳八十岁生日宴会上，我印象最为深刻的是威尔最近做的一些石版画，因为那是他六十多年前从艺术学院毕业之后做出的第一批石版画，他认为那是他应该掌握的一种技术。

你永远也不会知道你会需要什么工具。我自己时常进行写作练习——各种诗律 或者来自其他时间其他地方的风格。有时我会让自己大吃一惊，最终得到一些奇妙的东西。有时最后得到的东西，让我希望自己死前一定要找机会清空那个文件夹，因为如果死后被人出版，它会再杀死我一回。但不管哪种方式，我都的确学到了一些东西。

作为画家，要向其他画家学习，看他们画什么，然后观察生活，看某件事情如何进行。

作为作家，读其他作家的书，好作家，甚至写的东西你并不喜欢的作家，看他们怎样做要做的事。然后忘掉小说，忘掉漫画，读其他的所有东西。总之，去学习。

7. 做你自己。不要试图成为更加商业化的其他人。不要试图成为另外的人。

这说的是艺术。可能也有关商业，虽然我们都把自己描述成为一个行业，但我们同时也是一种艺术形式。我们可能来到这个领域是因为才能，但我们来到这里也因为我们是艺术家。我们是创作者。开始的时候，不管单干还是合作，我们都只有一张白纸。完成的时候，我们给人们的脑海里和生命中带来梦想、魔术和旅行，带来他们从未经历的事情。一定不能忘记这一点。

我不想让自己在这儿说的话听起来都像鸡汤。"做你自己。尽你所能做到最好。"但这确实非常重要。这是我们开始的时候最容易忘记的东西，因为我们开始接触漫画的时候都是孩子，不管是画家还是作家，我们不知道自己是谁，不知道自己想说什么。

年轻画家想要成为罗布·利费尔德、伯尼·赖特森，或者弗兰克·米勒，同样，年轻作家想要成为艾伦·摩尔、克里斯·克拉拉蒙特，或者，好吧，还是弗兰克·米勒。你读过那些剧本。

开始的时候，我们都会偷师。我们描摹，我们抄写，我们模仿。但最重要的事情是达到这样一种状态，即开始讲自己的故事，画自己的画，做除了你自己之外没有其他人能做的那些东西。

戴夫·麦基恩比现在年轻很多的时候，刚从艺术学校毕业，带了他的作品集去纽约，给一家广告公司的经理看。那家伙看了戴夫的一张画——"这张鲍勃·皮克真是不错，"他说，"但我们为什么要雇你呢？如果我想要做这样的东西，我给鲍勃·皮克打电话就行了。"

你也许可以画得有点像罗布·利费尔德，但也许有一天，或者也许已经到了那么一天，再也没有人想要罗布·利费尔德的廉价克隆了。所以要学着画出你自己的风格。

还有，作为作家，或者讲故事的人，要试着讲只有你能讲的故事。试着讲你不得不讲的故事，就算没有听众你还是愿意讲给自己听的故事。能更多一点向世界展现出你自己的那些故事。

我认为在这一点上，写作就像裸体走在街道上：它和风格或者类型都没有任何关系，只和诚实有关。对你自己诚实，不管你做的是什么，也对它诚实。

不要担心试图发展出风格。风格是你忍不住要做的东西。如果你写得足够多，或者画得足够多，你就会有风格，不管你想要不想要。

不要担心你是不是"商业化"。讲你自己的故事，画你自己的画。让其他人跟着你走。

作为这一点的推论，让我说点别的东西。

在我们所在的这个奇特的小市场里，谁都什么也不知道。世事难料。五年前绝对没错必然盈利的那种漫画，现在有可能成功也有可能表现糟糕，而五年之前在任何人的雷达上都绝对不会显示的那种古怪狂热的漫画，现在商业上绝对大获成功，或者和这些奇怪日子里的任何东西一样成功。

如果你相信，那就去做。如果有一部漫画或者一个项目你一直想做，那就出门去试上一把。如果失败了，你至少曾经放手一搏。如果成功了，那么你就做成了你想要做的事。

8. 最后，要知道何时退场。

谢谢大家。

"但这和巴克科斯有什么关系？"
埃迪·坎贝尔与《冷面》[①]

我想谈谈埃迪·坎贝尔。

我们的悲剧（tragedy）这个词来自希腊语的tragos-oide："山羊之歌"。只要听过山羊唱歌的人都知道这是为什么。

有位叫作泰斯庇斯的人被认为是"悲剧之父"。他是位吟游诗人，大约在公元前535年，他乘马车从希腊一个镇子旅行到另一个镇子。马车既是一种运输的方式，也是一个舞台，在每个镇子里，他都会朗诵自己的诗歌，他的演员——他们本身也是新鲜事物——他们的脸上"抹着葡萄酒的残渣"（最早的舞台化妆），会为众人带来娱乐。

随着故事的发展，到那时为止，所有的歌曲与表演都是关于酒神巴克科斯的。泰斯庇斯首先试验在歌曲中插入了他写的

---

① 本文是1990年出版的埃迪·坎贝尔《冷面》第一卷《不朽并不永恒》的前言。——原注

有关巴克科斯的小诗 —— 这是一个不同寻常的创新，在某种程度上，人们勇敢地接受了它。然后他决定继续实验，开始说和背诵其他东西。

这悲惨地失败了。

"这和巴克科斯有什么关系？"他们会这样问他，然后惩罚他，他会回到酒神的主题上来。

就他们而言，真正的歌曲，还有诗歌和故事，都是关于巴克科斯的。

他们应该会喜欢《冷面》。

那么巴克科斯是谁？

像大多数神灵一样，他自己就积攒了好多名字 —— 其中有狄俄尼索斯（"来自尼萨的神"）、比马特尔（"两位母亲所生"）、奥马迪奥斯（"吃生肉者"）、布罗米奥斯（"咆哮者"）、巴克科斯（"粗暴无赖"），当然还有埃诺切斯（"睾丸生人"）。

他是宙斯与塞墨勒之子，酒与戏剧之神，教导人类如何耕种土地，种植葡萄，收集甜酒。冷杉、无花果、常春藤与葡萄是敬献给他的圣物，还有所有山羊（不管会不会唱歌）。他在众神之中最为美丽（虽然往往被描写成头上长角），他的生活与神迹中的很多故事明显与耶稣基督（他的传记作家可能偷用了巴克科斯那些故事）和俄赛里斯（巴克科斯的故事可能起初就是从他的传说里面抄的）相似。

欧里庇得斯最妙和最奇怪的戏剧可能就是《酒神的伴侣》，讲的是巴克科斯向底比斯的国王彭透斯复仇，后者拒绝承认这位新神的神圣地位。彭透斯被自己的母亲和两位姨母撕成了碎片，一点也不是夸张。

激怒巴克科斯的人身上发生的事情实在悲惨。真的是个悲剧。

但这和埃迪·坎贝尔有什么关系呢？

我猜想并没有什么人（也许除了我自己，我觉得这事情不舒服）会非常关心，从神话学的角度说（其他角度说都会缺少一些重要的东西），《冷面》是正确的，每个细节都准确无误，但它确实如此。它令人开心，滑稽可笑，具有魔力，而且智慧过人。

它也是个悲剧——完全不夸张。（刚才我说山羊唱歌是开玩笑的。实际上最佳悲剧歌曲演唱者会得到一头山羊作为奖品。我觉得是这样。）悲剧向我们讲述这位具有悲剧性缺陷的英雄，那就是被复仇者击垮的傲慢自大（介于自豪和狂妄之间的某种东西）。对于乔·忒修斯来说，这是个悲剧。当然，对于巴克科斯来说，这是个喜剧。

很多事情都能追溯到巴克科斯。

在本书的记载中，你会发现古老的神话和新鲜的神话。眼球小子和地狱水蛭与更古老的神灵与英雄为伍。《冷面》混合了劫持飞机和古老众神，黑社会戏剧和民间传说，警探小说与神话奇幻，泳池清洁工与经典名著。当然，这种情况本来不太应该成功，结果十分成功，效验如神。

但这和埃迪·坎贝尔有什么关系呢？

好吧，埃迪·坎贝尔是默默无闻的连环漫画之王。当我们其他这些人还在我们想象之中的奥林匹斯山上（可能还想错了）埋头劳作的时候，埃迪已经游历了一个又一个岛屿，一手拿着酒神杖，另一手拿着吱吱作响的笔和网点纸，身边围绕着耳朵上长毛的矮人和吃人肉还给黑豹哺乳的女人，所有这些人都喝了太多酒，寻了太多欢。（这个故事里的西勒诺斯是埃德·希利尔，他游荡进入本书的后半部分，把墨水涂上埃迪的铅笔。）

我希望这本书，日食出版的埃迪的《亚历克》故事（它不像这个故事一样有那么多打打杀杀、飞来跑去的乐趣，但在我看来，可能也是漫画能达到的最高水平），还有《来自地狱》（在蜘蛛宝宝图像出版的《禁忌》杂志里，埃迪正在画），能够把他的声誉提高到应有的高度。这人是个天才，这点毫无疑问。

如果你是个这本书刚出版就读到了的幸运儿，你不需要我更多的推荐或者赞誉：你知道它有多么好。如果你是第一次发现《冷面》，我很羡慕你：你能吃到一顿大餐。

但这和巴克科斯，或者埃迪，或者眼球小子有什么关系呢？

一直读下去吧。你会明白的。

忏悔：关于《航天城》与库尔特·贝斯克[①]

　　现在听好。仔细读读这篇，因为我要告诉你一些重要的东西。不仅如此：我要告诉你这个行业的一个秘密。我说的是真的。这就是所有好的小说依赖的魔力：盒子里有一个以特定角度摆放的镜子，鸽子藏在那后面，还有桌子下面的暗盒。

　　是这样的：

　　　　总有空间让事情表达的意思比字面意思更多。

　　就是这样。

　　看起来并没有那么重要？印象没有那么深刻？确信你可以在幸运饼干里找到更深刻更睿智的写作建议？相信我。我刚才

---

① 本文是1999年库尔特·贝斯克《航天城：忏悔》的前言。我提到的蝙蝠侠故事，就是我们在车里想出来的那个，最终成了我十年之后写的蝙蝠侠故事《披风斗士的命运》中我最喜欢的一段插曲。——原注

告诉你的是很重要的东西。我们待会儿再回来说这个。

在我看来，超级英雄用在通俗小说里有两种主要方式。第一种方式，超级英雄表示的，不折不扣，就是它们表面上的意思。在第二种小说中，他们代表了表面上的意思，没错，但他们还意味着更多东西——他们一方面代表通俗文化，另一方面代表希望和梦想，或者与希望和梦想相反的东西，对天真无邪的背离。

超级英雄家族可以上溯很远：显然，始于二十世纪三十年代，然后回到报纸上连环画的深渊，然后进入文学，过程中借鉴了夏洛克·福尔摩斯、贝奥武夫、众神与英雄。

罗伯特·迈耶的小说《超级人类》用超级英雄象征美国二十世纪七十年代的一切：这个美国梦的失败意味着所有美国梦的失败，反之亦然。

约瑟夫·托尔基亚使用了超人的意象，写了《氪石小子》，这是一部动人且美好的书信体小说，写的是一个真心相信超人的孩子，在这本设计为给超人的一系列书信的书中，不得不接受他的生活和感情。

二十世纪八十年代，作家第一次开始写这样的超级英雄漫画：其中的人物是超级英雄，同时也是对超级英雄的评论。这股潮流是艾伦·摩尔领的头，还有弗兰克·米勒。

当时有一种元素重新融入漫画，那就是对于某些漫画主题的处理，散文小说例子有《超级人类》和《氪石小子》，短篇小说例如诺曼·斯宾拉德的《那是鸟！那是飞机！》，随笔比如拉里·尼文开创性的《钢铁男儿，把妹哀歌》。

当时对于漫画产生重要影响的复苏潮流同样在散文小说中浮现——乔治·R.R.马丁编辑的最早几卷《百变王牌》选集在散文环境中重新引起超级英雄的乐趣方面做了很好的工作。

八十年代中期有趣的超级英雄复活中存在的问题在于，最容易偷来的都是错误的章节。《守望者》和《蝙蝠侠：黑暗骑士归来》引出了太多不好的漫画：缺乏幽默感，毫无特色，暴力而且沉闷。当《百变王牌》选集转向漫画，原本有趣的对漫画的注释也化为乌有了。

所以在最初摩尔、米勒和马丁领导的超级英雄潮流之后（他们没有被详细分析。简而言之，只是得到了尊重），事情差不多恢复了现状，这种钟摆式波动给我们带来了九十年代初的超级英雄漫画，基本没有内容：写得很差，完全只有字面意思。甚至还有一家出版商把四期优秀作家拿出来吹嘘，作为终极营销花招——每一点都和烫金封面一样好。

在字面意思之外还有发展空间。事情表达的意思可以比字面更多。正因如此，《第二十二条军规》写的并不只是第二次世界大战中的战斗机飞行员。正因如此，《无声狂啸》写的并不只是困在超级计算机之中的一群人。正因如此，《白鲸》写的东西（不管你相不相信五万名绝望的大学教授，这仍然是真的）比捕鲸多得多。

这里，我要说的并不是象征或者隐喻，或者甚至先知预言。我要说的是故事要涉及什么，然后我要说的是这与什么相关。

事情表达的意思可以比字面意思更多。这正是艺术与一切非艺术的东西之间的分界线。或者至少是其中一条分界线。

目前，超级英雄小说好像分成了两种：一种是普通的或多或少低级庸俗的小说，是一些尽了全力或者没尽全力的人大批量搞出来的。然后还有另外一种，这种没有多少，颇为珍贵。

现在有两个明显的例外——艾伦·摩尔的《至高》，这是一次重写五十年前超人的练习，想要写成有某种意义的一些东西。

然后——你们中有人可能以为我大概把它忘了，鉴于我们在这篇前言里已经走了这么远都没有提到它，还有《航天城》。它的谱系可以朝两个方向追溯——进入经典超级英雄原型的世界，但同样也可以进入《氪石小子》的世界，在这个四色漫画世界中所有东西，那些沉默不语又不可思议的东西，拥有真正情感的重量和深度，它表达的意思比字面意思更多。

这就是《航天城》的天才与乐趣。

我呢？对于超级英雄，我已经厌倦了。说实话，厌倦、疲劳，而且简直精疲力竭。虽然还不是完全精疲力竭。我以为是的，直到几年之前，我发现自己和库尔特·贝斯克还有他可爱的妻子安共乘一辆车。（我们开车去看望斯科特·麦克劳德和他的妻子艾维，还有他们的小女儿斯凯，那是个难忘的夜晚，发生了很多事情，以斯科特和艾维的女儿温特的意外出生而告终。）在那辆车里，在路上，我们开始谈起蝙蝠侠。

很快库尔特和我就合作策划了一个完整的蝙蝠侠故事的情节；不仅是一个蝙蝠侠故事，而且是你能想象出来的最酷最奇特的蝙蝠侠故事，蝙蝠侠世界里的所有关系从里到外从上到下全都翻转了，在最完美的漫画书传统中，你觉得自己知道的一切最终都是谎言。

我们这样做是为了好玩。我觉得我们两个都不会用这个故事做任何事情。我们只是自己找乐子。

但是在那几个小时中，我发现自己深切而完全地关心着蝙蝠侠。我怀疑，这也是库尔特·贝斯克的特殊才能之一。如果我写的是另一种前言，我可能会把它称为超能力。

如果那些老漫画，以及它们优雅质朴和只有四种基本颜色的人物，曾经表达过什么特殊的东西，《航天城》讲的就是类似会发生的事情。更确切地说，它假定它们写过一些东西，然后给你讲那些基本没人注意到的故事。

那是一个受到斯坦·李、杰克·柯比、加德纳·福克斯、约翰·布鲁姆、杰里·西格尔和鲍勃·芬格等众人世界与世界观影响的地方：一个一切皆有可能的城市。在随后的故事中，我们会有（我已经很努力不泄露太多了）"打击犯罪斗士"酒吧，连环谋杀，外星人入侵，镇压盛装英雄，某个英雄的诡异秘密……所有这些都是一千种超长篇小说中欢乐而低俗的元素。

只不过，在这里，就像《航天城》其余部分中一样，库尔特·贝斯克成功地运用所有这些元素，让它们表达的意思比字面意思更多。

（再一次提醒，我这里说的并不是象征。我说的是故事本身，以及什么东西能让有的故事具有魔力，而让其他故事坐在那里，死气沉沉了无生气。）

《航天城：忏悔》是一部成长小说，一位年轻人受到了教训。（二十世纪四十年代，罗伯特·A.海因莱因在劳埃德·阿瑟·埃希巴赫的科幻作家文集中发表了一篇文章，提出我们一遍又一遍讲来讲去只有三个故事。他说他曾经以为只有两个，"男孩遇见女孩"和"小裁缝"，直到L.罗恩·哈伯德向他指出，还有一个是"一个人受到教训"。于是，海因莱因主张，如果你加上这些故事的对立面——有的人没有接受教训，两个人没有相爱，等等——你就有了所有可能有的故事。然而，我们还是可以超越字面含义。）这是个成长的故事，场景设置在贝斯克心中的城市里。

我喜欢《航天城》的一点是库尔特·贝斯克在封面上列出了所有合作者。他知道他们每个人对于最终结果有多么重要。每个元素都恰如其分，每位作者都尽其所能甚至还更多一点：亚历克斯·罗斯的封面为每一期漫画打下超级写实主义的超现实基础；布伦特·安德森的素描与威尔·布昌贝里的钢笔画技艺精湛，总能巧妙地服务于故事，毫不突兀，总能令人信服。亚历克斯·辛克莱的上色和约翰·罗塞尔的漫画艺术字都很熟练，而且不引人注意．是意思最好的那种不引人注意。

《航天城》，在库尔特·贝斯克及其合作者手中，成为了艺术，而且是好的艺术。它承认四色漫画英雄的力量，还创造了一种东西——可能是一个地方，或者是一种媒介，或者只是一种说话的语气——讲出了好的故事。总有空间让事情表达的意思比字面意思更多，这就《航天城》而言肯定没错。

我希望未来的很长一段时间都可以游览这里。

《蝙蝠侠：封面精选》①

　　我几乎从没写过蝙蝠侠，但他是把我吸引进入漫画的东西。我六岁的时候，父亲提到，在美国有个电视连续剧是蝙蝠侠。我问他演的是什么，他告诉我这个连续剧讲的是一个人与犯罪作斗争，同时穿得像个蝙蝠。然而我当时对于 bat 的唯一经验是板球球拍②，非常困惑一个人怎么才能穿得让人相信是那种东西。一年之后，这部连续剧开始在英国电视上播放，把我深深吸引，就好像有人拿鱼钩勾住了我的腮帮子那么牢靠。

　　我用自己的零花钱，买了蝙蝠侠老漫画的翻印平装本：黑白两版一页，画家是卢·塞尔·施瓦茨和迪克·施普朗，蝙蝠侠大战小丑、谜语人、企鹅与猫女（两者组成一本书）。我让爸爸给我买了《咔嚓！》，英国的一个漫画周刊，它的封面专题翻印的东西，我现在怀疑，一定是美国日报上的蝙蝠侠连环

---

① 本文为 2005 年《蝙蝠侠：封面精选》而写。这本书中都是上面有蝙蝠侠的漫画封面，也有几篇散文。在网上搜一下就能看到我在这里提到的那些封面。
——原注
② 蝙蝠与球拍英语都是 bat。

漫画。有一次我被人从本地书报摊上扔了出来——毫不夸张，店主把我拎出去放到了人行道上，因为我花了太长时间在一堆五十本美国漫画书里面一本一本检查，想要决定哪件蝙蝠侠商品能够接受我手里这几先令的祝福。（"不，等等！"他们把我拉走的时候，我还说，"我选好了！"但那已经太迟了。）

每次吸引我的都是封面。DC漫画的编辑是创造封面的艺术大师，那些封面提出好像没法解释的神秘问题。为什么蝙蝠侠被囚禁在巨大红色金属蝙蝠里，甚至连绿灯侠也没法把他救出来？黎明来临时罗宾会死吗？超人真的比闪电侠还快吗？故事总是以各自的方式令人失望——嘶嘶作响的问题总是比牛排一样的答案可口许多。

你永远不会忘记自己的第一次。就我而言，第一张蝙蝠侠封面画家是卡尔米内·因凡蒂诺，他笔下优雅的线条充满顽皮、机智与轻松，对于一个沉迷于电视连续剧的孩子来说，这是个舒适的出发点。文字集中的封面，全是人物关系——蝙蝠侠被拽到了两个人中间：看看毒藤女的第一次露面（她会毁掉蝙蝠侠和罗宾之间独特的友谊吗？当然不会。为什么我竟然会操心这种琐事呢？），看这里好像她刚刚从甜玉米罐头标签上逃出来。蝙蝠侠觉得她很可爱。罗宾毫不动心。这正是我作为小孩需要的那种蝙蝠侠封面。明亮色彩、给人安慰。

人类倾向于保守，不放弃自己喜欢的东西，小孩则是绝对保守：他们想要事情和上周一样，也就是世界一成不变的那个样子。我第一次看到尼尔·亚当斯的画作是在《英勇无畏》里（我以为这个故事名叫《……但博克能让你受伤》）。我读了这个故事，但并不确定喜不喜欢：漫画角度很奇怪，漆黑的颜色加上诡异的蓝色阴影，蝙蝠侠也不太像我认识的那个蝙蝠侠。他更瘦更古怪，感觉不太对。

不过，当我看到亚当斯为《哥特宅邸的恶魔》（《蝙蝠侠》第227期）画的封面时，我知道这很特别，很正确，世界从此永远改变。哥特文学的特色大多在于女主角，通常穿着睡衣，从巨大古老的房子中逃离，那房子顶层总有一间屋独自亮着灯，原因从没有人能解释清楚。这位女士逃跑的时候往往举着枝状大烛台。而这里，只有一位看起来很狡猾的邪恶乡绅追赶我们的女主角，后面还跟着我怀疑好像是两只狼。没有了罗宾，幽灵一样的蝙蝠侠不再吊在什么东西上。与此相反，他是一种灰色的存在，在画上盘旋：这个故事千真万确是哥特式的，它告诉我们，蝙蝠侠是一位哥特式的英雄，或者至少是个哥特式的生物。我那时可能只有十岁，但我一眼就能看出什么是哥特式。（虽然我那时不可能知道，亚当斯的封面故意效仿了《侦探漫画》31期，也是哥特传统的一部分——名为修道士的邪恶反派人物让读者想起"修道士"马修·刘易斯的小说《修道士》，还有，我几年之后才知道，这个故事重印成100页的超级巨刊时，故事里的修道士成了征服狼人的吸血鬼。或者也可能刚好相反，我读它的时间太久远了。我的确记得在结束时蝙蝠侠打开了修道士的棺材，用枪——这是我印象中蝙蝠侠唯一一次用枪——用银子弹射中了棺材里的修道士，因此我永远弄不清修道士究竟是狼人还是吸血鬼。）

到了我十二岁的时候，最喜欢的漫画是莱恩·魏因和伯尼·赖特森的《沼泽怪物》；我认为就是这部漫画让我想要长大以后写漫画。《沼泽怪物》第7期《蝙蝠之夜》，这部漫画把蝙蝠侠哥特式的形象印在我的脑海里。封面暗示了书中的内容，蝙蝠侠带着身后巨大的斗篷，冲向包着淤泥外壳的沼泽怪物，却莫名其妙地从一栋摩天大楼边上垂吊而下。这事情发生在人工照明的城市夜间，这种感觉几近真实。但让我充满感情地记得这个封面的东西实际上是在书中——伯尼画的蝙蝠侠没有现实主义的伪装。这和你能从亚当·韦斯特那里得到的东西完全相反：蝙蝠侠身后飘起的斗篷长到没法穿，得有十五英尺长？或者二十英尺长？也许五十？还有两耳直竖，就像魔鬼头上的角，比鲍勃·凯恩在《侦探漫画》31期封面上画的蝙蝠侠的耳朵还要长。赖特森的蝙蝠侠并不是人类——很显然：人走路的时候会踩到那么长的斗篷上，那种耳朵会把天花板都戳出洞来——他是夜晚的一部分；是一个抽象概念；是哥特式的。

蝙蝠侠概念最大的乐趣之一就是他并不是一个固定的东西，他包括了过去六十五年间曾经走过哥谭市街头的所有蝙蝠侠，因凡蒂诺优雅的蝙蝠侠，施普朗与施瓦茨大大的灰色童子军，弗兰克·米勒的黑暗骑士。他们都同样逼真、合理、真实。但在我心中，它是一种鬼魅一般的存在，一种直接出自哥特式浪漫小说的生物，对我来说，他将永远保持这种状态。

《鬼骨家族》：前言及后续的思考^①

I. 前言

我几乎从一开始就读《鬼骨家族》，在多伦多一次签售之后马克·阿斯克威思给了我头两期漫画。"你会喜欢这个的。"他说。我一直买《鬼骨家族》，直到我见到了杰夫·史密斯，他开始送杂志给我，我就不再买了，但我每个月都读，随时间流逝，直到最后它不再出版。

我甚至为《鬼骨家族：奔牛大赛》第二卷写过前言。（因为带有那篇前言的版本现在已经绝版十多年了，你可能没读过，如果读过你也已经忘记了，下面我就在这里转载一下。）

  读过赫尔曼·梅尔维尔的非凡小说《白鲸》的人一般有两种反应。

---

① 这篇文章是为《鬼骨家族及其他》所作，这是韦克斯纳中心2008年杰夫·史密斯和《鬼骨家族》展览的目录，包括1996年《奔牛大赛》的原版前言。——原注

有的人对航海冒险故事和庞杂、令人着迷、目瞪口呆的旅行见闻有所反应，但他们会匆匆忙忙掠过梅尔维尔那些题为比如《抹香鲸脑袋——对照观》的章节；还有人发现自己痴迷于梅尔维尔对于捕鲸细节和鲸鱼面相学的重新讲述，以及裴廓德号上狂风猛袭、双手染血、勉强运转的生活中所有奇特、试验性的层次，但对亚哈船长和莫比·迪克（为什么在本书标题中莫比-迪克中间用的是连字符，而说到鲸鱼名字时就不用连字符，这是个无人理解的秘密）的故事几乎无法忍受。

我第一次读《白鲸》的时候还是个十岁的男孩，读它是为了那些刺激的片段（读完之后坚信它可以改成极好的漫画；然后我记得，在大概同样的年纪，我同样读完了《所罗门王的宝藏》，绝对确定它可以改成华丽的音乐剧。回想起来，我那时一定是个奇怪的孩子）。最近，作为一个上了年纪的三十三岁绅士，我重读了《白鲸》，原因是杰夫·史密斯的怂恿和一两次长途飞行，我发现我享受它的全部：伟大而驼背畸形的鲸鱼，身侧还插着上次冲破渔网时断裂的桅杆。

这在某种程度上与阅读《鬼骨家族》的经历相似。当我第一次读到这里的那些故事，我最看重的部分是那些闪闪发光的精心设计：蠢蠢笨笨的鼠形生物，寻找蜂蜜，奔牛大赛，丰丰骨（Fone Bone）的那些令人心碎的诚挚的情诗。这些东西是《鬼骨家族》易懂的层次，人们立刻就能理解。我要到第二次阅读时——值得注意的是，我一口气读了全部六期——才开始欣赏那些精妙的背景，有关索恩童年的梦幻微妙的暗示，强加于无辜之人身上的巨大力量所给人的感觉。

《鬼骨家族》长饮第一口有一些沃尔特·凯利的香气，还有一种清爽的查克·琼斯风味。然而，第二小口才会回味无穷。那时候你会意识到其中有更多的东西：一点托尔金，一抹马洛里，甚至还有一丁点格林兄弟……

向我介绍《鬼骨家族》的是马克·阿斯克威思，（我赌上自己的性命，在这里向广大读者揭示一个大秘密）他是个无处不在的神秘人。他给我最初几本《鬼骨家族》漫画的时候，我正在多伦多接受采访，参加的电视节目是马克制作的《重力犯人》，很遗憾这个节目没有了。我在机场候机室读了它们，一边读一边大笑，呲牙咧嘴，由衷赞美。从那时起，我对它的创作者和出版者的钦佩有增无减。

杰夫·史密斯比漫画界几乎所有人都更能掌握笑话的节奏（唯一能向他挑战的人是才华横溢的戴夫·西姆）；他的对话令人愉快，我爱上了他笔下所有人物，更不用说动物、反面角色，甚至连虫子也爱。这部选集是第二部，包含你会喜欢的很多独特瞬间（我并不认识你却说出这样的话，也许是滥用了我们之间的前言作者和潜在读者之间的关系，尽管如此我还是敢说我是对的），还有，我再复述一下，它能经得起反复重读。

《鬼骨家族》的背景是想象的背景。"它并不存在于任何地图上，"正如梅尔维尔提到科科伏柯岛时所说的那样，"真实的地方永远不在地图上。"

《鬼骨家族》的世界是真实的地方。地图只是拼图的另外一块……

至此，我把你交给杰夫·史密斯。他的能力值得信任。我不会相信其他任何人可以精心安排一场奔牛比赛；也许除了赫尔曼·梅尔维尔，但就算是他写出来的也绝不会这么有趣。

尼尔·盖曼，1995 年

II. 后续的思考

好了。以上就是我十四年前写下这篇的时候想到的事情。很高兴我可以说，虽有后见之明，这篇文章里我没有什么东西想要撤回或者修改。

不过，随着这部漫画的发展，我开始想念早先的几期——用伍迪·艾伦的话来说，"早期那些有趣的东西"。我想念那些搞笑场景，节奏完美的笑话，奔牛比赛，胡打乱闹。《鬼骨家族》好像转型成为了冒险漫画，这种变化我并不完全服气。

现在重读《鬼骨家族》，它已经完结，集成一册，让我印象深刻的主要是我之前阅读时错得多么严重，杰夫·史密斯多么正确，它一直是一个整体，这点多么毫无疑问，虽然是一个充满张力的整体——我怀疑，正是这种张力帮助《鬼骨家族》成为它当初的模样。

制作长篇漫画故事的经济模式基于这样一个理论，创作者每天（也许）能创作一页，同时也需要吃饭。所以要提供食物和住处，要么是出版商（为更长的作品）付一笔可观的预支，或者更常见的是，通过把故事分期连载出版而定期支付薪水。所以正常的模式——也就是《鬼骨家族》使用的方式——是差不多每个月出版一期漫画，大概二十页。然后这些漫画被汇集起来，大约每年出版一本书籍长度的合集，因此食物会有的，住处也会有，就成功的漫画而言，甚至还会有衣服和鞋。

因此对于作家或者作家暨画家来说，挑战在于创造一种适合分期连载的东西，同时也要适合成为整体的一部分。在大约每月一次的故事里，你需要概括一个上次出现是在四年之前的人物的信息，或者概括一段重要情节，或者只是提醒读者一个月之前读的故事里发生了些什么。（在读者的生活中，一个月可以发生很多事情。）你需要给读者提供独立完整的片段和前因后果，以及成功的情节展开，最重要的是，你需要让读者觉得他们在这一期连载作品上花这些真金白银是件合情合理的事情。

狄更斯也有同样的问题。

但你创作的每月连载最终将被作为整体阅读。在某一期开头的概要重述可能已经完全摆脱了你这样做的时机。整个故事的节奏——就《鬼骨家族》而言，故事跨度超过一千页——和各部分故事集的节奏，以及每月漫画的节奏有不同的要求和不同的需要。

这一点在《鬼骨家族》故事集前几章最为明显，那是沃尔特·凯利影响达到顶峰的时候，最需要杰夫·史密斯做的是使得这一作品浅显易懂，让众人合作，节奏感觉偶尔会更像报纸周日插页，而不像是连载漫画。故事成了，或者好像成了，第二位的。

作为杂志读者，一次一期地读这本书，在故事难懂的时候，我会怀念开头几年的那种风格。我想念杰夫·史密斯，他可以"比几乎所有人都更能掌握笑话的节奏"，因为笑话越来越少，间隔越来越远。我怀疑这部漫画的性格改变了，我担心从沃尔特·凯利和卡尔·巴克斯到类似托尔金的突然转变让整件事失去平衡。

就像我说过那样，我错了，在内心深处，我知道这一点，但直到我重读整部《鬼骨家族》，我才明白自己错得有多离谱。

鬼骨家族本身并非常人。他们卷入这个故事，就好像史高治叔叔、唐老鸭和三只小鸭穿过一片山脉，发现自己来到了奇幻世界一样。他们好像穿越时空而来，明显与他们身处其中的世界毫不相干——好像是二十世纪的生物出现在了奇幻世界的中世纪。我怀疑，正是这里创造出了叙事张力。在条理分明的卡尔·巴克斯风格的故事叙述中，鬼骨家族这样的生物居住在我们这样的世界，然后从我们的世界游荡到另一个更为古老的世界——沙漠的阻隔、迷雾笼罩的山谷、几乎无法通过的山脉，这些就是挡在我们和奥兹国或者失落的世界之间的东西。他们进行冒险，让事情向好的方向发展，然后跨越障碍回到自己的世界。

可是，他们进入的这个世界比他们——或者我们——一开始的感觉更加复杂。好像只是为了喜剧效果而引入的人物有庞大的背景故事，直到《鬼骨家族》整个故事开始感觉像是冰山一角，或者某个庞然大物的一端。《鬼骨家族》的乐趣在于杰夫·史密斯比我们知道得更多。《鬼骨家族》的事件由早已过去的事情推动。好笑的旅店老板卢修斯与本奶奶（Granma Ben）有段故事。本奶奶同时是罗丝女王。带兜帽的人是她的姐姐布里亚尔。布里亚尔、卢修斯和罗丝之间的三角恋爱是故事情节的推动力之一。不过，即使他们的情节好像也是蝗虫精与龙故事的附录，好像情节是一系列俄罗斯套娃，但自相矛盾的是，每一个都比外面包的那一个还要大一点点。每个人类角色都有巨大的变化，我们对他们的看法是这样，他们与自己的过去妥协，完成已经开始的故事的方式也是这样。

鬼骨家族三兄弟几乎没变，并不比巴克斯笔下的鸭子有过各种经历之后改变的更多。骗骗（Phoney）是个贪婪的家伙，他的计划会事与愿违，笑笑（Smiley）总是很单纯、好心肠，容易被忽悠。丰丰经历各种磨难，包括悲伤心碎，还把一块蝗虫碎片放进了自己的灵魂里，但即使是他，离开故事的时候也和入场时差不多。更加深沉，但依然如故。学到的教训很容易忘记。如果杰夫·史密斯让鬼骨家族三兄弟去进行另一次冒险，根据他们持有的那种类型规则，也完全合乎逻辑，虽然可能有降低第一个故事冲击力的影响，就是鬼骨家族和哈维斯塔家族的故事。鬼骨家族是卡通人物（这提醒我们，在阅读彩色版《鬼骨家族》时会发现他们颜色单一时效果最好，就好像他们格外真实。在所有其他东西上效果都很好的阴影好像会削弱他们的存在感，迫使我们认为那圆的笔触会显得过于逼真，比如卢修斯的形象。）

鬼骨家族充当了一座桥梁，连接起连载的漫画和完整的《鬼骨家族》。他们的作用是喜剧性调剂，是次要情节，是"片段"，让也许并未意识到其意义的读者立刻就能理解到，有东西真的是很多年以前就埋下了伏笔。但最重要的是，他们给我们带来了叙事张力。他们让情节动起来（毕竟，没有骗骗的气球，所有一切可能永远都不会发生），他们让我们关心、让我们逐渐了解剧情，如果杰夫·史密斯只给我们讲索恩的故事，我们永远也不会关心和了解。他们解决了一个庞大而完整的故事的问题，还有一个个分期连载故事的问题。

每一幅漫画，每一期杂志，我一直知道杰夫·史密斯有多好。然而，意识到经过这么长的时间他终于证明自己是大师，仍然让人特别高兴。

杰克·柯比：漫画之王①

　　我从不认识杰克·柯比，这让我写这篇前言的资格比其他人（大概有一千个）都差。

　　我见过杰克本人，只有一次，在宾馆大厅的另一头，和我的出版商谈话。我想过去求介绍，但我在赶飞机，而且我以为，总会有下一次。

　　没有下一次了，我没能认识杰克·柯比。

　　不过，我知道他的作品，大概和我会看书的时间一样长，在进口的美国漫画或者我从小到大看的英国重印双色版上都读到过。

　　他和斯坦·李一起创作了最早的X战警、神奇四侠（还有我们从此拥有的一切，异人族、银影侠等）、雷神托尔（我自己对于神话的痴迷很可能就始于这里）。

　　然后，我十一二岁的时候，柯比进入了我的意识，超越了

---

① 2008年马克·伊万尼尔《柯比：漫画之王》的前言。——原注

"笑嘻嘻的斯坦和乐呵呵的杰克"的那一半。我正在读的DC漫画书上有他们自家的广告，上面告诉我柯比来了。他来是为了……《吉米·奥尔森》。这好像是柯比最不可能接手的题目。但他的确接手了《吉米·奥尔森》，我很快就开心地在各种不可能的概念的旋涡中挣扎，那是通往一整个新世界的大门。

柯比的第四世界让我的脑袋翻了个底朝天。那是一部规模宏大的宇宙戏剧，主要在地球上演，漫画的主演（除了其他东西）包括一群宇宙嬉皮士，一位表演脱身术的超级魔术师，还有受人瞩目的一整群强大的新神。1973年真是看漫画的大好时机。

每当想起杰克·柯比的时候，我就会想起伊基·波普和傀儡乐队1973年专辑的标题，那张专辑叫作《原始力量》，那正是杰克拥有的力量，而且拥有的方式空前绝后。那股力量纯洁无瑕，就像把毛衣针插进电源插座。那种力量被杰克用黑点和波浪线召唤出来，转化为能量、火焰或是宇宙裂隙。常有人模仿（就像杰克所做的每件事情一样），但没人能完全成功。

杰克·柯比创造了漫画语言的一部分，还有超级英雄漫画语言的大半。他拿起歌舞杂耍，把它变成歌剧。他拿起静态的媒体，给它带来动感。在柯比的漫画中，人都是动的，所有东西都是动的。杰克·柯比让漫画动起来，让它们飞行、坠毁和爆炸。他还创造了……

他会吸收想法和概念，然后在此之上继续建造。他会重新发明，重新想象，创造。他用以前没人见过的整幅布匹创造出越来越多的东西。人物、世界与宇宙，巨大的外星机器与文明。甚至当把别人的想法给他，他也能把它改造成难以置信的新东西，就像让他去修一台吸尘器，而他却把它变成了一个能用的喷气背包。

（读者喜欢这个。后人也喜欢这个。但当时，出版商却为他们的吸尘器而悲伤。）

一页又一页，概念连着概念。最重要的东西是作品，而他的作品从未停歇。

我喜欢第四世界的作品，也同样喜爱它后面的东西——杰克的魔法恐怖漫画《恶魔》；他对《决战猩球》（一部他没有看过的电影）的重新想象，也就是《卡曼迪：地球最后的男孩》；令我惊讶的是，我甚至喜爱那部二战漫画《败者为王》（因为我不看战争漫画，但杰克·柯比走到哪儿我就跟到哪儿）。我喜欢《OMAC：一个人的军团》。我甚至喜欢《睡魔》——乔·西蒙写的儿童故事，杰克画了第一期，它最终对我后来的人生产生了也许大到不成比例的影响。

柯比的想象无边无际又无法效仿。他画出超乎想象的人类、机器、城市与世界——至少超出我的想象。它宏伟巨大，壮丽动人。但回想起来，吸引我的一直是讲故事的方式，与宏大的想象和不可能的世界相比，柯比最爱描画的是小小的人类瞬间。主要是那些柔软的瞬间。人们彼此善待，伸出手来互相帮助的瞬间。每个柯比的粉丝，在我看来，至少记得他写的一个故事，并不是因为故事令人惊叹，而是因为令人感动。

我没能认识杰克·柯比。不认识他本人。我真希望当时我能走过那间屋子，和他握手，最重要的是，对他说声谢谢。但柯比对我的影响，和柯比对漫画的影响一样，已经无法改变，用黑暗能量点与原始力量的闪电噼噼啪啪地写在群星之间，实话说，这才是唯一重要的事。

尼尔·盖曼
2007年9月于伦敦

又及：在一个完美的宇宙里，你可以在巨大的柯比博物馆里走一走，凝视柯比的原画还有柯比画作的彩色印刷版，马克·伊万尼尔会在你身边散步，和你谈谈你正在看的东西，它是什么，杰克什么时候怎么画的，还有为什么，因为马克聪明有趣，而且是你能找到的最了解情况的导游。他知道各种事情。这个世界并不完美，那个博物馆也不存在，现在还没有，所以你只能将就着在纸上阅读马克·伊万尼尔了。

《西蒙和柯比的超级英雄》[1]

　　我以前写过杰克·柯比，讲他的美术作品和讲故事风格如何生动有力。他是使得漫画成为今天这个样子的一位重要人物。他是二十世纪最有活力，最能创新，最富创造力的（如果我们只说数量，不说质量，考虑到杰克和别人共同创作的一长串重要漫画人物，他仍是个巨头）漫画家。

　　这不容置疑。千真万确。在这本书中，你会看到西蒙与柯比的美妙作品：你会看到杰克的画作从二十世纪四十年代他所做的那种流动有力的作品，转变为更接近于他后来"柯比式"风格的东西：下巴上有更多皱纹，人体解剖与表现事物的方式有更多个人特色。你同样会看到一些由其他人协助的画作：特别是迪特科的作品赏心悦目（我确定自己能在丛书《绝技人》的故事里看出几张迪特科的素描和杰克的混在一起）。

　　杰克·柯比名声在外。这并不是我想写这篇前言的理由。

---

① 2010年《西蒙和柯比的超级英雄》的前言。——原注

这是我写写乔·西蒙的机会。我从未见过乔·西蒙，但他成为我生命的一部分已有超过四十年了。有时我很想知道，如果不是因为乔·西蒙，我今天会是什么样的人。

毕竟，乔·西蒙写了《睡魔》。首先他和杰克重塑了戴防毒面具的神秘暗夜复仇者（虽然给他穿上黄紫相间的紧身衣，并且给他一个孩子当助手的人并不是他们，但是他们让这种设定成为现实）。然后，三十年之后，乔·西蒙又把睡魔带了回来。他和杰克·柯比多年以来第一次而且唯一一次合作。转生于梦川的睡魔，除了名字之外和前世毫无共同之处；他是时间之外的永恒存在，与噩梦布吕泰和格洛布一起，把一个名叫杰德的小男孩从噩梦与导致噩梦的东西中拯救出来。我在伦敦南部一个漫画经销商那里买了一本《睡魔》第一期，放进包里，开始好奇这个穿着红黄衣服的奇怪人物是谁。对我来说，乔没有解释的东西和他解释了的东西一样影响巨大。

将近二十年之后，我也会写《睡魔》。

乔·西蒙（他创作了美国队长还有其他那么多角色）做的事情总是比仅仅写漫画更多，但乔·西蒙仍是一位非比寻常的漫画作家。在二十世纪四十年代他的全盛时期，他写的漫画总是强大有力，总是充满能量与疯狂，故事就是永远不停地发展。它们充满高于生活的人物，还有古怪的漫画反派。它们都是纯粹的故事，充满乔·西蒙自身的能量，这与其他任何人都不同。而且它们往往很有趣，虽然也有倾向性。

六七十年代他为DC漫画做的工作不多：他写了《人偶极客》，故事讲的是一个裁缝的服装模型有了生命，成了嬉皮士，还被发射到太空中，还有《总统》，这部漫画写的是美国第一位十来岁的总统。它们都是由杰里·格兰德内蒂画的。我只写过一期《沼泽怪物》，这一期里我让人偶极客重回地球。后来，和画家迈克尔·奥尔雷德合作，我重新讲述了总统的故事，从《总统》第一期开始，就好像它是一部对观福音书。我喜欢摆弄乔·西蒙的玩具。我为DC漫画编写的最初一个项目是重新出版《少年突击队》，为它赋予1987年的风格，这又是一部二十世纪四十年代西蒙与柯比的伟大漫画。

但以上这些都不是能改变我人生的东西。改变我的是《睡魔》。这始于二十世纪七十年代西蒙与柯比的睡魔——我想知道如果你稍微更认真一点对待他会发生什么，想知道为什么他穿成那样，沙子有什么用处，他在别人的梦里是不是看起来不一样。我把自己的想法说给当时在英国的DC漫画前任总编詹妮特·卡恩和编辑卡伦·伯杰，几个月之后，他们邀请我写一部按月连载的《睡魔》漫画，但要把我对乔的作品的想法作为出发点写些其他的东西（因为作家罗伊·托马斯会使用西蒙与柯比的睡魔写他自己的故事）。这改变了我的人生，我感激乔·西蒙。

我认为西蒙的故事吸引我的地方在于，它们与其他所有人的故事多么不同，多么充满活力。他创作出古怪的反派人物：一部分是卡通，一部分是讽刺漫画，还有一部分体现了他想要讲述的不管什么东西。虽然漫画创作趋向于现实主义，乔·西蒙却朝着相反的方向行进，创造出他自己的现实。我最喜欢的一位二十世纪早期美国作家是哈利·斯蒂芬·基勒，他是一位悬疑推理小说作家，写的故事在情节、对话和地理方面，和其他人完全不一样。当时他因此被人嘲笑，但现在他的作品却获得了整理成册，并且一直被人记得，而与他同时代的人很多都已经被人遗忘。他是位古怪的作家。乔·西蒙设计的情节比基勒更有效，但，就像基勒一样，他写的故事没有别人写得出来，它们在人们记忆里与心中萦绕。

乔·西蒙作品的古怪正是它的力量来源。

乔·西蒙的故事——还有你将在本书中读到的西蒙与柯比合作的故事——从不假装是其他人的画作和故事。它们自始至终或者几乎总是持续运动：开始时有什么事情发生，然后事情一件件堆积，只有到了最后一幅用未来漫画，故事才会结束，或者是倒数第二幅，留下最后一幅用来揭示和解释，情节完毕几乎像是事后反思，但是在停止之前，他们一直飞驰向前。

在这里你会一次又一次看到这个模式。你会看到原本不应该成功的故事和人物，更确切地说，在其他任何人笔下都不会成功的故事和人物，美梦一样得偿所愿。

杰克·柯比无与伦比，西蒙柯比组合无与伦比。

这是热爱漫画的人们都知道的事。

但你知道吗？再也没有第二个乔·西蒙了。

75年的闪灵侠[①]

我买的第一本闪灵侠漫画是哈维漫画的《闪灵侠》第二期。我是从艾伦·奥斯汀的商店买的，这其实并不是个商店，而是伦敦南部某处的一间地下室，偶尔开门营业，在1975年那种根本没有漫画书店的远古年代。

那是学期最后一天。我没有做学期最后一天应该做的那些所有的事情，而是和朋友戴夫·迪克森一起偷偷溜出学校，坐上公共汽车去了伦敦南部。戴夫比我矮不少，而且最近脚受伤了。（我已经有十五年没给任何人讲这个故事了。但在我还给别人讲的时候，如果戴夫在附近，他会早早跳进来，故事刚开头就告诉大家他脚受伤了。所以他们都知道这个。）去商店的路上我们被打劫了，非常严重。严重可能并不完全是我想用的词。也许无能更为贴近事实。抢劫犯只比我们大一点点，皮包骨头，极其紧张。他慢吞吞地跟在我们后面走。

------

① 本文是1996年芝加哥漫展我对威尔·艾斯纳的"垃圾桶"致辞。——原注

"喂！"他喊道。我们继续往前走。

"喂！"他又说一遍。我们离他越来越远。他跑到我们旁边大喊："嘿！我兜里有刀。把钱交出来。"

我上下看了看他，作为一个拒绝被人镇住的十四岁男孩，傲慢地对他说："你兜里没有刀。"

"我有的。"

"你没有。"

"有。"

"你兜里没有刀。"我的意思是，他没有刀。我几乎确定他根本没有刀。

"我有。"

"你才没有。给我看看。如果你有刀，就拿出来看看。"

我开始猜想自己就要赢得这么一次争论。不管怎么说，他说："听着，不管我兜里有刀还是没刀，都把钱交出来。"

"不。"

"为什么不交？"

"因为，"我直截了当地说，"这是我的钱。不是你的。现在一边去。"

他好像准备离开了，这时吓得半死的戴夫·迪克森（还记得吗，他的脚受伤了），结结巴巴地说出了他在整个抢劫过程中的第一句话。他说："你想要多少？"

我们的抢劫犯转回来看着我，说："你们有多少？"

我想了想。我身上有四十英镑：这是我整个学期省下来的钱，就是为了学期末这次买漫画的狂欢。这比我十四岁的生活里任何时候身上带的钱都多。（大概可以相当于1975年的一百美元。）

"我有二十便士，"我不情愿地告诉他，"但我需要十便士坐车回家。"

"那就给我十便士。"抢劫犯说。

于是我给他十便士，他就走了。"你可没帮大忙啊。"我对戴夫说。

"我腿受伤了，"他说，"所以我可跑不掉。你当然没问题。你可以跑掉啊。"

等我们到了地下室漫画书店，它没开门。我们一直敲到开门。

"走走走，"艾伦·奥斯汀说，"我们关门了。"

"但是，"我说，"我们大老远从克罗伊登来这儿的，还遇上了抢劫，我身上带了攒了一整个学期的钱。"

我觉得是抢劫事件打动了他，而不是钱。不管怎么说，他们让我们进去了。我买了很多老漫画，但现在能想起来的只有《睡魔》第一期，《怪物》第一期和《闪灵侠》第二期。我们在回家途中公共汽车上就看完了。我认为《闪灵侠》是全世界最酷的东西。

"我是巴黎的普拉斯特，蒙马特区我声誉高，我忠于朋友，至死不渝。"这就是那里面的一个故事。我根本没想到我读的故事是三十多年前的漫画的重印版。在我看来，它们和我读过的所有东西一样新颖现代。

我一直以来都想成为漫画作家，但现在我决定，长大以后我还想做漫画画家，为了庆祝这个决定，我画了一张闪灵侠，是他衬衫撕开的形象。我把画寄去了《漫画无限》，这是一本英国爱好者杂志，编辑就是同一位地下室漫画书店店主艾伦·奥斯汀。那幅画被寄了回来，还有艾伦的一封信，告诉我他们近期提高了同人画作的标准，现在他们有让–丹尼尔·布雷克这样的人为他们画画，很遗憾我那张画不能出版。我最终决定长大以后还是不做漫画画家了。

十七岁的时候我不再买漫画。我想要读的东西在漫画里再也找不到了；我变得很爱抱怨这种媒介。但闪灵侠除外。我依然阅读和购买再版的《闪灵侠》——过去沃伦公司的和现在厨房水槽出版的。故事从未失去吸引力，阅读它们的乐趣从未褪色。（几年之后，作为年轻记者，我非常嫉妒我学生时代的朋友杰夫·诺特金，因为他在纽约视觉艺术学院学习，接受威尔·艾斯纳本人指导。这简直太不公平了，就好像是上帝来指导你的《圣经》学习小组。）

然后时光荏苒，突然之间，我也写漫画了。

自从成了写漫画的人，我在很多场合都能遇到威尔，全世界都有可能：在德国、圣地亚哥、达拉斯还有西班牙。

我记得有次看威尔在德国接受一项终身成就奖，激动地看到一千人起立鼓掌直到手疼也仍然鼓掌，威尔看起来很谦虚又有点尴尬，安·艾斯纳笑开了花。

我们上次见面是在西班牙的北部海岸，世界融化在一种温暖的秋季薄雾之中。我们几乎有一周时间都待在一起，威尔和安，海梅和科科·埃尔南德斯，还有我，紧密结合的一小群不说西班牙语的人。一天，安、威尔和我沿着海边一直走。我们走了几英里，讨论漫画，讨论媒介，媒介的历史，漫画的未来，闪灵侠，还有威尔认识的人。这像是对我们所热爱的漫画这种媒介的一次导览旅行。我发现自己希望，等我到了威尔的年纪，还能像他那么尖锐，那么聪明，那么有趣。

在散步的时候，我告诉威尔，甚至在我不再看漫画之后，我还会读《闪灵侠》，还告诉他，正是他笔下闪灵侠的故事让我想要写漫画；还有睡魔，就像闪灵侠一样，被我想象成讲故事的机器。

但我没告诉他，一幅闪灵侠的画作让我同时开始和结束了同人画家的职业生涯。我也从未告诉他，在去买第一本《闪灵侠》的路上，我被人抢劫得多么严重。

《闪灵侠精选集》①

　　让我来写威尔·艾斯纳既不简单也不惬意。因为他太重要了，为这篇前言做笔记让我想起我多么怀念我的朋友威尔·艾斯纳，重读这本书里的故事也让我想起我怀念的威尔·艾斯纳——一位故事作家、能工巧匠、梦想家与艺术家。如果想公然颂扬威尔·艾斯纳部分作品，这篇文章可能是个错误的开始，尽管如此，这篇文章里说的也仍然是真的赞扬。

　　威尔·艾斯纳去世时，他已经得到了全世界的钦佩与崇敬，就像他受到我们的钦佩与崇敬那样。他是位师长，也是位创新者。他一出发就领先得太远，全世界其他人真的花了六十年才追上来。

　　威尔的一生是美国漫画史的缩影。他是第一批最开始开办工作室制作商业漫画书的人之一，但当他同时代的人梦想走出漫画贫民窟，进入更加有利可图而且值得尊重的地方（也许是广告，或者插画，或者甚至纯艺术）的时候，威尔却没有欲望

---

① 2005年我为威尔·艾斯纳《闪灵侠精选集》写的前言。——原注

逃跑。他一直试图创造一种艺术形式。

威尔究竟是不是第一个创造出"图像小说"这个词来描述他的短篇故事集《上帝的契约》的人，今天仍有争议，正是这部故事集拉开了威尔创作生涯的第三幕。威尔在二十世纪四十年代对闪灵侠故事所做的工作，或者威尔在他整个创作生涯中对漫画世界的影响，以及他的故事所产生的影响，争议就少很多。

在这里我要自告奋勇说一说：我买第一本《闪灵侠》是在1975年，在伦敦南部一家地下室漫画书店。当我看到它挂在墙上的时候我就知道，不管它是什么，我都想要。那时候我可能大约十四岁。那是哈维漫画出版的《闪灵侠》第二期（也是最后一期）的重印版，在回家的火车上一直看它，我一点也没想到我所读的故事那时候已经有三十年历史了。因为它们比我在其他漫画中看到的任何东西都更新鲜更聪明——故事只有七页，不知怎么成功地省略了故事之外的所有事情，同时讲述了有关美女与不幸的男人之间奇妙的故事、人类的不可靠、偶然的救赎。闪灵侠在故事之中漫步，时而困惑不解，经常被暴打，他就像是戴着面具与帽子的麦古芬[①]。

我那时深爱《闪灵侠》。我喜欢威尔所做的选择，喜欢他的信心，喜欢他将图画和故事融为一体的方式。我读了那些故事之后也想创作漫画。

两三年之后我不再看漫画，作为一个十六岁的少年，已经对漫画这种媒介感到足够的失望和幻灭。但即使那时，我仍然

---

① 麦古芬（McGuffin），电影术语，指的是可以推动剧情发展的物件、人物等。

继续看《闪灵侠》——我会去伦敦，买回厨房水槽公司的重印本，还有沃伦公司的重印本，带着纯粹的愉悦阅读。到了二十五岁的时候，我决定此时应该学习怎样创作漫画，就出去买了威尔·艾斯纳的《漫画和分镜头艺术》来仔细研读，就像犹太教学生学习《律法书》。

二十年后，我成了有身份的成年人，威尔·艾斯纳的《闪灵侠》让我记得最初我为什么想创作漫画。

《闪灵侠》的乐趣，一旦这部漫画成为它应该有的样子，差不多也就是艾斯纳1945年从战争中归来，重新掌控这部漫画时起（当时作为报纸的周日增刊出版，这种途径使得艾斯纳，这位一直以来非常精明的生意人，可以拥有创造性的掌控权和所有权，这是当时他在报摊上永远也得不到的），就并不在于文字，也不在于绘画，而是在于故事讲述的流畅性、其中洋溢的才华以及试验不同讲述方式的意愿。在七页纸上——通常不到六十幅画面——艾斯纳可以建构一个比得上欧·亨利的短篇故事，内容滑稽或者悲惨，伤感或者冷酷，又或者只是古怪。这些作品是无与伦比的漫画，既不在于文字，也不在于绘画，而是在于文字与绘画交汇、互相注解，彼此加强之处。艾斯纳的故事受到电影、戏剧与广播的影响，但最终仍是它们自己的媒介，是一个认为漫画是一种艺术形式的人所创作的作品，而且他的观点没错——但如果他没有创造出如此大量可靠的作品，包括《闪灵侠》以及他从1976年直到去世之前的作品，如果他没有在创作的过程中同时教学与影响其他人，也许就不那么有说服力。

阅读《闪灵侠》很大一部分乐趣在于看艾斯纳发明和发现

讲故事的新方法——在一部作品中使用空白和画面代表自由与束缚，在另一部用对称的两幅画面，第三部又使用杀人犯的视角。本书之中的故事，除了令人惊奇与愉快之外，还是一种教你如何用漫画形式讲故事的典范。"动作、悬疑、冒险"——《闪灵侠》每一期页面右上角的画面都这样告诉我们，而在这三者之上，你还可以加上幽默、诡计、哀婉、智慧，还有漫画中最美丽（也最危险）的女人。

在图像小说——有影响有价值的漫画的大厚本合集——这一概念变得广为流传广泛接受的时代，书店、图书管理员和普通人都想知道什么是重要的图像小说，想知道他们的书架上有哪些书是必不可少的。毕竟有些书在任何典型图像小说收藏中都不应该遗漏——比如说《鼠族》《守望者》《吉米·科瑞根》，还有《鬼骨家族》。我想要建议，《闪灵侠精选集》也应该加入那个集合之中，并且在那些书架上保留一个位置，因为这本书是一个很好的例子，它证明了威尔·艾斯纳年轻时的创作能力。战后的《闪灵侠》是大师之作，在严格意义上说——这部作品标志着一个年轻的工匠现在已经成了技艺大师。

如果你欣赏这些故事，我很高兴地说，类似的故事在这本书里还有非常非常多。DC漫画一直在出版发行《闪灵侠档案》，到现在已经好几年了，你手中这本书里面的材料就是从那些书中选取的：有些早期的故事提供了背景，有些故事和艾斯纳其他的闪灵侠故事一样好，一样有趣，一样激动人心。如果你寻找的是"动作、悬疑、冒险"，更不必说其他的元素，基本上这本书就是能找到的最好的东西。

威尔·艾斯纳：纽约故事[①]

    重读组成本书的这四部原创图像小说，我原本准备变得多愁善感，但却惊奇地发现这些故事有这么多地方如此冷酷无情。这些故事和城市一样冷酷无情、漠不关心。两位服装厂工人和一个婴儿死于火灾；一个水龙头被堵死了，它是一位移民唯一的水源；一位老妇人遭到抢劫，旁观者除了嘲笑什么都没干；报纸上的错字毁掉了一个人的生活。这里有多愁善感，没错，因为多愁善感是作为人类的一部分，如果观察人性却把它省略会非常愚蠢（狄更斯当然不会漏掉），威尔·艾斯纳绝对是一位卓越的观察者，但这里的确有一些多愁善感。

    艾斯纳本人在《城市居民笔记》的故事里隐约可见，他在城市中画画、观察、走来走去。你对这个人了解不多，因为他的面貌隐秘，所以我会从我自己头脑中的笔记本中抽取一些碎片，作为介绍。

[①] 2006 年我为《威尔·艾斯纳的纽约：大城市的生活》写的前言。——原注

我第一次见到威尔的时候，他早已超过了大多数人退休的年纪，然而他一点都不显老——并不是说他走路的样子（坚定而毫不费力），而是说他思考的方式，他笑的样子，或者他对待其他人的方式。你不会意识到威尔从一开始就从事漫画，简直能追溯到创世纪，只有在和他讨论一些新问题，能够永远改变漫画世界运行方式的想法的时候，你才会想起。"我们1942年试验那个的时候……"他会这样说，告诉我们那时候是否成功，以及为什么它逐渐废弃。

威尔·艾斯纳的职业生涯可以说是一部三幕的戏剧。在第一幕中，就像记录在威尔半自传性质的影射之作《梦想家》中那样，他是一个相信漫画这种媒介的人，他写作和绘画的漫画非常优秀，特别是《闪灵侠》，也许是同类之中最精致、始终最有雄心壮志的创作，他创造了一种商业模式，使得他能够保留作品与创作的所有权；第二幕里，威尔·艾斯纳离开了漫画，当时漫画的未来好像黯淡无光，刊登闪灵侠的报纸副刊持续萎缩，给大人看的漫画好像不可能存在，所以威尔离开了，利用他对漫画的知识为美军创作了《PS》杂志，这是一本武器检修杂志，主要是教育成人的漫画，开头二十年都是他画的。第三幕包括一整个职业生涯，在一个大多数人计划退休的年龄，始于短篇故事集《上帝的契约》。艾斯纳著作等身，不同寻常，创作生涯跨越了六十多年时间，思路清晰一如既往。

威尔·艾斯纳和蔼友善，温文尔雅，平易近人，善于鼓舞人心，然而内心坚强似铁。他注重实际，了解人类意志薄弱容易犯错，但他也拥有宽宏大量的心灵。在他职业生涯第三段的作品中，艾斯纳证明自己是一位美国小说家，就像雷·布拉德伯里，就像欧·亨利，是毫不掩饰的平民主义者，为平民创作故事，虽然他们并不阅读这些故事，暂时还没读。

把本书中的故事看作对大城市、对纽约的情人节礼物，有些简单，也并不诚实。然而，如果的确如此，那它们是非常特别的情人节礼物——尚未实现的欲望、未曾邂逅的爱情、已然逃脱以及难以逃脱的命运，还有人——伤痕累累的人，满怀希望或者绝望地走在通往坟墓的道路上，有人相濡以沫，有人踽踽独行，一切都联系在一起。

《大城市》是一系列小品文，小短剧，有些无声，有些不是；有些是故事，有些只是片段。艾斯纳创作了本书中大部分画作，同时还在纽约视觉艺术学院任教，这些故事讲述的方式里很多地方有教师的眼光，特别是那些小小说。艾斯纳对无声故事的掌握显而易见。在使用对话的时候，常常用粗线条绘出，卡通语言一个字都不浪费，但他对纽约人说话方式的节奏的把握引人注目。有时，重新阅读这些故事，我会想起半个多世纪以前朱尔斯·菲弗曾是艾斯纳的助手："干活去，查理。"《垃圾》中的妻子一直重复这句话，却将查理的帽子连同所有希望、梦想与青春岁月一起扔掉。查理说："我感觉不太好。我累了，脚也疼……也许我不应该带那么多样品。那个背包每天都越来越重。"他带着那个重重的背包走过垃圾工人身旁，那人正在处理他的过去。

整个一生，艾斯纳都是人类的观察者，就像我之前说过的那样。《城市居民笔记》中的故事和碎片，正如标题所暗示出来的那样，是观察的结果——笔记本上的页面，还有在笔记本页面上建立的故事，从素描一直到完整的短篇小说，讨论时间与空间的故事，其中没有任何一个在城市中完全相同。

《建筑》是个鬼故事，虽然其中的四个鬼魂，我们知道，生前死后一样面无人色。门什，救不了小孩；吉尔达·格林，没有嫁给诗人；托纳蒂，街头艺术家，和这所建筑一起死去；还有开发商哈蒙德，一个干劲十足的人。然而，《建筑》的乐观结尾与最后三个短篇故事《隐形人》形成痛苦的对比。《密室》《死战》与《权力》的主人公可能是四十年前《闪灵侠》里的人物，但《闪灵侠》世界中基本的热情和正义（有时具有讽刺意味）已经被一种卡夫卡一样冷淡与不友好的情形取代。这里没有正义：世界上没有你的位置，魔法帮不了你，爱情也不行。最后三个故事是冷冰冰的东西，是最没有感情的三个故事。

威尔在去年的今天去世，我仍然怀念他。他谦虚而智慧，最重要的是，他有自己的兴趣点。

"是什么让你坚持创作？" 2001年我在芝加哥人文艺术节上向威尔·艾斯纳提问。他、我、阿尔特·斯皮格尔曼和斯科特·麦克劳德当时都是特邀嘉宾——这在二十世纪三十年代，威尔开始画漫画的时候是难以想象的。我在采访他。我想要知道为什么他会一直前行，为什么他坚持创作漫画，而与他同时代的人（与他同时代的人是像鲍勃·凯恩那样的人——而且是在他创作蝙蝠侠之前，记得吗）都早已退休，不再进行艺术创作，不再讲故事，甚至去世了。

他给我讲了他曾经看过的一部电影，里面的一位爵士音乐家坚持演奏，因为他仍在寻找某个音符。它就在那里的什么地方，他坚持出去寻找。这就是威尔为什么一直前行：他希望某一天能做出让自己满意的东西。他仍在寻找那个音符……

2003年艾斯纳奖主题演讲①

做艾斯纳主题演讲是一项巨大的荣誉。不仅是因为这是艾斯纳奖，相当于我们行业和艺术形式中的奥斯卡、普利策和托尼奖，而且因为这是一个难得的机会，在几千位实际创造漫画、销售漫画和关心漫画的人面前讲话，不被打断——因为现在夜幕刚刚降临，奖项还未产生，大家不得不假装听我说话。

我之前想我会谈谈奖项，以及它们为什么重要，谈谈漫画，以及它们为什么重要，还有艺术创作，以及它们为什么重要。

我没有什么重大或者有争议的东西要说。上次我说出争议性的话题是十年之前了，那时我告诉销售商不要卷入投机的泡沫，我预测它很快就会破灭，就像荷兰郁金香泡沫。创作者、出版商和销售商都像史高治叔叔一样泡在金钱之中，我站出来

---

① 在 2003 年艾斯纳奖颁奖前，我以本文作为主题演讲。艾斯纳奖是颁给美国具有创新成就的漫画的。——原注

告诉他们困难时刻即将来临，重要的是要卖人们关心和想要阅读的故事。

没想到我的预测大部分都实现了。

十年过去了，我想现在是评估我们走到哪里的好时机了。如果你愿意知道的话，漫画王国的现状……

我们做得很不错。

我以漫画为职业工作始于大约十七年前。在那之前有两三年，我是一名记者，但只要有人允许我就写点有关漫画的事。

那时在梦里，我会想象一个漫画的乌托邦。未来的黄金时代。

所以让我们回头看看，回想一下漫画乌托邦是什么样。

首先，我想要漫画被人认真对待。

这并不是说我希望漫画本身严肃认真。我想要各种类型的漫画。我希望它们可以和戏剧、电影、书籍、电视、大歌剧比肩，成为一种讲故事的正当且独特的方式。也许这种媒介相当年轻，很多重要作品还没有出现，但这种媒介的存在本身不应该受到轻视：名字能被用作贬低的媒介还有很长的路要走。

当我还是记者的时候，我曾经就是这样，会请求编辑允许我写有关漫画的事。通常我会遭到训斥，他们告诉我不能写《守望者》《鼠族》《黑暗骑士》或者《爱与火箭》，因为过去一年之内已经写过有关漫画的东西了——最近一次是英国漫画人物亡命之丹的四十岁生日，仅仅提到这件事就已经占满了报纸所有可用的篇幅。我试着解释，承认一本书或一部电影的存在并不会妨碍今后采访作者或导演。有时他们会让我写点关于漫画的东西，那只不过是为了让我闭嘴。如果他们采用这篇稿子，那么标题会变成"当当当当！漫画在成长！"全世界每个编辑都深信这个标题原创且聪明。

所以在我的乌托邦中，如果一个记者想要写写漫画或者漫画创作者，他或者她的编辑会说："当然行啊。"

我想要解释为什么人们应该知道艾伦·摩尔和阿尔特·斯皮格尔曼是谁，埃尔南德斯兄弟和弗兰克·米勒是谁，以及，为什么人们应该关心。

我希望人们知道威尔·艾斯纳是谁。

我想要生活在一个平行宇宙，在那里过去那些酷酷的漫画故事、我在爱好者杂志看到过但从没有希望真正读到过的那些，比如杰克·科尔、伯尼·克里格斯坦、温莎·麦凯和乔治·赫里曼，在那里这些故事都能出版，也都能买到。在那个世界里，很多好的长篇漫画故事都被搜集起来。在那个世界里，图书馆会收藏图像小说。在那个世界里女孩会看漫画，女孩和女人也会制作漫画。

我想要一个这样的世界，漫画的合集很常见，而且和其他东西一样在固定的地方售卖，比如在书店。

我想要一个这样的世界，有超级英雄，卖得不错，但也有空间留给你能想象出来的其他类型的漫画。

坦率地说，我们正在朝这个方向前进。我们也许还没有到达那个光辉灿烂的漫画书乌托邦，但我们正在前进。事情已经有所不同。在我想要的那种未来，克里斯·韦尔的《吉米·科瑞根》可以拿到《卫报》最佳小说新作奖。那是个平行宇宙……

我读了一些关于近期上映的一部电影的影评，好像大部分媒体都在抱怨电影制作人降低了一部诙谐智慧的漫画的水平。现在，这种事情多年来发生过几十上百次，并不罕见。不寻常的事情在于人们注意到了这一点——写评论的记者注意到了这件事。这就是我入行时想要的那种未来。

不管是好是坏，我们已经来到了我们一直想要达到的地方：作为另一种媒体。艺术与商业的私生子已经变得，如果不能说有身份，那么至少也和其他媒体一样值得尊重。

好了。现在正是我们学到这一点的时机，我们应该注意希望得到什么……

一方面，此时此刻，我们处于黄金时代。理由很简单，现在可以读的好漫画比以前任何时候都要多。有更多经典著作，有更多近期好书。

去年夏天，在美国图书馆协会，有一些漫画行业的人被请去与图书管理员座谈。我是其中之一。我去了，本来期望能与二百五十位长大成为图书管理员的漫画爱好者交谈。我错得不能再离谱了：图书管理员受到来自读者的压力。图书管理员知道图像小说——不管这是什么东西——很流行，他们想知道图像小说是什么。所以他们让我、杰夫·史密斯、科琳·多兰、阿尔特·斯皮格尔曼还有很多其他人去帮忙，告诉他们我们觉得他们应该知道什么。于是图书馆已经开始订购这种书。

潜在的下降趋势当然也有。漫画行业好像特别倾向于发生一种独特的繁荣与萧条。在这里商业取代了艺术，我们突然发现自己眼前有一片又一片书架，摆满了无数东西，有点像大家上个月买的那些，只不过没有那么好。不好的漫画、不好的图像小说挤跑了好的作品。然后，六个月，或者两年之后，我们发现自己眼前只剩下空荡荡的商店和空荡荡的书架。

我们最好别再让这种事情发生了。

我们可以帮忙避免下一次内向崩溃，其中一种方法是要试图做出好的作品。做出你最好的工作，然后试着把下一部做得更好。

艾斯纳奖，像所有奖项一样，也有瑕疵。但它们反映了一些非常重要的东西，那就是努力追求卓越。

五六十年前，威尔·艾斯纳是个古怪偏执的人。在那个世界中，人们只在找到更加值得尊敬的工作之前写或画漫画，自己做的工作会对朋友撒谎，人们迫不及待地出去挣真正的钱，做真正的艺术。但是威尔属于少数人，他确信这种新生的文字与图画的混合物确实是一种艺术形式。其他人都认为这是为了容易到手的钱。虽然与绝大多数有效证据不符，韦尔仍然确信，可以有写得好、画得好的漫画，漫画的神奇魔力在于它将连续的图画与文字结合成为一个故事，这个故事的确是一种有力量、独一无二而且真实的东西。

那时这种想法很正确，今天依旧没错。这是一种艺术形式，其中你可以制造魔法——给孩子的魔法，给大人的魔法。这就是这些奖要表达的东西，尽管有人喜欢认为漫画是便宜的好莱坞进料装置，但这就是这次大会要干的事情。

以威尔命名的这个奖项与这有关。它们比自我表扬意义更大；它们比销售手段意义更大。如果你得了奖，它们不只是挂在墙上可以用来骄傲的装饰品；如果你没得奖，它们也不只是用来嫉妒或鄙视的。

奖项代表着追求卓越，尽可能做到最好，然后做得更好。

它们讲的是改进这种媒介。如果你想要艾斯纳奖，那么就尽力追求卓越。如果你想要一个奖，那么就把作品做得更好。如果你觉得它颁给了错误的男人女人，奖应该是你的，那么明年你就要表现得更好，不管你做的是什么。追求卓越。如果评委没有把你放在艾斯纳奖获奖名单中，去他们的，让后人做你的评委。如果你感觉其他人的伟大作品没有得到认可和奖励，那就为它打抱不平。把你知道的事情讲给每个人听。口碑仍然是现有的一种最好的销售工具。

没人想要一个单调乏味的漫画世界。做只有你能做的漫画，讲述只有你能讲述的故事。不要对这个事实视而不见，这个行业可以创造真正的艺术。

在此期间，把它做到更好。热爱你做的事情。

2004年哈维奖演讲

以作家、画家暨编辑哈维·库兹曼命名的哈维奖，还有艾斯纳奖，我认为，是漫画世界的奥斯卡和金球奖。两者都久负盛名。哈维奖倾向于由漫画专业人士投票，而不是所有人都能投。这是我在2004年哈维奖的演讲，2003年也在艾斯纳奖讲过一回，我决定我想要向听众中的创作者致辞。本文也是八年之后我演讲《创作好的艺术》的最初原型。

最近我正在写一部小说，这可不像乐于交际的漫画世界，在那里，如果你是我，会天天和大家讨论，编辑、画家、嵌字师、着色师、封面画家。写小说是一件单独进行的工作。只有我自己和很多张纸。甚至我的家人也让我一个人待着，为了让我专心写作。

这意味着当我最终得到这么一个机会来讲话时，我有义务首先道歉，因为这项技能我荒疏已久，然后再开始唠叨个没完没了。

如果我唠叨起来，请大家原谅我。

哈维·库兹曼是个天才。这一点并不能让他的作品特别。我们漫画界曾有许多天才，现在仍有很多。有些杰出作品是冷冰冰的；有些东西你会钦佩，但不会喜爱。

库兹曼总是做自己想做的事情，开开心心。他开心地重写了规则，因为只要你创作艺术，原本就没有规则。

我们大多数人只要创作出一部改变人生的世界级作品，就会开心满意。哈维这样做了很多次。他是一位创造了我们存在的这个世界的那种人。

他经历了参议院听证会、商业利用，眼见自己最珍视的几个作品失败。旅途中，他创作了将会永远流传的艺术作品，激励的人要是列个单子，比你的胳膊还长，他们都看着哈维追求卓越、开辟新天地，讲述新故事。他们有的成了漫画家、作家或者电影制片人——比如 R.克拉姆和特瑞·吉列姆。还有人发现，哈维·库兹曼带来的世界与视野完全改变了他们的世界，以一种真正艺术的方式。它给他们一双新的眼睛。也许是一种更加玩世不恭的世界观，但确实更加务实。哈维的世界从来不是公平的，至少在 EC 的化身之中是这样的。你会得到你想要的，也会得到你应该得到的，但是你通常也会倒霉遭殃。

我很幸运曾经与哈维·库兹曼相识，1990年在达拉斯奇幻大会上。他告诉我他多么欣赏我当时做的东西，我并不认为这暗示他读过我写的东西，他不过是在表达对于年轻一代漫画作家和画家的满意。外面有聪明年轻的创作者关心漫画这种艺术形式，这对哈维·库兹曼来说很重要。他将一生投入这种疯狂的信仰，即漫画是一种艺术，而不是应该感到羞愧而需要道歉的东西。他的投入使得受其影响的人获益，使得我们这些同样相信它、并且依此行动的人获益。

年轻的时候，我去创作漫画的梦想开始成为现实，我开始结识漫画界的各种人。他们都是我十几二十岁的时候仰望的人，就像从地球上仰望众神。这些名字对我影响巨大。在我成长过程中，我读过能找到的所有关于他们的东西，那时候关于他们的可读的东西又少又珍贵，他们创作的东西如今还在销售的就更少了。

而现在，我可以认识他们了。

我惊奇地发现，他们中很多人是年老古怪的犹太人。或者想要成为年老古怪的犹太人——他们好像过于自得其乐，说古怪不大合适，而且也不是所有人真的都是犹太人。

现在，我将近四十五岁了，写第一部漫画之后已经过去十八年了，我发现自己也跳上了通往年老古怪犹太人的传送带。到了我这个年纪，就开始有人给你颁发终身成就奖，但你宁愿他们不这样做，因为这好像是某种暗示，到了你应该闭嘴坐下的时候了。

然而，有朝一日会成为年老古怪犹太人的人就会有特权，可以给下一代人提供建议。虽然你们中有人和我年龄相仿，还有的资格比我老，但我还是想提点建议。

我第一条建议是这样的：不要理睬任何建议。

根据我的经验，最有趣的艺术都是由不知道规则的人创作出来的，他们不知道有的事情完全没人做：所以他们就做了。越界、打破常规、乐趣太多。

第二，阅读漫画之外的东西。从漫画之外的地方学习。不要做其他人做的事。去还没有人看的地方偷师学艺。走出去。很多年以前，几乎还没有人听说过外国人会创作美国漫画，人们习惯于提问为什么英国作家会不一样。我也不知道。当我在社交场合与艾伦·摩尔或者格兰特·莫里森等人交谈的时候，没有注意到这一点，我们基本不谈漫画。我们谈论的是先锋派诗歌的形式、非虚构类文学作家，还有我们觉得不可思议的事情。格兰特·莫里森发现了一位被人遗忘已久的维多利亚时代儿童作家，名叫露西·克利福德，她最终影响了他的《末日巡逻队》，以及比这晚很多的我的《鬼妈妈》。我们爱漫画，但漫画并不是我们知道的所有东西。外面有一整个炫酷的世界呢。要利用它。

第三，尽你所能读所有漫画。了解你的漫画。

漫画的历史并不很长，而且并非难以知道。我们可以争论象形文字，或者贝叶挂毯，或者什么东西是不是最早的漫画。到头来，我们还是没有很长的历史。你可以了解它。你可以研究它，现在比过去任何时候都更加容易。二十世纪漫画的高潮相当惊人。温莎·麦凯的《小尼莫》之中有的东西仍然无人能及。赫里曼的《疯狂猫》让人瞠目结舌。作为作家和讲故事的人，你应该熟悉哈维·库兹曼、威尔·艾斯纳和罗伯特·克拉姆的作品，并且从中学习。

现在有更多经典且重要的材料出版，价格也可以接受，比以前任何时候都多。让它启发你的灵感。看看过去人们把这种媒介带到了怎样的高度，然后下决心让它更上一层楼。

虽然艾萨克·牛顿奠定了科学很多领域的基础，他仍说，如果他看得比大多数人远一点，那是因为他站在巨人的肩膀上。我们从巨人手中继承了一种艺术形式，其中有些是年老古怪的犹太人，有些不是犹太人，还有些甚至都不古怪。

还有一条建议：

多年以来，我学到所有东西的工作量或多或少都一样，所以可能最好眼光高远一些，试着做点真正炫酷的东西。

那些平庸普通谁都能做的工作有其他人可以做。所以让他们去做。你要做只有你能做的艺术。你要讲只有你能讲出来的故事。

你在过程中可能遇到的各种问题，如果让我提供一种解决方案，我会这样建议你：

创作好的艺术。

这非常简单，但好像很有用。生活分崩离析了？创作好的艺术。真爱之人跟着送牛奶的家伙跑掉了？创作好的艺术。银行取消了抵押赎回权？创作好的艺术。

继续前进，学习新技能。享受乐趣。

我得到高度评价的大部分作品都产生于这种情况，当我创作的时候，我总是去猜想它们会产生什么结果——或者我做出的是某种炫酷的东西，幸运的话会成为一段时间内人们讨论的话题，或者我做的东西会让大家看笑话，在他们聚在一起讨论前人犯的尴尬错误的时候。

犯了错误要骄傲。好吧，骄傲可能并不完全是正确的词，但要尊重错误，重视错误，善待错误，从错误中学习。

还有，除此之外，以及更重要的是，要犯错误。

要犯错误。犯巨大的错误，奇妙的错误，光辉灿烂的错误。犯一百个错误也比盯着一张白纸生怕犯任何错误吓得什么都不敢做要强。

批评家会抱怨牢骚。他们当然会这样。那就是评论的作用。作为艺术家，你的工作就是让他们得溃疡，也许甚至搞一些能让他们中风的东西。

多年以来，我做对了的大部分东西，之所以做对，是因为我先把它们做错了。这就是我们创作艺术的方式。

去年作为艾斯纳奖的主题发言人，我讲过，相对于我1986年作为年轻记者时候梦想的漫画可以达到的境地，我们现在处于黄金时代。

因为这话我在某些圈子里受到批评，就好像我说的是现在事情已经尽善尽美，或者漫画世界里什么错误都没有。显然这两种说法都不对。

我们是在2004年，这是戴夫·西姆和格哈德完结三百期《塞里布斯》的一年，是杰夫·史密斯完成《鬼骨家族》的一年，这两者都是宏伟巨著，同样独一无二。其他人写的所有东西都不能与《塞里布斯》相比。对这个主题逐渐展开的描述，以及这个主题的创作者，都是前所未有的。《鬼骨家族》自始至终都是漫画领域最好的奇幻故事。这本身就让我对未来充满希望。

这一年我的女儿玛迪发现了《贝蒂和韦罗妮卡》，这给我带来另一种期望。一个九岁大的女孩可以自作主张，成为狂热的漫画收藏家，只因为她在乎其中的故事，这肯定是个不错的世界。

我认为互联网正在改变世界。

过去的十八个月中，互联网有两次被用作集体声援需要帮助的出版商的方式。好的出版商遇到了现金流问题，它们请求援助，让人们知道现在到了买书的时候。人们就去买了。互联网意味着把信息发送给需要它们的人。

上周，有位读者众多的网络漫画家告诉读者，如果他们可以筹集他正式工作挣到的那么多钱，他真想辞掉工作，把时间投入到漫画上来。他的读者把手伸进口袋，你出五块他出十块，凑够了他正式工作的年薪。

互联网让你的漫画可以价格低廉地走向世界，再也没有印刷账单了。它还没有找出一种可靠的方式，让人们的工作得到收入，但兰迪·米尔霍兰昨天辞掉工作，全职创作《来点积极的》，顶层书架出版社和幻图出版社也都还在这儿。

尽管有人牢骚满腹，我仍然觉得互联网是一种祝福，而不是诅咒。

如果让我预测，那就不过如此：常有人预测的"漫画之死"不会发生。会有更多的繁荣，会有更多的衰落。和其他东西一样，风尚与潮流会在漫画中出现，同样，风尚与潮流总会结束，其他东西也是一样，通常以眼泪收场。

但漫画是一种媒介，而不是风尚。它是一种艺术形式，而不是潮流。小说之所以用novel这个词，因为它确实是某种新奇的东西，但它留了下来，我觉得，经过几次试飞，图像小说，不管形式如何，同样也会留下来。

已经有些事情在改变：

我开始写关于漫画的东西的时候，也就是我当初开始创作漫画之前，我想要一个这样的世界，其中漫画会被看作仅仅是一种媒介，像其他任何媒介一样，我们被给予和其他媒介一样的尊重。也就是小说、电影还有伟大的艺术作品得到的那么多尊重。我希望我们能得到文学奖。我想让漫画出现在书店的书架上，而且和畅销榜单上的书籍放在一起。也许有一天会出现一部漫画，登上《纽约时报》的畅销书榜。

这些我们都得到了。然而我认为这并不重要。

现在，我实际上相信，漫画最好的东西也许在于它是一种"粗俗"的媒介。我们这些人不知道该用哪把叉子，于是就直接用手吃。我们创造了一种媒介，我们创作的作品形成了一种艺术形式，它仍然充满生机，充满活力，可以做出其他媒介都做不到的事情。

我相信，用漫画能做到的东西之中，已经做出来的还不到一小部分。

目前来讲，我觉得我们仅仅是蜻蜓点水。

我认为这点令人兴奋。我不知道漫画这种媒介未来会走向何方。但我想要吃惊，而且我非常确定，我一定会感到惊讶。

我相信有一天，不管你们自以为是什么年龄、种族、性别和族群，当你成了一个年老古怪的犹太人，站在这里给大家演讲，这些仍然一直会是真的。

《最佳美漫2010》①

第1页第1幅

太空。无限广阔，包含一切。鉴于把这都画进一幅画有点困难，你可能需要暗示一下读者。我的意思是，如果你能把整个宇宙放进去，那就试试看。否则的话，可以只画一个星系。

没有对话。

第1页第2幅

地球，从太空的角度看。我认为这最好是具象风格的，而不是超现实主义。（如果从太空的角度看，我们真的能认出真实的地球吗？）北应该朝上，应该很容易能找到北美洲。

没有对话。

第1页第3幅

---

① 这是我为《最佳美漫2010》所作的前言。——原注

画面大一些。美国这个国家，从太空角度看，上方有几块加拿大，下边有点墨西哥。美国要画全。请随意加标注。金色的麦浪可以标上"金色的麦浪"。雄伟的山冈也是一样。[1] 还有曼哈顿的摩天大楼、佛罗里达的鳄鱼、旧金山的缆车，还要画一个箭头，箭头的尖端指在明尼阿波利斯稍微右边一点。上面有标注。

箭头标注：你的编辑

第1页第4幅

这幅画角度从上往下，向上看这个世界，就是本卷的编辑。他将近五十岁。他该理发了，眼睛下面挂着眼袋，穿着黑T恤和牛仔裤。他有一点大腹便便，像是把大部分生命都花在了坐在桌子后面，表情焦虑不安，可能再错过一个截止日期就要大祸临头。他的手插在外套口袋里，向上看向我们虚拟的镜头，镜头正对准他放大。他在对我们说话：

编辑：这完全不对！

大约是到了这个时候，我断定，如果不把前言剩余部分写成一部没有画出来的漫画脚本，对读者来说可能会更友好，因为漫画实在是一种视觉媒介，如果我把这篇前言整个写成漫画，把你会看到的那些东西用文字描述，这并不是吸收信息最容易的方式。

当然，漫画是吸收信息最容易的方式，至少美国中央情报

---

[1] 译文引自贝茨著，戈漪译：《美丽的阿美利加》，吴瑾编：《外国抒情歌曲》，北京：中国青年出版社，1997年，第349—350页。

局二十世纪八十年代的一项研究是这样说的。但漫画脚本是一种奇怪的杂交小野兽，一部分是蓝图，一部分是传递信息的东西，一部分是理论上的酸奶菌种。总之，我们还是写散文吧。

想象一下我这样说：我会在一所《亚当斯一家》风格的老房子外面的花园里，距离明尼阿波利斯一小时车程。

这完全不对。

这完全不对，而且我参与其中，他妈的。这波狂热之中也有我的贡献。我提供了自己的名字、背书与时间，把你吸引过来。我尽我所能，给你这样的印象，你手中的这本书包含本年度最佳美国漫画。买下它，你就会精通最前沿的东西。毕竟书皮上就是这么说的。

买下它，阅读它，你就会知道漫画界都在发生什么……

嗯，对。一定程度上是这样的。

比如说以年度为例。在这里，年度指的是从八月到八月。2009年最大、最重要，依我看来最吸引人的漫画是罗伯特·克拉姆重新讲述的创世纪。之所以能收录此书，是因为《纽约客》上提前发表了摘录。

这些作品有些在2008—2009年首次出版，有些只是在这段时间出版合集。我喜欢的东西没有收进来，之前的编辑没有选，后来的编辑也不会选。哦，太不公平了。

最佳这个词有点古怪。在本书收录的时间范围内美国出版的漫画我没有每本都读过。我希望我能全都读过，那样一定会很有趣。杰西卡·埃布尔和马特·马登也没有把美国出版的所有东西都读过。二十年前，这也许勉强可能，今天，这就是白日做梦。

（我还记得与斯科特·麦克劳德争论他的2000年出版的书《重构漫画》，当时我反对他的假设，他说网络会成为漫画的便捷出口。我嘲笑他，指出加载漫画要花多长时间，解释说纸张永远会是年轻卡通作家的第一个落脚点，我能错的地方全都错了，除了让人为作品付费成问题这一点。对不起，斯科特。你是对的。）

我们尽其所能。然而，有些夜晚我睡不着，怀疑自己所做的选择，怀疑换一天我也许会选出完全不同的一组作品。

"美国"？即使在最好的情况下，这也是个滑溜溜的名词，在这里它就像水银一样从你的指间滑落。作为一个专有名词，在这本书中，"美国"范围狭小到古怪，基本没有意义，极其难以定义。漫画群体遍及全世界。有的漫画在美国出版，作者不是美国人但有美国的资格，还有的漫画却没有。（我喜欢的一个小连环画，发表在美国出版的杂志上，结果作者是瑞典人，因此这里没有。埃迪·坎贝尔也没有出现在《最佳美漫》里，只是因为他是个住在澳大利亚布里斯班的苏格兰人。）（你的编辑是英国人。他住在美国，在写东西的职业生涯中，他写过的大部分漫画都是在美国出版的。在我搬到这里之前，写的东西是更美国呢还是更不美国呢？我也不知道。马特和杰西卡在巴黎编辑这本书，就是法国的那个巴黎。我自己心里知道，如果让我来做决定，我会宣布所有漫画作家和漫画家都是名誉美国人，让这个问题失去意义。）

最后，最令人沮丧、使人发狂的，是特殊又难以捉摸的名词"漫画"，它始于一百年前的连环画和周日报纸增刊，然后变成长一些的期刊中八页长的连载漫画，然后长成二十多页的每月故事，然后变异成书，变成网络漫画（往往在精神上比任何其他形式都更贴近连环画和周日增刊），变成图像小说，不管它们究竟是什么（我怀疑，你想要它们是什么，它们就是什么）。

现在，有这么多漫画被创作和设计成书，成为更长的故事。一方面，这是件大好事，因为创作出了杰出的艺术作品。但也有缺点：书是篇幅很长的东西，充满反转、人物、情节和事件。它们是读者和创作者合作完成的疯狂马拉松。从篇幅更长的作品中提取的任何摘录，不管选的多么好，都不过是长作品的摘录。真正的艺术是那部长作品，有开头有中间有结尾，而且常常就按这个顺序出现。

在这部选集中，我试着寻找连载漫画的独立部分，给你一点一本完整的书的味道，会给你足够多的兴趣、吸引力或者刺激，让你也许会去买下全套，同时让你意识到你正在看的并不完整。

（此处插入一张无声画面。编辑向外看着我们。他看起来心情不佳，然而，对着某几页咆哮、发怒以及抱怨之后，现在已经没有我们想象中的那样牢骚满腹了。）

但是说了这么多……

漫画的力量只不过在此：它是一种民主制度；是最平等的竞争环境。

2009年我最喜欢的一部漫画没有在这里重印，完全出于篇幅原因，也为了避免无限的自我引用，那就是林达·巴里为本系列丛书上上一本写的前言。它谈及了漫画是什么，以及它们能把什么事做得很好。它还揭露了漫画界最大的秘密：人人都可以创作漫画。

你只需要有用来画的工具和要画在上面的内容。一支笔，几张纸。一个电脑程序。你不需要知道所有事情，只需要去做，去创造。然后你就可以把它发布给全世界看。

它可以关于任何事情：记录卡特里娜飓风及其后果，小城镇的朋克摇滚冒险，关于一位失败的建筑师生命尽头的生活与爱情的想象故事，两个机器人讨论名言警句的故事，重新讲述《圣经》的第一卷书，所有这些都是漫画。马赛克般的彩色玻璃方块，形成一幅画面，讲述本年度漫画发生了什么。所有这些都是一种媒介精妙绝伦必不可少的部分，而这种媒介却经常被误以为一种类型。

如果这本书能够激励一个人深入挖掘外面的漫画世界，如果有一个少年在图书馆拿起它，看到一种方法，可以让某些东西从自己脑海里出来，进入另外某个人脑海里去，开始画自己的漫画，那么这本书的目的就达到了。

第4页第4嘱

现在又是一幅无声的画面。编辑好像非常高兴。他的头发也振作起来，现在立了起来，竖得到处都是，好像谈话的时候他一直在用手捋头发，作为交流必不可少的帮助。实际上也确实是这么回事。

没有对话。

第4页第5幅

倒数第二幅画面。他想到一个主意。时间晚了。他举起一根手指，提出一个建议。

编辑： 你知道，只要你假装这本书真正的题目是《真正的好漫画选集，包含我们认为可以自立门户的长故事选段》，你就可以忽略我目前所说的所有东西。

第4页第5幅

最后一幅。镜头再次拉远。星星出来了。我们仍然看着编辑。既然已经把心中所有话一吐为快，编辑看起来如释重负，对自己很满意。他好像在微笑，有点紧张，也许双手往口袋里插的更深。作为英国人，他允许自己给正在介绍的这本书最高程度的赞美。

编辑： 它实际上还不错。

第六章
前言与矛盾

故事有一个地方开始，
故事有一个地方进行：这很重要。

讲述你的故事，尽可能诚实，
省略你不需要的东西，这是重中之重。

匀称中的异点：
埃德加·爱伦·坡的精致之美①

　　我们聚集在此，因此我可以给你们，也给我自己讲讲，有关爱伦·坡的几件事情。埃德加·A.坡，正如他曾经这样形容自己"埃德加，加T就是诗人"②，他创作的奇异故事和诗歌汇集在此。

　　我第一次与爱伦·坡相遇是在一本好像题为《写给男孩的五十个故事》的选集里。那时我十一岁，那个故事是《跳蛙》，那是个讲述可怕复仇的非凡故事，和众多男孩在荒凉岛屿冒险或者发现藏在中空蔬菜里面的秘密计划之类的故事放在一起颇不协调。随着抹了柏油缠着锁链的国王和七位大臣被吊上去，随着他们称为跳蛙的小丑手中举着燃烧的火把，顺着锁链爬上去，我发现自己因为他恐怖复仇的合理性感到震惊而又兴奋。

---

① 本文为巴恩斯诺布尔2004年埃德加·爱伦·坡《诗歌小说选》精装本前言，插图由马克·萨默斯绘制。——原注
② 此处为文字游戏：Edgar A. Poe + t = Edgar, a poet。

我相信，在《写给男孩的五十个故事》里再没有其他谋杀犯了，当然也没有这样生动而令人满意的角色，更不用说这样可怕而又正当的残忍。

突然之间爱伦·坡好像无处不在。我发现了夏洛克·福尔摩斯的故事，在第一篇故事《血字的研究》中，福尔摩斯批评了爱伦·坡笔下的侦探奥古斯特·杜宾——然而批评的方式让人明显感觉杜宾就是福尔摩斯的文学前身。雷·布拉德伯里《厄舍古屋的续篇》让我的迷恋更加坚固；这是个短篇小说（是一种混合物，就像把布拉德伯里《华氏451》中的未来设定在《火星纪事》中的火星上），一群冷酷无情的小说类、奇幻类和恐怖类的批评家和改革者，在一所充满爱伦·坡故事中生动场面的房子里活动，看着自己被谋杀——凶手有陷坑、钟摆、凶残的机器猩猩等。

因此，在十三岁生日的时候，我要求并且收到了一本《埃德加·爱伦·坡小说诗歌全集》。我不知道爱伦·坡是不是适合十三岁男孩阅读的作家。但我仍然记得瓦尔德马尔先生刚从昏睡中醒来，就要面临最终肉体死亡的兴味；我记得第一次阅读《红死魔的面具》时的紧张，普罗斯佩罗继续舞会的企图注定失败，以及最后那完美的宣判；我记得当我看见《泄密的心》第一句话，叙述者向我们保证他没有疯，而我知道他在说谎的时候，脖子后面那种快乐与恐惧交织的刺痛；我记得自己迷惑不解——至今仍疑惑——福尔图纳托怎样侮辱了蒙特雷索，以至于需要通过地下墓穴进行那样一次潮湿的旅行，去找一桶白葡萄酒……那是三十年前的事情了。

即便今天，我仍一再回头看爱伦·坡：文森特·普赖斯与巴兹尔·拉斯伯恩朗读的爱伦·坡小说与诗歌的有声书最近陪我度过了从中西部到佛罗里达的漫长旅程。我发现自己以前所未有的方式感受它们，珍惜这种经历，驾驶在夜色之中，聆听感官敏锐到病态的人的叙述，或者"他们既不是人类也不是野兽，他们是幽灵"[①]的呻吟，还有他们敲响钟声的震动……"说真的，当初我跟丽姬娅小姐怎样认识，几时相逢，甚至究竟在何处邂逅，全想不起来了。"[②]已故的文森特·普赖斯用天鹅绒般的声音朗读着，当时正值午夜时分，我开车进入了田纳西州的山区，随后立即开始为叙述者的精神是否健全而担忧，他沉迷于死去的第一任妻子（她几乎就是他的母亲），后者附在他第二任妻子包着裹尸布的尸体上返回人世，这让我错过了高速公路的岔道……

埃德加·爱伦·坡写过诗歌、小说、文艺评论、新闻报道。他是一位时刻工作的作家，靠写作赚钱为生，一生大部分时间尽其所能，照料妻子，也就是他的表妹弗吉尼亚（他在她十三岁时与她结婚；她二十五岁去世，与他相伴的大多数时间都濒临死亡），还有她的母亲马迪。他虚荣、嫉妒，却有一副好心肠，病态、忧郁，然而富于幻想。他发明了我们现今视为侦探小说的这种形式。他笔下的恐怖与惊悚的故事甚至连批评家都承认是一种艺术。他大半生都受缺钱和酗酒的困扰。1849

---

① 译文引自《钟声》，见爱伦·坡著，曹明伦译：《爱伦·坡诗集》，长沙：湖南文艺出版社，2012年，第215页。
② 译文引自《丽姬娅》，见爱伦·坡著，陈良廷等译：《爱伦·坡短篇小说集》，北京：人民文学出版社，1998年，第19页。

年，他穷困潦倒地死于医院，死前一周的活动我们完全不知道——多半可能是独自一人酩酊大醉的一周。

生前，他是美国最好的作家，一位诗人和巨匠，只不过作品没给他挣到几个钱。虽然他的诗歌，比如《乌鸦》被广泛引用、崇拜、模仿或谩骂，而他嫉妒的作家，比如朗费罗，在商业上远比他成功许多。尽管如此，虽然爱伦·坡一生短暂，潜能未及发挥，但是他的作品今天仍然被人阅读。他最杰出的小说是任何人都渴望的成功、可读和现代。已故作家的潮流瞬息即逝，但我敢打赌，爱伦·坡超越了潮流。

他写死亡。他写很多事情，但死亡、死而复生、还有已死之人的声音与回忆，弥漫于爱伦·坡的作品之中——就像艾略特诗中的剧作家约翰·韦伯斯特，他评论爱伦·坡"满脑子被死亡迷住，看到皮肤里面的骷髅骨"[1]。然而，与韦伯斯特不同，爱伦·坡虽然也看到了骷髅骨，却不能忘记曾经覆盖其上的皮肤。

（"美女之死，"爱伦·坡在一篇讨论《乌鸦》写作的文章中写道，"无疑是天下最富诗意的主题。"[2]）

今天人们仍旧调查爱伦·坡的生平，想要用他的生活解释他的作品：他的父母是演员——父亲神秘失踪，三岁的时候母亲去世；与养父约翰·爱伦关系紧张；爱伦·坡年幼的新娘和她的肺结核；他酗酒的问题；他莫名其妙的英年早逝（才

---

① 译文引自《不朽的低语》，见艾略特著，赵萝蕤，张子清等译：《荒原》，北京：北京燕山出版社，2006年，第38页。
② 译文引自《创作哲学》，见爱伦·坡著，曹明伦译：《爱伦·坡诗集》，长沙：湖南文艺出版社，2012年，第251页。

四十岁）。他短暂、纠结、奇异的一生，成为其作品的框架，带来了语境，提供了无法解答的悬疑事件，也提供了一个模糊的形象，小说和诗歌就在其中，等待每一代新读者去发现。

我们确实会发现它们。

爱伦·坡的佳作从不过时。《一桶白葡萄酒》是一则复仇故事，比任何创作都完美。《泄密的心》是让清醒的人从疯人的眼中看世界。《红死魔的面具》好像每过一年都更有意义。这些故事仍然能给人带来欢乐。我怀疑它们永远都会。

爱伦·坡并不适合所有人。他这瓶酒太让人上头。他也许不适合你。但欣赏爱伦·坡有些秘诀，我来告诉你最重要的一个：大声读出来。

把诗歌大声读出来。把小说大声读出来。感受词语在你口中运动的方式，那些音节跳动、翻滚、飞奔又重复，或者几乎重复。如果你不会说英语，爱伦·坡的诗歌仍会非常美丽（真的，就算你懂英语，《尤娜路姆》这样的诗歌仍然晦涩难解——它隐含了众多含义，但并不提供任何解释）。那些诗句，如果在纸上读到，好像过分雕琢，有不必要的重复，甚至幼稚可笑，但大声朗读的时候就改变重组了。

（也许你觉得大声读出来很奇怪，或者难堪；如果你宁愿独自朗读，我建议你找一个隐秘的地方；或者如果你希望有听众，那么找一个喜欢听人朗读的人，读给他或她听。）

很久以来，我最喜欢的实体书是一本《神秘及幻想故事集》，爱尔兰彩绘玻璃艺术家哈利·克拉克绘制插图，热情又疯狂，强烈的压抑感，角度与形状错乱，好像与爱伦·坡噩梦一般的故事完美配合。

但然后，爱伦·坡的故事仿佛总是急需插画。它们包含核心的主要形象，喷涌的色彩，还有令人疯狂的视觉造型（想象一下：黑色乌鸦落在帕拉斯·雅典娜灰色的半身像上；普罗斯佩罗在劫难逃的宫殿中，虽然各个房间有不同的颜色，但宫殿终究笼罩在红色之中；蒙特雷索地下墓穴中的酒瓶与尸骨；死去女子的脑袋上方，墙上蹲着一只黑猫；地板之下跳动的心——泄密的心……）。阅读故事的时候，这些画面不请自来；是你在自己脑中创作出来的。

爱伦·坡的小说——甚至他的幽默故事，甚至他的侦探小说——都充满健忘症与强迫症患者，以及总是记得那些渴望忘记的事情的人，故事的叙述者都是疯子、骗子、爱人和鬼魂。故事的力量存在于爱伦·坡说出来的东西，也同样存在于没有说的东西之中，每个故事都因为危险的深深裂缝分裂而颤抖，就像罗德里克和马德琳·厄舍居住的阴暗的屋子里那条从上到下的裂缝。

对你们有些人来说，这将会是与爱伦·坡的第一次相遇，而其他人来这里是因为已经欣赏爱伦·坡的作品，或者珍爱美丽的图书、美丽的诗歌。尽管如此，尽管如此，正如爱伦·坡在《丽姬娅》之中提醒我们的："匀称中若无异点，即不足以称之绝色……"

《德古拉新注》①

　　几天之前，英国报纸上有篇文章，大意是说近来历史教学有多么糟糕，或者是显示了英国不懂历史的状况。文中我们看到，很多英国青少年相信温斯顿·丘吉尔和狮心王理查都是神话或者虚构人物，而超过半数确信夏洛克·福尔摩斯确有其人，同样他们也相信亚瑟王是真的。不过，文章中没有提到德古拉——也许是因为他不是英国人，虽然让他进入公众意识之中的冒险经历无疑很英国，即使记录者是个爱尔兰人。

　　我很好奇如果问到他的话人们会说些什么，有多少人会相信真的有一位德古拉。（不是历史上的德古拉，即弗拉德·德古拉，龙之子，穿刺王。他确有其人，虽然他和真正的，也就是区别于历史的德古拉，除了名字之外还有没有其他共同点，都很成问题。）

　　我认为他们一定会相信他是真的。

① 我为2008年莱斯利·S.克林格注释的《德古拉新注》所写的前言。——原注

我真的相信。

我第一次读布莱姆·斯托克的《德古拉》时大约七岁，在一位朋友父亲的书架上发现了它，虽然那时我与德古拉的相遇只包括故事的第一部分：乔纳森·哈克不幸拜访了德古拉城堡。然后我立刻翻到书的结尾，读了又读，一直读到确定德古拉死了，不能跳出书来伤害我为止。确定了这一点之后，我把书放回了书架。直到十来岁的时候才再次看起这本书，这次的推动力是斯蒂芬·金的吸血鬼小说《撒冷镇》还有金对恐怖小说类型的研究《死亡之舞》。

（不过，我八岁的时候就看了电影《德古拉之子》，好奇年轻的坎塞·哈克是否如我所愿，长大后成了吸血鬼。结果失望地发现这里的儿子只是德古拉本人，在河口，他把自己称作"阿鲁卡德伯爵"，这名字甚至在当时好像就相当明白易懂。但我这是跑题了。）

其他书常常让我回来重读《德古拉》：弗雷德·萨贝哈根的《德古拉的录音带》；金·纽曼的《德古拉元年》。这些书通过重新想象小说的事件和结果，使其更容易理解，让我想要亲自重游城堡、疯人院和墓地。我沉溺于信件、剪报、日记篇目之中，再次为德古拉的行为与动机而惊讶，再次疑惑于书中那些终归不可理解的事物。书中的人物不理解，我们也不理解。

《德古拉》这部小说产生出德古拉这种文化模因——所有不同种类的诺斯费拉图、电影版的德古拉、贝拉·卢戈希和他之后那群长着尖牙的人。根据维基百科，以德古拉为主角的电影超过160部（"仅次于夏洛克·福尔摩斯"），而德古拉本人，或者以受到德古拉启发的人物为主角的小说，数量难以估测。然后还有以德古拉为原因或者结果的小说。甚至还有两部散文小说以穷困潦倒、疯疯癫癫，连虫子都吃的伦菲尔德为名，作者也不相同，更不用说还有一部图像小说，所有都是从伦菲尔德的视角来讲故事。

在二十一世纪，任何与吸血鬼文学或者吸血鬼故事的相遇，都好像是聆听同一个音乐主旋律的无数种变奏，这个主旋律并非始于《吸血鬼瓦涅爵士》，也并非始于《卡米拉》，而是始于布莱姆·斯托克的《德古拉》。

尽管如此，我还是怀疑，为什么德古拉会存活下来，为什么它能成功到成为一种艺术，为什么它适合注解与阐释，原因也许自相矛盾，因为它作为小说存在着弱点。

《德古拉》是维多利亚时代的高科技惊悚小说，位于科学的前沿，充满录音留声机圆筒、输血、速记和开孔之类的概念。它的主人公是一群勇敢的英雄和美丽但命运坎坷的女子。整个故事用信件、电报、剪报以及类似的东西讲述。给我们讲故事的没有一个人知道实际发生的整个事情。这意味着《德古拉》这本书迫使读者去填补空白，去假定、想象与推测。我们只知道书中人物知道的事情，而他们既没有把知道的事情都写下来，也不知道他们所说的事情有何意义。

所以在惠特比发生了什么由读者决定；伦菲尔德在精神病院的咆哮与奇怪行为跟隔壁屋子发生的事情的关系由读者连接；德古拉的真实动机也由读者决定。同样，范海辛知不知道药的事，德古拉最终是否归回泥土，或者甚至，考虑到廓尔喀弯刀和鲍伊猎刀的组合可以杀死吸血鬼这件事令人难以信服，他是否变幻成一阵迷雾，就此消失……这些都由读者决定。

这篇小说建立在粗线条的描写之上，让我们自己想象出所发生的事件的图景。故事像是蜘蛛网，我们开始好奇在网眼空隙里发生了什么。在我看来，关于坎塞·莫里斯的动机值得怀疑。（他也许是德古拉的助手——或者甚至是德古拉本人——但我确信，这些可能性不能完全置之不理。我可以写部小说来证明，但那条路通往疯狂。）

《德古拉》这本书迫切需要注释。它描述的世界已经不再是我们的世界。它描述的地理往往和我们的世界不同。研究这本书的时候最好有见多识广了解情况的人陪在身边。

莱斯·克林格就是这样的人。他日常生活中是个律师，我第一次见到他，是在贝克街小分队年度聚餐的时候，这群人像百分之五十八的英国青少年一样，愿意相信夏洛克·福尔摩斯确有其人。克林格先生最为著名，因为他曾注释夏洛克·福尔摩斯的故事：他对于维多利亚时代、犯罪与旅行的知识非同寻常。他的热情令人愉快而且有感染力；他的证明与发现，当然都是他自己独有的。

克林格先生的注释有一点值得注意，那就是它们都很有启发，不管你是否赞成你将在这里看到的那些理论，不管德古拉究竟是不是存在，不管布莱姆·斯托克究竟是本书的汇编者还是作者。不管你选择相信什么，你都会了解到喀尔巴阡山脉的地形与维多利亚时代的医学理论。你会得到了解《德古拉》精装和平装各个版本之间的差异。你会被提醒射手山的地点似乎是飘忽不定的。

阅读各个版本《德古拉》的缺点在于，它们都带着像本文这样的前言，前言会告诉你《德古拉》应该怎样阅读。它们告诉你它写的是什么。不如说，它"大约"是什么。它"大约"是维多利亚时期的性行为，它"大约"是推测中斯托克被压制的同性恋倾向，或者他与亨利·欧文的关系，或者他在赢取弗洛伦斯·巴尔科姆芳心时与奥斯卡·王尔德的竞争。这种前言讽刺地将斯托克的作品与黄色书籍对比评论。那么多火热的性爱本来就存在于《德古拉》的文本之中，而不是潜台词中，几乎溢于言表。

这篇前言并不敢告诉你《德古拉》写的是什么。（写的当然是德古拉，但我们只看到他很少的一面，比我们想要的少很多。他并没有把欢迎写在脸上。写的也不是范海辛，见到他的机会这么少，我们会很高兴。也许写的是欲望、渴求、恐惧或者死亡。也许写的是很多东西。）

这篇前言并没有说你手中拿的这本书写的是什么，而只是警告你：小心，《德古拉》可能是捕蝇纸一样的陷阱。开始你只是漫不经心读到，然后，一旦你把它放下，可能就会发现自己（几乎违背自己的意愿），对小说缝隙中的东西，那些书中暗示或者隐含的东西，开始进行思考。一旦你开始思考，接下来就是时间问题了。你会发现自己在月光下醒来，无法抵挡开始写小说写故事的欲望，写那些配角和幕后的事件——或者更糟，就像疯子伦菲尔德永远都在分类整理他的蜘蛛和苍蝇，最终还把它们都吞了下去一样，你也许甚至会发现自己正在给书做注释……

《罗德亚德·吉卜林恐怖与奇幻故事集》①

　　多年以前，在我刚开始写《睡魔》的时候，我接受了某家早已停刊的杂志的采访，采访中他们让我列举几位我最喜欢的作家。我开心而热情地列了一堆。几个月之后，采访出版了，DC漫画收到一封粉丝给我的信，于是转给了我。那是三个年轻人写来的，他们想知道我怎么可能把吉卜林列为最喜欢的作家，我可是个新潮、开明的年轻人，而吉卜林，他们告诉我，是个法西斯及种族主义者，总体来说是个恶人。

　　从那封信中明显可以看出，他们从没有真正读过任何吉卜林的东西。更确切地说，有人告诉他们不要读。

　　我认为我不是唯一一个在脑海里写回信但从来不寄出去的人。在我的脑海里，我写了好几页答复，但我从没真正写下来寄出去。

---

① 本文是为2008年斯蒂芬·琼斯编选的《罗德亚德·吉卜林恐怖与奇幻故事集》写的前言。——原注

实际上，吉卜林的政治主张和我并不相同。但如果一个人只能阅读和自己的观点完全相同的作家，这种世界好像有点惨。如果我们不愿意花时间去认识想法不同的人、从不同角度看待世界的人，那么世界会变得乏味。吉卜林和我有很多地方不同，我喜欢这样一个人出现在我喜爱的作家名单里。除此之外，吉卜林是一位惊人的作家，他在短篇小说这种文学形式中大概发挥最佳。

　　我想要向那几位来信者解释，为什么《园丁》对我影响这么深，作为读者也作为作家——这个故事我曾经读过一次，每个字都相信，直到结尾，在这里我理解了女士的遭遇。然后我又从头开始，现在理解了他讲述的语调。这是一部杰作。故事讲述了失去与谎言，还有人之为人、拥有秘密意味着什么，以及秘密可以、必定，而且应当让你心碎。

　　我向吉卜林学习。如果他没有那样写，我至少有两个故事（还有我现在正在写的一本童书）都不会存在。

　　吉卜林写人，他笔下的人感觉非常真实。他的奇幻故事令人恐惧，或者给人启发，或者非同寻常，或者伤感，因为他笔下的人会呼吸，也会做梦。故事里的角色在故事开始之前就栩栩如生，当读者读完最后一行的时候，许多角色还会继续活下去。他的故事会引发感情反应——本书至少有一个故事让我在一百种层次上产生不适感，让我做噩梦，但无论如何我也不想错过它。除此之外，我还会告诉来信者，吉卜林是位诗人，是被驱逐的诗人，同样也是帝国的诗人。

　　那个时候，以上这些我什么都没说，我真希望当时说了。

我现在把这些告诉你。斯蒂芬·金曾经提醒我们，要相信故事，而不是讲故事的人。罗德亚德·吉卜林的故事绝对是以英语书写的一流小说。享受它们吧。

逆转未来：
H.G.韦尔斯《盲人国及其他故事集》[①]

　　H.G.韦尔斯，父母叫他伯蒂，朋友叫他 H.G.。他与儒勒·凡尔纳一起，为我们带来了浪漫的科幻故事—— 现在我们所知的文学分支科幻小说的前身。他的短篇小说，还有他的原始科幻小说，流传至今，仍有人阅读，而很多他认为更重要更有意义的主流小说都已经消失，多半被人遗忘。这也许是因为小说往往从属于自己的时代，随着时间改变而被吞噬，而某些科幻小说、奇幻小说和故事，虽然带有维多利亚晚期或者爱德华时期的设定，却是永恒的。

　　韦尔斯的小说确立了一种模式。在小岛上用动物创造人的疯子，或者是穿越时间或空间的旅行，所有这些东西都被后人模仿，或者无心或者有意，从那时起直到现在，变成了成百甚

---

① 这是我为2007年企鹅现代经典版 H.G.韦尔斯《盲人国及其他故事集》所作的前言。引用的所有韦尔斯的话都来自1911年版《盲人国及其他故事集》的自序。——原注

至成千上万其他作家故事的模板：隐身人来到萨塞克斯的一个小镇——他自愿幽禁在自己的房间，聪明而容易被人忘记的男主角几乎直到一百页之后才出场，贫穷而又疯狂的白化病人格里芬的揭露与解释，并不仅仅是《隐身人》的故事，而是一种模板，是一千个其他故事的秘诀，是"有些事情人类并不应该知道的"故事模板，在这些故事里，科学与疯狂的边界磨损开裂。韦尔斯的科幻小说是观念的小说，同样也是人性的小说；大概也都是阶级的小说，或者是比喻意义上的阶级（比如《莫罗博士岛》中，莫罗博士创造了底层阶级兽人；或者《时间机器》中的旅行者在遥远的未来遇到衰老的上层阶级和畸形的下层阶级），或者是字面意义上的——疯狂的格里芬就是僭越阶级的下层中产阶级的产物。

短篇小说多半倾向于别的东西。一些对韦尔斯来说独一无二的东西。

人们常说阅读科幻小说的黄金时代是你十二岁的时候，可以说韦尔斯的短篇小说就是为十二岁的孩子写的，或者是为了成人心中那个十二岁的孩子。他的寓言往往没有性描写，没有疑问，十分直接。（一点自白：大部分故事我第一次读时是个十一岁的男孩。我在一间教室的书架上发现一本厚厚的红皮书《H.G.韦尔斯短篇科幻小说》，此后两年读了好几次，神魂颠倒激动万分。这些故事无疑很古老，但它们感觉并不缺乏生气，不落伍，甚至也不过时。怪异兰花的开放让我烦恼，魔法商店的真实性并不令人满意，这让我怀疑。但这本书真的很不错。）

这些都是关于迷恋、揭露与发现的故事。有些虚张声势，有时全力冒险。然而，大多数时候，它们提醒我们，从某种意义上说，它们都是目击报告，并且具有这种文类所有的局限与力量。它们一再告诉我们故事的角色看到了什么，但每次只多一点点，然后就转身离开让我们自己推断，留给我们疑惑。那人是通过四维空间被转移了吗，他看见饥饿的精神生物了吗？那就是他真正看见的东西吗？吃人的大乌贼来到无动于衷的英国海滩饱餐人肉了吗？人们看见什么在海底深渊之中拜神？水晶蛋怎样来到这家商店，现在它又在哪里呢？我们只知道自己能看到的事情，而这本身就令人信服。

有一句古老的格言：一则短篇小说中只发生一件事。韦尔斯的短篇小说证明了这句话。他的写作效率很高：刚好满足需要，几乎不用外加装饰音。不过，其中最好的东西存在于暗示之中，令人难忘。

它们往往是关于秘密泄露而失败的故事。在韦尔斯的世界里，智慧树上的果实没有被吃掉——并不是因为恐惧或者困难，而是因为窘迫——我们一次又一次地失去知识，或者等同于魔术的某种东西（制作钻石的秘密，显示火星生活的鸡蛋，隐身的配方）。这些故事之中，很多直到结尾世界仍未改变，然而它本应不可挽回地完全改变。如果科幻小说的一种社会功能就是让我们对变革有所准备，韦尔斯的故事开始了这种进程。达尔文勾画出了变革的轮廓。韦尔斯是位科学家，或者至少年轻时是位科学教师和科学作家，他的老师是达尔文的信徒，他并不害怕科学概念或者实验。韦尔斯用他的小说来阐明变革，歌颂它的同时也警告大家变革的意义会是什么。

韦尔斯最成功的短篇小说在今天的标准看来并不是小说，至少不完全算小说。它们是逸闻趣事和新闻报道：故事中有食肉的大乌贼，看起来感觉像是世纪之交科学著作中的文章。而武装着毒液的蚂蚁的故事，在到达欧洲五十年之后才结束它们的一生（那是集装箱船和喷气飞机出现之前缓慢而悠闲的日子）。这并不是缺点——而是这些故事很大一部分力量与感染力的源泉，也是这些故事被视为科幻小说谱系的早期分支的原因之一。科幻有一部分是概念的文学，这些故事有很多基本是纯粹的概念，情节或叙述十分简洁。然而，以今天的标准（以及韦尔斯写作时代的标准）看来，这并不合适。它们不是规矩的短篇小说——这类批评令韦尔斯耿耿于怀，他在1911年版《盲人国及其他故事集》前言中写道：

> 那时和现在一样，我们遭到先验主义的批评。就像现今他们四处宣告，剧作家某某的作品非常有趣、令人愉快，但"它不是戏剧"，我们短篇小说也有一大堆闲言碎语，发现自己被各种武断的标准所衡量。有一种趋势认为短篇小说好像是一种像十四行诗那样可以定义的形式，而不仅仅是任何有勇气和想象力的人在二十分钟里可以读完的东西。发明短篇小说和奇闻轶事的区分标准的人，是强烈反对吉卜林风格的爱德华·加尼特或者乔治·摩尔。短篇小说是莫泊桑；奇闻轶事该下地狱。
>
> 这种评论本身就有点像地狱，因为它不允许辩护。傻

瓜会抓起它来随便乱用。对于艺术成就领域而言，没有什么和滥用老套术语一样有害。任何人都可以就任何短篇小说发表看法，"不过是奇闻轶事"，就好像人人都可以批评任何没有故意弄得单调无聊的小说或者奏鸣曲"不连贯"。我对这种紧凑、有趣的形式热情衰退，与那些令人泄气的诋毁密切相关。你会感到暴露于令人不知所措、无法辩驳的指控之下，无能为力，我在幻想花园之中的悠闲与快乐一点一点地被对这种指控的恐惧毁坏。忧虑蹑手蹑脚进入你的脑海，像春日清晨的海雾一样模糊却无法摆脱，不久你就瑟瑟发抖想要进屋……这就是富有想象力的作家荒唐的命运，竟然如此容易受到气象条件的影响。

在这里韦尔斯好像痛苦地意识到，他最引人注意的短篇小说并不是对人物与事件的探索，他对此并不满意。其实他并不需要这么担心。实际上，它们成功正是因为它们有时缺少情节，往往缺少人物。然而，他们拥有简洁与说服力。阿瑟·柯南·道尔一万一千字的小说《地球痛叫一声》（1928）在韦尔斯手中会变得人物全无，只讲事件，成为字数减半的新闻报道。韦尔斯最好的短篇小说是一个充满可能性的世界，充满科学或社会突破，或者充满能改变世界的未知事物。

这些小说，特别是其中更异想天开的那些，是最容易读懂的，它们好像是来自已成为过去的另一个平行世界的明信片。这些故事中很多都关于未来与变化，它们很久以前已经被时间与记忆带走：在故事写出来一个多世纪之后，很难仍旧位于前沿。

韦尔斯这样描述短篇小说的艺术，"创造明快动人的东西的欢乐艺术；也许恐怖也许悲哀，或者滑稽或者美丽，或者极富启发性，只有一点必不可少，大声朗读只需花十五到五十分钟。其他的就要看作者的创造力、想象力以及当时的情绪可以带来的任何东西了——在忙碌的一天或前所未有的世界中看见抹在地板上的黄油。基于各种各样期望的精神，读这些故事。"

这个建议在今天与他写下的时候同样正确。

（请读者注意，接下来这部分会给出一些具体情节。）

《不知疲倦的先生》——在这里我们会遇到新神学，在"一个黑心工贼和只不过皮肤黑的阿祖马齐"的故事里，阿祖马齐从东方来到英国，认为发电机"比他在仰光所见的诸佛更伟大更镇静"。这个故事让人想起我们不再视为合理的态度及语言，并且预示了科幻小说的一个主题；如果我们允许，机器可以变成我们的神。

《关于戴维森的眼睛的非凡案例》——韦尔斯技艺的例证，为读者呈现一个不可能的事件，然后又用足够的细节来说服与支撑。

《飞蛾》——它是关于科学家的科幻小说，但披上了鬼故事的外衣，然后，在对落入疯狂的观察中，逐渐变为一个离奇的故事。随着主人公（也就是一位科学家）接受了只有他能看到那只飞蛾的事实，他拥抱了自己的疯狂，这才是真正恐怖的事情。

《灾祸》——一个令人心碎的传记故事，但给了一个快乐的结局，而在真实的世界中韦尔斯自己的生活却以灾难告终。一篇"如果……会怎样"的小说。事实上，韦尔斯的父亲失去了商店，母亲去别人家帮佣。这里通过小说进行时间旅行，作为一种弥补不能弥补之事的方式。

《月光之锥》——悲剧性的、永恒的、小小的三角关系（圆锥是三维的三角形）。让人想起二十世纪五十年代美国 EC 漫画流水线上讲述的那些恐怖与复仇的故事：隐喻会实现，会致命。画家和戴了绿帽子的丈夫都热血沸腾，就其中一个人而言，这并不仅仅是一种修辞。机械控制了整个局面，这个故事让我们想起《不知疲倦的先生》，结尾的牺牲行为也是相似的。

《空中冒险家》——一篇小科幻，现在已经永远弃置于平行过去之中。这是一则迷人的小故事，其中韦尔斯所有的猜测与直觉都错了，只有一点除外，他相信人类可以在空中通行，而且比大多数人相信的都早。除了故事结尾处的死亡之外，这个故事并没有设计成悲剧。它可以算是太空飞行的故事，虽然有点太早了。虽然对于比空气重的飞行器的最初阶段，韦尔斯的想象是错的——那并不是百万富翁的游戏，而是相对便宜的游乐场——但是关于太空旅行的看法他是对的，那的确是亿万富翁的游戏，你可以想象镀铝工艺。

《手术刀下》——一场跨越宇宙的死亡，一个人类的未来建立在改变的尺度上的故事，我们凝视着这件手工艺品，也凝视着上帝之手（虽然看不到脸）。

《显微镜下的玻片》——科幻小说，意思是这篇小说里有科学家；这部小说让我们想起韦尔斯本人早年未能毕业。这又是个在各种意义上关于阶级的故事。又是个关于竞争的故事，最终成了道德剧，成功与失败对两个不同的人来说意味着两种非常不同的事情。

《普拉特纳故事》——又是一则奇闻轶事。一开始事物左右颠倒的画面令人震惊，就好像普拉特纳位于另一个维度，然后以镜像形式（化学的一个分支，称为手性）回到我们身边一样，最后我们不得不接受这个事实。我们看到鬼魂和九天的奇迹（在韦尔斯的故事里有很多九天的奇迹——这次，在故事开头的时候，就以这样那样的方式多次告诉我们，"有个东西非同寻常——在大众的想象之中它已被取代，现在我要告诉你一些你不知道的事情"）。

《已故的艾尔维山姆先生的故事》——身体交换的故事，可怜的伊登被放入了神秘的艾尔维山姆先生体内。原型的科幻小说逐渐变成了纯粹的恐怖小说。

《在深渊里》——又是一则碎片式的奇闻轶事，我们从中瞥见深埋于我们的世界之下的那个世界，然后再一次失去它。

《海洋袭击者》——我上次读这个故事是十二或者十三岁的时候。我还记得当时那种恐惧，完全陌生与危险的东西入侵了我知道和熟悉的地方。世界大战之中的另一场战斗，虽然威胁来自海底，而不是火星。风格是新闻报道式的，意图完全在于令人信服。结尾的不确定性加深了这种感觉，这件事情发生过，或者可能曾经发生，就像韦尔斯描述的那样。

《水晶蛋》——视觉的本质这个主题在韦尔斯很多短篇小

说中重复，在这里（与《关于戴维森的眼睛的非凡案例》相同）我们与视觉的接触有一定距离。真相再次仅仅揭露了一部分，包裹在一系列谜团之中，由于人性不可靠，而并非由于人的恶意，最终真相永远消失。这个故事（还有那个蛋）让我们瞥见另一个世界，超凡脱俗，令人难忘。可怜的凯夫，这位坐立不安的小商人，另一个世界的图像给他力量，他完全是韦尔斯式的人物，具有古怪的人性，否则这篇小说也许就只是一件奇闻轶事，讲述尚未出现的星际电视。

《石器时代的故事》——这个故事现在几乎已被遗忘。感觉像是一篇夭折的长篇小说，但应该被写完。韦尔斯率先探索了这种文学类型，其他人多年后才来到这个领域——在石器时代，有个人想法非常突破，在那个时代所有的想法都是崭新的。男主角是第一个骑马的人，他创造了一种早期的毁灭性武器，嵌有狮子牙齿的棍子。虽然他给我们的故事令人满意，它读起来仍然像是韦尔斯本想写完的一本书，本应成为它那个时代的《洞熊家族》。

《星》——韦尔斯享受尺度变换，镜头慢慢拉远从人直到宇宙，这篇文章使用这种技巧获得了很好的效果。

《制造奇迹的人》——经常改编成剧本，著名理所应当。这个故事已经有了一部电影，在电视和广播上也改编了很多次。就像韦尔斯很多奇幻小说一样，它绕了一圈又回到起点。

《一个末日裁判的幻梦》——韦尔斯建立起一种"未来史"——与未来相符的历史，其中他安排了很多小说。在这个故事中，梦中的事件尚未发生，未来的战争、政治问题、个人的灾难以及死亡，生动地融入那个历史。

《新加速剂》——这是个讲述超高速和恶作剧的极其欢乐的故事。一个顽皮的故事——加速剂没有丢失也没有摧毁，也没有导致疯狂和失望。这在韦尔斯的故事中是第一次。相反，结局充满可能性。

《派伊克拉夫特的真相》——通常来说，叙述者和韦尔斯难以区分。但"派伊克拉夫特"的叙述者并不是，他身材瘦削，有印度血统。派伊克拉夫特本人认为自己需要减肥，但实际上只是不想变胖。他是个真实的人物，有点类似于比利·邦特[①]，是个不可思议、令人难忘的"伟大、肥胖、放纵的人"。这是一个真心滑稽的奇幻故事，故事刚开始就有很多趣事。

《盲人国》——对我来说，这是韦尔斯最有趣的小说之一，这一定程度上是因为几十年之后他需要重写这个故事，更确切地说，他需要给它一个新的结局。这是个在很多方面都不寻常的故事，它轻易逆转了众所周知的常识：盲人国中，独眼为王；主角不能沟通；所有概念都变得没有意义，因为它们代表的感官信息在故事中完全多余。

故事第一次重述时（1904年，就是这里给出的这一版）遵守经典的韦尔斯短篇小说的模式：遇到不可能的事，得到不满意的解决。但这个故事用自己的古怪方式来让我们信服。

后来的版本（1939年，去掉了最后三百字，另加了两千字）让人更满意，同时又更不满意——令人信服的奇闻轶事现在成了真正的短篇小说。形式更为熟悉。现在有视力的人

---

① 英国作家查尔斯·叉密尔顿小说中的一个胖男孩。

并非仅仅逃跑——他的视力给他能力回来警告村民厄运将至，就像特洛伊公主卡桑德拉；结局包含男女之间的真爱，故事的发展已经从报道变成了文学。故事的每个版本都完全令人满意，但第一版结局的直接与说服力改换成了一些其他的东西。它表明，如果韦尔斯有这种态度，他晚年可能会创作出一些极其感人的奇幻短篇小说。（并不是说他未被邀请，也不是说他没有市场。不如说是丰富的想法消失了，他的心思和关注点转到了其他方向。正如韦尔斯抱歉地解释说："我发现，解开限制这些创意源泉的原因有点困难。我注意到，这在别人身上发生，也在我自己身上发生，虽然编辑和读者仍然给作者最体贴的鼓励。生活中曾经充满短篇小说，它们总是浮现在我脑海的最上层，这种热情的变化不遂人愿，但因此限制了我的创作。"）

《蚂蚁帝国》——生态灾难的故事。这个想法现在可以看作一个大谈特谈的出发点，在这里则是整个故事。这当然讲得通：这个想法是原创的，韦尔斯又是讲故事的一把好手。故事结尾是叙述者，也就是韦尔斯，令人担忧的暗示：这个灾难故事的第二幕会在二十世纪五十或六十年代的欧洲上演。

《墙中之门》——在所有人写的故事中，这是我最喜欢的故事之一。令人难忘、有魔力又悲伤，虽然情节完全可以预见但总体上依然令人满意。它像一部喜剧默片，乐趣并不在于发生的事情，而在于一连串事件之中的每一个环节怎样在应该发生的完美瞬间发生。

《恶魔的野驴》——一点地狱之火，一点政论。你还能期待什么呢？

短篇小说作品一百年后还被人阅读，这样的作家不管在任何领域都寥若晨星。特别是科幻小说，保质期太短，只有最好的作家才能超越时间。霍·布拉德伯里的火星短篇小说超出了我们认为火星上没有运河也没有大气的知识；太多优秀作家笔下的太多有关不久将来的故事，一遇到某些事件或者科学知识的突破，就会变得纯粹多余。H.G.韦尔斯的故事，正如这部选集所示，仍然惊人地可读。而且，最重要的是，像这样一本书带来的乐趣，在于这些故事可以而且将会一直被人阅读，并不是因为对过去好奇，而是因为它们是有生命力的东西。韦尔斯本人提到自己的短篇小说时说："我并不保证，也不道歉；只要有人读，它们就会有读者。写下来的东西或者活着或者死掉……"在有关这些故事能说的所有东西里，对我来说，毫无疑问这点最好：在写下很久以后，它们仍然活着。

改造期间，照常营业：
科里·多克托罗《信息不想免费》①

乔治慢慢摇了摇头。"你错了，约翰。不会回到从前了。我们早上是匮乏经济。晚上是丰裕经济。早上是货币经济——就算信用很重要，仍然是货币经济。晚上是信用经济，百分之百都是。早上你和中尉推销标准化。晚上又要多样性。"

"我们社会的整个框架都翻个了。"他犹豫地皱着眉头。

"然而你也没错，好像并没有太多不同，仍然是老样子一窝蜂地竞争。我真不明白。"

——拉尔夫·威廉斯《改造期间，照常营业》（选自《惊骇科幻小说》，1958年）

---

① 本文是科里·多克托罗2014年《信息不想免费：互联网时代的法则》两篇前言之一。——原注

十来岁的时候，我从爸爸的朋友那里买了一箱子科幻杂志，此前它们被他放在车库里。大部分是《惊骇科幻小说》的英国版。故事的作者名字我几乎都没听过，虽然从认字开始我就一直阅读科幻。

我付的钱比我能承担的还要多。

可是，我怀疑这一个故事就让我赚回了本钱。

那是个思想实验。我已经忘记了故事的开头（大概是外星人决定混到我们中间），但记得后来发生的事情。

我们在百货公司。有人扔下了两台实物复制机。机器上有托盘。你把东西放在一号托盘里，按一个按钮，二号托盘里就会出现一模一样的复制品。

我们在百货商店里待了一天，他们什么都卖，便宜的不行，用实物复制机复制各种东西，给点钱就卖，使用支票和信用卡，不收现金（你可以完美地复制现金——显然它不再是法定货币了）。靠近结尾的时候他们停下了，盘点这个等待他们的新世界，意识到所有规则都已经改变，但比以前更需要工匠和工程师。公司不会再生产成千上万一模一样的东西，但他们需要制作成百，或者上千，略微不同的东西，他们的商店将会变成产品展厅，车房将成为历史。现在将会有根本性的变革，包括二十世纪五十年代风格的零售业，包括"长尾效应"，这刚好是个1958年之后出现的短语。

作为《惊骇科幻小说》，这个故事所蕴含的寓意与收录在《惊骇科幻小说》里的95%的故事一样，也许可以归纳为：人类多聪明。我们能应付。

早在二十世纪九十年代，我的音乐家朋友最先开始伤心抱怨，人们在 Napster 上剽窃他们的音乐，我给他们讲了这个复制机的故事。（我不记得故事的题目，也不记得作者。直到我答应来写这篇前言，我才通过邮件问了一位朋友，谷歌搜索之后，发现自己多年来第一次重读这个故事。）

　　在我看来，复制音乐并不是偷窃。复制音乐是另外一种东西。那其实是复制机的故事：你按了电钮，物体就出现在托盘里。我猜，这意味着，作为实物的音乐（CD、黑胶唱片、录音磁带）将会失去价值。其他的东西——基本是不能复制的东西，像是现场演出和私人交流——价值将会增加。

　　我还记得查尔斯·狄更斯在一百五十年之前的所作所为，那时候的版权法意味着他的版权在美国一文不值：他的读者众多，但一点钱都挣不到。所以他将盗版当作广告宣传，到美国的剧院巡回演出，朗读自己的书。他不仅赚了钱，还环游了美国。

　　于是我开始做《与尼尔·盖曼共度夜晚》的活动，用来给漫画法律保护基金会筹款，并且还在学习如何做这个；我得想办法让观众觉得这一夜有意思，因为出场的只有我、舞台和我写的东西。这样做部分原因在于我觉得有一天以传统方式销售小说也许挣钱不会像现在那么容易，但这类生意也许仍然像往常一样进行下去。因此在改造过渡期间，如果有我可以做的事情，我都应该试一下。

　　音乐销售的性质从根本上完全改变，当时我只是站在旁边围观点头。如今图书出版的性质也在改变。现在宣称自己知道十年之后出版业的局面将会变成什么样的人，要么是傻瓜，要么是自欺欺人。有的人认为天要塌了，我也不完全怪他们。

我从不担心世界正在走向终结，因为十来岁的时候，我在科幻杂志上读过一个思想实验，那杂志是在我出生前两年出版的。它让我大开眼界。

我知道未来的观点将会非常不同，作家将会从不同的地方挣钱。我确定并不是所有作家都能成为查尔斯·狄更斯，我们中很多人成为作家的目的一开始就是为了避免站到台前。因此这并不是适合所有人的解决办法，甚至不是适合我们大多数人的解决办法。

幸运的是，科里·多克托罗写了这本书。书中满是智慧与思想实验，还有能让你头脑混乱的各种东西。我们争论时，科里曾经用哺乳动物和蒲公英打了一个比方，来向我解释我们即将走入的那个世界。从那以后，我眼中的事物再也不是原来的样子了。

我在这里的复述并没有科里说的那么好，他说，哺乳动物会花很多时间在幼仔身上，怀孕还有养育幼仔都花很多时间。而蒲公英只是把种子扔到风中，也不为未能成活的种子忧伤。直到最近，创作知识内容获得报酬都是哺乳动物这种观念。现在，创作者应该接受，我们正在变成蒲公英。

这世界并未结束。它不会结束，如果像《惊骇科幻小说》曾经暗示的那样，只要人类足够聪明，就可以想出办法，解决我们认为自己遇到的问题。

我认为，未来的一代人会对我们的苦恼迷惑不解，就像我小时候对维多利亚时期的音乐厅的消亡迷惑不解一样。我为那些演员感到遗憾，在他们的表演生涯中，每次只需要十三分钟的上台时间，在一个又一个城镇表演那十三分钟，直到电视机出现了，消灭了这一切。

　　无论如何，改造期间，照常营业。

G.K. 切斯特顿笔下布朗神父的秘密[1]

　　布朗神父的故事色彩并不单调。毕竟，切斯特顿是位艺术家，几乎每个故事都以明亮的笔墨开始。"傍晚阿达尔菲各条街上的阳光仍然明亮"（《走廊中的人》）；"那是一个阴冷寂寥的初冬下午，阳光闪耀着的颜色不是金黄，而是银白，也可以说不是银白而是锡灰"（《锣声的威力》）；"普鲁士的天空蓝得像是波茨坦区的一样，但是更像小孩从便宜的颜料盒里用的那种浓厚和发光的蓝色"（《布朗神父的童话》）[2]——这是从《布朗神父的智慧》之中随机抽取的三个例子，每个都出现在故事的第一段。

　　我们第一次遇到他是在《镶蓝宝石的十字架》。一位笨手笨脚的埃塞克斯助理牧师，带着几个牛皮纸包和一把雨伞。切斯特顿从他的朋友约翰·奥康纳神父的形象上借来了纸包、雨

---

① 1991年《100位大侦探》中的文章。——原注
② 以上译文均引自G.K.切斯特顿著，李广成译：《布朗神父探案全集（上）》，南京：译林出版社，2008年。

伞，也许还有中心人物——后者曾经惊奇地发现，小说中的神父（一般情况下，社会假定他们是脱离世俗的）竟然必须与世界及其中的罪孽保持亲密关系。《镶蓝宝石的十字架》表明了这一原则：弗兰博，这个盗窃大师的每一步都被这位小小的神父以智慧看穿，因为这位神父理解盗窃。

他穿着黑色的牧师服装，戴一顶平顶帽，浅黄色头发，灰色眼睛"像北海一样空虚"。他就是布朗神父（姓名首字母可能是J，名字可能叫保罗），侦探小说中色彩最单调的角色之一，在另外六十部左右短篇小说中继续出现。他并不那么关心追捕罪犯，只是不断将他们绳之以法；也不关心能否解决罪行，而更愿意给罪犯一个机会宽大处理，或者仅仅作为传达常识的工具，去阐明一种切斯特顿式的悖论。其他小说中的大侦探都能总结出传记，会有爱好者给他们的生活和英雄事迹中填充细节（华生哪里受过伤？）；而布朗神父使得这种尝试落空，你无法完善他在文本之外的生活细节。他没有家庭生活，没有早年经历，也没有最后的鞠躬。他色彩单调。

切斯特顿自己指出，他的小说《代号星期四：一个噩梦》的副标题，往往被人忽视。也许这解释了有关布朗神父故事的一些其他东西：他们的逻辑是梦的逻辑。布朗神父故事中的人物在故事开始之前没有什么存在感，结束之后也是一样：每个故事中的所有人物，无辜群众与罪犯，聚在一起只是为了让这个故事发生，并没有其他原因。这些故事并不是推理练习，因为读者面前很少有一系列线索和逻辑问题要解决。与此相反，它们是魔术大师天生的魔术技巧，或者错视画派的绘画，使用一点棕色，东方的哲人突然就变成了私人秘书，或者自杀变成了谋杀，或者相反。

布朗神父故事是面具的游戏——不出现某种露出真面目的情况很少。结局往往并不是误导性线索的累积，而更经常是揭露在你读的这个故事中，究竟谁是谁。

有人说切斯特顿并不以布朗神父为荣；确实，他写这些故事是为《GK周刊》提供资金，特别是后来，这是他分产主义理论（一种田园社会主义，认为每个头脑正常的英国人都应该有自己的牛，还有一块地来放牧）的传声筒。也确实，布朗神父故事有很多是重复；其中只有这么多的面具，因此一个人可以伪装自己的次数也只有这么多次。但就算是最糟糕的故事也包含神秘与稀有的东西：也许是一抹晚霞，或者是一句传奇的结束语。

切斯特顿本人丰富多彩，比生活更自由：可以想象，在创作侦探的时候，他原本可以选择让他耀眼夺目——他的主角可以是弗兰博，或者森迪①。然而，布朗神父，好像不像是侦探，而更像是对侦探的回应。G.K.切斯特顿抱怨连连："封面显示有人中弹/封底为你揭示凶手。"（《商业的直率》）

你无法歌颂布朗神父，因为他不存在。在切斯特顿式的面具游戏中，侦探是麦古芬，因为微不足道而意义非凡。这个人是个相貌平凡的男子，随着故事的发展越来越不散漫，越来越不慌张，但当他走到镜子前，走在千变万化的灯光下，仍然色彩单调到极点。

---

① Flambeau 意为火炬，Sunday 内含"太阳"（Sun）。

"牛皮纸艺术揭示出一个充满智慧而可怕的真理，"切斯特顿讨论自己喜欢用粉笔在牛皮纸上画画时这样说，"白色也是一种颜色。"他用所有侦探之中色彩最单调的一位，呈现出最丰富多彩的侦探小说，这也是一个充满智慧而可怕的真理。

有关梦与噩梦：
H.P.洛夫克拉夫特的梦境小说[①]

　　如果文学是个世界，那么奇幻与恐怖是一对双子城，中间只隔了一条黑水河。恐怖的地域更加危险，或者应该这样：你可以独自在奇幻城中闲逛。

　　如果恐怖与奇幻是城市，那么H.P.洛夫克拉夫特就是一条长街，从一座城市的郊外一直通向另一座城市的边缘。最开始它只是一条不重要的通道，现在却成了六车道的高速路，双向都是六车道。

　　这就是H.P.洛夫克拉夫特现象。H.P.洛夫克拉夫特本人四十七岁去世，至今已经超过五十年了。

　　这个人：瘦削，严肃，在他自己的时代里不合时宜。

[①] 这是我为1995年《H.P.洛夫克拉夫特的梦境始末：恐怖与死亡之梦》所写的前言。——原注

在我家楼梯上有一个世界科幻奖奖杯；我路过的时候会摸摸它的头：那是加恩·威尔逊创作的霍华德·菲利普·洛夫克拉夫特雕塑。这座肖像有薄嘴唇、高额头、尖下巴和大眼睛。他看起来隐约有点不舒服，有点古怪，像复活节岛的人像。

他是位孤独的个体，住在罗德岛普罗维登斯。他写信与外界交流，有些信有短篇小说那么长。

他为低俗杂志写作：为《神怪故事》[1]这种读完就扔的杂志写小说，它的封面印成暧昧而附庸风雅的同性恋捆绑场景。他代笔了一篇霍迪尼的小说，重写了有抱负的作家的作品；他有两个故事卖给了《惊奇故事》杂志——《疯狂山脉》和《超越时间之影》。

他相信种族优越论这种令人不快的学说，是个亲英者。他向恐怖学习。关于他生活与死亡的情况，他的小说的根源，有很多猜测，但它们只是理论。

生前，他并不是个大作家。他甚至也不是三流作家。他是三流的低俗杂志写手，和他同时代的任何人一样容易被遗忘。（快！你能说出二三十年代《神怪故事》里其他五位作家的名字吗？）但那里有些东西并没有消亡，就像洛夫克拉夫特自己的克苏鲁一样。

（可怜的罗伯特·E.霍华德，他是柯南和国王库尔的创造者，是另一位仍被铭记的《神怪故事》作家。而西伯里·奎因还有其他很多人则被踢到了脚注里。霍华德1936年自杀，年仅三十，因为在此之前他听说母亲即将去世。然后还有罗伯

---

① 又译《诡丽幻谭》。

特·布洛克，他在十八岁的时候，就在《神怪故事》发表了第一篇专业水平的短篇小说，后来的职业生涯卓越而长久。）

洛夫克拉夫特的某些影响立刻发生。与他类似的同辈作家，包括布洛克、弗里茨·莱伯、曼利·韦德·韦尔曼等，使用了他创造的主题：我们存在其中的这个世界是时空之中的一个小小碎片，太空，内层空间与外层空间，都广阔无垠，居住其中的东西有的对我们心怀恶意，在他们眼中，我们的重要程度甚至都比不上宇宙尘埃。然而，洛夫克拉夫特对小说的大多数影响，在他去世五十年后才真正被人意识到。

在他生前他的小说并没有收成合集。威斯康星州的作家奥古斯特·德莱思，与唐纳德·万德莱共同建立了小小的出版社阿卡姆书屋，以出版洛夫克拉夫特的小说：洛夫克拉夫特去世两年之后，德莱思首先将洛夫克拉夫特的散文集结成《局外人与其他》。从那以后，洛夫克拉夫特的小说在全世界一再收入各种选集，各种重排。

这部选集讲的是梦。

梦是奇怪的东西，危险而异常。

昨天晚上，我梦到自己正在逃离政府的追捕，在中欧某地。我被秘密警察劫持，被扔到一辆货车后面。我知道这些秘密警察是吸血鬼，而且他们害怕猫（因为在我的梦里，所有吸血鬼都怕猫）。我还记得我在等信号灯的时候逃出货车，穿过城市试图逃跑，想要打电话叫几只城里的猫来帮我，却没有得到回应：它们的灰色皮毛柔顺光滑，难以驾驭，不知道自己能救我的命……

如果想在梦中寻找象征意义，寻找与生活一一对应的东西，可能会发疯。但猫来自洛夫克拉夫特。那些吸血鬼秘密警察，在某种程度上也来源于他。

洛夫克拉夫特越写越好。

这样说比较礼貌。

一开始他写得相当糟糕：他的耳朵好像不会聆听词语的节奏，也不真正理解自己想要怎样处理故事。早期材料给人的感觉，并不是有人把自己的生活，甚至脑中的东西写在纸上；相反，我们看到洛夫克拉夫特一开始只是笨拙地抄袭仿写——这里一点爱伦·坡，那里一点罗伯特·W.钱伯斯——除了洛夫克拉夫特早期模仿的所有其他表达之外，还有对邓萨尼勋爵语气的拙劣模仿，邓萨尼是爱尔兰的幻想大师，洛夫克拉夫特对他的崇拜，也许超过了自己小说能够受益的程度。

邓萨尼是一位伟大的原创大师。他的散文声音像是钦定版《圣经》的东方复述。他讲述各种故事，遥远岛屿上的奇怪小神，梦境中的游览，名字古怪然而又非常恰当的人：总是带有一点顽皮的超脱。你会在这部选集中读到的很多故事，比如《许普诺斯》和《伊拉农的探求》，就隐约有邓萨尼的腔调。

然而，随着时间流逝，在某个时刻，洛夫克拉夫特本人的声音开始浮现。写作变得自信。笔下的那些风景慢慢变成洛夫克拉夫特脑中的风景。

1983 年 9 月，在英格兰中部伯明翰的新帝国酒店：我来伯明翰参加英国奇幻大会，为英国杂志采访作家吉恩·沃尔夫和罗伯特·西尔弗伯格。

这是我第一次参加大会，任何意义上的大会。我尽我所能参加了很多小组讨论，然而只记得其中一个。如果没记错的话，这个小组讨论的发言人有作家布赖恩·拉姆利、拉姆齐·坎贝尔，已故的卡尔·爱德华·瓦格纳，还有爱尔兰插画家戴夫·卡森。

他们讨论了洛夫克拉夫特对他们每个人的影响：坎贝尔写城市威胁的幻景故事，拉姆利的肌肉发达的恐怖故事，瓦格纳的黑暗之剑、巫术与现代狡猾故事；他们讨论洛夫克拉夫特的心理学，噩梦般的幻想，他们每个人如何发现洛夫克拉夫特笔下的某些东西让他们有所共鸣，产生灵感。三位非常不同的作家，三种非常不同的做法。

观众席中一位瘦削年长的绅士站起来向发言人提问，他自己提出了一种理论，询问他们有没有思考过：那些旧日支配者，洛夫克拉夫特笔下名字中有许多音节的野生动物，只不过是利用了可怜的 H.P. 洛夫克拉夫特来与世界对话，在它们回归之前，让人们对它们心生信仰。

我不记得小组发言人怎么回答了。不过我记得他们并不赞成。

然后有人问他们为什么喜欢洛夫克拉夫特。他们提起他想象出来的宏伟景象，他的小说象征了我们未知和恐惧的所有东西，从性到外国人。他们谈起了所有深刻的东西。

然后话筒传给了戴夫·卡森，那位艺术家。"都他妈胡扯。"他非常开心，之前喝了不少酒，扔掉了有关洛夫克拉夫特的所有渊博的心理学理论，直入主题地说，"我爱H.P.洛夫克拉夫特，因为我就爱画怪兽。"

　　这引起观众哄堂大笑，几秒之后戴夫的脑袋轻轻着陆在桌子上，笑声更大了，然后卡尔·爱德华·瓦格纳把麦克风从戴夫手中拿出来，让大家问下一个问题。（现在十年过去了，戴夫·卡森还在我们身边，最近一次是听说他在伊斯特本码头捕鱼，可能会从英吉利海峡深处捞起奇异的洛夫克拉夫特式小动物，他画它们画得那么好，但酒精已经带走了可怜的卡尔。）

　　可是这并没有错。洛夫克拉夫特影响了各种各样的人，斯蒂芬·金、科林·威尔逊、翁贝托·埃科和约翰·卡彭特。他遍布于文化景观之中：对于洛夫克拉夫特的引用，还有洛夫克拉夫特式的概念无处不在，电影、电视、漫画、角色扮演游戏、电脑游戏、虚拟现实……

　　洛夫克拉夫特是引起共振的巨浪。他是摇滚乐。

　　我现在介绍的这部选集将会带我们领略H.P.洛夫克拉夫特的梦境小说，将它编织于从奇幻通向恐怖又从恐怖回到奇幻的巨大地毯之中。这里有《皮克曼的模特》的故事——纯粹恐怖，最典型的洛夫克拉夫特——然后还有理查德·厄普顿·皮克曼，在《梦寻未知卡达斯》中穿行……按照时间顺序排列的故事形成了古怪的式样。还有梦与噩梦，吸血鬼与猫。

　　在洛夫克拉夫特的小说和世界中，有些东西对于奇幻或恐怖小说作家来说有不寻常的吸引力。我写过三篇洛夫克拉夫特风格的小说：一篇转弯抹角，在《睡魔》里——一个安静如梦的故事（是《世界的尽头》合集的第一个故事。你可以看出它是洛夫克拉夫特风格的，因为我在里面用了"巨石堆积"这个词）；另一篇是无情的"马耳他之鹰"的变体，以狼人为主角（收录在史蒂夫·琼斯的精选集《印斯茅斯小镇的阴霾》）；还有第三篇是克苏鲁自传的摘录，那时候我比较年轻，是一次尴尬的幽默尝试。如果我再次回到洛夫克拉夫特风格（我相信在死前一定会有机会），可能会是一些完全不一样的东西。

那么洛夫克拉夫特的什么地方让我一直回头呢？让我们大家一直回头呢？我不知道。也许我们只不过喜欢他给我们的可以根据自己的想法去画怪兽的方式。

如果这是你第一次涉足 H.P. 洛夫克拉夫特的世界，你也许会发现道路一开始有些崎岖不平。但请接着走下去。

很快你就会发现，自己行驶在一条大路上，它会带你穿过双子城，进入远方的黑暗。

如果文学是个世界的话。

它确实是。

詹姆斯·瑟伯《十三座钟》[1]

> 一个谁都没见过的东西从楼梯上跑下来，穿过了
> 房间。
>
> "那是什么？"公爵无力地问。
>
> "我不知道，"顺风耳说，"但是这是一件独一无二的
> 东西。"[2]

你手中拿着的这本书，詹姆斯·瑟伯的《十三座钟》，可能是世界上最好的书。

如果不是最好的书，那它仍然是谁都没见过的东西，据我所知，此前确实谁都没见过这样的东西。

有位朋友某天晚上泪流满面地给我打电话。她和她的男友

---

① 本文是为 2008 年纽约书评版詹姆斯·瑟伯的《十三座钟》所写的前言。
——原注

② 译文引自詹姆斯·瑟伯著，牛唯薇译：《十三座钟》，上海：上海译文出版社，2012 年。

她的家人争吵，她的狗生病了，她的生活一团乱麻。除此之外，我说的任何话，我说的所有东西，只会让事情变得更糟。所以我拿起一本《十三座钟》开始大声朗读。很快我的朋友就开始大笑，她被我迷惑，高兴起来，问题都忘到了脑后。最后，我终于说出了正确的东西。

它就是这种书。独一无二。它让人开心，就像冰淇淋。

写出这本书的詹姆斯·瑟伯是位著名的幽默作家（他大部分小说和文章是为成年人写的），同时也是位漫画家，绘画风格独特（男男女女都胖嘟嘟的，看上去好像是用布做成的，所有人都是妻管严，困惑又愤愤不平）。这本书的插图并不是他画的，因为他的视力变得太差。他让他的朋友马克·西蒙特代画插图。在英国，绘制插图的是漫画家罗纳德·赛尔，那是我大约八岁时候读到的版本。我非常确定，它是我读过的最好的书。它的滑稽方式很奇怪。它里面全是词。虽然所有的书里面都是词，这本却不一样。它里面的词有魔力，奇妙而可口。它滑向诗歌，然后又跳出来，这种方式让你想要大声朗读，只为看看它听起来怎么样。我把它读给我的妹妹听。等我年纪大到一定程度，又读给我的孩子听。

《十三座钟》实际上并不是个童话故事，同样，它实际上也不是鬼故事。但它感觉像个童话故事，发生在童话故事的世界。它很短——不是太短，是刚刚好的那种短。足够短。在我还是年轻作家的时候，我喜欢想象自己每写一个字都要付给别人钱，而不是别人付给我钱；这是一种很好的方式，可以约束自己只使用我需要的那些词。我看到瑟伯把故事紧紧地包在词汇里，同时又把玩着那些闪闪发光的妙语，像个开心的疯子一样把它们扔得到处都是，每时每刻都用词汇解释揭露，或者让人迷惑。它是个奇迹。我想，要讲故事，你可以从这本书中学到你需要知道的所有东西。

你听：书中有王子，还有公主，以及有史以来最邪恶的公爵。书中有顺风耳[①]和悄悄话（还有包打听）。幸运的是有哈加，她流出的眼泪是珠宝。令人害怕的是托德尔。其中最好、最不可思议、最奇特的是古鲁克斯，戴着难以形容的帽子，警告我们的主角：

> "我说我去过的地方，有一半我从没去过。都是我瞎编的。我说过的那些东西，有一半根本找不到。我年轻的时候，曾经告诉人们地下有黄金，于是方圆几十里的人都跑去林子淘金。我自己也去挖了。"
>
> "可为什么呀？"
>
> "我以为宝藏的传说可能是真的。"
>
> "这不是你自己瞎编的吗？"
>
> "没错，但是后来我也不记得是我瞎编的了。我还挺健忘的。"

每个故事都需要古鲁克斯。我们全都很幸运，这本书里有一个。

[①]《十三座钟》原文好像没有Hush，此外悄悄话和包打听都是公爵的探子，所以怀疑此处应该是Hark，也就是另一个探子顺风耳。

有些故事如果有前言会有所帮助，开始读书之前你需要有人解释一些东西。前言叙述背景，写前言的人向暗处照射一道光，让故事更加闪亮，就像一块宝石经过打磨置于精美的镶嵌中，肯定比放在落满灰尘的角落或者粘在公爵肮脏的手套上要好看很多。

　　《十三座钟》并不是这样的故事。它并不需要前言。它并不需要我。它就像哈加笑出的珠宝，如果检查时间太长太仔细，可能会融化。

　　这不是童话故事，不是诗歌，也不是格言、寓言、小说或是笑话。说真的，我不知道《十三座钟》是什么，但不管是什么，就像这篇前言开头某人说的那样，这是一件独一无二的东西。

约翰·詹姆斯《沃坦及其他小说》[①]

做作家最困难的一部分，特别是对于一个写小说为生的人来说，在于这让你很难重读你爱的书。你对小说的技术细节、写作的技巧、故事设计的方式、排列词语创造效果的方式了解越多，回头看年轻时改变你人生的书就越难。你能看到连接点、毛刺的地方、不得体的句子、纸片一样单薄的人物。你知道的越多，就越难欣赏曾经带给你欢乐的东西。

但有时情况完全相反。有时你回头看一本书，发现它比你印象中更好，比你期望的更好：你爱的所有东西还依然存在，但你发现里面塞进了更多你欣赏的东西。变得更深刻，更清晰，更智慧。因为你知道更多，经历更多，遭遇更多，书也变得更好。当你遇到这样一本书，正如他们曾经在书的护封后面说的那样，绝对有理由庆祝。

好了。我们来说说《沃坦》。

---

① 本文是2014年奇幻大师杰作版《沃坦及其他小说》的前言。——原注

我这篇前言交得太晚，主要是因为我试图找到办法，以便介绍《沃坦》又不把故事全都泄露出来。你不会想要人给你解释笑话，也不会觉得在给你一本书去读之前有必要布置作业。但熟悉北欧神话不会有什么坏处。它们会让《沃坦》变成更为深刻的书，就像镜与镜像的游戏，尽人皆知的故事。先阅读《马比诺吉昂》和爱尔兰的《夺牛长征记》也许是件不错的事情。等到读《爱尔兰所有金子也不换》的时候，它们会让你笑得更开心，惊奇地连连摇头。

好吧。首先，请你随意，可以跳过这篇前言，直接去读书。你手中拿着的是一本美妙的书，作者是位不同寻常的作家：它包含三篇小说。有两篇小说关于一位希腊商人，名叫福蒂纳斯，说句不好听的，他比乔治·麦克唐纳·弗雷泽笔下的弗拉什曼更是个无赖，满嘴跑火车，至少也和他差不多；还有一篇是一部威尔士史诗更阴郁的改写，或者再创作。

我读它们的时候是个年轻人——它们八十年代初作为奇幻小说再版，六十年代出版的时候还是历史小说。然而它们并不是奇幻小说，也不完全是历史小说；相反，它们是背景设置在不同历史时期的小说，读奇幻的人可能也会欣赏。福蒂纳斯系列小说（只有两部，第三部小说虽有暗示，但没有写出来）建立在神话和魔幻故事上。（《人们去卡特里克》让人感觉凄凉，它的基础是一首威尔士古诗《高多汀》。）

福蒂纳斯的头脑和观点（或者说他的语气）和我们不一样。对我来说，这种语气持续的时间最长。他的态度和世界是过去的那种。偶尔他会犯下暴行。他的头脑并不属于二十一世纪。历史小说中有很多人物就是我们自己，带着我们的观点，穿着奇特的衣服。但沃坦的衣服很少会奇特。历史小说中所有主人公应该和我们有同样的价值观、偏见与欲望，虽然这种幻想很美好（我自己也用过），但是创作与我们不同的人物，他们不相信我们相信的东西，用对我们和我们的时代都非常陌生的方式看待事物，这更加困难，更为冒险。

我自己的小说《美国众神》有这样一段插曲，主角影子在树上过了九个夜晚，就像奥丁一样，是一种自我牺牲。在写《美国众神》的很多年里，我不敢重读《沃坦》，但等我的书出版之后，它是我为了消遣而读的第一本书，就像我小时候放在一边等待完美时刻的那块巧克力。我很紧张，但不应如此。相反，我在已经读过的这本书中发现了一整个新的世界。（是的，我确定影子挂在树上这一情节从《沃坦》中受益匪浅。）

好了。下面是我要告诉你的东西，也许能让你读这本书的时候更加愉快。

《沃坦》讲的是一个名叫福蒂纳斯的人的故事——他是个年轻人，希腊商人，魔术师，无情冷酷只为利润。他寻找琥珀，获得财富与友谊，还发现自己就是北欧主神、众神之父奥丁。英雄传说、故事和诗歌，为我们讲述阿萨神族、奥丁和托尔（多纳尔就是德语的雷，也就是雷神），在这里都重新组合，好像从一面暗黑的镜子里向外观看：它们都成了凄惨阴郁的故事。

詹姆斯并没有除去这些故事的神话色彩，剥掉所有的美好和魔力。更确切地说，他给我们的是镜像。最好的是，读这些书好像是和两千年前的人进行对话。偶尔，詹姆斯会太无所不知，或者太固执（值得注意的是福蒂纳斯的观察有多少是完全错误的常识——比如说，琥珀从哪里来，或者煤炭的商机），但这些瞬间在下一个光辉灿烂的故事里一扫而空。

你知道的东西越多，能发现的就越多。我不想泄露詹姆斯如此精心藏在文中的任何东西，但在这里，我想免费告诉你一两个出现比较早的：洛基属于阿萨神族，但并不是他们中的一员，他代表他们进行贸易，是在自己的领地外域，而不是阿萨圣域。在一则最著名的北欧民间传说中，我们和托尔一起拜访外域（那里是巨人居住的地方）见到了狡猾的骗子，也就是巨人国王外域的洛基。（洛基一半巨人血统，一半阿萨神族。）在北欧英雄传说中，芬里尔（来自古北欧语，意思是沼泽居民）是一头巨狼，洛基之子，他咬掉了提尔的手：在这本书里，提尔讲述了自己与芬里尔相遇的故事。

北欧众神的故事都是阴郁的故事，它们结局都不好：诸神的黄昏永远近在眼前，那是所有事物的终结，阿萨圣域、阿萨神族以及他们珍视的一切都将毁灭。当福蒂纳斯/沃坦变成神，他成了另外一个神的仆人，在这里以阿波罗的面貌出现，他渴求混乱，以自己的方式为世界在火中终结打下基础。我们在这本书中遇见众神，故事发展的方式让我想起吉恩·沃尔夫笔下拉特罗的故事。

读这些书的时候，要记得谷歌是你的朋友，维基百科是你的朋友。如果你好奇，那就上网查查。加拉泰亚——现在的土耳其——真的有英国人当成亲戚的凯尔特人吗？他们还在使用同一种相似的语言吗？（对呀，有的。维基百科告诉我有三个高卢部落向东南方向移动，"特罗克密、托利斯托波伊和泰克托萨基。他们最终被塞琉古国王安条克一世击败，战争中塞琉古的战象震惊了凯尔特人"。）真的有呕吐场吗？罗马人都去那儿呕吐吗？［不，没有。这是一种常见的误解。"呕吐场（vomitorium）"实际上是一种通道。但这是一种少见的失误。］

《爱尔兰所有金子也不换》给我们一个老年的福蒂纳斯。我不确定他有没有更聪明，但他更加温和，而且不再那么恐怖。他还更加搞笑（两本书都很搞笑，虽然沃坦的幽默是那种大难临头的幽默）。他离开去拿一个文件，在路上游荡很远的距离，引入很多故事。他会变成里尔之子马那威丹，后者是伟大的威尔士散文著作《马比诺吉昂》里的几条分支故事的主角（我们将要遇到的很多人都是这样——比如普赖德利，还有里安农。塔利辛也出现了，比我们心目中的传奇人物塔利辛早了几个世纪，但我们知道，这是个称号，而不是名字，在吟游诗人之间代代相传）。

这里还有一项奇特而光辉的成就：故事里的角色都是人类，这没错，但他们也同样是神话人物，而且非同一般。并不总是和我们想象中的神话人物或者神灵一样，而是一种新的样子。他们是神灵的化身，英雄的化身：这些人真的是传说中的奥丁、洛基和托尔，或者只是与他们相似的人物呢？神灵与英雄独立于福蒂纳斯那伙人而存在吗？我们的主人公和他的朋友是不是不得不出现在必须存在的故事里呢？

随着故事的发展，我们会遇到其他英雄（福蒂纳斯是英雄吗？至少在他自己的故事里他是英雄），当我们遇到瑟坦塔，这是爱尔兰英雄库丘林，我们就可以预测故事会从《马比诺吉昂》滑向《夺牛长征记》，也确实如此。《爱尔兰所有金子也不换》结尾的方式既保留了我们读的这本书的风格，又留下了悬念，也许是另一本书的伏笔。在那本书中，我猜测，福蒂纳斯会发现自己是阿兹特克人的羽蛇神以及玛雅人的库库尔坎。

那本书并没有写出来。约翰·詹姆斯并没有回头写福蒂纳斯，他写了其他小说，完善有力，但与此不同。这些书被热爱它们的人拿来重新印刷出版，不让它们被人遗忘。福蒂纳斯又被叫成沃坦、马南南还有很多其他的名字，他只想要增加自己家族的财富，爬上外出军官心甘情愿的妻子的床。如果你愿意与他一起漫步旅行，他就会回报你，不是用琥珀，不是用猛犸象牙，也不是用爱尔兰黄金，而是用故事回报你，这是最好的礼物。

《威利康尼》：前言的注解[①]

> 人们总会理想破灭、年老体衰，就像昆虫化蛹。他们脸上已经有了二十年之后的模样，为什么他们从不猜想自己会变成什么样子？
>
> ——《一个年轻人的威利康尼之旅》

我看着 M.约翰·哈里森的《威利康尼》系列，好奇《菘蓝城》知不知道自己化蛹成为《在威利康尼》，或者《一个年轻人的威利康尼之旅》字里行间的心碎，它知道自己会变成什么样子吗？

几周以前，环游世界途中，我发现自己在博洛尼亚市中心，现代意大利城市的中心，坐落着同名中世纪小城，塔楼林立，色彩如同夕阳。在一间小小的二手书店里，他们让我查看一本《塞拉菲尼抄本》。这本书的创作者是艺术家路易吉·塞

---

① 本文是 2005 年 M.约翰·哈里森《威利康尼》的前言。——原注

拉菲尼，这本书也几乎完全是一件艺术品。书中有文本，但字母排列的顺序好像是外星人的代码，插图的内容（包括生活的方方面面，例如园艺、解剖、数学、几何、纸牌游戏、飞行装置与迷宫）与我们这个世界现在知道的东西只有些许相似：在其中一幅画里，一对做爱的情侣变成鳄鱼爬走了；动物、植物还有观念都非常奇特，有时你可能会幻想，这东西来自很久以前或者非常遥远的地方。它确实是艺术，不需另外解释。离开那间小书店，走到博洛尼亚满是柱廊阴影的街道上，拿着这本满是不可能事件的书，我幻想自己就在威利康尼。这是件怪事，因为此前我一直明确地将威利康尼等同于英国。

威利康尼，M.约翰·哈里森的造物，位于世界黄昏时分的菘蓝城，从一个故事到另一个故事，除了散落其中的几个地名，没有任何东西始终如一，然而我也从不确定，那些地名在不同的故事中描述的是否是相同的地方。加利福尼亚酒馆一直没变吗？亨丽埃塔街呢？

M.约翰·哈里森，朋友们叫他迈克，他是个中等身材爱搞怪的人，热情似火，激情澎湃。第一眼看来，他很苗条，不过再多看一眼就会发现，磨炼他的是皮鞭、弹簧以及结实的优质皮革。如果发现迈克喜欢攀岩，这毫不意外，因为你很容易想象在一个阴冷的日子里，他挂在岩壁上，在几乎看不见的突起上找到落脚点，逐渐向上攀爬，独自与岩石搏斗。我认识迈克有二十年了：我认识他的时候，他的头发已经褪成了权威人士的银色，但不知怎么他好像越变越年轻。我一直非常喜欢他，同时我对他的作品的畏惧也一直不少。谈论写作的时候，他会从淘气变为疯狂。我还记得迈克在当代美术馆谈话时，试图向听众解释奇幻小说的性质：他描述了一个人站在刮风的巷子里，透过商店橱窗看这个世界的影像，在玻璃里他看到火花四溅，突如其来无法解释。这个图像让我脑后寒毛直竖，至今仍然如此，并且我没法解释。这就好像想要解释哈里森的小说，也就是我在这篇前言中试图要做的事情，不过我十有八九是要失败了。

当然，有的人是作家中的作家，M.约翰·哈里森就是其中之一。他在各种文学类型之间自由移动，姿态优美而充满热情，他的散文明亮而睿智，发表的小说有科幻、奇幻、恐怖小说，还有主流小说。在每块比赛场地上，他都赢得各种奖项，而且看起来那么容易。他的散文看起来很简单，然而每个词语都经过精心考虑，放的位置陷入最深，可以造成最大破坏。

威利康尼系列故事，继承了一座被人遗忘已久的英国古罗马城镇的一系列名字和紧张的感觉（某个历史网站这样告诉我们，英国的古董商人通常称其为乌利康纽姆，外国学者称其为维罗科纽姆或者威利康尼，也有人称为弗里康尼。古代文献证据有些混乱），它们属于奇幻作品，包括三部小说，还有一些短篇小说，讨论了艺术、魔术、语言以及权力的本质。

如前所述，你也会发现，威利康尼前后并不一致。我们每次回来看它，它都有变化，又或者是我们变了。现实的性质会转换并改变。威利康尼的故事是重写的手抄稿，表面之下可以看到其他故事和其他城市。这些故事遮蔽了其他故事。主题与人物会重新出现，就像洗牌重发的塔罗牌。

与后面的故事相比，《菘蓝城》把哈里森的主题叙述得很简单，就像一场复杂的音乐剧，首先听到的是行进中的铜管乐队表演：它是遥远未来的科幻，以至于科幻变形成为奇幻。故事读来像是一部宏大电影的剧本，包括背叛与战争，所有原料都精心调配混在一起。（重读的时候，这让我想起一点迈克尔·穆考克，时间尽头的气氛与厌倦又让我想起杰克·万斯和科德魏纳·史密斯。）泰戈伊斯－克罗米斯勋爵（他认为自己做诗人比剑客更好）重新聚集起了传说中的梅思文剩下的物资，为了保护威利康尼和年轻的王后，不让他们受到北方人的侵害。这个故事里有一个矮人、一位英雄、一个公主、一位发明家和一座面临威胁的城市。不过，故事里也苦中有甜，你通常不会期望这点在这样的小说里出现。

　　《翅膀风暴》从第一部书中拿出一个短语作为书名。它既是第一部小说的续集，也是通向随后相关的短篇与长篇小说的桥梁。我怀疑，这本书的语气比第一本书更难理解，散文文字华丽繁复。这让我想起默文·皮克的时代，但感觉也像是写小说的人在尽力试验，看他能用词句和故事干些什么。

　　然后，风格不再繁复，M.约翰·哈里森的散文变得明白易懂，但这种易懂暗藏危险。像它的前身一样，《在威利康尼》这部小说讲的是一位英雄试图拯救公主，是一个有关矮人、发明家与面临威胁的城市的故事。但现在，第一部书的巨大画布已经变成了心碎、秘密与记忆的私人小故事。小说中的神灵粗野而不可理喻，我们的英雄几乎不理解自己身处的故事的本质。这个故事的感觉比前面几个离家更近——在早先的故事里化蛹的幻灭与衰弱现在现出真身，像蝴蝶或者金属鸟，破蛹而出。

在三部长篇小说里编排的短篇小说是有关逃亡的故事，通常是失败的逃亡。它们讲的是权力与政治，讲的是语言与现实的深层结构，还讲了艺术。它们像水一样捉摸不定，像火花一样容易消散，又像岩层一样永恒而自然。

威利康尼系列短篇小说与长篇小说包括了生活的方方面面，例如园艺、解剖、数学、几何、纸牌游戏、飞行装置与迷宫。同样，它们还谈到了艺术。

离开威利康尼之后，哈里森又创作了若干杰作，游走于类型内外：《登山者》是一部有关攀岩与逃避主义的惊人之作，把《一个年轻人的威利康尼之旅》的主题带入了主流小说；《心路历程》将其带入奇幻，也许甚至是恐怖小说；《光》是他非凡而曲折的科幻小说，也是有关失败的逃亡的小说——逃离我们自己、我们的世界以及我们的缺陷。

对我来说，阅读《威利康尼之夜》和《在威利康尼》的最初体验像是启示录。我最初与它们相遇之时还很年轻，那是半辈子以前的事，我仍然记得哈里森的散文给我的最初印象，像山间的泉水一样清冽。那些故事与最初阅读它们的那个时代在我脑中纠缠不清——英国的撒切尔时代好像已经成了遥不可及的神话。我们身处其中时那就是个传奇的时代，这些故事中的城市里弥漫的正是我记忆中伦敦的味道，而且并不是一星半点，有时撒切尔本人的华而不实也体现在腐朽狠毒的沃利妈咪身上（确实，当哈里森以图像小说的形式重新讲述《脑中幸运》的故事时，沃利妈咪很明显被伊恩·米勒画成了玛格丽特·撒切尔的化身）。

现在重读，我发现哈里森散文的清晰和以前一样值得敬佩，但我发现自己比此前更加欣赏他笔下的人物——他们有缺点，会受伤，然而总是寻找各种方式相互联系，又一直被语言、传统以及他们自己背叛。对我来说，现在我去的每个城市好像都有某个方面像是威利康尼，东京、墨尔本、马尼拉、新加坡、格拉斯哥和伦敦，都有高档社区和贫民窟，加利福尼亚酒馆就在你发现它的地方，或者在你需要它的地方，或者它就是你需要的东西。

在 M.约翰·哈里森笔下，他紧紧抓住陡峭的岩壁，找到看不见以及不应存在的抓手与落脚之处；在故事中他带着你向上攀登，把你拉进镜子的另一面，那里的世界看上去几乎完全相同，只有四溅的火花除外……

《再会，谢谢所有的鱼》前言①

　　前言作者给读者的提示：如果你以前没有读过这本书，刚刚读完前三本来到这里，你应该跳过这篇前言，直接翻到书的开头。这里我会泄露些东西。前方有剧透。直接去读书吧。

　　等你回来的时候，我还会在这里。

　　不，我说的是真的。

　　我要画点星号。等你读完这本书，我在星号后面等你。

* 　* 　*

　　道格拉斯·亚当斯个子很高。他才华横溢：我见过几位天才，我会把他算作其中之一。他是个失败的演员，但又是非凡的讲解员和传播者，一个热心人。他是位令人惊讶的漫画作

---

① 这是我为潘恩图书2009年再版的《再会，谢谢所有的鱼》所作的前言。
——原注

家：他编制的句子可以改变读者看待世界的方式，精心选择恰如其分的隐喻总结复杂与困难的问题。他结合了科幻小说与意义深刻的社会评论，还有一种健康的幽默感来创造新世界。他热爱计算机，公开演讲也出色惊人。他是畅销书作家，也是不错的吉他手、世界旅行者、环保主义者，举行的聚会都非常精彩，还是美食家。

他并不是小说家，这可能看起来有点古怪，特别是当你考虑到他写和卖掉了多少小说，作品的优秀又有多么出名。我想，本书无疑是他最古怪的小说。

《再会，谢谢所有的鱼》是道格拉斯第一次尝试从头写一部小说。

从很多方面来看，它都是一次试验。这是一部过渡性的小说，位于前三部《搭车客》系列跨越星系的玩耍和怪探德克大多发生在地球上的冒险之间。毕竟，这是道格拉斯并非始创于他创造力非凡时期的三部小说之中的第一部，那个时期从创作《银河系搭车客指南》广播剧开始，到他不再为《神秘博士》做剧本编辑时为止。他的前两部书，《银河系搭车客指南》和《宇宙尽头的餐馆》，有着坚实的基础：它们建立在广播剧剧本的基础之上，那是道格拉斯，以及（第二部广播剧是）道格拉斯和约翰·劳埃德，为在BBC4台最初播放的《银河系搭车客指南》广播剧创作的剧本。第三本书《生命，宇宙以及一切》改编自道格拉斯为一部《神秘博士》电影撰写却没有用到的大纲，《神秘博士与坂裘人》。他的下一本书，非凡的《全能侦探社》，改编自道格拉斯尚未拍摄的《神秘博士》故事

《沙达》（还有少许想法来自拍摄了的《神秘博士》故事《死亡之城》）。

《搭车客》系列的第一本书是道格拉斯年轻时在无所期待的情况下写的，初版以平装发行。现在，道格拉斯第一次出版了精装书。他是位畅销小说家，但还没有写出自己引以为豪的书。这也许是因为他并不是个小说家。

现在他需要写一本书，有人付了很多钱让他写。他的会计师贪污了其中大部分的钱然后自杀了。道格拉斯·亚当斯去好莱坞想把《银河系搭车客指南》拍成电影，第一次远征失败了。他在那里住了一年多，为电影写脚本，过得并不愉快，他受到一些惊吓和一些心理打击之后，回到伊斯灵顿上街边那所改造过的小破房子里。最终，在压力之下，完全停止了《再会，谢谢所有的鱼》的写作。

他的出版商，潘恩图书，1984年初发现自己是在恳求一本大部分没写出来的书，而且其实几乎连情节都没设计出来。最初封面上的透镜图案显示一头海象变成了恐龙，因为道格拉斯曾经提到书中会有海象。

书中才没有海象。

随着这本书出版日期临近，书却没有向完成的方向靠近。出版商桑尼·梅赫塔在酒店定了一个套间，基本是把道格拉斯锁在里面写书，写出来一页就编辑一页，这件事也成了书中故事的一部分。这种方式写书非常奇怪，有时道格拉斯把这当成一种借口，书中出现任何问题都以此开脱。

但这本书出来的时候，他还是特别自豪。我记得这事。

道格拉斯·亚当斯已经从美国回到伊斯灵顿，《再会，谢谢所有的鱼》发生在一个并非加州南部的地方。然而，道格拉斯的外太空和他的加州南部都极有加州风格：摇滚巨星在宾馆里的游泳池旁边阅读《语言、真理与逻辑》，福特·大老爷想用美国运通卡付账的酒吧，这些都不是发生在另外一个宇宙，给富人提供特殊服务的妓女在这两个世界同样可以轻松存在。

亚瑟·邓特，在前面的故事里只是一个扁平人物，主要是对他面前出现的不可思议的事件（往往无限多）大惊小怪，现在变成了一个明显更像道格拉斯的人。亚瑟·邓特结束跨越所有时空的搭车旅行，回到读者相信已被摧毁的另一个地球，与道格拉斯从美国归来相仿，他对世界的解释类似于他在美国接触的那个世界。

对于一个被认为是社会讽刺作家的作家来说，畅销系列作品第一本开头没几页就摧毁了地球，也许是个问题。从好的一方面来说，这让你可以自由探索无限的广阔。从不利的一面来说，涉及细节的时候，这会限制你善于观察的幽默大师的身份，虽然道格拉斯也许不是小说家，但他肯定是位善于观察的幽默大师。

不过，我认为在这本书中开头重建地球还有另外一个原因。

不管你喜不喜欢，这本书刚出版的时候有人喜欢，也有人不喜欢。《再会，谢谢所有的鱼》是个爱情故事，小说把地球放回来，因为上面会有个爱情故事。在所有闪闪发光的东西下面，亚瑟与芬切琪相遇时所经历的不可思议的情况，他们的爱情，以及由此而来的旅行，才是这本书真正的主题。

随着年龄增长，我们对书的理解会变。我年轻时写了一本有关道格拉斯·亚当斯和《银河系搭车客指南》的书，我还记得自己注意到第25章的累赘之处，还有道格拉斯的反问，亚瑟·邓特究竟有没有……

> "……精神？难道没有激情？一言以蔽之，他难道就不性交吗？"
>
> 想知道答案的朋友不妨读下去。想跳过的请直接阅读最后一章，那个章节不错，而且有马文出场。[1]

当时，我认为这是道格拉斯对读者的蔑视与不安，我有些不满。四分之一个世纪之后，重新读来，我发现自己把那些段落看作担心的咆哮，好像道格拉斯害怕自己不被理解，想要提前回应评论家或者朋友。我仍然怀疑，如果有时间重写、重新思考、重新修订，第四面墙的奇怪受损和作家读者之间的协议也许永远不会发生。

如果这本书不是在酒店卧室完成的，桑尼·梅赫塔也没有在隔壁房间看录像，我也并不认为这本书就会比现在更好。毕竟，《再会，谢谢所有的鱼》魅力的一部分就在于它好像并没有精心策划，而是偶然发现或者撞上的。它超现实主义的程度只有完全来自于作者的灵光乍现才能达到，不需要停下来检

---

① 译文引自道格拉斯·亚当斯著，姚向辉译：《再会，谢谢所有的鱼》，上海：上海译文出版社，2013年。

查，也不需要再三考虑或者再一千次考虑。人物出现又消失，像做梦一样。现实同样易碎。小说循环讲了一件事：一对男女在云中裸体做爱，飞行之中完美神秘的梦中性爱，这件事实际上像是一首诗。

在优雅的外表之下，《再会，谢谢所有的鱼》拥有最简单、最轻松、最传统的情节：男孩遇见女孩，男孩失去女孩，男孩找到女孩，在云中与她做爱，与她一同出发去寻找"上帝留给造物的最后口信"，而且找到了。毕竟，对一本从头到尾弥漫着阴暗与忧郁氛围的书、一本书中宇宙本身就完全反常的书来说，在它实际上并没有恶意的时候，《再会，谢谢所有的鱼》常常极其乐观。比如，第18章得意扬扬地给我们带来了目前为止《银河系搭车客指南》的宇宙中从未见过的东西。虽然转瞬即逝，几乎难以辨认，但它确实存在：欢乐。

> 他从未意识到生命也会开口说话，用声音把你永远在追寻的答案带给你，他从未有意识地觉察到生命的声音，从未辨认出它的调门，直到此刻它终于说了从来没对他说过的一句话："是的。"①

---

① 译文引自道格拉斯·亚当斯著，姚向辉译：《再会，谢谢所有的鱼》，上海：上海译文出版社，2013年。

戴安娜·韦恩·琼斯《杂工》①

不要读这篇前言。

先去读书。

我将要概括地讲讲本书的结尾，我还会讲讲戴安娜·韦恩·琼斯，二者交织在一起（毕竟一个造就了另一个），在读我的前言之前先读这本书，对我们所有人来说都最好。虽然次序颠倒、乱七八糟，但这是没办法的事。

如果在开始读书之前，你需要一篇前言，下面一段就是：这是天狼星的故事，他因罪受罚，转生为一只真的狗，就在地球上。这是侦探小说，也是冒险故事；这是奇幻，有时又是科幻，然后它打破了所有规则，把神话也加入进来，这点做得那么好，你会发现真的没有任何规则。对任何养过或者想要养宠物的人来说，这是一篇动物小说——或者，对任何曾经想要人类的动物来说，这是篇人类小说。它很搞笑，激动人心又很

---

① 本文写于2011年，是戴安娜·韦恩·琼斯《杂工》的前言。——原注

真诚，也有一些令人难过的片段。

读了你就会喜欢。

相信我。读完书再回来。

* * *

欢迎回来。

戴安娜·韦恩·琼斯写过一些有史以来最好的童书。她最开始写的是1973年出版的《威尔金斯的牙》（又名《女巫的生意》），然后直到2011年3月去世为止她一直在写。她写人，也写魔法，并且在写这两者的时候带着洞察力与想象力，带着幽默与清晰的憧憬。

我们相识于1985年的英国奇幻大会。我们在大会开幕之前就相遇了，因为我们两个都去早了，所以我做了自我介绍，告诉她我喜爱她的书。就这样我们成了朋友，那么快那么容易，在后来超过四分之一世纪的时间里，我们一直是朋友。和她做朋友非常轻松，她聪明、有趣又机智，总是体贴而又真诚。

戴安娜巅峰时期的小说感觉很真实。人物会做蠢事，又心怀梦想，感觉像魔法一样真实。在这本书中，她带你进入一个学着做狗的人的脑中，而且它很真实，因为人物都很真实，猫也很真实，就连太阳的声音也同样真实。

读她的书并不容易。它们不会在你第一次阅读的时候就把所有的东西都交给你。如果我自己读一本戴安娜·韦恩·琼斯的小说，我会预料到必须回头重读很多片段，把所有事情弄清楚。她认为你很聪明：她把所有拼图碎片都给你，怎样拼在一起取决于你。

《杂工》并不容易。（并不难。但也不容易。）它从中间开始，一场审判的末尾。天狼星正在接受同伴组成的法庭的审判。这五页是科幻小说，正当我们开始习惯的时候，我们像天狼星一样，突然之间被推到了一只新生小狗的头脑里，虽然那里面还没有什么东西，我们得用狗的视角来看世界。

《杂工》的魔力在于它是一本讲怎么做狗的书。它也是一本讲怎么做星星的书。它是个爱情故事，戴安娜·韦恩·琼斯写的爱情故事非常少，在她写过的那些书里，爱情通常存在缺陷，并不完美。但这只狗对这位女孩的爱，这位女孩对她的狗的爱，是完美而无条件的东西，我们一见到凯瑟琳就知道这是真的。我们了解她的生活——她所在家庭的政治态度，还有让她存在于此的更大的政治环境。

如果戴安娜只是简单地写一个故事，从狗的视角讲凯瑟琳和她的狗，感觉可能和现在这个一样正确，那也会是一项成绩，但她做的比那多很多：她创造了一整个光辉的宇宙——居住在各种星星上的生物，或者也许，他们就是那些星星本身。有种东西名叫佐伊，天狼星必须在时间耗尽之前找到。然后她还在故事里加入了鬼猎人夜游、安温的猎犬、凯尔特人的地狱，同时从未忽略故事中心的人性。

我记得把《杂工》读给最小的女儿听，那差不多是十年之前的事了。

我读完的时候，她并没说什么。然后她侧着脑袋看着我，说："爸爸？这是个快乐的结局，还是个悲伤的结局？"

"两者都是。"我告诉她。

"对了，"她说，"我也这样认为。我非常开心，但它又让我想要流泪。"

"是啊，"我承认，"我也是。"

它也让我试图弄明白，戴安娜为什么又如何让这个结局如此成功，欢欣鼓舞，却又同时令人心碎。我希望自己也能做到这样。

三个星期之前，我在英国布里斯托，一家临终关怀医院里，就是一个照顾临终病人的地方。我坐在戴安娜·韦恩·琼斯床前。

我感觉非常孤独，十分无助。看到你在乎的人走向死亡，这非常艰难。

然后我想到了这篇前言。我一直期望写它，期望和戴安娜谈谈这本书，但现在再也不可能了。我想，如果戴安娜是天空中的一颗星，不知道她会是哪一颗？我想象她在夜空之中闪耀，这让我感到安慰。

很久很久以前，人们认为英雄死后，会升上夜空成为星星或星座。戴安娜·韦恩·琼斯是我的英雄：一位才华横溢的作家，为一代又一代读者创作一本接一本令人满意的书籍；她的作品永远被人铭记与喜爱，实际生活中的她与字里行间的她一样有趣、聪明、诚实和机智。在未来相当长的时间里她还会继续闪耀。

（我的朋友彼德·尼科尔斯也是戴安娜的朋友，他告诉我他觉得她会变成女战士贝拉特里克斯，那是猎户座左肩的那颗星，我觉得这个建议很不错。戴安娜的确是个战士，虽然她的武器不是剑。）

这是她最好的作品之一，虽然她有很多书都很好，所有书都彼此不同。希望这本书也能让你又快乐又悲伤。

艾伦·摩尔《烈焰之声》①

　　"测量圆周，随处开始。"艾伦·摩尔在他对维多利亚时期社会的考察《来自地狱》的开头引用了查尔斯·福特的这段话。这里的圆周指的既是时间，又是空间。这个圆周的组成，有黑狗、十一月的篝火、死人的脚、砍下的头颅，还有渴望、损失、淫欲。这个圆周会带你走过几英里，跨越六千年。

　　我现在坐在荷兰一所维多利亚时代古老城堡的屋子里，为艾伦·摩尔的这本书《烈焰之声》写前言。当然，这并不是对本书最好的介绍。最好的介绍是这本书的最后一章，1995年11月艾伦·摩尔以艾伦·摩尔的口吻写于一间烟雾弥漫的屋子里，满是冷笑话，又太过聪明，甚至超出了我们的理解范围，那间屋子里堆满他用来研究的书籍，那一章是魔法与信仰的最后一幕。

---

① 本文是我为2003版艾伦·摩尔《烈焰之声》所作的前言。这是我在一次脑膜炎好了之后写的第一篇东西，我还记得重新把字写到纸上让自己多么恐慌。——原注

测量圆周可以随处开始。当然，并不是每一处。一个圆周，一个地方。毕竟这是个北安普顿的故事。

如果这是个线性的叙述，我们会在北安普顿，一个声音到另一个声音，一个人到另一个人，一颗心到另一颗心，从愚笨少年在猪圈里的休息点，经过汉姆镇，到达熙熙攘攘的中世纪城镇，直到现在。但叙述和城镇一样，只有你想要的时候才会是线性的，如果你期望走到头能有奖励，那么你已经搞错了。它是个旋转木马，而不是赛马，是魔法史的旅行，逐渐演进，具有颠覆性。其中的奖励只有故事模式、人物与声音，砍掉的头颅和一瘸一拐的脚，黑狗和十一月噼噼啪啪的火焰，它们的重复像一副副乱七八糟的塔罗牌。

这本书1996年发表的时候，给这个世界没有留下什么印象，原本不应如此：那是平装初版，以石器时代末尾一个愚笨的男孩的个人叙述开始——他的母亲去世了，他的游牧部落抛弃了他，他将面对比他聪明的人的邪恶与欺骗（每个人都比他聪明），他还会发现爱情，学会什么是谎言，还会知道霍布曼猪圈里猪的命运。他也会讲述自己的故事，使用自拉塞尔·霍本的《步行者里德利》以来（或者也许自艾伦·摩尔的沼泽怪物故事《波格》以来）风格最独特的叙述方式，使用很少的词汇，使用现在时态，让梦境与现实难以区分。用这种方式开头并不简单，虽然它是精心杰作，并且创作了所有在整本书中重复出现的元素。这里有粗毛马、在梦境与黑暗之中奔跑的巨大黑狗、从死于桥下的女人头上割下的头发、男孩母亲从坟墓中伸出的脚，还有最后令人心碎的篝火。那是十一月份，靠近将被称为盖伊·福克斯之夜的那一天，到了那个日子，篝火之上将会焚烧人像，孩子们就在一旁观看。

阅读这本书的乐趣部分在于听故事大王用死人的声音讲述：无名的精神病女孩拜访身上刺了城镇地图的霍布，带着她偷来的名字和偷来的铜项链。这个情节可以蜿蜒编成一个青铜时代的侦探故事。她受到的报应是另一处篝火的另一次焚烧，意料之外，残忍而适当。这个女孩和旅行内衣推销员一样危险，一样确信自己的智慧与优势，后者将在盖伊·福克斯之夜点燃自己牺牲的篝火，投入自己的车和悲惨生活——他用爽朗的游手好闲者的口吻和我们说话，同时对我们也对他自己说谎。有一个瞬间，我们偶然瞥见摩尔就是英国版的吉姆·汤普森，这里的结局，就像汤普森笔下人物的结局，永远不会有任何疑问。一位罗马侦探，来到此地调查一枚伪造的戒指，他的大脑与身体都被铅中毒腐蚀了，来源于含铅的罗马高架渠（当然，我们的"管道工（Plumber）"一词就来自拉丁语，意思是"和铅打交道的人"）。他发现铅正在用另一种方式毒害这个帝国。皇帝的头像印在圆形的硬币上。这个圆形将被测量、被比较，发现份量不够。

阅读的时候，要假装历史是好的历史。摩尔关于圣殿骑士的秘密的建议也许不是真的（这本书里没有真实的事情，就算它曾经发生，也并不是你认为的那种方式），但它与事实相符（被砍下的头颅，北安普顿的圣殿骑士教堂的确存在过）。就像弗朗西斯·特雷瑟姆可怜的头颅把他的历史连同生平一起告诉了我们。这些故事是装着奥秘的盒子，多数奥秘仍未获解决，而已有解决办法却引向更大的问题和困难的大门。或者换句话说，《烈焰之声》在某种程度上是事实，即使它的事实是虚构的、历史的以及魔法的，你得到的解释同样总是片面而不尽人意，这些故事和我们生活的故事一样，是无法解释的，也并不完整。

阅读是一种享受、重读同样也是。从你喜欢的地方开始：开头和结尾都是不错的地方，但一个圆周可以从任何地方开始，篝火也是。

不要相信故事，或者城镇，或者甚至讲故事的人。能相信的只有烈焰之声。

吉姆·斯坦迈耶《艺术与技巧》①

十多年以前，我发现自己被邀请去参加一次"静修"，在那里有很多各自领域的大师——未来学家、控制论专家、音乐家等——令人费解的是，我竟然也受邀请和他们聚集在一起讨论未来，想象在未来数年事情会如何改变。我们说对了一些东西，说错的也很多。其他参加者有朱尔斯·费希尔，他确实是舞台灯光领域的顶尖人物，曾经还是魔术师，最终我们讨论了魔术和戏剧。几个月之后，他突然给我寄了一本《艺术与技巧》，是最初的限量印刷版，我至今仍然感激不尽。

有一种错觉魔术。这种魔术就是你坐在观众席里，看那个女孩（或者毛驴）消失或者飞起来，或者是看一个人穿墙或者从空中变出一帽子硬币。你的怀疑暂停了，事物的自然秩序改变了，那一瞬间，世界得以重新构建。这种兴奋太容易被解释

---

① 我为2006年吉姆·斯坦迈耶《艺术与技巧：以及有关错觉的其他随笔》所作的前言。——原注

戳穿——看到这个奇迹，并受到震慑的人，如果看到把戏被人揭穿，一部分是因为视错觉，一部分是因为滑动面板，一部分是因为赤裸裸的谎言，会感觉受到欺骗与贬低。这正是魔术师守护自己的秘密、有人揭穿任何事情都会让他们感到愤怒与伤心的原因；他们不想让它把魔术夺走。

但还有另一种魔术，同样有效，那就是理解事情是怎么做的，并且对此充满敬畏。那也是一种绝对令人眼花缭乱的快乐：机械，运用人类的智慧与想象力以愚弄、欺骗以及迷惑观众的方法；科学与演技的交叉点，想象的力量。"他们这是用了镜子"之类的陈词滥调，一点也不能概括查尔斯·莫里特等人的实际行为。正是在这一点上，"这是怎么完成的"不再仅仅是魔术的秘密，而是完全变成了一种不同的语言。这种精巧的发明，这种把发明之美结合进去放在一起的乐趣，没有人能比吉姆·斯坦迈耶描述得更好。

佩恩和特勒有个保留节目"为爱发射"，特勒被关在一个箱子里，箱子被分成几块，在舞台上搬来搬去，脑袋部分会打开，表示特勒的脑袋仍在里面，然后再重新组合在一起。这就是常常出现在电视上的那种错觉魔术，没有其他内容。然后他们重新表演一次，使用透明的盒子，你会看到特勒在活板门之间穿梭，在舞台下面跑来跑去，突然露出头来，就像在表演疯狂的芭蕾。这也完全是魔术——成就错觉的表现力、计谋与努力，都比错觉本身令人印象更深。

这本书也是如此。

这本文集并不适合想要知道"这是怎么完成"的人，它更适合想知道首先"为什么有人想要做这个"的人。这本书讲的是追逐的乐趣。这是斯坦迈耶的最佳状态，追踪遗忘已久的错觉魔术，爱德华时代的魔术师带入棺材的秘密，从那些睁眼却看不见、下笔却不曾思考的人的记述里寻得蛛丝马迹，从回忆录中的半真半假的秘闻中找到另一条线索，加上他对于魔术历史与技术的理解，然后用半截砖块、管子和电工胶带这些幕后的东西，让错觉的过程变得甚至比错觉本身更有魔力。

斯坦迈耶用《藏象》带领大众踏上舞台魔术的历史之旅。而《艺术与技巧》是游览后台。对于欣赏侦探作品以及追踪的激动的人来说，对于我们这些为书中关于德旺的吉祥蛾或者莫里特的驴子的叙述而激动，甚至希望自己当时就在现场又惊又喜、想知道这到底是怎么实现的人来说，这就是最棒的书。叙述很清晰，秘密解释得非常好。斯坦迈耶的热情与博学结合起来产生的效果令人喜悦。

朱尔斯·费希尔给我的那本《艺术与技巧》有时会消失不见，这意味着在过去十年间，我有好几次发现，买本新的有多么困难。（每次我放弃的时候，我原来那本就会重新出现。因此当它不在书架上的时候，我已经不再思考它去了哪里。我可能也并不喜欢那个答案。）我很高兴《艺术与技巧》为更多的读者重新出版，原因很多，这是其中之一。享受吧。

飞蛾：前言[1]

　　他们给了我一张列表，写了组织者想让我在纽约笔会世界之声文学节上做的所有事情。每件事情都很直接，只有一件事除外。

　　"飞蛾是什么？"我问。那是2007年4月。

　　"飞蛾就是讲故事的活动，"他们这样告诉我，"你在现场观众面前讲讲生活中真实发生的事情。"（在人类历史上，也许还有其他回答和这个一样，技术上说完全正确，但却省略了所有重要的东西，但是我一时想不起来。）

　　我完全不了解飞蛾，但我答应讲一个故事。这听起来超出了我的舒适区，但应该会是件明智的事情。他们告诉我，有位飞蛾主管要给我打电话。

　　几天之后，我和这位飞蛾主管通了电话，感到十分迷惑：为什么我要把自己的人生讲给别人听？为什么要有其他人来给

---

[1]　本文是2015年《飞蛾：这是个真实的故事》的前言。——原注

我说明我的故事要讲什么？

直到我去参加彩排，遇到埃德加·奥利弗，我才开始明白飞蛾究竟是怎么回事。

埃德加也是当晚要讲故事的人。他讲了这本书中的一个故事。你在这些文字里可以看到这个故事，但你看不到埃德加的柔和与开放，听不到他与众不同的口音，那就像一个全心渴望做演员的特兰西瓦尼亚吸血鬼表演莎士比亚戏剧时的口音，伴有优雅的手势，随着他讲述的事情的性质指指点点，挥挥画画，不管是南部哥特风还是纽约私事类。在彩排的时候，看了埃德加讲故事（正式上台演讲的时候，他成功砍掉了大约十分钟，我感觉好像从来没听过一样），我就知道我想参与这件事情，不管它究竟是什么。

我讲了我的故事（故事里我十五岁，独自一人困在利物浦街车站等我的父母，但他们永远不会来），观众听着，一会儿大笑一会儿皱眉，最后他们鼓掌。我感觉自己穿过了火焰，获得拥抱与爱。

不知怎么，无意之间，我也成了飞蛾家族的成员。

我订阅了飞蛾的播客，每周都有人给我讲一个发生在他们身上的真实故事，这故事总能改变我的生活，即使只有一点点。

几年之后，我发现自己坐在一辆古老的校车上，和一群讲故事的人一起，开车横跨美国南部，在酒吧、美术馆、退伍军人中心还有剧场讲我们自己的故事。我讲了自己在路边捡到一只后来救了我的命的狗，讲了我的父亲和儿子，讲了我八岁的时候在学校惹麻烦，因为给别人讲了从大孩子那里听来的非常粗野的笑话。一夜又一夜，我也看其他讲故事的人讲他们自己生活的片段：没有讲稿，没有背诵，总是很相似，总是很真实，而且不知怎么，总是非常新鲜。

我参加过几次飞蛾"故事站"，随机抽取的人走上前来竞争观众的爱与尊敬，我看着他们讲故事，也讲我自己的故事（不参加竞争，在他们之前或结束之后讲）。我见过有人讲故事讲得很失败，也见过他们伤透了屋子里每个人的心，虽然同时也激励了他们。

飞蛾故事的奇特之处在于，我们用来让别人喜爱和尊敬的各种手段，都不会以你想象之中他们应该起作用的方式起作用。那些讲我们多么聪明、多么明智、如何胜利的故事，往往失败。在飞蛾的舞台上，练习过的笑话和狡黠的俏皮话都会倒塌失败。

诚实才重要。脆弱才重要。坦诚对待过去的自己、处于困难境地的自己，比任何事情都重要。

让故事有一个地方开始，让故事有一个地方进行：这很重要。

讲述你的故事，尽可能诚实，省略你不需要的东西，这是重中之重。

飞蛾让作为人类的我们相连起来。因为我们都有故事。或者也许，因为作为人类，我们已经是故事的集合。人与人之间存在鸿沟，因为我们彼此相望，看到的可能只是脸庞、肤色、性别、种族或者态度，但我们没有看到，没能看到故事。一旦我们听到彼此的故事，就会意识到，那些把我们彼此分开的东西，常常并不真实，只是幻觉；我们之间的墙壁实际上还不如舞台的背景布厚。

飞蛾教我们不要以貌取人；它教我们去聆听；它提醒我们去共情。

现在，它用这五十篇美妙的故事，教我们阅读。

第七章
音乐与音乐创作者

我觉得那一夜也许持续了一千年，

遍布每一片海洋。

嗨，顺便说一下：托里·阿莫斯[①]

嗨，顺便说一下。

最初遇到她是在一盘磁带上，后来我们会在深夜通电话，然后有一个晚上我去看她弹钢琴唱歌。

那是诺丁山一间很小的法式餐厅，我到那儿的时候托里已经开始表演了。她看到我进来，笑得像灯塔一样灿烂，演唱了一曲《掌心的泪》来欢迎我。餐厅里几乎是空的，除了店主，他坐在屋子中间吃着生日晚餐。托里唱了《祝你生日快乐》，然后是她最近写的一首歌，题为《我和枪》，纯净、黑暗又孤独。

然后我们出了门，穿过诺丁山，像第一次见面的老朋友一样交谈。在空荡荡的地铁站台上，她又唱又跳，把她当天拍摄的录像《沉寂这些年》表演了一遍——前一秒她是箱子里的托里，旋转起舞，下一秒她变成了一个小姑娘，在钢琴旁边

---

① 本文为1994年托里·阿莫斯的《红粉心事》巡演场刊而写。——原注

跳舞……

那是很多年以前的事了。

现在我对托里的了解比那个晚上多了一点，但她那时带给我的惊叹并没有因为时间或亲密而褪色。

托里从不给我打电话。她用其他方式给我发送奇特的信息，我不得不在千奇百怪的国家追寻她的踪迹，越过外国电话总机找到自己的路。上次她想告诉我，录音棚对面的地方卖的南瓜冰淇淋很棒，隔着整个大陆。

她答应会给我留点。

她还想告诉我她在《红粉心事》里唱到了我。"你怎么唱的？"我问。

她说："'需要尼尔的时候他在哪儿呢？'"

托里聪明迷人，天真顽皮。所见即所得：有一点狂野，有非常多欢乐。她的体内流着仙女的血液①，还有闪闪发光的幽默感，能让世界上下颠倒。

她的演唱像天使，舞蹈则像红发魔女。

她是个小奇迹。她是我的朋友。

我不知道你需要我的时候我会在哪里。希望南瓜冰淇淋融化之前我能搞清楚……

---

① 我的意思并不是说她生来就有仙女的血液。她可能是对一些纯真的仙女使用了一些手段才得到的。——原注

奇妙的美酒：托里·阿莫斯之二[①]

乘火车横跨美国，我看到了这个国家原本想隐藏的一面：这真是个走在错误轨道上的世界，一个由摇摇欲坠的贴着沥青纸的小棚子、废旧汽车和用木板封起来的房子组成的世界。现在——我打这些字的时候——我在北德克萨斯某处，坐着火车通过一片沼泽，看到一只鹰盘旋着，还有光线穿过落满灰尘的树叶的表演。我正在听托里的歌声到金星一游。

"山羊皮，"她唱道，音乐在她的声音旁边旋转，就像沼泽河流里的漩涡，"谁都知道你能变出任何东西，在月亮暗淡的瞬间。"这首歌像黑巧克力和木头燃烧的烟味，相隔遥远，微微发亮。"山羊皮。"她这样唱。

外面太热了，但想象力可以使得冬天变得可能。夏日在薄雾中腐烂，就像被人遗忘的桃子。这张专辑放了一遍又一遍。

我还记得自己在初夏时分第一次听这些歌：我一整天都在

---

① 1999年托里·阿莫斯《到金星一游》巡演场刊的前言。——原注

达特穆尔拜访朋友（泰里的前拉斐尔派风格的小别墅，有一个充满魔力的厨房，每面墙上都写着金色的精妙留言；在弗劳德家里蹓跶，更加鬼使神差的是他们实际并不在家，只有布赖恩的绘画和温迪的精灵娃娃从它们六角形迷宫世界的每个角落对着你微笑挤眼）。一天结束之后，我终于来到火星人工作室，就像一只需要家庭的流浪狗。

火车窗外现在是：一面红土墙边上散落着一百个玻璃瓶；一棵树下孤零零地躺着一个从校车上扯下来的座椅；松树、柳树，还有巨大一团野生金银花。

"这是什么酒？"我问托里，那一夜世界安静而黑暗。

"我给你寄一瓶。"她说。那酒好极了，味道柔和又鲜明。

我们坐在沙发上交换秘密：我给她讲巴库、狐狸与僧侣。她为我表演新专辑，告诉我其中的秘密和故事。演唱"欲望"与"极乐"时，她因为混音的粗糙而道歉（我相信她的话，但我听不出来），然后我坐下来聆听。

这种奇妙的美酒让我兴高采烈。我想象出了自己可以写的故事：我可以描写十二张假想的专辑，讲述每首歌的故事。

我告诉她，这是最棒的主打专辑，仿佛来自一个平行宇宙。

当然了，她说。

我觉得那一夜也许持续了一千年，遍布每一片海洋，最后我睡在沙发上，上好的红酒让我像布娃娃一样浑身瘫软，梦回光辉的八十年代，不知道自己当时为什么没有注意到它。

现在我仍在旅途：在新墨西哥州的山间穿过一场突然的雷

雨；然后是宏伟的加利福尼亚风车原野与山川，标志着火车即将离开真实的美国，进入想象的世界。

我本想给你讲讲我的快乐幻象之梦，讲讲她是如何笑着说："我知道我已经死了，但这有什么大惊小怪的！"还想讲讲她的笑容。但我们现在进入洛杉矶了，停笔的时候到了。

几个月之前我尝到了一种奇妙的美酒，让我到金星一游，至今我依然陶醉其中。

《洪水：25周年纪念版》，明日巨星合唱团[1]

　　说实话，在我看来，当时我已经太老，不会再在乎音乐，也不会因为一张专辑而改变，更不用说去买单曲了。当时我二十八岁，开车去盖特威克机场，这时在广播里听到了《灵魂鸟舍》，它改变了我的人生。这事很奇怪：我并不听音乐电台。当时，和现在一样，我听BBC4频道，或者听磁带。但那次我开车的时候听了音乐电台，播的恰好是《灵魂鸟舍》，我在脑子里做了个记录，记住了这个乐队的名字——明日巨星，和那部电影一样，就是乔治·C.斯科特以为自己是夏洛克·福尔摩斯的那部。（电影名[2]来自有关堂吉诃德的一段对话，他和风车战斗，以为那是个巨人——如果他是对的怎么办呢？）

　　等我到了伦敦，我直接去了一家音像店，买了店里所有明日巨星的东西（《林肯》，还有《明日巨星》）。他们没有《灵

---

① 明日巨星合唱团二十五周年纪念版《洪水》密纹唱片封套说明。——原注
② 《他们也许是巨人》。

魂鸟舍》。那时《洪水》还没发布。

我喜欢明日巨星合唱团的一点在于他们创作了故事。词语编排的方式留下一些孔洞，为了知道发生了什么，我得把那些洞填起来。不管我喜不喜欢，我成了歌曲的一部分。

我打电话给特里·普拉切特，因为他也喜欢故事。我告诉他我发现了他会喜欢的东西，甚至会胜过喜欢巧克力。《长牙的鞋拔子》变成了《好兆头》巡回签售会的主题歌。当我们有压力的时候，就会一起唱这首歌。我们经常有压力。

我买了《鸟舍……》单曲唱片，这是我买的第一张单曲CD。上面还有一首《蚂蚁》，蚂蚁在黑夜里爬上某人的后背。

《洪水》一到音像店我就买了回来。它突破了明日巨星的传统，听起来并不像是在某人的密室里录制的。里面有乐器演奏嘉宾、合音，还有奇怪的样本。听起来仍然像明日巨星，但这一次他们是更大的巨星了。

这些歌多半是从一个平行宇宙发送而来，是我们永远不会完全理解的故事和生活的片段。然而，这并没有让我停止思索，或者编出与之相配的我自己的小故事。

首先，这是第一张伴有自己主题的专辑。世界注定终结，但那也没关系，因为专辑已经开始了。没错。专辑中有《灵魂鸟舍》，这首歌由一盏灯塔上骄傲的夜明灯演唱。还有《幸运球和脚镣》，回顾了一场非同寻常的婚姻。

专辑里还有《伊斯坦布尔（不是君士坦丁堡）》，我很遗憾地发现威尔逊、凯佩尔和贝蒂从未以它为背景音乐跳一支沙子舞。还有《死》，这首歌讲的是末后之事以及生命的意义。

不管和什么人交谈，只要我发现对方开始说"我不是种族主义者，但是……"这样的话，《你朋友是个种族主义者》就会出现在我的脑海里。

还有《粒子侠》，这是所有超级英雄中最精致的一位。特里·普拉切特非常喜欢《粒子侠》，他把带永存指针的手表放在了自己的一个故事里，我认为这很不公平，因为我原本想要把这个主意偷偷用到我自己的故事里。

《扭曲》让我难过——我确信这首歌讲到了自杀。《我们要摇滚》的超现实主义绝非一般意义：只有照字面意思理解它才说得通，然后获得的感觉如梦如幻。毕竟，也许每个人都确实想要个假的脑门。

我觉得《有人一直动我的椅子》实际上应该叫作"可怕先生"，而我害怕那个"丑陋先生"。

这里面有《助听器》。这首歌里有把电椅，不知怎么好像装满了甜蜜与温柔。《最低工资》让我脑中看到牲畜四处逃窜，还有扛着标语牌的牛仔。《信箱》是我喜欢的装在盒子里的小恐怖片，它的歌词翻滚扭曲。

《暗中吹哨》讲的是，如果我们遇到了不能说不善良，但仍然给我们留下伤痕的人，该如何应对。

《热茶》永远不会回来。回头的浪子始终没被吃掉。

《女人和男人》在我脑中是一幅埃舍尔的画。歌词打开之后还包着歌词，人们渡过海洋，进入丛林，直到永远。《纯爱的蓝宝石子弹》（Sapphire Bullets of Pure love）这个短语非常完美，几乎和"地窖的门"（cellar door）一样好听，在我脑海中的屏幕上，它是一部加上宝石蓝的黑白电影。

明日巨星合唱团为他们自己写了一首歌，解释了乐队的名字和有关他们的所有事情。要抱紧旋转木马。

我们所有人都在《去往柏林的公路电影》中。或者至少，我们都在一部公路电影中，如果我们一直走下去，有些人最终会到达1989年的柏林。

现在已经到了未来，《洪水》的发布是很久很久以前的事了。然而洪水仍在上涨，海平面同样也是。有些东西永远不会过时。

纪念卢·里德："我一生的背景音乐"[①]

"有些歌只不过是好玩的歌 —— 如果没有音乐，歌词就不会存在。但我写的大部分歌词，背后的想法是要试图引入小说家的视角，试图在摇滚的框架内填上这样的歌词，让喜欢投入这种层次的人得偿所愿，同时也听到摇滚音乐。"这是卢·里德1991年告诉我的事情。

我是个作家。我主要写小说。人们问我受了谁的影响，他们期望我会谈谈其他小说作家，所以我就说了一些小说作家的名字。有的时候，有机会的话，我也会把卢·里德列进名单，从来没有人问起他在名单上干什么。这是件好事，因为我并不知道如何解释，为什么我看待世界的方式会受一位流行歌曲作家的影响那么大。

[①] 本文原载于2013年10月28日《卫报》。文章写于从伦敦到布里斯托的火车上，在我知道卢·里德去世的第二天，借鉴了我1991年的采访文章。现在那些内容我大部分都删去了，因为那篇文章就是本书的下一篇，但有些句子也许仍会眼熟。——原注

他的歌是我一生的背景音乐：颤抖的纽约口音，音域有限，歌曲里满是疏远与绝望，一闪而过的是不可能实现的希望，我们期望永远持续的微小而美好的日日夜夜，因为有限而稀少所以特别重要；歌曲里有很多人，有些有名字，有些没有，他们趾高气昂，跟跟跄跄，跑来跑去，摇摇摆摆，搭便车来到聚光灯下，然后又离开。

这些歌曲都是故事。这些歌曲所暗示的内容比它们说出来的更多：它们让我想要知道更多，让我施展想象力，让我自己去讲述那些故事。有些故事很难解开，有一些故事，比如《礼物》，是以经典方式构建的短篇小说。每张专辑都有个性。每个故事都有叙事的声音：往往超脱事外，不带感情，不加判断。

我试图在脑中重现记忆：一开始吸引我的甚至不是音乐，引我上钩的不如说是我十三岁时读到的《新音乐快报》（1974年）里的一篇采访。他的观点，他的个性，他所展示的街头智慧，他对采访者的厌恶，这些都吸引着我。当时他处于《撒丽不跳舞》阶段，昏昏沉沉，这张专辑是他职业生涯中商业最成功、但也得到最多嘲笑的专辑。我想知道卢·里德是谁，所以我买来和借到了我能找到的所有东西，因为那篇采访也在讲故事，能变成歌曲的故事。

我是鲍伊的粉丝，这意味着我十三岁的时候就买来或者借来了《变形》，然后有人递给我一张《堪萨斯现场》的醋酸酯唱片，于是现在我成了卢·里德和地下丝绒乐队的粉丝。我寻找一切能找到的东西。我搜寻一家又一家音像店。卢·里德的音乐是我少年时代的背景音乐。

十六岁的时候，我第一次与女朋友分手，我一遍又一遍播放着《柏林》，朋友们都为我担心。对了，我还淋了不少雨。

1977年，我喜欢在一个朋克乐队唱歌，因为我确定，你不必有能力才能唱歌。不管卢的嗓音怎么样，他干得还不错。你只需要喜欢在歌曲里讲故事就行。

布赖恩·伊诺说过，地下丝绒乐队出第一张专辑的时候，只有一千人买，但他们都成立了乐队。这也许是真的。但我们中有的人会翻来覆去听《满载》，然后写小说。

在我读的小说中，我会看到卢的歌曲浮现其中。威廉·吉布森写过一篇短篇小说《整垮铬萝米》，这就是他对地下丝绒乐队歌曲《淡蓝色的眼睛》的诠释。如果没有卢·里德，让我成名的漫画《睡魔》就不会发生。《睡魔》赞美的是那些处于社会边缘的人，优雅的注解贯穿其中；另一部分在于更加宏大的主题之中：墨菲斯、梦，或是与漫画同名的睡魔，这个标题对我来说比其他任何东西都更有意义。他也是故事之王，这是我从歌曲《我已自由》（"我已失明，但现在我能看见／我身上究竟发生了什么？／故事之王从我身边走过"）里偷来的标题。

有一次我需要写背景设置在地狱里的《睡魔》故事，我全天播放卢的《金属机器音乐》（我会把它描述成："四面磁带嗡嗡响，发出的频率会让听力极为敏感的动物跳下悬崖，会导致人群毫无理智地盲目恐慌"）放了两星期。很有帮助。

他会唱些违反规则的东西，总是游走在你可以讨论的东西的边缘：人们指出他在《狂野之行》里提到了口交，但回想起来，轻松改变性别更加重要，《变形》漫不经心地就接受了新生的同性恋文化，让它成为主流。

卢·里德的音乐总是我生命的一部分，不管发生了什么其他的事情。

我的女儿霍利的名字来自安迪·沃霍尔的超级巨星霍利·伍德劳恩，他是我在《狂野之行》里发现的。霍利十九岁的时候，我给她做了一个播放列表，里面都是她小时候喜欢的歌，有些她记得，有些忘记了，这件事让我们进行了一次正式的交谈。我把歌曲从她的童年拉入播放列表——《无人可以取代你》《我不喜欢星期一》《这些傻事》，然后到了《狂野之行》。"你从这首歌里给我取的名字，是吗？"低音唱出第一句的时候，霍利这样说。"是的。"我说。卢开始演唱。

霍利听着第一段，她第一次真正听进了歌词。"'刮掉腿毛，然后他就成了她'……？男他？"

"没错。"我咬紧牙关说。我们可是在正式交谈呢，"你的名字来自卢·里德歌中一位男扮女装的男同性恋"。

她笑得像一盏闪闪发亮的灯。"噢，爸爸，我真是爱你。"她说道。然后她拿起一个信封，在背面写下我刚刚说的话，以免把它忘了。我也不知道我会期望这次交谈这样发展。

1991年我采访了卢·里德，通过电话。他在德国，马上要上台表演。他很感兴趣，忙碌而聪明。确实聪明。他出版了一本带注释的歌词选集。感觉就像一部小说。

大概一年之后，我和他共进晚餐，和我DC漫画的出版商一起。卢想让我把《柏林》改编成图像小说。吃晚餐时他很难对付：敏感、幽默、固执己见、聪明又好战：你必须向他证明自己。我的出版商提到她是沃霍尔的朋友，然后就遭到了卢的再三盘问，以证明她确实是真正的朋友。在和我讨论漫画以前，他针对二十世纪五十年代的EC恐怖漫画对我进行了某种类似于口试的东西，还对我在一期《奇迹超人》里用到了他的话而表示质疑。我告诉卢，我从他的《德雷拉之歌》的歌词中学到的沃霍尔的语气，比从我读过的所有传记、所有沃霍尔日记里学到的还要多，卢看上去很满意。

我通过了测试，但也没有兴趣再参加第二次，不管怎么说，我入行已久，知道人和艺术不是一回事。卢曾经告诉我，卢·里德是个假面，他用它来和人保持距离。我也很高兴保持自己的距离。我回到粉丝的行列，开开心心地享受没有魔术师的魔术表演。

今天我很难过。他的朋友给我发的电子邮件令人心碎。世界变得更加黑暗。卢同样了解这样的日子。"每件事都有一点魔力，"他告诉我们，"然后也有一些损失，这样就扯平了。"

等待那个人：卢·里德[①]

一

大概十四岁的时候，我在附近的书店发现了一本卢·里德的歌词集。那是个廉价装订的油印本，卢的点画漫画耸立在薄薄的封面上：一看就是盗版的。

我真心想要，但又买不起（警察刚刚捣毁了我学校里一个少年扒手团伙，我不得不把吉姆·哈钦斯——他有点像是九年级的约翰·迪林杰——给我搞到的一本价格明显低于音像店要价的《卢·里德现场》退回去，所以甚至这种选项也没戏了）。

我站在书店里读完了整本，包括错别字和其他所有东西。几天之后我又回来找它，但是已经没有了。

从那之后我一直在找。

---

① 本文原载于《Time Out》杂志，后转载于《反射》1992年7月28日第26期。
——原注

二

1986年，我还是个记者的时候，我在美国无线电公司新闻办公室，和一个朋友一起，他正要骗走我一张《无效审判》专辑。（骗走的意思是"索取、获取、索要"。）

"尼尔想要采访卢·里德。"我朋友说。

"卢·里德？上帝啊。就算是条狗，我也不愿意让它去采访，"他的新闻发言人说，"他就是记者的地狱。要是你说了错话，他就会当场走人。他很可能直接让你滚蛋。或者不回答你的问题。或者怎么样的。"

然后他们继续谈起，几年之前有个文青采访歌手肉块（Meatloaf），一开始就问他身形方面的问题是不是天生的，然后采访基本再也没有往下进行。

三

事情的开端是一次闲聊，和一位编辑一起吃午餐的时候。在那时的三年之前我为了写小说放弃了新闻。我提起，虽然没有什么事情能把我引诱回去，但我还是一直期望自己能采访卢·里德……

"卢·里德？"上面说到的那位编辑竖起耳朵，她这样说，"对了，他下个月会在欧洲。但我们已经想过也许会请马丁·埃米斯去和他聊聊。"

不过我是自告奋勇的，马丁·埃米斯并没有。事情就这样在什么地方启动了，或者至少有人打了几个电话。

一个月之后这本书到了。

《思考与表达之间：卢·里德歌词选》。

九十首歌词，两首诗，两篇访谈——一篇是与瓦茨拉夫·哈维尔，捷克剧作家、作家兼总统，另一篇是与休伯特·塞尔比，《布鲁克林黑街》的作者。

有些歌在页面下方有小小的斜体脚注。它们偶尔是解释；通常是发怒。

《踢腿》这首歌讲的是，为什么谋杀比性更能减少无聊，"因为这是要做的最后一件事"，注释写道"我有些朋友是罪犯"；《勇士之家》的注释则是"我的大学室友和朋友林肯曾经试图跳到火车前面自杀。他活了下来，但失去了一只胳膊和一条腿。然后他企图成为脱口秀演员。多年以后，人们发现他锁在自己的公寓里饿死了。"

四

那时我在本地的沃尔沃斯超市，离我最近的一个萧条的英国小镇上（这里没有真正的音像店，只有一家沃尔沃斯。而且这在几年之前已经算得上是个实实在在的进步了。那时在阿克菲尔德仅仅拥有一张激光唱片就能让你像巫师一样被人烧死），寻找《魔力与失落》，虽然我并没有真心期望他们会有这个。我翻遍了R开头的歌手，但只有一盘《撒丽不跳舞》，破破烂烂的塑料封皮上还有一道长长的裂纹。

我问商店导购有没有，他让我去看海报墙。卢·里德上了英国前十榜单？

我仿佛听到巨大的铰链转动地球的声音，恒星形成了新的星座，但我并不想争辩。我想，也许现在他们会出锋芒唱片专辑的CD版了。

我的《摇滚心灵》密纹唱片放不出来已经快十年了。

五

我第一次看卢·里德现场表演的时候不到十六岁。他在新维多利亚剧院表演，这是家改建的伦敦剧院，几个月之后就关门了。他一直停下来调吉他。观众一直欢呼叫嚷，大喊："海洛因！"

他一度靠在麦克风上告诉我们大家："快他妈的闭嘴。我在这儿调音准呢。"

演出结束的时候，他告诉我们，我们这群观众太垃圾了，不值得他加演，他确实也没加演。

我确信，那才是真正的摇滚巨星。

六

我们和卢的唱片公司华纳音乐讨论花了三周时间。采访要进行、采访要取消、采访有可能会进行、要电话采访、电话采访不行、让我飞去斯德哥尔摩采访、我要飞去慕尼黑。

你学到的第一件事是你总是必须等待。

在那前后，根据卢的要求，为了证明我值得信任，我把一堆书和漫画交给了华纳音乐的宣传员萨莉。她好像对我印象还不错，所以我决定不提这件事原本可能是马丁·埃米斯来做。

我看过里德的《有什么好》音乐视频，凌晨三点换台换到

MTV的时候（全世界比美国MTV还差的频道只有欧洲MTV）。视觉上它让人目瞪口呆：看上去好像是马特·马胡林的作品，只不过是彩色的。我问萨莉这段音乐视频是谁做的，但她也不知道。

日子一天天过去，最后期限很快就到了，我们还在等回话。我很可能要去慕尼黑。我几乎确定要去慕尼黑。

我从没去过慕尼黑。我从没见过卢·里德。

星期五，五点半，我不用去慕尼黑了，采访黄了。取消了。完蛋了。

我整个周末睡得昏天黑地。

七

十五岁的时候，我在学校音乐教室放《变形》。我的朋友马克·格雷戈里应邀来访。他的乐队翻唱了《完美的一天》，但他从没听过卢·里德的原唱。我把它放给他听。他听了大概一分钟，然后转过头来，满脸困惑，看上去心神不宁。

"他唱的降调了。"

"他不可能唱降调，"我告诉他，"这是卢的歌。"

马克气呼呼地走了，我至今仍然认为自己是对的。

八

周一上午，一切结束之后，采访突然之间又要进行了。也许吧。

周一晚上，我坐在伦敦市中心一间办公室里，陪着我的有疼痛的喉咙、电话录音用麦克风还有一台别人的随身听，等待着来自欧洲某地音乐厅的可能来电。

随身听的主人是位音乐记者，他过来给我演示怎样按录音键。"不管怎么说，电话采访卢比当面采访好很多。我猜他会感觉他总能挂你电话。"他为了鼓励我而这样说。

我一直痛恨电话采访。他的鼓励并没有起到作用。

九

我们把话说白了吧。只要事情有关卢·里德，我就会失去所有判断力。他创作的作品我几乎都喜欢（除了《神秘迪斯科》，在《钟声》的A面）。有的时候我甚至喜欢《金属机器音乐》，那可是四面磁带嗡嗡响，发出的频率会让听力极为敏感的动物跳下悬崖，会导致人群毫无理智盲目恐慌。

十

七点半了。电话响了，是西尔维娅·里德。卢晚上八点必须上台演出。行吗？没问题。

停顿了片刻。

卢·里德的声音是炭灰色的，冷漠而沙哑。

十一

你怎样决定把哪些歌收入这本书呢？

嗯，我的观点一贯如此，与音乐结合之前，歌词应该能够独立存在。我只是拿起所有歌曲的清单，挑出了我觉得最独立的那些。如果我有疑问，就把它去掉。

还有一点是看它是否有助于叙事的形式。一种叙事的联系带你走过三十年，所以它们一个接着一个，产生出意义——某些主题变得非常明显，如果不是这样，你可能不会看得那么清楚。

就像是书中的那一系列，你为父亲、母亲、姐姐和妻子写的歌？

对，那是很有趣的一小段，实际上来自于一张有趣的专辑，里面有很多类似的东西。在开始回顾之前，我其实都没有注意到这一点。

是《在公众中成长》吗？

是啊。当然和它有关。

那是锋芒唱片的一张专辑。他们会把它们制成CD发行吗？

我告诉你，这真是个好问题。说实话我和他们没有什么实际联系了。实际上有一张精选集要出，我们想从锋芒那里找到母带，这事有些麻烦。它们在宾夕法尼亚什么地方生锈呢……

有个二手信源告诉我它们会（出），但我也不知道这事我能多么当真。

我还记得那些专辑发布的时候遭受了严厉的批评。但是根据最近几张专辑来看，好像评论界对它们有些重新评价……

喔……（大笑）说实话，我可没看到什么重新评价。只记得因为它们我可被骂得不轻。但好玩的是，有些人会痛骂它们，然后挑出一个来说"这一个例外"，然后另一个人又来痛骂，这个对他们来说不是例外，他们会找出另一个来当成例外。

我觉得可能有些东西保持一点点距离看起来更容易。

人们口中这么差的那些专辑里有些是我的最爱。

你选择《钟声》作为你最爱的歌词……

没错。它一直很能打动我。随着我年纪渐长，我对歌词了解更多了一点，它变得对我越来越有意义。

那么说，回想起来，歌词的主题对你来说会改变吗？

当然。后来我才发现它说的究竟是什么。很多次我以为它说的是某件事，随着我与它产生了一点点距离——说距离我的意思是，比如七八年——我会突然明白，它说的完全是另一件事。

这事特别会在舞台上发生。我会定期唱些老歌，然后突然意识到"老天呀——听听这说的是啥。真不敢相信我竟然公开说过这种话"。

你提到的有些歌词实在是非常私人的东西，而且相当精确——那么明显，所以这一直有点滑稽，多年以来，人们不停地问我："现实生活中确有其事吗？"都是真事，我以为很明显呢。

你以前说过，你从一开始就想要试图把小说的感受带入摇滚单曲……

这一直是背后的想法。有些歌只不过是好玩的歌——如果没有音乐，歌词就不会存在。但我写的大部分歌词，背后的想法是要试图引入小说家的视角，试图在摇滚的框架内填上这样的歌词，让喜欢投入这种层次的人得偿所愿，同时也听到摇滚音乐。

有的时候有些歌要花好几年才能弄好。你写出来，只知道不太对，但又弄不好，于是你就放在那儿。我觉得你只能尽力做到最好，有的时候，你做的最好还是不够好。到这个时候你就不得不让它休息一下了。因为要不然你就会开始把它搞得特别奇怪。当它开始变得那么不对头，就该把它放下了。

你觉得在公众面前朗读会和音乐会有很大差异吗？

伙计们不在啊：没有乐队。另一方面，歌词里的幽默会更加明显。歌词有些尖锐的地方也更加明显……

我现在要出一张新专辑，有首歌叫《哈利的割礼》，你可以有好几种理解方式。有一种就是它很搞笑。我认为我会被分到黑色幽默一类里去……我自己可没把这事当真。

《有什么好》的音乐视频是谁拍的？

那是不是很棒？是不是非同寻常？他太厉害了。就是拍封面照片的那家伙……

马特·马胡林？一看就像他的作品。他确实表现出了歌曲意象中的幽默。"蛋黄酱苏打水"，"导盲犬巧克力"……

和马特在一起商量的时候，我非常高兴他能办到。"你知道吗，我试着把这些视觉图像快速播放，你可以唱特别快，只要我们能画出一部分就很棒了。"他就是这样做到了。

这好像是歌曲的分镜脚本啊。

一点也没错。他一开始发给我的就是分镜脚本……

这是第一个感觉象卢·里德歌曲的音乐视频。我是说，之前只有个机器人把脸扯下来的音乐视频……

那是《零首付》。对吧。我觉得那个也很好玩。但你说的对，就充分体现歌的内容而言，这是第一个。这一个才真正做到。

它让那首歌更充实。

我们也是这么想的。我是说，不用我说什么，马特就能明白，这点真是太棒了。通常做视频相当痛苦。但这一次实际上很愉快。看到它成为现实感觉很不错。

还有，我实际上不需要，比如说，真的在视频里扮演卢·里德——这事会很无聊。

我还有十五分钟上台，就是提醒你一句。

那么再来五分钟？

不，我的意思是，如果愿意，你可以继续十五分钟。

谢谢。在有关瓦茨拉夫·哈维尔的那篇文章里，你提到卢·里德这个角色是与你本人分离的某种东西。你是这样认为的吗？

嗯，它是我用来保持距离的东西。可以这么说吧。但我得说，它失控了，我一直在分析它。这真是有点好笑，尼尔，因为我来的时候是这样一个纽约街头穿皮夹克的家伙，然后我一露面，听到的下一句话是"你说什么？那家伙看起来像个英国教授"。实在是很滑稽。

大家想看到你依然站在舞台上吗？或是乔装打扮？或者戴墨镜穿皮衣？

这取决于他们在我身上贴的是什么时代的标签。有些人永远是地下丝绒乐队的样子，或者《变形》，或者《摇滚动物》——大概就在那附近吧。他们喜欢依然如故。但我只是路过。

"我多年以前就玩完了的，你还在做呢。"是这样吗？

（大笑。）对对。就是这样，不是吗？

《魔力与失落》在商业上大获成功，你觉得意外吗？

可以说十分震惊。这很奇怪。从某种意义上来说，这是我梦想的专辑，因为一切元素终于汇聚在一起，专辑终于完全成为现实。我想做的事情在这张专辑里都做到了，但商业思维从未进入其中，所以我简直惊呆了。

这本书里，歌曲末尾的注释有一种简洁的挑逗性质……

如果你说"挑逗"的意思是我给你讲了一点东西，你还想再知道的多一点，那么没错。我觉得让你知道实际发生了什么，把事情联系在一起，这样就够了，你就能看到其中有故事。就好像它是部小说，只不过是在歌词里讲的，那一点注释就是把它联系在一起的东西，轻轻一推让你看到下一个，同时也告诉你一些东西，让你这一分钟很感兴趣。但我不想说的太长。那会是另一本书。

你想要写另一本书吗？

我对写本书很感兴趣。但不是写我自己。

（背景里有叮叮当当的声音。大家好像准备上台了。）

如果说早期作品和现在的东西有什么区别，那么就在于歌手的角色。以前卢·里德在场边观望："我一点也不在乎"，"对我无所谓"。最近有一种自发的参与和感动……

是的。我对一些事情有了立场。

为什么？

我认为我已经赢得了权利；此时此刻我已经足够了解生

活，经历也够多，我觉得对一两件事发表观点不会像是拉票或者传教，只不过是来之不易的经验，想和其他人交流。

我写的很多东西并没有明显的道德立场，我描写的东西不言而喻，我觉得我不需要说什么——对这些东西我并没有优越感，或者任何高人一等的感觉：这是生活，这就是我们讨论的东西。

但在最近几年有些改变，从某种意义上来说，我觉得有些事情我可以表态，不准备改变主意的那些。

我认为我的观点很有道理。他们来之不易，真心实意。

三十多年过去了，你还在摇滚界。你觉得自己有一天会停下吗？

我只是喜欢它。这像是一种新的艺术形式。你知道CD吧，你最多能放七十四分钟。我觉得很神奇，最近三张专辑结束都在五十八五十九分钟，完全没有事先打算。

这事很有趣，不是唱十四五首独立的歌，这东西是可以全心投入的一件事：做成一套两张CD可能也很有意思，我猜那和百老汇的戏剧一样长。

在《魔力与失落》时我想过——最终你必须对重要主题挥拳出击，失落与死亡当然是其中之一。

他们说我们能写的只有性和死亡……

那些是基本主题。它们存在是有理由的，但我认为，每代人都必须有人来重新诠释。同样，虽然我不知道这个过程的具体细节，我知道什么是天赋，知道这是多么奇特的东西，我一直十分努力设置这样的情景，让它得以发挥。我感觉这是一种责任。努力忠实于天赋，让它能够发挥。

"责任始于梦想"？

噢，当然。绝对是。我也有梦想。最终，很多责任的内容都是别让那个梦想崩溃或者妥协。最后这也成了你在私人生活中必须做的事。这就是为什么与哈维尔总统谈话让我着迷……（电话里，我能听到蜂鸣器突然响起。好像卢现在差不多该上台了。十五分钟肯定到了。）

……我必须问他："为什么你不走呢？你原本可以离开。你可以在哥伦比亚教书——你是著名剧作家。"他说："我生活在这里。"

这反映了你对纽约的态度吗？

这正是我对纽约的态度。就是因为这个我才问他——我与它有关，以我自己小小的方式。

他们叫你呢，卢。

是呀。

（让他们等着，对此他好像非常高兴。"你学到的第一件事……"）

重点是，我也有梦想。我很高兴我与哈维尔总统会面的时候我妻子在场，否则我会觉得自己是做梦。

那么你觉得未来会怎样发展呢？

我想继续写作。我觉得每三年出一张唱片还不够。现在我觉得我知道自己在做什么。

作为作家？

对。哈维尔这篇很难。

好的文章应该不容易。

你必须真心想写，否则就没味道。实际上会惹人讨厌——还不如去开卡车。

我得走了……

十二

这本卢·里德歌词集《思考与表达之间》并不是拼写糟糕、封面薄薄的盗版。但管他的呢。出现那样一本之前，这本就很好。

后记后记：伊夫琳伊夫琳[1]

　　小说的魔力和危险是这样的：它允许我们透过别人的眼睛观看。它带我们到达从未去过的地方，允许我们关心、担忧、大笑、哭泣，为了在故事之外并不存在的人。

　　有的人认为，小说里发生的事情实际上并未发生。他们错了。

　　阿曼达·帕尔默是一位外向、无礼、极为有趣、有时吵闹、从不尴尬、美丽又健谈的歌手，弹起钢琴来像是演奏打击乐。贾森·韦伯利是个动感十足、随心所欲、温柔又积极的船屋居民，演奏吉他和手风琴。他一直戴着帽子，几乎总蓄着胡子。

　　说来也怪，正是他介绍我认识了阿曼达·帕尔默，通过电子邮件，将近三年之前。

---

[1] 本文是《伊夫琳伊夫琳：悲剧故事两卷》的后记，作者是阿曼达·帕尔默与贾森·韦伯利，插图画家辛西娅·冯·比勒。——原注

在知道他们任何事情之前，我已经听过了伊夫琳伊夫琳。《你有没有见过我妹妹伊夫琳？》这首歌在我的iPod上，奇特的拉格泰姆风格硬壳，还有一首关于大象的歌，题为《大象大象》。这些歌都出现在了我的播放列表"真心喜爱但确实不知是啥的东西"里。

直到和阿曼达·帕尔默做了多年朋友，我才向她问起伊夫琳伊夫琳那些歌。

"她们是连体双胞胎，"她告诉我，"贾森和我通过聚友网认识了她们。"

"我以为说的是你和贾森。"我说。

"不是，"她说，"是连体双胞胎。她们生活不易。但她们创作的音乐非常惊艳。她们发布了一整张专辑。贾森和我只是替她们制作。"

"真的吗？"我问，"但是，我iPod上的那些歌，听起来就像是你和贾森在唱啊。"

阿曼达·帕尔默说："这话很有趣。"

我去过伊夫琳伊夫琳演唱会的后台。一开始出场的是阿曼达·帕尔默和贾森·韦伯利，两个非常不同的人。

然后他们脱光衣服。贾森刮了胡子，穿上文胸。他们乔装打扮。他们带上黑色假发，然后爬进一件带条纹的戏装，衣服空间足以容纳他们两人。他们提起裙子，把它穿好。

伊夫琳和伊夫琳窃窃私语。左手边的伊夫琳看上去比右手边的伊夫琳略微男性化一点。她们并不迎接你的目光。她们是一个整体。她们行走的时候，看上去像是一个人。她们跌跌撞撞走出来登上舞台。

她们演奏的是双手钢琴。内维尔双胞胎一个用右手弹琴，另一个用左手。演奏手风琴、尤克里里和吉他时也是这样。她们演奏两只卡祖笛，因为她们有两张嘴。双胞胎中只有一个需要演奏小军鼓和钹。

她们演唱。她们与彼此沟通的方式，和她们与观众沟通的方式完全不同。

阿曼达·帕尔默对观众歌唱、讲话，关心他们，与观众互动。贾森·韦伯利能像施魔法一样让观众沉醉，甚至完全不用酒精，这点很出名。

这对双胞胎只为彼此而存在——她们为对方表演，争执，化妆，彼此关心，窃窃私语，永远窃窃私语。

她们知道观众的存在。她们回应掌声，但她们并不是为了我们而站在舞台之上。

人们会提问，就像我曾经提问过的，阿曼达·帕尔默和贾森·韦伯利是否真的就是伊夫琳伊夫琳。

他们并不是。他们是一些别的东西，是伊娃·内维尔和林恩·内维尔，是存在于木偶与梦想居住的虚幻空间的东西。他们也不是贾森和阿曼达，就像海地的死神萨米迪男爵、爱神埃尔祖丽夫人等，实际上就是他们骑着的马。就像圣诞老人只不过就是你爸爸装扮的。

辛西娅·冯·比勒在这里为双胞胎的生活绘制了插画。

她为这个包含悲剧与黑暗的故事带来了娇柔与魔力。她的插画拥有一切美妙的儿童插画的单纯，然而正是因为成人愚蠢、糊涂，有时还很邪恶，她讲述的故事才能存在。她让内维尔姐妹和她们的故事超越了阿曼达和贾森及他们的音乐，走向世界。

她们的故事艰难而奇特，她们的不幸与悲剧比应受的更多。但是，同样的话也可以用来描述我们大多数人。这是人之为人的秘密之一。关键并不在于你遭受的痛苦：而在于你如何对待痛苦，如何继续生活下去。就内维尔姐妹来说，她们选择创作艺术。阿曼达·帕尔默、贾森·韦伯利也是一样，还有辛西娅·冯·比勒也是。

这就是伊夫琳伊夫琳的秘密。你也可以像她们一样。开始阅读，你就会透过她们的眼睛看世界，学会在黑暗中把秘密向自己低语。

《谁杀害了阿曼达·帕尔默》①

　　和你一样，在听说阿曼达·帕尔默被杀的时候，我清清楚楚地记得自己在哪里，在干什么。我记得阳光怎样闪烁在水面上，记得最清楚的是我完全不相信，因为好像不可能，阿曼达·帕尔默（那么聪明可爱，那样活力四射，好像她一直是从其他十几个人身上偷走了原本属于他们的生命力一样）竟然停止了动作，停止歌唱，停止呼吸。她再也不能像她以前那样大笑，肆无忌惮地开怀大笑，简直无法想象。

　　后来几天每天都很奇怪。谣言漫天飞。我在恩西诺的一个酒吧遇到一位地狱天使成员，他一口咬定自己认识干了这事的家伙，那人宣称他代表疯狂的前男友，用铅管砸烂了阿曼达的脑袋。

　　这成了遍及全国的魔怔。全美国的学校操场上都有人反复倒卖《谁杀害了阿曼达·帕尔默》的泡泡胶卡片。至今我还留

---

① 这些是2008年阿曼达·帕尔默的专辑《谁杀害了阿曼达·帕尔默》的封套说明，写的时候我们还不怎么认识。——原注

着两张：一张画着阿曼达中弹的尸体从墙上垂下来；另一张上她的尸体被冲到了一个不知名的湖边，脸色铁青，被水泡得浮肿，某种甲壳动物的爪子从她紫色的双唇中间伸出来。

我记得烛光祈祷会和纪念圣地，全世界各个城市有好几十个，都是从此失去阿曼达·帕尔默的人们自发表达的爱。他们点起蜡烛，留下电话、手术刀、电视遥控器、各种具有异国情调的内裤、塑料小雕像、儿童绘本、鹿角，以及爱。

"她离去了，正像她所期望的那样。"一位脸色苍白的"曼达"这样告诉我，他是阿曼达·帕尔默的模仿者，这样的人现在越来越多。当晚更晚些的时候，这位摇摇晃晃、满头大汗的"曼达"向我保证，他确定真正的阿曼达·帕尔默"被来自更高能级飞机的生物绑架了"，阿曼达死亡的照片并不是在某个后街小巷工作室里拼贴、美图、假造的，而是她的"姐妹"的真实死亡照片，那是从阿曼达·帕尔默本人原生质中培养出来的生物。

年纪很小的孩子编出歌来，唱着阿曼达死去的各种方式，开开心心地在每句歌词末尾把她杀掉，他们太年轻，没法理解这种恐惧。但也许这正是她所期望的离开方式。

"如果你在街上看到阿曼达·帕尔默，就杀了她。"波士顿大桥底下的涂鸦这样说。在那句话下面有其他人写道："那样她会永远活下去。"

尼尔·盖曼

《摇滚流行杂志》1965年6月

第八章
《星尘》与童话故事

我们写奇幻为生的人都知道，
讲真话的时候才做得最好。

从　前①

从前，动物会说话，河流会唱歌，每次远征都值得探索，那时龙仍嘶鸣，女仆美丽，诚实好心又运气十足的年轻人总能赢得公主的芳心，分到一半国土 —— 那时，童话故事讲给成年人听。

孩子们也听故事，喜欢故事，但孩子并不是主要的听众，就像他们也不是《贝奥武夫》或者《奥德赛》的目标听众。J.R.R.托尔金曾经说过一种粗野而腐朽的类比，童话故事就像是幼儿园里的家具 —— 这些家具原本并不是为儿童制造的：而是为大人设计的，放到幼儿园只是因为大人厌烦了，家具过时了。

不过，在孩子发现童话故事之前，它们对大人来说已经过时了。威廉·格林与雅各布·格林，就以这两位与此事关系良

① 本文原载于 2007 年 10 月 13 日《卫报》。一个略微修改的版本收录于 2013 年布莱顿世界科幻大会会议手册。——原注

多的作家来说，他们收集那些现在以他们为名的故事，可不是为了取悦儿童。他们是收藏家与语文学家，收集这些故事是他们毕生事业的一部分，这事业还包括很多大部头比如《德国传说》《德语语法》和《古代德国法律》。大人买了他们的故事集，读给孩子听，开始抱怨其中有成人内容，格林兄弟也很吃惊。

格林兄弟回应了市场的压力，而且热情地删改。莴苣姑娘与王子见面的事，不再是不小心说漏了嘴，问女巫为什么她的肚子肿得这么大，衣服都穿不进去了（这是个合乎逻辑的问题，因为很快她就要生出一对双胞胎了）。到了第三版，莴苣姑娘告诉女巫，拉她上来比拉王子要轻快。而双胞胎出场的时候，好像是无中生有。

人们为了度过漫漫长夜而互相讲述的那些故事，变成了儿童故事。很多人显然认为，它们就应该停留在那里。

但它们并未停留。我认为，这是因为大多数童话故事，经过漫长岁月的磨炼，效果都很好。它们感觉很对。结构上，它们可以很简单。但那些修饰或者重新讲述的行为，往往是魔力所在。与口耳相传的任何叙事形式一样，一切都在你讲述的方式之中。

这就是童话剧的乐趣。灰姑娘需要自己丑陋的姐姐，也需要变身的场景，但我们如何达到目的，每次上演的情况各有不同。童话故事也有传统。《一千零一夜》给我们提供了一种方式；夏尔·佩罗优雅的宫廷故事提供了法国版的传统；格林兄弟又拿来第三种。我们从小就会遇到童话故事，或者重新讲述，或者通过童话剧。我们在其中呼吸。我们知道它们如何发展。

这点让它们很容易模仿。巨蟒剧团的《幸福谷》中，众多王子奋不顾身向戴木质假牙的公主求爱，这部剧仍是我最喜欢的讽刺模仿。《史莱克》系列夸张地演绎了好莱坞对童话故事的重新讲述，收益递减，让人立刻想起实际情况。

几年之前，在父亲节那天，我的女儿遂我心愿，允许我为她们播放让·科克托的《美女与野兽》。女孩们并不感兴趣。然后贝拉的父亲进入了野兽的城堡，我们看到人们把手穿过墙壁的特效、电影倒叙放映，我听到女儿对屏幕上的魔术惊呼出声。这还是那个故事本身，一个她们早已熟知的故事，只不过是伴随自信与才华的重新讲述。

有时候，童话故事的传统与文学传统会交叉。1924年，爱尔兰作家兼剧作家邓萨尼勋爵写了《精灵王之女》。书中英国艾尔[1]王国的长者决定，他们想要一位会魔法的国王，于是从精灵国偷了一位公主，带到英国。1926年，霍普·米尔莉，布卢姆斯伯里集团的成员、T.S.艾略特的朋友，出版了《雾中的路德镇》。这是一本典型的英国小说，古怪超群，场景建立在一座与仙境接壤的小镇，那里有非法交易的仙果（就像克里斯蒂娜·罗塞蒂的诗歌《小妖精集市》中买卖的那种）、还有与仙果同时越境而来的魔力、诗歌与狂野，永远改变了小镇居民的生活。

米尔莉独一无二的想象力受到英国民间故事与传说（米尔

---

① 邓萨尼小说原文为 Erl。

莉是古典学者简·埃伦·哈里森的伴侣）的影响，还有克里斯蒂娜·罗塞蒂和一位维多利亚时期杀过人的精神病患者——画家理查德·达德，特别是他未完成的杰作、细节精确到无以复加的画作《仙界伐木工的杰作》——这也是安吉拉·卡特的一部广播剧的主题。

卡特以《染血之室》这部惊人的短篇小说集，成为我遇到的第一位对待童话严肃认真的作家，这意味着她并不是试图解释、删减或者把它们钉死在纸上，而是让它们重新活跃起来。在她笔下，"小红帽"变成了一个会来月经的狼女，这个故事变体在尼尔·乔丹导演的电影《狼之一族》中聚集在一起。她也将同样的艺术激情带入其他童话故事的重述中，从《蓝胡子》（卡特的最爱）到《穿靴子的猫》，然后创作出她自己最完美的童话——《马戏团之夜》中长着翅膀的杂技演员飞飞的故事。

成长过程中，我想读一些不因为是童话故事而过意不去的东西，即使面向成年人也不会过意不去。我还记得十来岁的时候，我在北伦敦一所图书馆里偶然发现了威廉姆·高德曼《公主新娘》，并因此欣喜若狂。那是一个童话故事，它的框架故事宣称，高德曼当时正在编辑西拉斯·莫根施特恩的经典著作（尽管这本书是虚构的），要修订成他的父亲曾经读给他听的那样，删掉无聊的部分——这种说辞为给成人讲童话故事而辩护，通过重新讲述让这本书变得合理，不知何故，所有童话故事都不得不这样处理。二十世纪八十年代初我采访过高德曼，他把它描述为他最喜欢却又最不出名的一本书，直到1987年被改编成电影，它才成为众人常年喜爱的书。

童话故事本来是给成年读者看的。这是一种我喜爱的小说形式，想要读到更多。由于在书店里找不到，所以我决定自己写一本。

1994年我开始写《星尘》，但在我心里，写它的时间仿佛飞逝了七十年。二十世纪二十年代中期好像是人们喜欢写这种东西的年代，那时书店还没有奇幻类的书架，三部曲和其他有着"伟大的《魔戒》传统"的书也尚未出现。另一方面，这本书应该属于《雾中的路德镇》和《精灵王之女》那一传统。我唯一能够确定的就是，在二十世纪二十年代没有人用计算机写书，所以我买了一大本空白记事本，找出了我上学时拥有的第一支钢笔，还有一本凯瑟琳·布里格斯的《精灵事典》。我给钢笔加上墨水，就开始写作了。

我想让一个年轻人出发去远征——在这本书里是一次浪漫的远征，追求维多利亚·福雷斯特的芳心，她是村里最可爱的姑娘。这座村庄在英国某地，称为石墙村，因为村庄被城墙包围，一面看上去很无趣的城墙坐落在看上去很正常的草地上。城墙的另一边是仙境——仙境（Faerie）是一个地名，也是一种特征，而不是因为精灵（fairy）的高级拼法。我们的主人公许下诺言，要带回天上落下的星星，落在城墙另一边的那一颗。

我知道，等他找到这颗星星，它并不是一块金属矿石。它会是一位摔断腿的年轻女子，脾气暴躁，完全不愿意被人拽到世界另一边，然后被当成礼物献给某人的女朋友。

在路上，我们会遇到邪恶的女巫，她们想要拿到星星的心脏让自己返老还童；还有七位领主（有的活着，有的已成鬼魂）也想得到星星以巩固自己的遗产。会有各种各样的障碍，也会有来自古怪角落的帮助。我们的主人公会以一种英雄的方式获得成功，这并不是因为他特别聪明、特别强壮或者特别勇敢，而是因为他有一颗善良的心，还因为这是他的故事。

我开始写：

> 从前有个年轻人渴望得到内心向往的东西。
>
> 开头这么说，虽然毫无新意（因为不管过去或将来，每个和年轻人有关的故事都会以类似的方式开场），但这个年轻人和他所遇到的事，有很多是不平常的。不过这一切这个年轻人根本就不知道。[①]

这种语气听上去就像是我需要的语气——有点做作和过时，童话故事的语气。我想要写一个故事，对读者来说，感觉就像他或她早就知道的东西。一种熟悉的东西，虽然其中的元素都是尽我所能原创的。

我很幸运，能有查尔斯·维斯为《星尘》绘制插画，在我心里，他是亚瑟·拉克姆以来最好的精灵画家，很多次我发现自己写了一些场景——狮子与独角兽战斗，会飞的海盗船——只是因为我想看看查尔斯会怎样画。他从未让我失望。

---

① 译文引自尼尔·盖曼著，龚容、李琳译：《星尘》，北京：人民文学出版社，2008年，第3页。

这本书出版了，首先是有插图版，然后是无插图版。好像大多数人的意见认为，这是我最不重要的小说。比如奇幻爱好者，就想让它成为一部史诗，然而它以不是史诗为最大乐趣。出版之后不久，我就不得不在一位记者面前为它辩护，这位作家喜爱我的前一部小说《乌有乡》，特别是它的社会隐喻，而在《星尘》里他完全没有找到任何良好的意图。

"这本书有什么用？"他问我，如果你以写小说为生，这可不是你期望别人问你的问题。

"这是个童话故事，"我告诉他，"就像冰淇淋。读完了会让你觉得开心。"

我觉得自己没有说服他，一点也没有。几年之后，《星尘》有一个法语版，包含了译者注释，说这部小说整体是对班扬《天路历程》的注解，我真希望当年采访时我读过这一段。我也许可以在那位记者面前引用它，虽然我一个字都不相信。

不过，想要读童话故事的人发现了这本书，有些人知道它是什么，喜欢它是因为它的本来面目。电影导演马修·沃恩就是其中之一。

就改编我的作品而言，我通常极为谨慎，但我喜欢这个剧本，而且真心喜欢他们拍的电影——情节到处自由改动。（首先，我知道自己可没写过海盗船长男扮女装跳康康舞……）

星星依然落下，男孩仍然许下诺言，要把它带给自己的真爱之人，仍然会有邪恶的女巫、鬼魂和领主（虽然有的领主现在变成了王子）。他们甚至给故事安上了没羞没臊的大团圆结局，这正是人们重新讲述童话故事的时候会做的事情。

在《企鹅英国民间故事》中，我们知道二十世纪中叶的民俗学研究者曾经采集了一个口口相传的故事，却从未注意到实际上它是一种重述与简化，是维多利亚时期作家露西·克利福德写的一个奇怪的、令人困扰的儿童故事。

如果《星尘》也有相同的命运，如果在作者被人遗忘很久之后，故事还能有人讲说，如果人们忘记这曾经是一本书，然后用他们自己的方式来讲述一个男孩出发寻找掉落星星的故事的时候，开头说"从前"，结尾说"从此过上了幸福的生活"，那么我当然会很开心。

查尔斯·维斯二三事[①]

　　特奥多尔·基特尔森（1857—1914）是有史以来最好的北欧巨人画家。他是位挪威隐士，画山怪、水怪，还有像山一样高、后背上长松树的外国疯眼巨人。他住在挪威海的一座小岛上，到最近的城镇，骑马和乘雪橇（冬天）要两个小时。

　　当他听说另一位画家说也要画巨人，据说基特尔森说："他？画巨人？他这辈子都没见过巨人。"

　　当然，这很有道理。基特尔森能画出这样非同寻常的巨人，原因在于他见过它们。亚瑟·拉克姆画出如此高贵的精灵、奇形怪状的树人还有丑陋的地精，原因同样在于他见过它们。

　　查尔斯·维斯画出如此惊人的东西、美丽的东西和奇特的东西，他画出精灵、鬼怪、水妖、女巫的所有行为举止、各种奇观，画得这么好，原因也很简单。

---

① 本文原载于1998年第十七届热带科幻大会（TropiCon）会议手册。很高兴，查尔斯仍然轻笑。更高兴的是，卡伦几乎完全康复了。——原注

他看得到它们。他画出了自己看到的东西。

我认识查尔斯·维斯有十年了（或者不到十年，我承认我忘了——大约九年了吧，我猜）。

这就是如何像认出野草一样认出查尔斯·维斯少见的样子：他的笑容随和温柔，不开玩笑说真的，他的眼睛会闪闪发亮。我见过的。他的举止安静而克制，极其礼貌。如果某个人以上四种特征都有的话，多半就是查尔斯·维斯了，再加上他画起画来也像魔鬼一样。

他喜欢真正精制的纯麦芽威士忌。我就是顺便一提，并不是鼓励读到这个的人给查尔斯买一瓶确实好的纯麦芽威士忌（十年以上的应该都可以）。

我喜欢和查尔斯一起工作。这很舒服。

和他一起消磨时间很不错。我们第一次见面讨论准备合作的《魔法之书》时，登上了百亩森林中的梦幻之地帆船山（在米尔恩的书之外，它实际叫作吉尔山），坐在山上的欧石楠丛中。松树在风中摇摆，我们看着这些树，讨论我们要做的事。鲜血染红的河流，古老的歌谣，还有鸡腿上的小房子。有时我们并不聊天，只是坐在那里。

他是世上最好的读者。当你读书给他听，他会轻笑。绝对诚恳的轻笑。我写《星尘》的时候，每章结束，我都会给查尔斯打电话，把我写的东西读给他听（在这个过程中我偶尔道歉，因为认不出我自己写的字），只要我读到了不错的一段，他就会轻笑。这非常美妙。

最后我写了一些东西，只是因为想看看他会怎么画出来。

查尔斯一直在做自己喜爱的事。

他是个乐观主义者，从这个词最广泛的意义上说。查尔斯生活在一个美好的世界。

不过，他并不是不切实际的乐观主义者。他很理智。我们在1991年图森世界奇幻奖大会上获得最佳短篇小说奖的时候，查尔斯并不在场。他当时在打乒乓球。这是因为他知道我们不会获奖（嗯，这就好像我们联合当选教皇助理），所以他跑去做一些更合理的事情。（我们获奖在这段轶事中并不重要。）

今年夏天，查尔斯的妻子卡伦在一场车祸中严重受伤。过去几个月她都在医院接受手术，在康复中心重新学习走路和控制身体。

上次见到查理的时候，我问他最近怎么样。

"通常我心怀感激，"他这样说，就像《读者文摘》那些感动人心的文章里的家伙。只不过这是真情实感。"康复中心有人伤势和卡伦相似，但余生都将在轮椅上度过。而她很快就能重新走路了。我们真的很幸运。"

他确实是这么想的。他是个不同寻常的人，很多方面都是。

查尔斯·维斯住在弗吉尼亚州乡下。他也住在仙境。他画的是他亲眼所见的东西。

《精灵王之女》，邓萨尼勋爵[1]

　　有些除此之外非常理性的人，包括很多年纪挺大、应该明白事理的人，也许是出于某种奇怪的文化自负，他们主张，那些以威廉·莎士比亚为名的戏剧不可能是他写的，那些戏剧显然应该是英国贵族的成员所写，某个勋爵或者伯爵，总之是某位达官显贵，他文学的光辉不得不藏在打补丁的衣服下面。这偶尔让我困惑。

　　这让我困惑，主要是因为英国贵族，虽然产生了为数众多的猎手、怪人、农民、战士、外交官、骗子、英雄、强盗、政客与毫无人性的家伙，但是在任何世纪或时代从未以产生伟大作家而闻名。

　　爱德华·约翰·莫尔顿·德拉克斯·普伦基特（1878—1957）是一位猎手、战士、国际象棋冠军、剧作家、教师以及此外其他很多身份。他的家族世系可以追溯到诺曼征服之前；

---

① 我为邓萨尼勋爵《精灵王之女》1999年版写的前言。——原注

他是第十八代邓萨尼男爵，也是一位极少见的例外。

邓萨尼勋爵写过小故事，内容是想象中的神灵，遥远国度的盗贼与英雄；他写过难以置信的故事，基于此时此地的故事，约瑟夫·乔肯斯为了在伦敦的酒吧里换威士忌喝，把它们重新讲述；他写过自传；他写过优美的诗歌，还有四十多部戏剧（最出名的是，他一度有五部戏剧同时在百老汇上演）；他写过小说，讲述已经消失的有魔力的西班牙；他还写了《精灵王之女》，一部美好、奇妙，却几乎被人遗忘的小说。因为邓萨尼独一无二的作品太多都被遗忘，如果他只写过这一本书，也就足够了。

首先，他的文笔非常优美。我们听说，邓萨尼写书用的是一支羽毛笔，蘸上墨水，在一张张纸上吱嘎吱嘎，散文就从笔尖流淌出来。他的文字会唱歌，就像一位沉醉于钦定版《圣经》圣咏仍未清醒的诗人。你看邓萨尼的神来之笔：

> ……比如那如何能记录一个已死之人在晚年时对奇遇的想法或是已经烟消云散的过往，在黑暗的时候如何代为我们发声，在沉重年代的打击下如何拯救众多孱弱的事物，又或者，经过百年历史的车轮如何将那些在被人遗忘的山丘上长眠之人的歌曲带到我们面前。[1]

第二，《精灵王之女》是一本有关魔法的书；书中讲了将

---

[1] 译文引自邓萨尼勋爵著，张艺严、傅梦娟、刘慧译：《精灵王之女》，豆瓣阅读：https://read.douban.com/ebook/41044448/。

魔法引入生活的风险；讲了在尘世间可以找到的魔法，还讲了精灵国度中遥远、可怕、毫无变化的魔法。这并不是一本令人安慰的书，读来也不完全舒服，艾尔人想要一位会魔法的国王，但他们的智慧最终仍然令人生疑。

第三，它稳固地植根于大地之上（我自己最喜欢的瞬间，是果酱卷让孩子没去成精灵国度，还有矮人在鸽棚里观察人间的时间流逝）；这本书认为，事情都有因果，梦和月亮都很重要（但不能相信或者依靠），爱情同样很重要（但就算是基督教神父也应该意识到，精灵国的公主可不仅仅是离开海洋的美人鱼）。

最后，对于那些需要小说拥有历史真实性的人来说，这部小说包含一个有史可查的日期。在第二十章。但我认为，书都读到这里了，很少有人会需要一个日期来确定故事的真实性。这是个真实的故事，因为所有重要的事情都发生了。

今天，奇幻小说，不管是好是坏，只不过是另一种文学类型、书店里找书的一个地方，往往让人想起太多其他的书（如果邓萨尼没有首先这样写故事，今天写作的很多作家能写的并没有这么多）；这是一种讽刺，而且并不讨人喜欢，从定义上说，在所有文学类型之中，奇幻小说本应最有想象力，然而它却变得如此呆板，而且常常完全没有想像力。另一方面，《精灵王之女》是一个纯粹想象的故事（正如邓萨尼本人指出的那样，不用稻草制砖不易，没有记忆想象更难）。也许本书应该加一条警告：这并不像附近奇幻小说书架上绝大多数那些有精灵、王子、矮人和独角兽的书一样是一本令人安慰和舒服的常规奇幻小说，这是真正的奇幻小说。这是一瓶醇厚的红酒，如果你迄今为止只喝过可乐，那么这本书必定让你大吃一惊。所以请相信这本书。相信书中的诗歌与奇异之处，相信笔下的魔法，慢慢品味。

也许有那么一会儿，你也会像艾尔人当初那样，有一位会魔法的国王。

《雾中的路德镇》[①]

霍普·米尔莉只写过一部奇幻小说，但这是英语世界中最好的奇幻小说之一。

在我们的故事开始之前两百年，多里梅尔（基本上是英国，尽管也有佛兰德与荷兰的影子）地区驱逐了驼背浪子奥贝里公爵及其大臣，同时也遗弃了魔法与幻想。镇上富裕而毫无幻想的市民以"烤奶酪屑"的名义发誓，就像用"太阳、月亮、星星与西方的金苹果"一样流畅。显而易见，仙境已经成了脏话。

然而仍有人跨越仙境的边界，偷偷带来仙果。吃了它可以产生奇异的幻觉，让人疯狂甚至更严重。仙果属于非法，甚至不能直呼其名：走私仙果的人受罚，罪名是走私丝绸，好像改了名字就会改变事情本身。

雾中的路德镇的市长，纳特·尚蒂克利尔，并没有他让别

---

① 原载于1999年7月《奇幻与科幻杂志》的《奇闻》栏目。——原注

人相信的那么平凡。他的一生像是一部小说，他接受，或者说希望它是合理的一生，和其他所有人一样——特别是他崇敬的先人。不过，他的世界相当浅薄，但他很快就会发现：在他一无所知的情况下，有人给他的小儿子雷纳夫喂食了仙果。

现在，精灵世界——就像所有最古老的民间故事中说的那样，也就是先人的世界——开始夺取这个小镇。一个名叫威利·维斯普的小妖精拐跑了山楂小姐的女子学院里可爱的年轻女性，翻山越岭去了很远的地方；尚蒂克利尔偶然发现了走私仙果的人，他的生活转而变糟；奥贝里公爵被人重新看到；陈旧的谋杀案件将要破解；最后，尚蒂克利尔不得不跨过妖精的边界，去救他的儿子。

这本书开头像是一部游记或是历史书，然后变成了田园牧歌、低俗滑稽戏、高雅喜剧、鬼故事和侦探小说。文笔典雅流畅，给人留下深刻印象。作者对读者要求很多，而她又给他们好几倍的回报。

《雾中的路德镇》的魔力来源于英国民间故事——毕竟，从奥伯龙到奥贝里距离并不很远；威利·维斯普的"呵呵呵"和淘气小妖精一样，来自一首他们说是本·琼森写的歌谣；对于民俗学家来说，老波耳图努斯一声不吭吃掉活的青蛙，也并不奇怪。"百合与石蚕，葡萄酒浸泡"那首歌最早记录于十七世纪，题为《淘气小妖精；或捣蛋鬼》。

我看过很多版本的《雾中的路德镇》，都宣称它是略加伪装的阶级斗争的寓言。我毫不怀疑，如果它写于二十世纪六十年代，那么它肯定可以被看作是心灵扩展的故事。但在我看来，这本书首先是一本关于和解的书——世俗与奇迹的平衡与交错。毕竟，这两者我们都需要。

这本书是一个小小的金色奇迹，在最好的意义上，就像最好的奇幻小说应有的样子，让成年读者感到不安。

最重要的是：
《英伦魔法师》①

    对于《英伦魔法师》（*Jonathan Strange & Mr.Norrell*）来说，这是一篇很差的前言［顺便说一句，按照苏珊娜·克拉克的发音法，诺瑞尔先生的姓（Norrell）和争吵（quarrel）或者栗色（sorrel）押韵］，对于苏珊娜·克拉克本人来说，这也同样是一篇粗劣的介绍。他们都值得更好的前言。虽然如此，这是我的故事，我会用我的方式来讲，那就是我怎样认识了苏珊娜·克拉克，知道了她的书。

    我们的故事开始的时候，我是个三流作家，编点故事什么的。

    1992年，我从英国搬到美国。我想念朋友们，所以当邮局送来一个大信封，我高兴坏了，邮件来自一位科林·格林兰先生。在那十年之前，我跌跌撞撞走进科幻与奇幻界时，格林兰

① 我为苏珊娜·克拉克的小说《英伦魔法师》2009年版写的前言。——原注

先生是我最初认识的人之一：他是个小精灵一样的绅士，略微有一点海盗的味道，写的书很不错。大信封里是一封信，信中格林兰先生解释说，他刚刚指导了一个写作小组，其中有位女作家非同寻常，极具天赋。他希望我读读她的作品。他附上了一篇短篇小说的节选。

我读了之后回信给他，要求多读一点。

这可出乎苏珊娜·克拉克意料，她一点也不知道科林给我寄了《惠别镇的女士们》的节选。不过，她勇敢地给我寄了剩下的故事。我喜欢这篇故事的所有东西：情节、魔法、苏珊娜连词成句的灿烂方式。最让我高兴的是，附言中的消息说，苏珊娜正在写一部长篇小说，背景设置在这篇小说发生的那个世界，书名叫《英伦魔法师》——我欣喜若狂，于是把这篇小说寄给了我认识的一位编辑。他打电话给苏珊娜，要求买下她的小说，收录在他正在编辑的一部选集。

当她确定这事不是开玩笑（因为毕竟，在这个世界上，卖出短篇小说已经很难，更何况卖出你的第一篇短篇小说，而且你甚至都没有把它寄给编辑，这几乎不可能，甚至超越了不可能的界限），这又出乎苏珊娜·克拉克意料。

将要见到苏珊娜·克拉克让我十分激动。当我最终与她会面时，有科林·格林兰在旁陪着她，在他们初次见面后不久，他就说服她接受了他的求爱（这个表达方式很古怪，现在我把它写下来。我的意思是他们成了爱人和伴侣，并不是他脱下衣服留给她，而她为衣服表演小木偶戏）。根据我读过的她的小说——克拉克女士每年都给我寄她写的短篇小说，并且附言告诉我她仍然在写那部长篇小说——我原本期望见到一个性格超脱的人，也许稍稍有些不合时宜。我又惊又喜地见到了一位机敏聪明的女士，脸上随时带着微笑，轻松机智，喜欢讨论书和作家。我特别高兴的是，她对雅俗文化都了解很多，而且在两者之间游刃有余（在我看来，这样很正确），她并未把它们看作需要调解的仇敌，而是看作表达相同观点的不同方式。

在后来的十年中，只要人们问我最喜欢的作家是谁，我都会把苏珊娜·克拉克放进我列出的名单里，解释说她写了短篇小说，虽然数量不多但每篇都如同珍宝，她还在写一部长篇小说，总有一天每个人都会听说她的名字。每个人，我的意思只是数量很少的一群人，但他们都是重要人物。我想当然地认为苏珊娜·克拉克的作品品味高雅，对于公众来说太不寻常、太奇怪。

2004年2月，让我困惑又让我高兴的是，邮件带来了一本完成的《英伦魔法师》样书。我带着女儿去开曼群岛度假，当她们在海浪中游泳嬉戏的时候，我在几百年前、几千英里之外的地方，摄政时期的约克、伦敦和欧洲大陆，体验纯粹的愉悦，在词语和它们带来的东西之间漫步，最终发现，在脚注和精炼的用语间，故事的小街小巷变成了宽广的大道，带我同行。七百八十二页，每页都让我享受。当书读完，我再读七百八十二页也开心。我爱她说出来的东西，也爱她没说出来的东西。我爱脾气暴躁的诺瑞尔、其实没有看上去那么软弱的斯特兰奇，还有乌衣王约翰·乌斯克格拉斯，他并没有出现在本书的书名里，除非他藏身在"与"字之后[1]，但不知怎么他的身影总在书中徘徊。我爱书中的配角、脚注和作者——我确信，她并不是克拉克女士，而是一个全凭自己努力写作的书里的人物，与我们自己所在的时代相比，她更靠近于斯特兰奇和诺瑞尔的时代。

我把这本书的阅读体验写在了自己的网络日志里，我还写信给苏珊娜的编辑，告诉她在我看来，这是过去七十年中写得最好的英国奇幻作品。（我当时认为，唯一可以与它相提并论的是霍普·米尔莉的小说《雾中的路德镇》。有时人们会问我托尔金怎么样，我会解释说，我过去和现在都不认为《魔戒》是英国奇幻作品，它们应该是古典奇幻作品。）这部小说讲的是世俗与奇迹的和解，仙界与人间也许并不像看上去那样泾渭分明，而可能只是表达同一件事的不同方式。

关于这本书有多好、人们会多么喜欢它，我都说对了。有一件事我错了，只有一件：我认为《英伦魔法师》是一本面向少数人的书——它只会触动一小部分人，深深地打动他们，当他们彼此相遇，会谈起阿拉贝拉或者斯蒂芬·布莱克，或者谈起齐尔德迈斯或者满头白毛的先生，就像与老友聊天，陌生人之间会产生友谊的纽带。我敢说他们确实如此，但并不是一小部分人，而是像威灵顿的军队一样，或者更加庞大的人群。这本书成了一件罕有之物，一本精致美妙的书，读者遍布全世界，他们为它戴上花环，大加称赞，授予奖项，欢呼喝彩。

---

[1] 本书原题直译为《乔纳森·斯特兰奇与诺瑞尔先生》，汉译题为《英伦魔法师》，或译《大魔沄师》。

想到这里，这篇前言写完了。

我很高兴地以附言形式向大家报告，克拉克女士并没有因为成功而改变，和我十多年前见到的一样，她仍是那位机敏聪明的女士，依旧轻松机智，不过她的头发全都变白了，白得优雅时尚，这意味着她在书的封套背面的形象仪表堂堂。但是，科林·格林兰随着岁月流逝变得明显没有那么像精灵了，不过他损失的精灵模样，又在巫师的风度上得到了弥补，现在他给人一种模糊的印象，好像他只是在等待一队霍比特人路过，准备送他们去探险，然而如果我是这些霍比特人中的一员，而不是像我本人这样是个三流作家，他眼中海盗般的闪光会让我对是否踏上探险之路再三思考。

理查德·达德的《仙界伐木工的杰作》①

在我写下这些文字的时候，泰特美术馆大部分拉斐尔前派的收藏品都在华盛顿特区，他们剩下的拉斐尔前派绘画都收进了一间维多利亚时代的展厅。他们告诉我，借展的画作还回来之后，美术馆会按照时期、而不是按艺术流派组织展品。我觉得，这挺有道理。

我来泰特美术馆是要拍照片，一大清早，我就站在我想要讨论的这一张画旁边。周围没人。我给摄影师讲了这幅画的来历以及画家的情况，同时对于玻璃右上角一团泥点子越来越难以忍受，最终我掏出了擦电脑屏幕用的布，猛擦玻璃，直到把它擦得干干净净。没有人过来把我逮捕，我觉得，这是件好事。

我周围一个人也没有，可以盯着这幅画一直看个够，但一直到摄影师让我离开，到画廊的其他地方去，我还是没看够。

---

① 本文原载于2013年7/8月《智生活》杂志，我摘录了之前在2008年我为马克·查德伯恩的优秀小说《仙界伐木工的杰作》写的前言。——原注

这幅画旁边有一小块铭牌，上面写道：西格弗里德·沙逊赠，以纪念他的朋友及战友、画家的侄孙朱利安·达德，以及他的两个兄弟，他们在第一次世界大战时献出了自己的生命。这幅画1963年起就一直收藏在泰特美术馆。

理性告诉我，我第一次与这幅画相遇应该是在我十四岁左右，在皇后乐队一张专辑的封面折页上。标题神秘难解的《仙界伐木工的杰作》的复制品，与原画差不多大小，但它完全没有给我留下任何印象。这是有关这画的怪事之一。你必须亲眼去看这幅画——画在画布上的实物。如果没借出去巡展，它大多数时候会挂在泰特美术馆拉斐尔前派展厅，在有着豪华金色画框的拉斐尔前派美图之中格格不入，所有其他的画都比画有站在雏菊之中的精灵庭院的这幅画要大太多，也更注重技巧，只有亲眼看见，这幅画才会变得真实。当你看到它的时候，很多事情会变得显而易见；有些立刻就变，有些则最后才水落石出。

我第一次参观泰特美术馆的拉斐尔前派展厅的时候才二十出头：十几岁的时候我酷爱漫画家巴里·温莎-史密斯的作品。他从不隐瞒自己受到拉斐尔前派的影响，我想近距离看看那些画作——密莱司、沃特豪斯，还有其他人。我去了那个展厅，喜欢那些画，崇拜它们。我决定我不那么喜欢丹蒂·加布里埃尔·罗塞蒂的作品，我甚至有点怀疑丹蒂·加布里埃尔·罗塞蒂他自己有没有那么喜欢，尽管伯恩-琼斯画的女士下楼那幅画让我屏住呼吸。

他们也有好几幅达德的画，几乎是默认放在那儿的，好像没有别的地方能放一样。我看到了《仙界伐木工的杰作》，马上就入了迷。

去年我收到一本书要写书评，书中都是精神病院住院患者的照片，大部分是一位维多利亚时期的医生拍摄的，他名叫戴蒙德。无可救药的精神病人浑身脏兮兮，扭着手斜眼看着镜头，由于照片曝光需要的时间太长而姿势古怪；他们的脸冷若冰霜，而手往往一片模糊，好像鸽子翅膀。书中疯狂与痛苦的肖像之间，只有一张照片例外，其中的人物虽然和其他人同样是个疯子，但真正在做些什么。

这张照片是1856年亨利·赫林拍摄的，其中的精神病患者蓄着胡须。他的面前有一个画架，上面是他正在绘制的一幅极为错综复杂的椭圆形的画。他狡猾地盯着照相机，脸上有一小抹狂野的笑。他的眼睛里闪着光。他看上去矮胖而骄傲。一年之后，当我第一次亲眼看到他的名作《仙界伐木工的杰作》，我的第一反应是，屹立于画面中央，向外直盯着观众的悲伤的白胡子矮人，正是老年的理查德·达德。

参观泰特美术馆拉斐尔前派展厅的人各有各的理由，他们回应的是某种遥远而旋律优美的东西。沃特豪斯、密莱司和伯恩－琼斯的画作展现它们自己的魔力：观众走过这些画作旁边，他们的生活因此变得丰富特别。另一方面，这张达德则像一张网，心中为它留出位置的人——我就是其中之一——被它深深吸引。我们可以站在这幅画前面，毫不夸张地说，几个小时，迷失其中，为画中这些仙人、精灵、男男女女而烦恼，试图理解它们的大小、形状与古怪行为。你每次看它，都会发现之前没有见过的人物或东西。

达德知道画中的人物是谁。他知道他们的生活。他知道他们是什么。你看到的时候就会知道。他写了一首关于他们的诗,1865年在布罗德莫精神病院的时候,题为《删除一幅画及其主题——题为〈伐木工的杰作〉》。我们正是这样知道了画作的标题。他是个好画家,写诗就从来没那么好了。

如果你曾经看过这幅画的复制品,如果你专程来看它,那么下一件令你吃惊的事情就是画的大小。它比你想象的小很多——小到难以置信。毕竟,有这么多东西要画进去。我第一次参观之后买的泰特美术馆《仙界伐木工的杰作》官方复制品,几乎有这幅画本身两倍大,但仍然不甚满意,就好像一张大餐的照片没法满足饥肠辘辘的人一样。

这幅画并不是复制品。框在画框之中,它本身有一种魔力——藏在色彩与细节中——照片、海报、明信片,没有任何东西能捕捉一分一毫。

你只有去看画,看每一根线条与笔触。画中每朵雏菊的细微差别。

你可以盯着它看好几个小时,然后才会意识到这幅画还有其他地方值得注意,如此巨大、奇怪、明显,你简直不能理解为什么你一开始没看出来,或者为什么没有其他人评论这一点。

它没画完。

画面底部的很多地方,颜色的选择好像褪了色一样古怪,只是在覆盖画布的浅棕底色上勾勒出了轮廓。把你的眼神推到伐木工身上的那些浅黄褐色的草之所以是浅黄褐色，因为达德——他花了几年时间来画这幅画——没有时间了。完成之前他就把它给人了。

还有最后一件事，如果你亲眼看到那幅画你就会知道，确定无疑，是这样的：他知道他画的是什么。他看见过，用那双狡猾的眼睛。他曾经踏上那伟大的旅程，最为宏大的大游历，这就是他带回的东西。

我们写奇幻为生的人都知道，讲真话的时候才做得最好。有些东西人们会有所回应——我有次遇到的一位德克萨斯作家把它称为真正的羽毛笔。我的小说《车道尽头的海洋》里面有一位住在苏塞克斯农场的女士，年纪比宇宙还要大，还有一个奇怪又焦虑的生物，从时空之外的地方来到我们年轻主人公的生活里，变成邪恶的保姆。这些都不是真的，但感觉很对。感觉很可信。

在发疯之前，在杀死自己的父亲之前，在倒霉的法国之行（他在火车上被捕，当时他在去巴黎杀死国王的路上，袭击了同车一位乘客）之前，达德的画相当漂亮，而且完全正常：像莎士比亚笔下仙人场景的混合，华丽而俗气，容易被人遗忘。它们没有什么特别或是有魔力的地方。没有东西能让它们流传下来。没有什么感觉是真的。

然后他疯了。不只是有一点点疯狂，而是突然疯得吓人；恶魔与埃及神灵那种凶残弑父的疯狂。他的余生都在监禁中度过——开始在精神病院，后来成了布罗德莫精神病院最初一批犯人——不久，他开始画画，用画交换特殊照顾。《快来这黄沙滩上》里俗气的仙人一去不复返了。现在他画的众多仙人、《圣经》场景、（真实或是想象的）同院狱友充满艺术激情，让我们拥有的画作与素描成了如此珍宝。创作它们的那种激情与专心简直令人恐惧。

他的余生都在囚禁中度过，与精神病罪犯关在一起，和他们一样是犯罪的精神病人，但他为我们带来的启示，可以说是来自彼岸。除此之外，他的一生都废了。

然而，他为我们留下了绘画、谜语，还有一张未完成的画作，至今仍然令人着迷。安吉拉·卡特写了一部惊人的广播剧《快来这黄沙滩上》，讲述这幅画、达德的一生，以及维多利亚时期的艺术。我曾经写过一个电影脚本，其中这幅画是关键，还差点编一部作品选集，里面的每个故事都讲一个见过仙界伐木工把栗子砸成粉碎的人。

这其中的秘密，就像这幅画、像我们对画家的理解一样，会一直保持未完成，或者被抛弃，最终一直保持原因不明。正如达德自己在《删除……》那首诗结尾写的那样：

> 但究竟是与不是
> 你都可以放手
> 徒劳，它什么也解释不了
> 无中生无，什么也得不到。

第九章
创作好的艺术

丈夫跟政客私奔了？创作好的艺术。

腿被压烂然后还让突变的蟒蛇给吃了？创作好的艺术。

国税局盯上你了？创作好的艺术。

猫爆炸了？创作好的艺术。

创作好的艺术 [1]

我从来没想到自己会给高等教育机构的毕业生提出忠告。我自己并没有从这种机构毕业。我甚至从未进入这种机构开始学业。我一有机会就离开了学校，一想到再强制学习四年才能成为我想成为的作家，这种未来令人窒息。

我进入了社会，我写作，越写越多，我也成了越来越好的作家，然后我更多的写作，在这个过程中，好像从来没有人介意我都是编的。他们只是读了我写的东西，然后有时候付钱给我，有时候不付，通常他们还会委托我再写些别的东西。

这让我对高等教育有一种自然的尊重与钟爱，我那些上过大学的亲戚朋友对高等教育的尊重与钟爱早就没有了。

回头看看，我走的道路非同寻常。我不知道能不能叫它职业，因为职业意味着我有某种职业规划，而我从来没有。我与

---

① 这是我 2012 年 5 月 17 日在费城艺术大学作的毕业演讲。这成了我作的流传最广的东西：演讲视频在网上已被观看了几百万次，还可以买到一本小书，封面设计师是奇普·基德。——原注

此最接近的东西是一个列表，那是我十五岁时候列的，上面写了我想做的所有事情：写一部成人小说、一本童书、一部漫画还有一部电影；录一部有声书；写一集《神秘博士》，等等。我没有职业。我只是在做列表上的下一件事。

所以我想，我要给你们讲讲我期望自己一开始就能知道的东西，还有一些回头看看，我猜想自己其实知道的事。我还会给你们讲讲我收到的最好的建议，虽然我完全没能遵循行事。

第一，在艺术行业一开始你根本不知道自己在干什么。

这太棒了。知道自己做什么的人知道规则，知道什么可能什么不可能。你不知道。你也不应该知道。制定艺术里什么可能什么不可能的规则的人并不会跨越边界测试可能性。但你可以这样做。

如果你不知道不可能，就更容易去做。因为之前从没有人做过，所以还没人造出规则去阻止别人再做一遍。

第二，你想做什么，把你放这儿要做什么，如果你有想法，那就去做。

这事说起来容易做起来难，有时候到了最后，会比你想象中容易很多。因为通常来说，你得先做一些事情，然后才能到达你想去的地方。我想要写漫画、小说、故事和电影，所以我成了记者，因为人们允许记者提问题，直接出去查明世界运作的方式，还有，要做那些事，我需要写作，而且要写得好。有人付钱给我学习如何写作，写得经济、清晰、准时，有时还要面对不利条件。

要做你想做的事，方法有时很清晰，有时几乎不可能确定你做的是不是正确。因为你不得不找到一种平衡，在你的目标与期望，养活自己、还债、找工作、无奈接受你能得到的东西之间。

对我来说这样很有用：想象自己想要到达的地方——作家，主要写小说，创作几本好书、好漫画，通过写字养活我自己——把它想象成一座山。一座遥远的山。我的目标。

我知道，只要我一直朝着山走，那就没错。当我实在不确定干什么的时候，我可以停下来，想想这会让我离那座山更近还是更远。我拒绝了杂志编辑的工作，我知道那是正式工作，也会付像样的薪水，虽然很有吸引力，但对我来说那会是与那座山渐行渐远。如果那些工作机会来得更早一些，我可能会接受它们，因为对当时的我来说，它们可以让我离山更近。

我学习写作的方法就是写作。只要一件事感觉像是冒险，我就会一直做；当它感觉像是工作，我就停下来。因为生活感觉不应该像工作。

第三，在开始的时候，你必须处理失败的问题。你需要脸皮厚一点，要明白并不是每个项目都能存活。自由职业者的生活、艺术家的生活，有时就像在荒岛上把留言放进漂流瓶，期望有人能发现你扔出的瓶子，打开读了，然后把你想要的东西放到瓶子里扔回去，这瓶子还能漂回到你手中，里面可能是：欣赏、委托、金钱或者爱情。你必须接受这样的情况，也许你得拿出一百个东西，最后却只有一个回来。

失败的问题是气馁、绝望与渴求的问题。你什么都想要，现在就要，然而事情失败了。我的第一本书——我为挣钱而写的一篇新闻报道，我已经用预付款买了一台电动打印机——应该是畅销书。应该付给我一大笔钱。如果出版社没有在第一次印刷卖光和第二次印刷之间偶然倒闭了，一点版税都没付的话，本来确实会有。

我耸耸肩，至少我还是有了一台电动打印机，还有足够付好几个月房租的钱。我决定以后尽可能不再只为挣钱而写书。如果你没拿到钱，那就什么也没得到。如果我做出了令我自己骄傲的作品，然后没拿到钱，至少我还有作品。

有的时候，我会忘记这条准则，只要忘了，世界就会提醒我，给我点颜色看。我知道这点对除我之外的其他人不是问题，但确实，我仅仅为了钱而做的事从来都不值得，除非是作为痛苦的经历。通常来说，最后我也没拿到钱。因为兴奋，因为想看到它们实际存在而做的事，却从没让我失望，在任何这种事上花的时间，我从未后悔。

失败的问题很难。

成功的问题可能更难，因为没有人会警告你。

任何成功，甚至非常有限的成功，第一个问题是你会有一种坚定不移的信念，认为自己只是侥幸，现在他们随时都会发现你。这是冒充者综合征，我妻子阿曼达给"冒牌警察"取的名字。

就我而言，我确信会有人来敲门，一个拿着写字夹板的人（我也不知道在我脑海里他为什么拿个写字夹板，但他确实拿了）会出现在门口，告诉我结束了，他们抓住我了，现在我必须去找个真正的工作，一个不包括编造东西写下来、读我想读的书的工作。

成功的问题。它们真实存在，幸运的话你们会体验到。到那时，你不再接受所有东西，因为现在你扔进海里的瓶子都回来了，你必须学会说不。

我见过我的同事、朋友，还有比我年长的人，看他们其中有些人多么悲惨：我听他们告诉我，他们再也无法想象自己在一个可以做他们一直想做的事情的世界，因为现在他们必须每个月挣一定数量的钱，才能保持现状。他们不能去做真正重要的事，他们真心想要做的事；这好像和所有失败问题一样是个巨大的悲剧。

除此之外，成功最大的问题在于，全世界都在齐心协力阻止你做你正在做的事情，因为你已经成功了。有一天我抬起头来，意识到自己变成了一个以回复邮件为职业、写作只是业余爱好的人。我开始少回复邮件，然后发现自己写作又变多了，这让我如释重负。

第四，我希望你们会犯错误。如果犯错误，就意味着你们在做什么。错误本身也可以很有用。有一次我在一封信里把卡罗琳（Caroline）拼错了，A 和 O 写反了，然后我想，考罗琳（Coraline）也像是个真实的名字……

要记住，不管你属于什么学科，不管你是音乐家还是摄影师、艺术家还是动画师，作家、舞蹈家、设计师，不管你做什么，你做的事情都是独一无二的。你有创作艺术的能力。

对我来说，对我认识的那么多人来说，这是救命稻草。最后一根救命稻草。它陪你度过好时光，也陪你度过其他的日子。

生活有时很艰难。万事都可能出错，生活、爱情、事业、友情、健康还有所有其他方面，人生都可能出错。如果情况艰难，你应该这样做。

创作好的艺术。

我是认真的。丈夫跟政客私奔了？创作好的艺术。腿被压烂然后还让突变的蟒蛇给吃了？创作好的艺术。国税局盯上你了？创作好的艺术。猫爆炸了？创作好的艺术。网上有人认为你做的东西愚蠢、邪恶，以前全都有人做过了？创作好的艺术。事情总会以某种方式解决，最终时间将会把痛苦带走，但这并不重要。做只有你能做得最好的事情。创作好的艺术。

顺风顺水的时候也要这样做。

第五，在你这样做的时候，做你自己的艺术。做只有你能做的东西。

一开始，你会有强烈的欲望去模仿。这并不是坏事。我们大多数人在找到自己的声音之前，都会听起来像很多其他的人。但你有别人没有的唯一一样东西就是你自己。你的声音，你的头脑，你的故事，你的想象。所以要以你独一无二的方式写作、绘画、建造、表演、舞蹈和生活。

那一瞬间，你有可能感觉到自己裸体走在街上，暴露太多内心、思想以及隐藏的东西，展示太多自我，也许就是这个瞬间，你开始做正确的事。

我做过的最成功的东西我都最不确定，那些故事我觉得它们或者会成功，或者更可能成为那种令人难堪的失败，人们聚在一起议论纷纷直到天荒地老。它们的共同点是：回顾它们的时候，人们会解释为什么必然成功。而我做事的时候，根本就不知道。

现在我仍然不知道。要是知道会成功，创作还有什么乐趣呢？

有时我做的东西确实很失败。我有些故事从未再版。有些根本没出房间。但我从这些上面学到的东西和成功的那些一样多。

第六，我要传授一点自由职业者的秘密知识。秘密知识总是好的。对于任何计划为其他人创作艺术、进入任何种类自由职业世界的人来说，这点都很有用。我是从漫画里学到的，但它也适用于其他领域。是这样的：

人们之所以找到工作，是因为，不知怎么他们就找到了工作。就我而言，我做了一些事，现在很容易被查出来，让我陷入麻烦，但我一开始是在互联网之前的年代，这好像是一种合理的职业策略：编辑问我以前为谁工作，我撒了谎。我列了好几个杂志，听起来很有可能，我好像很自信，于是我得到了工作。然后我把它当成信誉攸关的大事，给我为了那第一份工作列出来的每个杂志都写了点东西，所以我实际上也没撒谎，只不过有些年代错误……你找到工作，不管用什么手段找工作。

在自由职业的世界里，人们一直工作，今天世界上自由职业者越来越多，因为他们的工作优秀，因为他们好相处，还因为他们按时完工。而且你甚至不需要三者都有。三个有两个就很好。人们可以容忍你令人讨厌，如果你的工作优秀而且按时完工。他们会原谅作品晚交，如果工作优秀而且他们喜欢你。如果你准时，和你打交道又总是很开心，那么你也不必像其他人一样好。

当我答应做这次演讲的时候，我开始试图思考，多年以来别人给我最好的建议是什么。

它来自斯蒂芬·金，二十年前，《睡魔》的成功到达顶峰之时。我创作了一部漫画，人们非常喜欢，我信以为真。金也喜欢《睡魔》，还有我与特里·普拉切特合作的小说《好兆头》，他看到了那种疯狂，等待签名的长长队伍，所有一切，他的建议是这样的：

"这真的很棒。你应该享受它。"

然而我没有。我得到的最好的建议被我忽略了。与此相反，我为此烦恼。我担心下一个截稿日期，下一个想法，下一个故事。在后来的十四五年时间里，我没有一刻不在脑中写作，或者思考。我没有停下来四处看看，想想，这真是有趣。我真希望我更加享受。那是一段令人惊奇的旅程。但我错过了这段旅程的很多部分，因为我太担心事情会出错，太操心后面会发生什么，却没能享受我所在的地方。

我觉得，这是我最沉痛的教训：应该放手享受旅程，因为它会带你去一些非同寻常、意想不到的地方。

现在，这座讲台，今天，就是这样的地方。（现在我非常享受。）

今天所有的毕业生：我祝你们好运。运气很有用。通常你会发现，你工作越努力，越聪明，你运气就越好。但运气确实存在，它很有用。

现在我们处于一个过渡中的世界，如果你属于任何一种艺术领域，因为销售的性质正在改变，创作者把作品公之于众，同时还得维持生计养家糊口，这些方式全都在改变。我和位于出版、图书销售、所有领域食物链顶端的人讨论过，没人知道从今往后两年会是什么景象，更别说十年之后了。过去一个世纪左右人们建立起的销售渠道处于动荡之中，出版行业、视觉艺术家、音乐家、各种创造性的行业都是这样。

这一方面很吓人，另一方面又是极大的解放。怎样让人们看到你的作品，在那之后又要做什么，规则、假设、"现在应该干的事"全都失灵了。门卫离开了大门。你可以尽你所能展现创造力，让人们看到你的作品。网络可以给你带来比电视机还多的观众。旧的规则摇摇欲坠，没人知道新的规则是什么。

所以要创造你自己的规则。

有人最近问我，怎样做她认为会很困难的某件事，比如说录制有声书，我建议她假装自己是个能做好这事的人。并不是假装做事，而是假装她是个有能力的人。为了这个目的她在录音室墙上贴了一张告示，她说这有帮助。

所以要有智慧，因为世界需要更多智慧，如果你没法有智慧，那就假装自己是个有智慧的人，然后像他们那样行事。

现在走吧，去犯有趣的错误，犯惊人的错误，犯光辉奇妙的错误。打破常规。让你的存在把这个世界变得更有意思。创作好的艺术。

第十章
廉价座位上的观点：真正的事物

学这首诗的时候我还是个孩子，
死亡只是个抽象概念，
我相信自己长大以后当然可以成功地避开死亡，
因为我是个聪明的孩子，
那时死亡看上去完全可以避免。

廉价座位上的观点[1]

　　有些作家抱怨没去过奥斯卡。我是从朋友那里听说的。"你为什么会去啊？"他们这样问。

　　我写了一本书，题为《鬼妈妈》，导演亨利·塞利克把它变成了一片定格动画的仙境。在把这东西从一本书改成电影的过程中，我尽我所能帮助亨利。我为这部电影背书，鼓励人们去看，在网上的预告片里抖机灵做鬼脸。我还为奥斯卡写了一段十五秒钟的镜头，里面考罗琳告诉采访者赢得奥斯卡会给她带来什么。我想这应该能让我去参加奥斯卡。结果并没有。但亨利作为导演，手中有票，还可以决定把票给谁，于是有一张到了我手里。

　　我的父亲2009年3月7日去世。奥斯卡颁奖典礼是2010年3月7日。我认为它只不过就是随便一天，我一点也不会烦恼，

---

① 本文原载于2010年3月25日《卫报》，题为《无名小卒的奥斯卡指南》。我把原标题写在这里。我的重点并不是无名小卒，重点是在最好待在家中的忧郁日子里出门了。——原注

事实证明我不太了解自己，因为到了那一天我情绪低落，不想去奥斯卡了。我想在家待着，到树林遛遛狗。如果我能按个电钮就出现在那里，也不让任何人失望，我一定会按的。

我穿上衣服。有位设计师名叫坎布里尔，我认识她的时候，她做了一条裙子，能让我未婚妻和贾森·韦伯利扮演连体双胞胎。她提议为我的奥斯卡之行准备服装，我接受了她的建议。她给我做了一件夹克还有背心，我觉得自己穿上后看上去很不错。最好的一点在于，现在如果有人问"你去奥斯卡准备穿什么？"我就有答案了。而且这让坎布里尔欣喜若狂。

焦点影业，《鬼妈妈》的发行商，一直照顾我。前一天晚上他们在马尔蒙庄园酒店为自己的两部奥斯卡提名电影举行了一个小型招待会，关于《鬼妈妈》和《严肃的男人》。参加晚会的是明尼阿波利斯犹太人与动画制作人的奇怪混合物。更为古怪的是，我是明尼阿波利斯犹太人中的一员（或者几乎是。最终我和另外一位参加者就圣保罗报纸上跌宕起伏的曝光交换了意见，我住的地方实际离明尼阿波利斯只有一个小时）。

奥斯卡最好的一点在于，提名公布的时候，我已经意识到《鬼妈妈》不会胜出。那一年最佳动画片奖提名是《飞屋环游记》，很显然《鬼妈妈》赢不了，除了《飞屋环游记》之外谁都拿不到最佳动画片奖。

一辆豪华轿车下午三点来接我，开车带我去奥斯卡现场。这一路车行缓慢：街道都被封锁了。我们最后见到的市民站在街角，拿着标语牌，告诉我"上帝痛恨基佬"，最近的地震就是上帝痛恨基佬的特殊方式，还有"犹太人偷走了XXX"，但我没看见究竟是什么，因为被另一块标语挡住了。

距离柯达剧院还有一个街区的时候，汽车接受了检查，然后我们就到了，我蹑手蹑脚下车登上红地毯。有人在我手里塞了一张票，这可以让轿车当天晚上回来接我。

现场是一团有秩序的混乱。

我站在那里，满脑子空白，发现自己完全不知道现在该干什么，但女士们看上去都像花蝴蝶，每辆轿车停下的时候，露天看台上都有人大喊。我听到一个声音说："尼尔？"

那是《焦点》杂志的迪特。"我领亨利过去刚刚回来。太巧了。你想让我带你进去吗？"

我太愿意了。她问我想不想走过那一排照相机，我说我想走，因为我的未婚妻在澳大利亚，女儿在看电视直播，坎布里尔在电视上看见自己的夹克也会很开心。

我们冲进人群，跟在一条漂亮裙子后面。它好像是一幅梦境的水彩画。我不知道这些人都是谁，除了史蒂夫·卡雷尔，因为他看起来就像电视里的史蒂夫·卡雷尔，只是皮肤没有那么黄。

我们走过金属探测器的时候紧紧挤在一起，美丽的水彩裙子被人踩了，穿着它的女士对此相当宽容。

我问迪特，穿着那条裙子的人是谁，她告诉我那是瑞秋·麦克亚当斯。我想打个招呼——在采访里瑞秋说了我不少好话——但她现在正在工作。我并没有工作。没人想要给我拍照片，迪特发现，也没有人想采访我。我无足轻重。

在红地毯拐弯的地方，我们停了一下。我低头看瑞秋·麦克亚当斯的水彩裙子，想知道我能不能看到脚印。闪光灯咔嚓咔嚓，但没有一个镜头朝我。

然后我们进了柯达剧场。另外一个人给我介绍了《综艺》杂志的编辑。我发现自己的人脸识别技能对穿礼服的人不起作用。（除了詹姆斯·卡梅隆，我现在只见过他穿礼服的样子，穿别的都认不出来。）我把这点告诉了《综艺》的编辑。他指着一个皮肤黝黑咧嘴大笑的人，告诉我那是洛杉矶市长。"他参加所有这些活动，"他说，"为什么他不坐到办公桌后面干活呢？"

"呃。因为这是好莱坞每年最重要的一天？"我小心地回答，"而且星期天？"

"好吧。对。但就算酒柜开门他也会出现。"

六周之前我去了金球奖颁奖典礼，发现颁奖仪式的商业广告时间是一种形式奇怪的好莱坞全体闪电约会，人们在屋子里穿梭，想要找到朋友或者达成交易，我以为今晚也会差不很多。

柯达剧场有一个底层，上面还有三层楼厅。我的票在第一层楼厅。我像绵羊一样走上楼梯。进入拥挤的人群，有个不知道哪里传来的声音急切地告诉我们，金像奖五分钟后就要开始了。我盯着我前面那个女人。她一头金发，脸长得像鱼，令人奇怪，一张又可怕又甜美的整容脸。她有一双苍老的手，丈夫个子不高，满脸皱纹，看上去比她老很多。不知道他们一开始是不是年纪相仿。

我们进去了，没有多余的时间了。灯光熄灭了，尼尔·帕特里克·哈里斯唱了一首特别的奥斯卡歌曲。好像并没有什么调子。推特上很多人分不清哪个尼尔是哪个，跑来向我祝贺。

然后现在是我们的主持人：史蒂夫·马丁和亚历克·鲍德温。他们出场，他们开玩笑。从第一层楼厅看来，时机不对，笑话糟糕，表演呆板。但感觉他们并不是为我们表演。我很好奇这在电视上看来会怎样，把这个问题发到了推特上。有几百人告诉我，在电视上也是一样糟糕；有二十个人告诉我，他们很喜欢。我觉得这就是推特的用处：在你独自一人待在楼厅上的时候，它可以陪你。

最佳动画片是当晚第二个奖项。考罗琳对镜头讲话的那十五秒很快就过去了。好了，我想，这就是我的词句获得最多观众的机会了。

获奖的是《飞屋环游记》。

奥斯卡仍在继续。在观众席里，我们看不到在家里电视上能看到的东西。我楼下某个地方，乔治·克鲁尼正冲着摄像机做鬼脸，但是我不知道。

蒂娜·菲和小罗伯特·唐尼颁发最佳剧本奖，他们很搞笑。不知道他们的台词是不是自己写的。

在广告时间，灯光变暗，有人演奏音乐来调剂。罗克珊不必打开红灯。

我朝一层楼厅的酒吧走去。我饿了，也想打发时间。我喝了一杯威士忌。我点了一个巧克力布朗尼，结果有我的脑袋那么大，而且是我这辈子吃过的最甜的东西。我把它分给别人了。

人们在楼梯上下走来走去。

威士忌和糖在我体内横冲直撞，我违抗了门票上不许拍照的命令，把酒吧菜单的照片发到了推特上。我的未婚妻在推特上给我发消息，让我拍张女厕所里面的照片，这事她在金球奖的时候干过，但虽然我处于被糖冲昏头脑的状态，这个主意还是好像很可能会带来灾难。不过，我想，我可以下楼去，在下一次广告时间和亨利·塞利克打个招呼。我走到楼梯上。一位穿着西装举止文雅的年轻人要求看我的票。我把票拿给他看。他解释说，我是一层楼厅的客人，不许下楼，以免打扰到名流精英。

我很气愤。

实际上我不是气愤，但我有点无聊，而且有朋友在楼下。

我决定要劝说楼厅上的众人团结起来冲下楼梯，就像《泰坦尼克号》里那样。他们也许会开枪打中我们之中的一些人，我想，但他们阻止不了我们所有人。我们会得到自由；我们可以在楼下的酒吧喝酒；我们可以和哈维·韦恩斯坦混在一起。

有人在推特上告诉我，电梯那边没有人查票。我怀疑那可能是个陷阱，于是回到我的坐位上。

我错过了恐怖片的颁奖。

瑞秋·麦克亚当斯颁了一个奖，穿着她那身美丽又可以随便踩的裙子。

最佳男女演员奖，与获提名的演员共事过的一票人告诉我们他们多么多么好。不知道这在电视上效果怎么样。在现场，我们面前，真是蠢得让人头疼。

我们楼下的人每次广告时间都在乱转乱聊扯闲篇，一次比一次热闹。看不见人影的广播员叫他们回座位时，声音里带着惊慌。

酒吧里有个人，让我想起西恩·潘，结果就是西恩·潘。杰夫·布里吉斯获得的起立鼓掌一直达到楼厅最顶层。桑德拉·布洛克获得的起立鼓掌只达到我们这一层的前排，然后就停下了。凯瑟琳·毕格罗获得的起立鼓掌遍布整个礼堂，但不知什么原因，一层楼厅的右上方除外，我就坐在这一块，我们只是坐着礼貌鼓掌。

气氛好像越来越热烈，然后汤姆·汉克斯走到台上，没有任何铺垫（如果你把《供您决定》好几个月的宣传除外）就告诉我们，哦，顺便说一句，最佳影片是《拆弹部队》，晚安。然后我们就出来了。

上两层电动扶梯到了官方晚宴。我和麦克·辛坐在一起聊天，他带着十一岁的女儿莉莉，我们谈起两天前那顿因为警察突袭打断而结束的寿司晚餐。我们还是不知道为什么。（第二天早上这成了《纽约时报》头版头条。他们违法供应鲸鱼肉。）

我看见了亨利·塞利克。他好像如释重负，颁奖季结束了，他可以继续自己的生活了。

我感觉自己好像是在人生最忧郁的日子里隐身梦游。那天晚上有各种刺激的派对，但我哪儿都没去，更愿意和好朋友一起坐在酒店大堂里。我们谈论奥斯卡。

第二天早上，《洛杉矶时报》奥斯卡增刊的封底是一张巨大的全景照片，照的是红地毯上的人。令我有些吃惊的是，我发现自己站在前面中间，低头看着瑞秋·麦克亚当斯美丽的水彩裙子，检查上面的脚印。

汪洋的镜海[①]

　　我是谁？

　　这是个正儿八经的好问题，我还是孩子的时候，这问题一直让我担忧。我会盯着浴室的镜子，尽我所能回答，缠着自己的影子要信息，希望找到线索。我的脸框在镜子里：脸下面是个玻璃置物架，上面放着牙刷，身后是贴了瓷砖的墙，还有磨砂玻璃窗。我的深色头发太短，一只耳朵从脑袋旁边突出来，另一只则没有，褐色眼睛，红色嘴唇，鼻子两边有一些雀斑。

　　我会看了又看，苦心思索我是谁，思考我认为自己是谁和我实际是谁之间的关系，那张脸也盯着我看。我知道我并不是自己的脸。如果有什么可怕的事情发生在我身上，比如烟花爆竹事故，如果我的脸毁了，余生都得缠上绷带，就像恐怖电影里的木乃伊，我还依然是我，是吗？我从未找到答案，没有答案能让我满意。但我一直在问。我想我现在仍然如此。

_____

① 这篇文章原载于2015英国石油公司肖像奖展览图录。——原注

这是第一个问题。第二个更难回答。这个问题是：我们是谁？

为了回答这个问题，我会打开家庭相册。那些照片，前面是黑白的，后来几册是彩色的，都被精心插入家庭相册，角上贴着照相装帧纸，每张照片下面都有手写的记录，标明上面的人物、照片拍摄的时间和地点。每一页都有半透明的玻璃纸覆盖。相册是一种极为正式的东西。我们从未得到允许，在无人监督的情况下把它们拿来玩，或者移动照片。等到了正确的时候，大人把它们从高高的书架或是阴暗的橱柜里拿出来，我们一看完就再放回去。它们不是能玩的东西。

这就是我们，相册这样告诉我们，这就是我们讲给自己的故事。

黑白相片之中有已经去世的人，摆着严肃的姿势，穿着不舒服的衣服。也有仍然健在的人，他们那么年轻，好像和现在是不同的人：现在的老人那时仍然年轻，衣服并不合身，地点我们难以想象。拘谨又僵硬地聚集在这里的，有祖父母和曾祖父母，叔舅姑姨，结婚订婚，银色与深褐色，灰色和黑色，然后随着时间向前发展，人物和姿势变成彩色，也不再那么正式，有了快照和假日照片。看！你可以认出这个墙纸，你会意识到这对自豪的祖父母手中举着的婴儿就是曾经的你自己。现在你又出现在这张照片里，思考自己的婴儿人生，围在你身边的人，还有你曾经存在的那个世界。然后你放下相册，安心回到自己的生活中，因为你有了一个相框，一个地方。我们的祖先和亲人的形象是我们的背景，它们告诉我们自己是谁。

很多年以来，我相信我参观过国家肖像美术馆，因为我去过国家美术馆。毕竟，墙上都有肖像画，不是吗？直到我长大成人，最终在国家肖像美术馆的回廊与展厅中漫步的时候，我才意识到自己从未来过这里。犯错误的尴尬很快被高兴取代。我很高兴小的时候没来参观过这个美术馆：我不会知道这些人都是谁，除了几个国王，也许还有莎士比亚和狄更斯。现在，感觉好像有人递给我一本家庭相册，其中的人我再熟悉不过了。

起初，我在美术馆漫步，寻找我熟悉的人——我知道他们的故事，对他们好奇，我会期望遇到的那些人。然后我走得更远，把美术馆当作认识人的途径。我走走看看，思考我路过的这些面孔：他们怎样融入国家的历史，每个人为什么在这儿，他们的位置上为什么不是其他人。这些面孔变成对话，画作变为讨论。

我意识到，国家肖像美术馆是整个国家的家庭相册。它为我们提供背景。用这种方法，我们向自己描述自己和过去，我们询问、解释与探索我们是什么样的人，我们审视自己的源头，并不仅仅是看看我们来自何处。毕竟，这里有风景，这里也有人像，它们解释了纸张的方向，让我们了解自己是谁：我们来自何方，我们是什么样的人。

多年以来，我一直钟爱康斯太布尔的风景画：画中的云好像比我见过的云更像云，迫使我盯着云彩，好奇它们是不是画，还有树木，以及持续给出独特地点感觉的方式：萨福克的风景描绘的好像就是我亲眼所见萨塞克斯的小径与天空。现在，我第一次见到了约翰·康斯太布尔：我并未期待他如此英俊，或者如此忧郁。他的眼睛有些奇怪：两只眼睛好像聚焦在不同的地方。不知道他是不是有一只眼弱视，就像我女儿小时候一样，或者也许这只是拉姆齐·赖内格尔把他呈现给我们的样子。我想象生活在这样的头脑里会是什么样子，透过约翰·康斯太布尔奇怪的眼睛观赏这个世界，云彩、天空与树木。

有些肖像的价值在于画中的人物。有些重要性来自于画家。还有一些意义重大，是因为画作体现的历史时刻，因为它们是时代的记录，它们的时代，也就是我们的时代。大多数图像的力量来源于时空的交会：画家与人物，时间、历史与背景，日新月异的背景。漫步在国家肖像美术馆的回廊之间，以上所有都汇集在一起。

看着一幅肖像，我们开始评判，因为人类是一种喜欢评判的生物。我们评判画中的人物（坏国王？好女人？），同样也评判画家，有些时候，我们会发现自己同时评判两者，特别是当画中人物就是画家的时候：劳拉·奈特女爵士自画像，一曲酒红与猩红色的交响乐，展示出画家完美的轮廓，两侧分别是一位模特和这位模特画像的裸体侧影。作为女性，人体写生课程禁止她参加，在这幅画中，她告诉我们她是女性，同时也是一位写生大师。画作技巧非同寻常，观点表达深刻有力。

分析一下德翁骑士。我曾在自己写的故事里提到过他，隐约想把他放在一个故事里：男扮女装的间谍，卷入阴谋、皇室声明与诉讼案件。法庭判决他是女性，明显与他本人的意愿相悖。我知道所有这一切，但我不知道他看起来是什么样子。我知道如果我再写他，托马斯·斯图尔特临摹的这幅肖像，原作让-洛朗·莫尼耶认识德瓮，会改变我讲故事的方式。

作为作家，我发现自己被作家吸引：美术馆中勃朗特三姐妹烦恼的肖像好像推理小说里的人物。画面的左边是安妮和艾米莉，面容僵硬、目中无人，右边是大姐夏洛特，她的表情温和，嘴角挂着一丝微笑。这三位美名远扬的哥特式浪漫主义的女士，描写阁楼上的前妻与沼泽中的逃亡者；三位女士笔下闹鬼的人物出现在同样闹鬼的地方，为她们画像的是神秘而风流的兄弟。我们看画的时候会意识到，他自己曾经也是画中的人物，是三位女士围绕的中心人物，但现在他被抹去了，代之以一根柱子。然而，一个幽灵般的形象仍然出现在我们面前，像是残像，或是倒影。画家技法生疏，却莫名其妙增添了画的力量：这并不是专业人士画的肖像。而是一个故事，呆板而神秘，而且我毫不怀疑，布兰韦尔把自己从画中抹去，涉及眼泪与狠话。（或者有别人把他抹掉了？那根柱子是一部最为哥特式的推理小说的某种线索吗？）

我知道照片会告诉我们有关摄影师的事情，但我并不像对画家那样对摄影师好奇，即使他们将照片创作的像古典肖像画一样优雅。朱莉娅·玛格丽特·卡梅伦为丁尼生拍摄的照片，表情严肃，头发被风吹动，拍摄于怀特岛，照片令人难忘。背景一片模糊，手中拿着一本书，让我们想起正式的宗教肖像，而表情若有所思，至少在我看来，好像有些悲伤。这正是能写出《过沙洲》的那个人。

> 暮色降，晓钟起，钟声之后便是幽幽夜！我想到，当
> 我登船去，别离时分莫哽咽。[①]

学这首诗的时候我还是个孩子，死亡只是个抽象概念，我相信自己长大以后当然可以成功地避开死亡，因为我是个聪明的孩子，那时死亡看上去完全可以避免。

随着我们距离现在越来越近，当我们经历了现代（这是个多么美丽而老派的词语），绘画如井喷一样分成了各种当代流行趋势，各种观察与描述的方法。精确的肖像画让位于摄影，然后又被拿回来，现在我们到了我生活的年代，以及我生活中的材料。布赖恩·达菲为大卫·鲍伊所作的肖像与《阿拉丁·萨恩》专辑封面照片风格一样，我十二岁的时候盯着它，心下确定，如果我弄明白了它和这个闪电的意象，那么我就能明白成人世界所有等待我发现的秘密。鲍伊的眼睛在《阿拉丁·萨恩》的封面照片上是闭着的，但在这幅肖像里，这双瞳孔大小不一的眼睛瞪着，闪着诧异的光。鲍伊看上去更加脆弱。看着这个曾经代表我眼中成人世界所有秘密的形象，我意识到他如此年轻，这真令人心碎。

肖像画的乐趣与力量在于它将我们定格在某一刻。在这幅肖像之前，我们更年轻。在它创作出来之后，我们会年纪渐长，或者失去活力。甚至马克·奎因用液态硅胶与血液冷冻创作的噩梦般的自画像一次也只能保存一个特定的瞬间：它们不

[①] 译文引自丁尼生著，黄杲炘译：《丁尼生诗选》，北京：外语教学与研究出版社，2014年，第329页。

会年老死去，而奎因正在变老，死亡无法避免。

要回答这个问题，我们是谁？这些肖像给我们某种答案。

"我们来自这里，"老画像这样说，"这是我们的国王与王后，我们的智者与愚人。"我们走进英国石油公司展厅，它们告诉我们今天的我们是谁：各种艺术风格与手法汇于一处，画上是可能在街上与我们擦肩而过的人。"我们看起来就像这样，和衣或裸体，"它们告诉我们。"我们在这里，在这张画上，因为一位画家有话要讲。因为我们都很有趣。因为我们向镜中凝视，不可能不被改变。因为我们不知道自己是谁，但有时一束光引起了某个人注意，那就是给我们最微小的一点接近答案的提示。"

也许这不是一所肖像美术馆。正如T.S.艾略特（挂在墙上的是一张现代主义凌乱而夸张的侧面像）所说的那样，这是一片汪洋的镜海。①

如果你想知道我们是谁，那么握住我的手，一起走进去，凝视每一幅画、每一件作品，直到最终看见我们自己。

---

① 译文引自《小老头》，见辜正坤主编：《外国名诗三百首》，北京：北京出版社，2000年，第730页。

德累斯顿玩偶：2010 万圣前夜 [①]

　　我想谈谈阿曼达·帕尔默，艺术朋克歌舞摇滚乐队"德累斯顿玩偶"两人之一。我想用这样一种方式来描述，好像她有些异国情调，但实话说，让我认为阿曼达·帕尔默有异国情调有点困难：我和她太熟了。我们做朋友三年，情侣差不多两年，现在我们订婚也已经将近一年了。在这段时间里，我看过她各种规模各式各样的演出，独自一人或者和乐队一起，弹钢琴或者电子琴，有的时候还弹奏尤克里里，有时一发不可收拾，成了一张翻唱电台司令乐队的专辑。我见过她在宏伟的教堂表演，也见过她在地下室下等酒吧（有一次是同一晚上从教堂到下等酒吧）；看她在《歌厅》里扮演严肃的变性主持人，以及扮演被称为伊夫琳伊夫琳的连体双胞胎姐妹之一。

　　但我从未看过德累斯顿玩偶乐队演出。在我第一次见到阿曼达之前大概一个月，他们进入了休止期，大多数乐队进去就

---

① 本文为《Spin》杂志而写，2010 年 11 月 5 日发布于该杂志网站。——原注

回不来的那种休止。

在那之前，我是德累斯顿玩偶的路人粉。我有他们头两张正式专辑CD（但根本没注意他们发布了第三张《不，弗吉尼亚》）。他们有几首歌在我iPod播放列表"我实在喜欢的东西"里。我对他们依稀有些好感，因为听说一次演唱会之后阿曼达对我的教女斯凯和温特很友好，我还注意到玩偶乐队把他们收到的恐吓信（偶尔还包括恐吓画）放在网站上。2005年我曾经想去看他们，当时他们在圣丹斯电影节有演出，但他们表演的时候我要参加有关动画的小组讨论，最后我看了内利·麦凯。

当我开始和阿曼达约会，我问起德累斯顿玩偶乐队。她告诉我很遗憾我错过了他们。他们那么好，她说。布赖恩·维廖内和她，怎么说呢，很特别。

我相信确实如此。但然后她谈起布赖恩，德累斯顿玩偶乐队的另一半（阿曼达弹电子琴，布赖恩通常打架子鼓，有时弹吉他），谈起他们巡回演出的时光，好像是一个庆幸自己摆脱了不幸婚姻的人。他们每天从早到晚在一起，其中有120分钟能做出让她高兴的音乐，其他时候两个人互相受不了。他们曾经是恋人，或者至少，在那七年时间里有相当多的肉体关系，他们一度是朋友，但主要是德累斯顿玩偶，一支巡回演出的乐队，因为艺术即自由的梦想而结合在一起。然后，2008年初，他们不再合作。

出于好奇，我在网上看了一段他们最后一次巡演结束时的视频。布赖恩说起为什么现在他们应该停下来："为什么我们不断争吵？"他问道，"这不是婚姻。这是个乐队。"镜头转向阿曼达："这就像兄弟姐妹、生意伙伴结婚，然后关进一个盒子里，你不得不每天二十四小时看着对方。"她这样说。他们两个看起来都一脸厌倦，精疲力竭。

但时间治愈了一切。或者至少让伤口结痂。

这解释了为什么我在万圣前夜站在欧文广场，德累斯顿玩偶重组巡演的第一场演出，看着两位女士穿着全身亮闪闪的衣服，在黑暗中转着发光的呼啦圈，周围的观众有小丑、僵尸、疯帽匠什么的。我其实也不知道万圣前夜的装扮在哪儿结束，专门乔装打扮来看德累斯顿玩偶的人哪里开始。

阿曼达出现在阳台上，观看嘉宾乐队传奇粉点。他们是她十来岁时最喜欢的乐队，在玩偶乐队第一次休息时表演。她很高兴他们在为从未听过他们演唱的一万两千人表演。她拉着我的手，把我介绍给一个人，整整十年前正是这个人介绍她和布赖恩认识的，然后阿曼达又溜进阴影中。

我再一次看到她的时候，她在舞台上，万圣夜的毛衣外面穿着一件红色和服。毛衣是她六月在威斯康星德尔斯买的，背后有个稻草人。她戴着一顶红色军帽，两首歌唱完，她脱掉了和服和毛衣，只穿了一件黑色内衣裸身演唱，胸前用眼线笔写了爱字。布赖恩穿着黑背心黑裤子。

看玩偶乐队表演，第一件奇怪的事是，有一种即刻识别的感觉。"哦，我明白了。歌听起来就应该是这个样子。"就好像鼓声让你明白一些东西，或者把它翻译成了最初写下它的语言。

第二件奇怪的事是这样的：这个乐队明显是由两位打击乐

手组成的。这两个人都敲敲打打。她敲琴键，他敲鼓。

第三件，也是最奇怪的事是，他们表演的时候心有灵犀，非常明显，就像一对伴侣能说完对方没说完的话。他们对对方和歌曲了解那么深，一切全都在那儿，存在于肌肉记忆、头脑中、一丝丝潜意识里，世上其他人永远看不到的地方。直到现在我才真正理解这一点。我曾经迷惑不解，如果那些歌需要鼓手，为什么阿曼达不直接去找个鼓手。但打鼓只是布赖恩所做事情的一部分。他还注解、表演、打手势、演奏，阿曼达是阳，他就是阴。看他们共同表演是一件非同寻常、快乐的事情，这是艺术大师的表演。

他们表演了《变性》《想我》，观众挥动拳头，打扮成僵尸、超级女英雄和小丑彭尼怀斯。我想，我听她唱这首歌那么多次。我看过她身后带着游行乐队走过礼堂唱这首歌、她和一整支交响乐团一起表演。但这次比任何一次都好。

两天之后，波士顿演唱会之后，她在电话里告诉我，有人告诉她，比起她的独唱表演，他们更喜欢德累斯顿玩偶乐队，她很生气，我很内疚。

我开始理解，为什么她自己第一次巡演要和舞蹈团一起，即使这使得巡演必然挣不到钱，为什么她和贾森·韦伯利去巡演时会穿一条能装下他们两个人的裙子，扮成连体双胞胎。我能看到她在舞台上所做的事情，大概是在寻找一种替代品，并不是代替布赖恩，而是代替布赖恩的能量，把某种东西放在舞台上，而不只是一个女孩和一台电子琴。

她介绍了布赖恩，训斥想要没收粉丝相机的保安："我们规定拍照自由。"

情绪一变：他们演唱了布莱希特与魏尔的《海盗燕妮》，布赖恩的演奏用鼓声召唤出海洋。随着那黑色八帆大船启航出海，燕妮声音渐低"将和我一起消失"[1]，大厅一片安静。

一个女孩喊道："我爱你，阿曼达。"

一个男人喊道："我爱你，布赖恩。"

阿曼达的朋友朗氏姐妹都化妆成死人，凯西前额上一个弹孔，丹尼脸上一堆假血浆，她们过来站在我身边。

"我们爱这整个该死的房间里你们这些该死的每个人。"阿曼达用她最喜欢的强调词说话。

德累斯顿玩偶乐队表演了卡罗尔·金为莫里斯·森达克的《皮埃尔》创作的歌曲。寓意是"关心"。我认为不管布赖恩还是阿曼达都不会停下来不去关心：关心演唱会，关心对方的演奏，关心十年的美好时光与糟糕的日子，微不足道的冒犯、怒气与失望，以及七年真真正正的好演出。

阿曼达进入了《投币男孩》的和弦，这首歌往往独唱，感觉像一支新奇的歌曲，然而阿曼达和布赖恩一起演唱，博得满场喝彩：不太像一首歌，而更像一种共生行为，好像他们要让对方手忙脚乱。很好玩，令人激动，我从未见过像这样的东西。

现在阿曼达头发蓬乱，只剩内衣，布赖恩则裸露上身，汗珠闪亮，咧嘴而笑。他们开始进入《霓虹》演讲的《给新闻自

_____

① 译文引自北京师联教育科学研究所编：《外国诗歌基本解读12德国卷》（下册），北京：人民武警出版社，2002年，第174页。

动调音》音乐版，这时几百个气球从天而降，显得又愚蠢又聪明，不管怎么说，非常让人高兴。

接下来是《吉普之歌》。我觉得自己没有听过阿曼达唱这首歌的现场。他们抓了五六名粉丝，拉上台来伴唱。

然后是《唱》。如果德累斯顿玩偶有哪首歌是圣歌，那一定是这一首：对艺术创作的祈求，不管你究竟做些其他什么事。"为那个老师唱歌，他曾说你不能唱。"阿曼达唱道。观众也一起唱。感觉意义重大，不像是听众跟唱，更像宗教仪式或是教义。我们都在唱歌，当时是万圣前夜，我在阳台上有点醉意，认为这是某种奇妙的东西。阿曼达喊道："你们他妈的总有一天也能唱歌。"一切都这么好，我和两个"死了"的姑娘站在一起，欢呼雀跃，这是一生中少有的完美时刻，可以作为电影结尾的那种时刻。

加演第一支歌：布赖恩弹吉他，阿曼达现在穿了一件金色的内衣，爬到成堆的音箱上面唱《歌厅》里的《我的主》。然后是一曲疯狂而奇妙的即兴演唱，逐渐与阿曼达有关父母的歌《半个杰克》相撞。"他们毁了你，你爸爸妈妈。"这是菲利普·拉金说的，早在德累斯顿玩偶两人出生之前，但听起来这句诗就像是从阿曼达·帕尔默的歌里大摇大摆走出来的，《半个杰克》写的完全就是这个。杰克·帕尔默，阿曼达的父亲，也在阳台上，离我不远，绽开了自豪的笑容。

一个酒鬼搭上我的肩膀，在《错乱时代的女孩》疯狂的敲打中祝贺我。或者说我觉得他是在祝贺我。"你昨晚睡得怎么样？"他问，"一定像是把闪电装在了罐子里吧。"

我说是的，我猜应该是，而且我睡得还不错。

乐队轰轰隆隆地进入了最后一曲《战争猪》，它巨大浮夸又真心实意，阿曼达和布赖恩的表演好像是一个人有两个脑袋、四只手，全是敲打和咆哮，我看着穿着疯狂而奇妙万圣夜服装的人群陶醉其中，直到最后爆炸一样隆隆的鼓声逐渐消失在空中。

我爱这次演出。我爱它的每一点。我感觉自己收到了一份礼物，那就是阿曼达生命中的七年，我认识她之前德累斯顿玩偶的那七年。德累斯顿玩偶其人其事，让我惊叹不已。

当一切结束，凌晨两点，我们回到宾馆，激动的心情渐渐平复。从演出结束就一直情绪低落、局促不安的阿曼达开始流泪，无声无息，抑制不住，我抱住她，不知道能说些什么。

"你看到今晚多么棒吗？"她一边哭一边问。我告诉她，看到了。我确实看到了，我突然第一次意识到，让她离开对她如此重要、让这么多人开心的东西，得有多么难过。

她的脸颊被打湿的眼妆弄黑了，在她流泪的时候又抹到了床单和枕头上，我紧紧抱住她，用尽全力去理解。

富士山八景：
《亲爱的恶魔》与安东尼·马尔蒂涅蒂①

一

这全都有关生活。

不管我们在什么其他东西中间，总是与生活有关。

二

我认识阿曼达·帕尔默六个月了，我们正在第一次约会。第一次约会长达四天，因为这是我们在 2009 年初所有的空闲时间，我们用来和对方一起度过。我还没有见过她的家人，也几乎不认识她的朋友。

"我想让你见见安东尼。"她说。

---

① 这是我为 C.安东尼·马尔蒂涅蒂的书《亲爱的恶魔》写的前言。安东尼 2015 年 6 月因为白血病在家中去世，亲人守护在他身旁。我们也在他的床前，和他的朋友家人一起。他离开我们的时候，我正扶着阿曼达隆起的腹部，感觉到胎动，我们会给他取名安东尼。——原注

那是一月。如果那时我已经知道，安东尼在她的生活里是谁，如果我知道他在她的成长过程中扮演什么样的角色，我觉得我一定会紧张。但我当时并不紧张。我只是很高兴，她想要把我介绍给她认识的人。

她告诉我说，安东尼是她隔壁的邻居。她从小就认识他。

他出现在一间餐馆：高大英俊，看上去比实际年龄年轻十岁。他拿着一根拐杖，态度随和自然，我们聊了一整晚。安东尼给我讲朝他家窗户扔雪球的九岁的阿曼达，需要发泄的时候来到隔壁的十来岁的阿曼达，在德国谁也不认识十分孤独就给他打电话的大学年龄的阿曼达，还有摇滚明星阿曼达（命名德累斯顿玩偶的正是安东尼）。他问起我的情况，我尽可能坦诚地回答他。

后来，阿曼达告诉我安东尼喜欢我，他告诉她，他认为我对她来说可以是个好男友。

我不知道这有多么重要，也不知道那个时候安东尼的认可意味着什么。

三

生活如同溪流：是自然与自身进行之中的对话，自相矛盾、固执己见又危机四伏。这条溪流中有生与死，事物出现又消失。但生活总在其中，还有以生活为食的东西。

我们结婚五个月了。阿曼达从加那利群岛的瑜伽静修中心哭着给我打电话，告诉我安东尼刚刚被诊断出患上了白血病。她飞回家来。安东尼开始治疗。看起来好像没有什么要担心的。至少那时候还没有。他们能治好这些病。

新的一年开始了，阿曼达录了一张专辑《邪恶剧场》。她开始为它巡演，巡演计划持续将近一年时间。

夏天将尽，安东尼的白血病恶化了，突然之间真的很有理由担心。他可能需要做化疗。他也许不会痊愈。我们读了安东尼得的这种白血病的维基百科词条，发现这一种不能康复，我们克制而害怕。

阿曼达做摇滚歌手巡回演出已经十年了，最自豪的就是从未取消演出。她给我打电话，取消了后面一半巡演行程，陪伴安东尼。我们在剑桥的哈佛广场租了一套房子，这样她可以离他近一些。

我们搬进去后不久，请朋友来吃了顿小小的晚餐，庆祝安东尼的妻子劳拉的生日。劳拉非常美丽，而且非常温柔，她是一名律师，帮助没法自救的人。我为他们做了鱼。劳拉的母亲帕特也来了，她帮我做饭。

这是一年前的事情了。

四

安东尼原本是阿曼达的朋友。大概在我和她还在约会的时候，结婚之前，甚至是订婚之前，在这场永远好像我从未见过的错综复杂的关系中，当我迷茫困惑一头雾水，他成了我求助的对象。我从澳大利亚给他打电话，在新墨西哥州的火车上给他发短信。他的建议聪明又实际，而且通常——大多数时候——是对的。

他让我不再考虑太多；他可以提出希望，总是带着实事求是的一线黑暗与实际：是的，你可以弥补这件事，但你也得学会适应。

后来的日子里，我发现阿曼达身上我最珍视的事情有很多是安东尼在多年友谊中送给她或者教给她的礼物。

一天晚上，阿曼达给我读了安东尼写的一个故事，讲他的童年、美食与爱情。故事扣人心弦。我要求再读一些。

带着一种紧张与羞怯的混合，安东尼把更多的故事给我看：自传性的随笔与自白，有些好玩，有些阴沉。每个故事都闪着来自安东尼头脑中的一道光，为读者展示他过去生活的景象。他很紧张，因为我以写书为生，我喜欢它们（我觉得）让他放下心来。

我非常喜欢。

我曾经担心，除了对阿曼达的爱之外，我们没有共同之处。但是我错了。我们两个都沉迷故事，以此为乐。不要给我们礼物：给我们伴随礼物而来的故事。那才是让礼物值得拥有的东西。

问问安东尼我给他的那根拐杖。礼物让人高兴的是故事。

五

我想起十来岁的时候，我们以为自己能够永生。为了显示自己多么老成强硬、愤世嫉俗，贴在墙上的那些海报："此地无人生还"是其中之一。"死时玩具多者胜"是另外一张。还有一张画着两只秃鹫站在树枝上，写着"耐心个屁，我要大开杀戒"。

年轻的时候很容易怀疑死亡。年轻的时候，死亡很少见。它并不真实。只会影响其他人。它是一颗你能轻松躲开的子弹。这正是年轻人可以投入战斗的原因：他们真的会永远活下去。他们知道这一点。

随着你在人世徘徊，在地球上游逛，你会意识到生命是一条渐行渐窄的传送带。它带着我们所有人一起慢慢运行，不可逆转，我们一个接一个掉下传送带，落入旁边的黑暗。

阿曼达决定她要中止巡演陪伴安东尼之后没几天，我们听说我们的朋友贝卡·罗森塔尔去世了。她才二十七岁。她年轻漂亮，充满生机与潜能。她曾想成为图书管理员。

就在圣诞之前，我们的朋友杰里米·盖特住进了医院，做一个并不算大的手术。杰里米是个暴脾气、满口脏话、极为滑稽的演员与教师，六十年代初跟随彼得·库克的"机构夜总会"来到美国。他的一生不同寻常，他会给我们讲带着酒味的奇闻轶事，还有用法完美的脏话。此后六个月，杰里米大多数时间都在医院，从第一次手术中恢复，治疗嗓子里的一个肿瘤。他于八月份去世，非常突然，出人意料。他很老，但他的生活有滋有味，就好像狗咀嚼牛皮骨一样有滋有味。

他们掉下了传送带，落入黑暗，我们的朋友，我们再也不能和他们聊天了。

十一月份，安东尼的朋友把送他去化疗、陪伴他、把他接回家（毕竟他没法自己开车回去了）的任务分配开来。我也提出要帮忙，但阿曼达说不用。

六

我与阿曼达·帕尔默相遇是因为她需要人帮忙装死。她在过去的十四年里都在照片上假装死去，现在她要做一整张关于这事的唱片。它题为《谁杀害了阿曼达·帕尔默》。我们见面和交往，因为她需要人为她的死写些故事。

我觉得这个主意引人入胜。

我写了很多故事。我在每个故事、每首诗中一次又一次杀死她。我甚至在唱片背面杀死她。在我认识她之前，我写了十多个不同的阿曼达·帕尔默，每一个都有十几甚至更多种别出心裁的死法。

死亡在所难免。当然，有时描述和思考死亡是我们庆祝生活的一种方式，更能感觉自己活着，把生命紧紧抓住，舔舐品尝，紧咬不放，知道我们是它的一部分。就像性，在奔流不息的生命溪流中跌跌撞撞、拉拉扯扯。生命与性总是和死亡相连：绞刑架上的勃起，是黑暗来临前繁衍生息的最后一次冲动。

看到黑暗隐约逼近，我们的表现各不相同。我们变成了被欲望与恐惧控制的生物。

阿曼达全力以赴帮助安东尼，他出版了一些故事，一本题为《疯狂英雄》的作品集。他和他的朋友尼维与保罗组织了3杯酒出版社，把这本书带到世人面前。《疯狂英雄》的发布会在安东尼的老家马萨诸塞州列克星顿举行。一场阴沉的活动，剧场座无虚席：阿曼达读了她写的前言，我读了《车道尽头的海洋》的片段，最重要的是安东尼读了《疯狂英雄》。

我担心他在发布会之后命不久矣。

我担心安东尼的妻子劳拉，也担心阿曼达。我知道我自己感受到的失去朋友的悲伤全都得放到一边，我要安慰阿曼达，安东尼的死会让她心痛欲裂。

这对我们所有人都不容易。

发布会那天晚上，我感觉到了死亡天使翅膀扇动的风。

七

生命有种幽默感，但同样，死亡也有。

劳拉的母亲帕特，我们最初搬进这间房子时帮我做饭的那位，今年死于白血病。

让我们高兴的是，安东尼的化疗结束了，在一种新上市的药物帮助下，他康复了。他的病情缓解了——目前为止。他战胜了死亡，就像我们任何人能达到的那样战胜了死亡。目前为止——这总是一种暂时的胜利，死神可以等待。她有耐心，我们最后一人死去之时她还会来到这里。

安东尼没有白血病了；但现在他有了一本书，题为《疯狂英雄》。

有一些更加黑暗的故事，安东尼从自己的生活中编造出来，但并没有收入第一本书。有关痴迷与欲望的故事；有关失败、恐惧与憎恨的故事。这种故事需要你足够勇敢，能把它们讲出来，还要更加勇敢才能发表出来，这样其他人可以看到你的脑中，知道是什么东西让你运转，让你坚强，让你哭泣。这种故事告诉你，最困难的战争是你在自己头脑中进行的战斗，没有其他人会知道你是赢是输，甚至完全不知道有这样一场战争在进行。

或者换句话说，引用佛陀的话，他知道这一类的事情。

今译：

　　即使驰骋战场上，战胜千军和万马，而如果战胜自我，则是最好胜利者。若是战胜他人，不如战胜自己，成为自我调伏者，生活永远有节制。天神和健达缚，或魔罗和梵天，全都没有能力，使他转胜为败。

古译：

　　千千为敌，一夫胜之，未若自胜，为战中上。自胜最贤，故曰人雄，护意调身，自损至终。虽曰尊天，神魔梵释，皆莫能胜，自胜之人。[①]

八

我们得到一些，但失去很多。我们失去的特别多。我们失去朋友，失去家人。最后我们失去一切。不管有谁和我们在一起，我们总是独自一人走向死亡。你战斗的时候，不管你究竟为何而战，总是关于生命。

我们留下两件重要的事，在一部我喜欢而阿曼达不喜欢的音乐剧中，斯蒂芬·桑德海姆说，这两件事是孩子和艺术。

[①] 译文引自黄宝生著：《巴汉对勘〈法句经〉》，上海：中西书局，2015年，第54—55页。

安东尼的孩子遍天下：他影响的人，他帮忙塑造的人。我把我的妻子也算作他的孩子。安东尼的艺术就在这里，在字里行间等待着你。从今往后一百年，当我死了，安东尼死了，阿曼达死了，我们认识的所有人都在地下化为骸骨与尘土的时候，它们还是一样新鲜，一样尖锐，一样痛苦。

　　这本书是一件礼物，正如我说过的那样，真正要紧的是伴随礼物的故事：这些故事向我们展示事件的欢乐，记忆的形成，还有活过的一生的欢乐，因为所有生命都这样度过，一半光明一半黑暗。

　　这些文字是安东尼给你的礼物，它们包含着伴随礼物的故事，来自一个曾经走入黑暗现在又重新站在阳光下的人，准备给你讲他自己的故事。

如今在叙利亚有那么多死法：2014年5月[1]

　　我们在约旦阿兹拉克难民营一间金属棚屋里，坐在低矮的床垫上，与一对夫妇谈话，他们从两周前难民营开放时起就住在这里。阿布哈尼[2]是个将近五十岁的英俊男子，看上去精疲力尽，好像一条被虐待的狗。他犹犹豫豫。他的妻子亚尔达比他说话多。

　　地板上有个水罐。这是他们仅有的水源。我们把它碰倒了两次，每次我们都道歉并且感到难过，因为要把它重新灌满，需要走五分钟到街区的角落，去找嵌在混凝土里的四个水龙头。沙漠的空气瞬间就让薄薄的地毯变干了。

　　这对夫妇告诉我们他们为什么离开叙利亚。阿布哈尼曾经

---

[1] 本文原载于2014年5月21日《卫报》。十八个月之后，逃离叙利亚的人远远超过四百万。几百万人失去了自己的家园、城镇，"在境内流离失所"，但还没有越过边境逃离叙利亚。政治与人道主义解决方案仍然缺乏。令人心碎的事情仍未结束。——原注

[2] 文中所涉及的人名均作了修改。——原注

拥有一家小小的超市，但管理他所在城镇的"政府官员"故意破坏，往粮食和豆子里掺洗衣粉，抢走了他的股份。他花了所有积蓄重新买回商店，但等他重新开业，他们又让他永远关闭。人们遭到杀害。在本地新闻里，他们会播放发现的尸体，这样人们可以辨认出自己的亲属：有一次他在那里看到了堂兄弟被砍下的头颅。

他们的亲戚很多人直接消失了。亚尔达的兄弟和堂兄弟要去献血，为了给刚出生就做了心脏手术的侄子输血。在路上他们被路障拦住，审问献血的事情。这三个人没有到达医院，再也没有人见过他们。我不想问那个小侄子怎么样了。亚尔达告诉我们，她的母亲崩溃了：她从警察局跑到医院，医院跑到警察局，打听她的儿子——警察对此厌烦了，为了让她别再来问，他们在这些人的名字旁边写了"死亡"。

阿布哈尼和亚尔达告诉我们跨越国境进入约旦时的事，他们试图离开自己的城镇，但没有给边防检查站的官员行贿，因此阿布哈尼被官员带进办公室，当着妻子和孩子的面，被拳打脚踢，还被人踩在脚下，持续了一个半小时。他们所有的钱都被拿走了。离开边检站的时候，他浑身是血，脑震荡，几乎不能行走，而且身无分文。

"每天清晨醒来的时候，我们都因为自己还活着而高兴，每天晚上睡觉的时候，我们都知道早上也许不会醒来。如今在叙利亚有那么多死法。"亚尔达说。他们的亲戚遭到逮捕、失踪或者谋杀，还有的死于爆炸。

这对夫妇从朋友那里借了钱，他们第二次通过边检站的时候，现在收了一大笔贿赂的同一个官员向他们致意。他们身无分文地到达了约旦边境。

"我害怕约旦边境的军队，"亚尔达说，"我以为，如果叙利亚那边穿制服的人如此残暴……但我们入境的时候，约旦军队帮助我们，用微笑欢迎我们。"她告诉我们，军队给他们饼干、水和毛毯，这是联合国难民署（UNHCR）提供的。"我到了难民营，感觉就像孩子回到母亲的怀抱。"她这样告诉我。

我并未觉得阿兹拉克难民营热情好客，直到现在。这是一座废弃的城镇，四月底开放接受难民，现在容纳了大约四千人，但它所有方形白色金属棚屋的设计容量是十三万人。它感觉像是世界上最不好客的地方，生命、色彩或者个性的唯一标志是在建筑之间飘动的洗净的衣物。

阿布哈尼和亚尔达现在都在难民营找到了工作。亚尔达迎接新来的难民，阿布哈尼为他们搬行李（不过现在大家知道他有腰伤，让他干轻一点的活）。他们想在难民营攒下足够的钱，给四个孩子中的两个更换坏了的助听器，他们俩都是聋哑儿童。他们担心如果五岁的女儿听不到声音，她会忘记已经会说的那些词。

我们走去供水处，给这家人的方形油桶重新灌满水，赔偿我们碰洒的那些，但水龙头里没有水出来。人们在等补给车来。

约旦是世界上第四干旱的国家，难民营的每一滴水都是从外面的钻孔井运来的。

叙利亚的危机，骚乱变为内战，内战变为噩梦，产生了难民，自人类开始居住于村庄以来，所有战争都产生难民。他们离开自己的家（如果房子还没有被夷为平地），他们去其他的地方，至少也许安全的地方。

在过去两年中，超过二百五十万人逃离这个国家，其中六十多万人逃到了约旦。约旦人民和政府显示出极度的慷慨。约旦有六百万人口：叙利亚难民占人口的百分之十。如果英国达到同样的比例，意味着接受大约六百五十万难民。

叙利亚人来到约旦，因为他们说同样的语言，有同样的文化，通常有亲戚在那儿，还因为约旦历史上接受难民——多年以来巴勒斯坦人、伊拉克人和科威特人都逃到那里。有时他们还会回到自己的家园。

联合国难民署不喜欢难民营。运营难民营基础设施花的钱原本可以花在更加直接的支持上，让难民生活在自己家里。但随着乡镇、城市和城市中心全都满满当当，每过一夜又有一千名难民来到，男人女人还有孩子，难民营不得不建。他们花了两周时间开设第一个难民营——扎塔里难民营——原计划容纳五千人，结果逐渐增加，目前容纳了十万人口。

在来这里之前，我试图想象难民营会是什么样子。应该是一片地上几排帐篷组成的。可能满是灰尘，当然了，因为这地方在约旦，气候干燥，可能是很大一片地，因为有很多难民。我从没想象过城市。阿兹拉克是位于燧石与熔岩荒漠之中的一座白盒子鬼城，扎塔里是一座由帐篷和像盒子一样装人的集装箱组成的无政府的尘土飞扬的城市，每盏路灯旁边都包裹着像面条一样乱作一团的电线，偷出电来为人们的家中照明、手机充电、带动电视机。

基利安·克莱因施密特，是联合国难民署难民营负责人，也算是这座十万人"城市"的市长。他已经接受了每月五十万美元电费账单的事实，现在他集中精力在电线杆上装盒子，允许经认可的电工安全接电，敦促人们在雨天让缠在一起的电线离开地面。人们在扎塔里搬家的方式就是把轮子装在改做他用的栅栏上，把房子抬起来放到上面，拉着这东西穿过街道，孩子们跳上跳下，就像游乐场的玩具车马。

我一直想弄明白我怎样去约旦。事情就这样发生了。联合国难民署发现，我转推他们的推特和呼吁时，会有更多人阅读，并且按照他们读到的东西行事。所以我们交流了一下，我链接到他们的网站，在发推之前读了那些链接。我自愿更多地参与，联合国难民署提出带我去某个难民营，让我看看发生了什么。我同意了。

联合国难民署的科科·坎贝尔和时装设计师乔治娜·查普曼是同学。去年我写过一个短片电影，乔治娜是导演。科科问我能不能问问乔治娜，看她有没有兴趣和我一起去体验难民营，看看联合国难民署都干些什么，一起再做一个讲故事的项目。我问了她，她说有兴趣。乔治娜还带了她丈夫同行。她丈夫是电影制片人哈维·韦恩斯坦，他从各个方面讲都非同寻常。在阿兹拉克难民营，哈维让人大吃一惊，因为他希望和我们一起去那儿，还对阿布哈尼和亚尔达特别关心。他告诉联合国难民署代表，他想承担他们的孩子需要的助听器的费用，现在就付。他们告诉他，事情不是这样操作的。有一个合适的系统，孩子们会得到助听器。

不管我们在难民营走到哪里，孩子们都围在乔治娜身边。她对他们微笑，他们聚集在她身边，抱着她的腿，拉着她的手。"她就像花衣魔笛手一样。"哈维说。在扎塔里难民营，我们看到人们如何维持生计，尽其所能建立一种新常态。甚至有了商店。我们吃了我尝过的最好吃的蜜糖果仁千层酥，在一间由集装箱和帐篷七拼八凑而成的蛋糕店，铺在一张带扫帚柄的金属桌子上。哈维和大家走散了，我在外面找到他，他正和一位老妇人聊天，她在战争中失去了儿子，但她和怀孕的女儿一起逃到了约旦。我们问她谁杀了她的儿子，她告诉我们她也不知道。

我们一次又一次听到这样重复的话，但我们仍然一直问这些问题，当人们告诉我们他们怎样来到难民营：谁轰炸了你的房子？在你开摩托车要把孩子从废墟中挖出来的时候，谁在你背后放冷枪？谁砍掉你表兄弟的脑袋？谁杀害了你的家人？谁开枪打死了你的儿子？谁切断了粮食供应？如果走出家门，谁朝你开枪？谁毒打你们？谁打断了你的手？

人们耸耸肩。他们不知道。和亚尔达告诉我的一样，有那么多人都是这种情况。

回到那间简易的蜜糖果仁千层酥蛋糕店，面包师的妹妹正在给乔治娜讲述她在叙利亚流产的经历——他们搬家躲避战争时，她会怀孕，但每次炮击开始她都会流产失去孩子。她二十六岁，带着一条粉红色的头巾，非常美。她的丈夫离她而去，在难民营另娶新妻，能给他生孩子的妻子。难民营里有那么多婚礼。有人会借给你婚纱，不过你还是得买新婚之夜的内衣。

在难民营和我谈话的每个人都有一个噩梦般的故事：他们留在叙利亚，经历如同地狱，直到再也无法忍受，然后他们带上所有能带的东西，通常只是孩子的替换衣服，去往边境的路程是穿越地狱之旅。他们冒着生命危险，如果能活着跨过边境，那就值得了。

我看着阿兹拉克难民营，还有能容纳十二万六千人的空间，所有这些人都会来到，大多数人都是冒着生命危险来到这里，我知道那又是十二万六千个噩梦。

我意识到自己已经停止思考政治分歧、自由战士、恐怖分子，独裁者以及军队。我心中想的只有文明的脆弱。难民曾经拥有的生活就是我们的生活：他们曾经拥有街头小店销售汽车，他们务农，在工厂工作，开办工厂或是卖保险。没有人预料到自己要逃命，放弃自己所有的东西，因为他们再没有家可以回，偷渡出境，一路经过想要越过边境然而被抓住或者被背叛的其他人残缺不全的尸体。

我一直走，一直交谈，和难民、管理难民营的人、照顾难民的人。然后，我陪同当班叙利亚护士志愿者艾曼换绷带：一位是个少年，被地雷炸飞了一只脚；另一位是个十一岁的女孩，迫击炮袭击让她失去了半边下巴，还失去了她的父亲。此后我意识到自己心绪难平，我只想大哭一场。我以为只是我自己，但摄影师萨姆也在流泪。

我想象世界正在划分为想要把孩子养大的人，和朝他们开枪的人。这也许只是一种武断的画风，但联合国难民署站在想要把孩子养大的人一边，站在人性尊严与尊重一边。你知道自己选择了正确的阵营，这事并不常有。你站在人民一边。

《敲错的键盘》：特里·普拉切特[①]

　　我想跟你们讲讲我的朋友特里·普拉切特，这并不容易。我要说一点你可能不知道的事情。有些人遇到的是一位留胡子、戴礼帽的文雅男士。他们以为自己见过了特里·普拉切特爵士。其实并没有。

　　科幻大会上通常会有人来照顾你，确定你可以从一处走到另一处而不迷路。几年之前，我偶然遇见了一个人，在德克萨斯一次会议上他曾经为特里指路。回忆起带领特里往返小组讨论与书商的房间，他的眼睛变得模糊。"特里爵士真是个快乐的老精灵。"他说。

　　我心想，不，不，他才不是。

　　回到1991年2月，特里和我正在周游全国签名售书，为了《好兆头》，这是我们合作的一本书。我们可以给你讲这次旅行中发生的事情，有几十个不但搞笑而且真实的故事。特里在这本书中提到了一些。这个故事是真的，但这不是我们会讲出来的那些故事。

当时我们在旧金山。我们刚刚在一间书店做了些签名本，给他们订购的十来本我们的书签了名。特里看了看日程。下一站是个广播电台：我们应该有一个小时的采访，电台直播。"从地址上看，从这里顺着这条街走下去就到了，"特里说，"我们还有半个小时。我们走着去吧。"

这是很久以前的事，在 GPS 系统、手机、叫车软件等有用的东西出现之前，没有东西能一瞬间告诉我们，不，到广播电台可不是几个街区而已。得走好几英里，一路上坡，最主要的是还要穿过一个公园。

在路上，只要路过投币电话，我们就给电台打电话，告诉他们我们知道自己现在赶不上直播节目了，但我们以大汗淋漓的心承诺，我们已经走得尽可能快了。

我一边走，一边试着说些高兴乐观的事。特里一言不发，这种方式清楚地表明，我说的任何东西可能都只是雪上加霜。在那段路的任何地方，我都没有说过，这一切原本可以避免，如果我们直接让书店给我们叫辆出租车。有些话说出口就永远收不回，说了就没法做朋友，这应该就是其中之一。

我们最终到达了山顶上的广播电台，和所有地方都有很长一段距离，我们一个小时的采访直播已经过去四十分钟了。我们满身大汗，气喘吁吁，而他们在播一条突发新闻。在当地一家麦当劳，有个人刚刚开始朝人群射击。这可不是你想要的那种导语，因为你本来想要谈谈你写的一本有趣的书，讲的是世界末日以及我们所有人会怎样死亡。

广播电台的人也对我们很生气。这可以理解：嘉宾迟到、即兴演出一点都不好玩。我觉得我们那十五分钟的直播也不是很好玩。

（后来有人告诉我，特里和我都上了旧金山广播电台的黑名单，并且持续了很多年，因为让节目主持人在停播时间唠唠叨叨四十分钟，这可不是广播大军能轻易忘记或者原谅的事情。）

不过，一小时过完，事情就都结束了。我们回到旅馆，这次我们叫了辆出租车。特里沉默不语怒气冲冲：我怀疑，主要是对他自己，也对这个世界，它没告诉他从书店到广播电台的距离比日程表上看来要远得多。他坐在我身边，出租车后排，气得脸色苍白，一团怒火没有特定方向。我说了几句，希望能宽慰他。也许我说，啊，好啦，最后事情都做完了，这又不是世界末日。我暗示现在不用再生气了。

特里看着我。他说："不要轻视这种愤怒。这愤怒就是驱动《好兆头》的引擎。"

我想到特里写作那种紧迫的方式，还有他推动我们其他人与他同行的样子，我知道他是对的。

特里·普拉切特的写作中有一团怒火。这团怒火正是驱动《碟形世界》的引擎，在这里你也会发现：对那位校长的愤怒，他断言六岁的特里·普拉切特绝对不会那么聪明，能通过小学毕业考试；对傲慢的评论家的愤怒，还有那些认为严肃与有趣对立的人；对他最早的美国出版商的愤怒，他们没能成功出版他的书。

这种愤怒一直存在，它是驱动的引擎。这本书进入最后一幕的时候，特里得知自己患了一种少见的早发性阿尔茨海默病，他的怒火转变了方向：现在他对自己的大脑和基因愤怒，不仅如此，他对这个国家狂怒不已，它不允许他（或者其他处于类似无法忍受的情况的人）选择离去的时间和方式。

在我看来，这种愤怒与特里对什么公平什么不公平的潜意识有关。

这种公平意识是特里作品与写作的基础，推动他前进，从学校到新闻行业，到中央电力局的新闻办公室，一直成为世界最受喜爱、最畅销的匿书作家。

同样也是这种公平意识，意味着在这本书中，有时在夹缝之中，在谈论其他事物的时候，他会花时间一丝不苟地感谢影响他的人——比如艾伦·科伦，他是这么多短篇幽默技巧的先驱，特里和我多年以来从他身上偷师学艺；或者宏伟超长令人陶醉的《布鲁尔成语与寓言词典》及其编者E.科巴姆·布鲁尔大人，最让人有意外收获的作家。特里为《布鲁尔词典》写的前言让我忍俊不禁——不管什么时候我们发现从未看过的布鲁尔的书，都会兴高采烈给对方打电话。（"嘿！你已经搞到一本布鲁尔的《奇迹司典：伪造、现实与教条》了吗？"）

这本书中选择的文章包含特里整个写作生涯，从学生直到文学王国的骑士，而且仍然是一个整体。没有什么感觉过时，也许除了提到特定的计算机硬件产品的时候。（我怀疑，如果他现在没把它捐给慈善机构或者博物馆，特里可以精确地告诉你他的雅达利掌上电脑在什么地方，以及他花了多少钱手工加了内存卡，把它的内存提升至了大到难以置信的一兆字节。）这些文章中作者的声音总是特里的风格：和蔼可亲，见多识广，十分理智，还带着冷笑。我觉得，如果你看得太快，注意力不太集中，你大概可能误以为这是愉快。

但是，任何快乐之下的基础都是愤怒。特里·普拉切特并不会温和地走进任何夜晚，不管它是否良夜。在他离开之时，他会怒斥，怒斥这么多东西：愚蠢、不公平、人类的荒唐短视，而并不仅仅怒斥光明的消逝，尽管这也在其中。还有爱与愤怒手牵着手，就像天使与恶魔手牵着手走入日暮时分：爱人类，虽然我们全然不可靠；爱珍藏之物；爱故事；最根本与无处不在的是，爱人类的尊严。

或者换句话说，愤怒是推动他的引擎，然而是伟大的精神让愤怒站在了天使一边，或者对我们所有人来说甚至更好，站在了猩猩一边。

特里·普拉切特完全不是快乐的老精灵。一点边都不沾。他比那多得多。

特里那么快陷入黑暗，我发现自己也很愤怒：因为不公平，我们被夺走了——什么呢？另外二十或者三十本书？再一批能放满整个书架的想法、辉煌的语句、新朋与旧友，人们各尽所能、不假思索用头脑脱离麻烦的故事？另外一两本这样的书，包括新闻报道、宣传鼓动，甚至偶尔还有前言？但实际上，失去这些东西并没有让我那么愤怒。这让我难过，但我已经见到有些东西逐渐积累完成，我明白特里·普拉切特的每一本书都是小小的奇迹，我们拥有的已经超出预期，没必要那么贪心。

我因为将要失去我的朋友而愤怒。

然后我想，特里会怎样处理这种愤怒呢？然后我拿起笔，开始写作。

图书在版编目（CIP）数据

尼尔·盖曼随笔集：廉价座位上的观点 / (英)
尼尔·盖曼著；张雪杉译. -- 成都：四川人民出版社,2020.5
(2020.12 重印)
　　ISBN 978-7-220-11817-3

　　Ⅰ.①尼… Ⅱ.①尼… ②张… Ⅲ.①随笔—作品集—
英国—现代 Ⅳ.①I561.65

中国版本图书馆CIP数据核字(2020)第045036号

四川省版权局
著作权合同登记号
图字：21-2020-94

NIER GAIMAN SUIBIJI: LIANJIA ZUOWEI SHANG DE GUANDIAN

尼尔·盖曼随笔集：廉价座位上的观点

著　　者	[英]尼尔·盖曼
译　　者	张雪杉
选题策划	后浪出版公司
出版统筹	吴兴元
编辑统筹	朱　岳　梅天明
特约编辑	孙皖豫　赵　波
责任编辑	邹　近
装帧制造	墨白空间·黄海
营销推广	ONEBOOK
出版发行	四川人民出版社（成都槐树街2号）
网　　址	http://www.scpph.com
E-mail	scrmcbs@sina.com
印　　刷	天津创先河普业印刷有限公司
成品尺寸	143mm x 210mm
印　　张	19.25
字　　数	396千
版　　次	2020年5月第1版
印　　次	2020年12月第3次
书　　号	978-7-220-11817-3
定　　价	69.00元